磯部彰著

岳小琴本『昇平宝筏』の基礎的研究

汲古書院

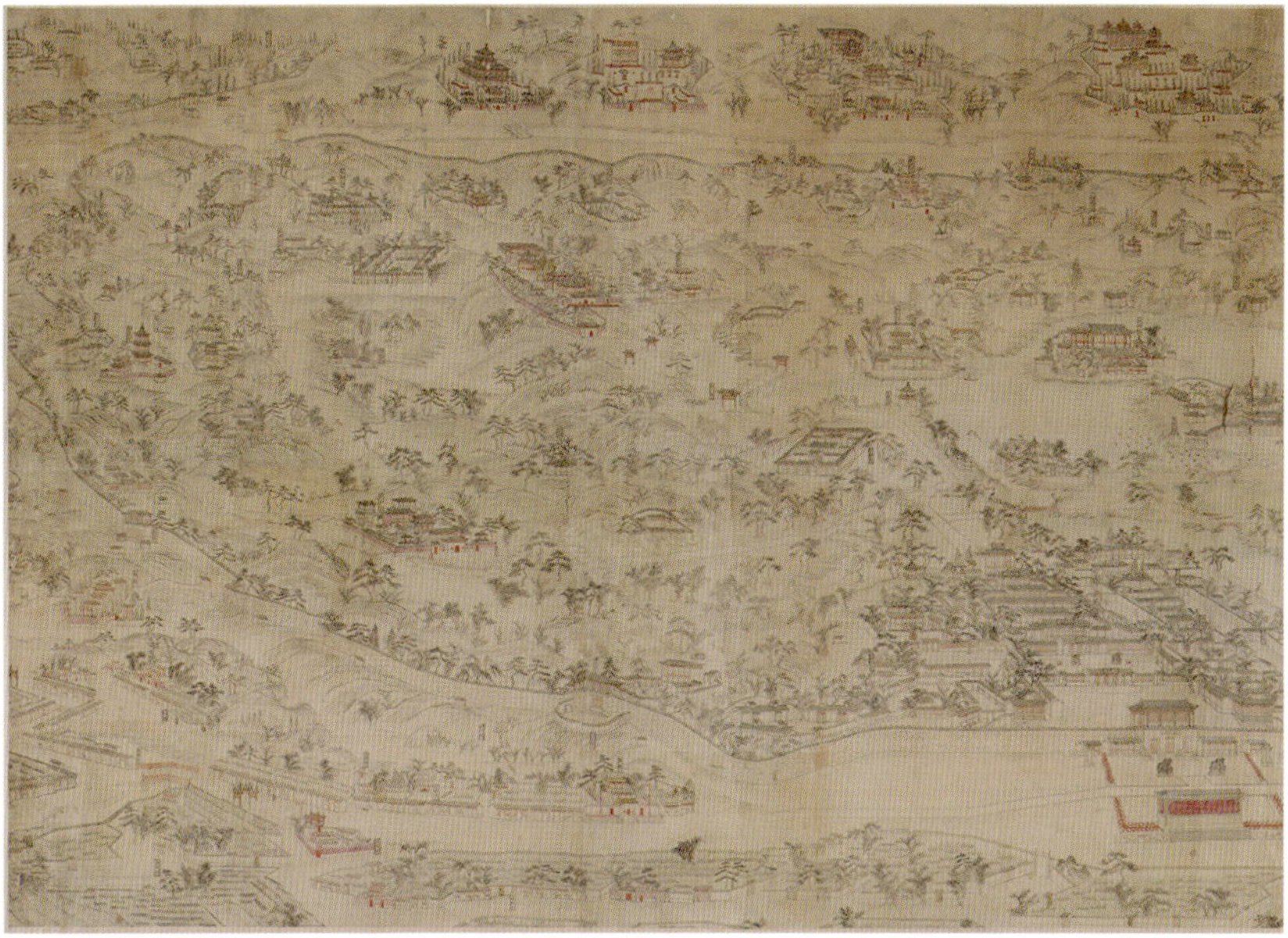

（左側）

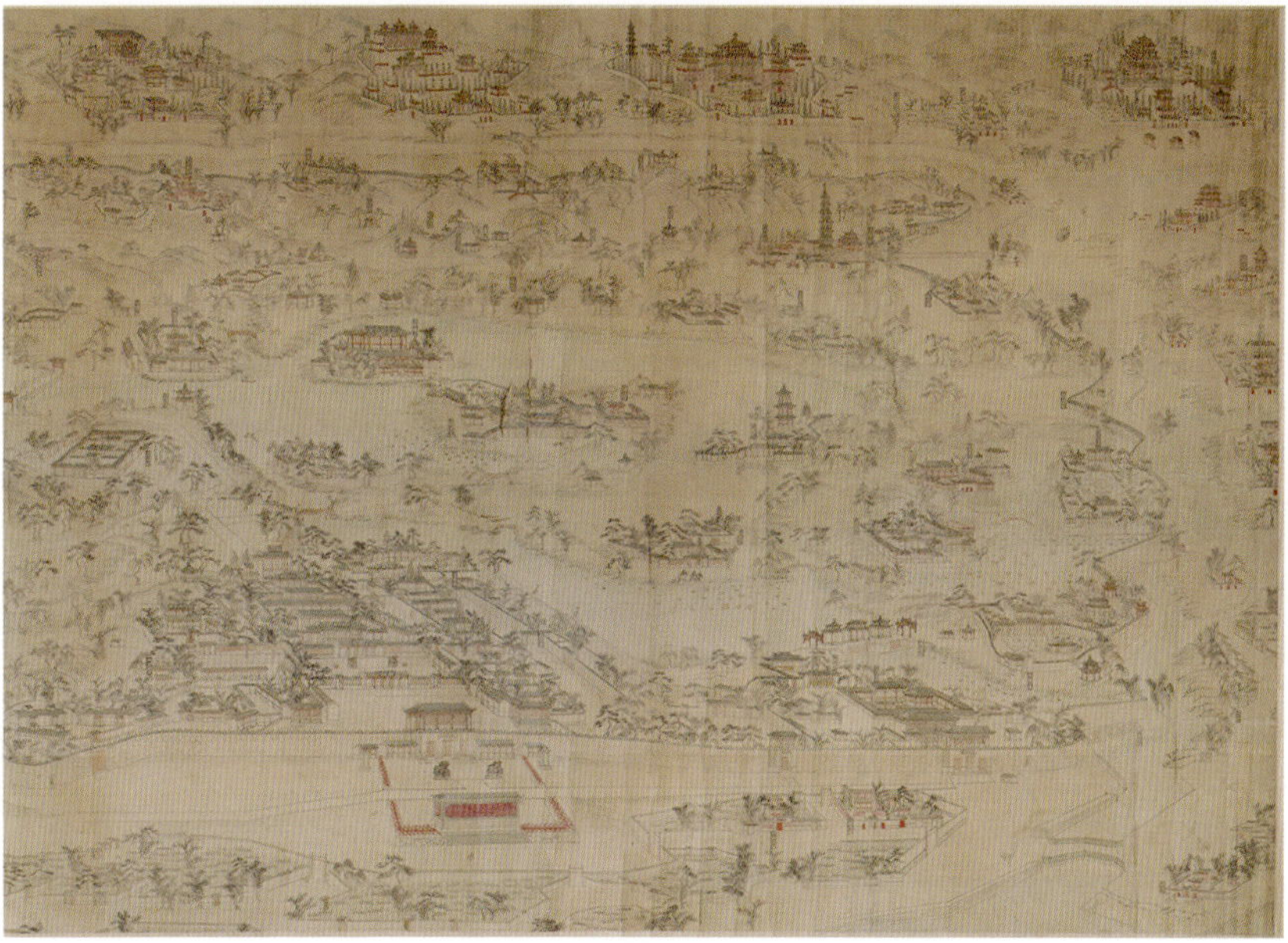

（右側）

熱河避暑山荘図（個人蔵）

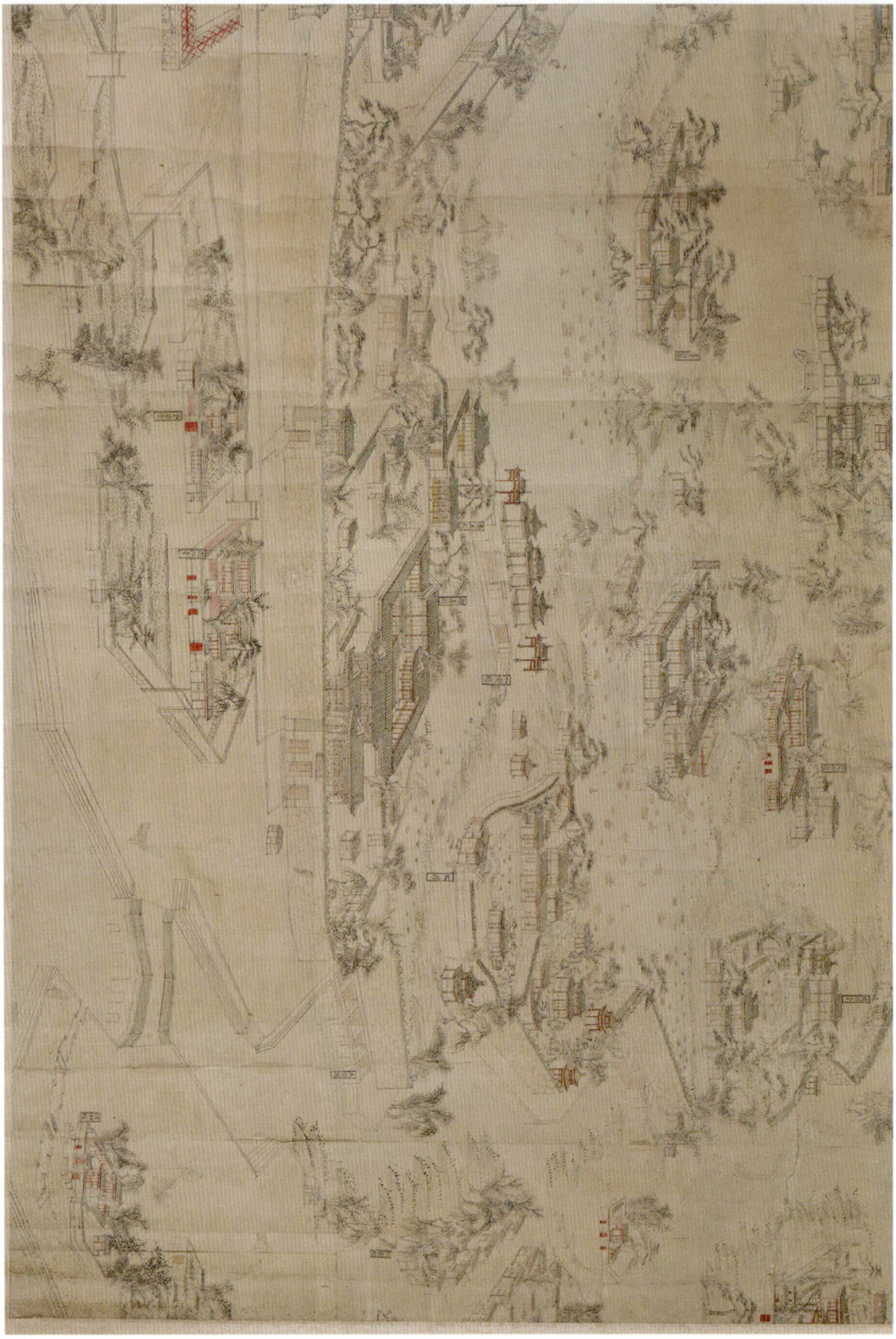

熱河避暑山荘図（右側部分）東宮福寿園清音閣（個人蔵）

『平定準回両部得勝図』「郊労回部成功諸将士図」（東北大学附属図書館蔵）

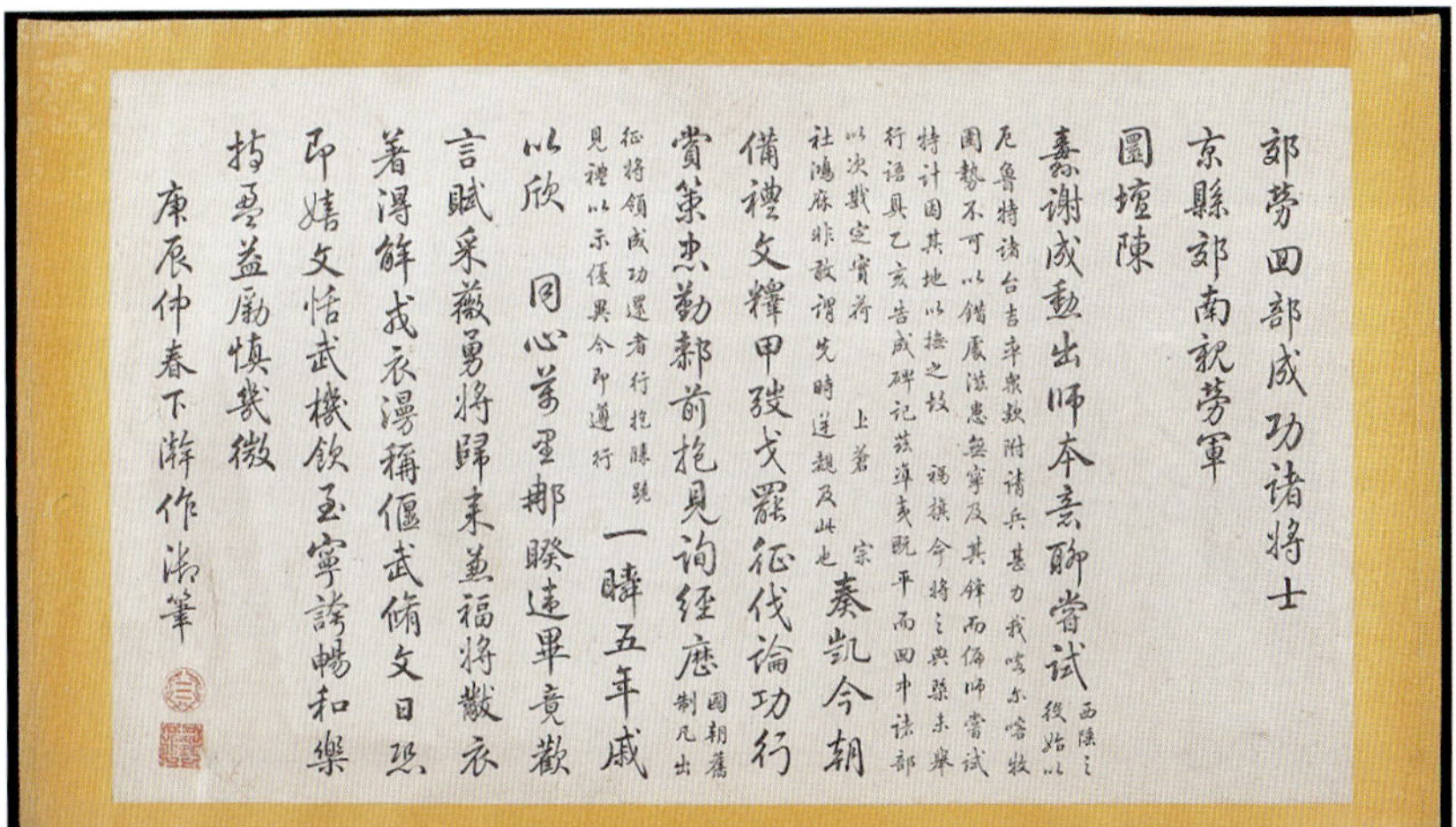

『平定準回両部得勝図』乾隆御筆「郊労回部成功諸将士」詩（東北大学附属図書館蔵）

慈禧皇太后（西太后）筆扁額（個人藏）

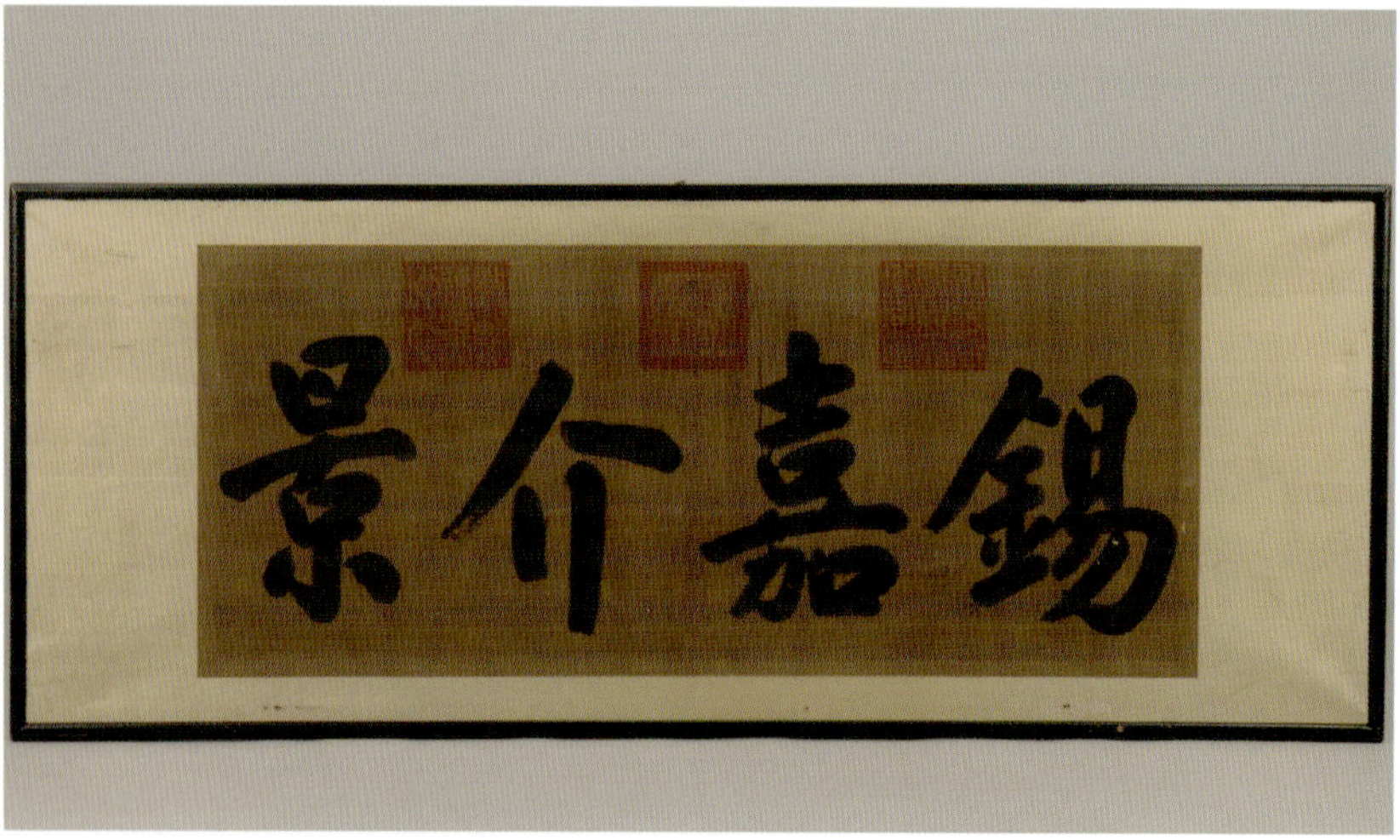

慈禧皇太后（西太后）筆扁額（個人藏）

岳小琴本『昇平宝筏』の基礎的研究　目次

はじめに

岳小琴本『昇平宝筏』の内容と体裁
――大阪府立図書館本・故宮博物院本・旧北平図書館本との比較――

岳小琴本『昇平宝筏』の宮廷演劇における位置づけとその大要については、別個の形で詳しく検討してまとめている。(1) 本書はそれと重なる部分が多い内容ではあるが、戯曲書誌から見て必要性のある基礎的研究であるので、多少後代に役立つこともあろうかと考えて、別冊で出版することとした。とりわけ、本書で重視したのは、『昇平宝筏』の成立が康熙年間にあるのか、或は、乾隆年間なのかという点である。その視点から、各テキスト相互の比較に加えて、それぞれのテキストに見られる文字にも注目した。(2) 以下に列挙する各齣での指摘には、自身で確認した箇所を取り上げているが、原本での該当する具体的な葉数や行を記してはいない。それは、『昇平宝筏』諸本は、岳小琴本をはじめとして分量が多く、厳密な意味で逐一的に校勘した箇所を明記するのは現実的ではなく、事実上不可能であることに因る。本書に疑義を生じる点があれば、必要に応じて、原本を参照していただきたい。

岳小琴本『昇平宝筏』の〔梗概〕と〔対校〕の記載は、岳小琴本が十本各二十四齣仕立てになっている。そのため、本書では、第一本から第十本までを本数ごとに区切り、各本の第一齣から第二十四齣までを箇条書きの形式でまとめ校勘表の形に準拠して提示することとする。なお、書誌的には、岳小琴本は全二十四冊であるが、巻立ては第一本から第十本まで本単位を採用することから、本書では「本」単元を採用し目録にその実冊分けの本数を記す。本書は、岳小琴本『昇平宝筏』二四〇齣の内容紹介と『昇平宝筏』諸本の対校から岳小琴本の特徴を導き出すことを主とした検証からなる。各本最後には、各巻の性格をまとめ、編者や編集上の独自の方針などを推測した。岳小琴本が果たして『昇平宝筏』の原稿本か否かは以下の〔対校〕等で証明して行くこととして、康熙時代に一応の完成体を見た『昇平宝筏』の構成や特色を明白にするため、各本には、本ごとの小結を置くが、あくまでも『昇平宝筏』二四〇齣の部分的なまとめと断片的な状況を示し、最後に全体の総括を示した。

凡例

〔梗概〕では、各齣の簡単な内容を紹介する。なお、本書の梗概は、大阪府立図書館本や故宮博物院本の先行研究で全幕のあらすじは比較的詳しくまとめてあるので、頁数の関係から、作品梗概の一部を省いた齣もある。(3)

〔対校〕では、『昇平宝筏』諸テキスト間の相互の異同に焦点を当て、岳小琴本の特徴を摘出する。岳小琴本の対比に用いる鈔本は、『昇平宝筏』のテキストの内、太宗親征の話を持つ北京故宮博物院本（古本戯曲叢刊九集所収本、以下、故宮博物院本等と略称）を主に取り上げ、必要に応じて故宮博物院本に先行する大阪府立中之島図書館所蔵本（四色鈔本、以下大阪府立図書館本と略称）などを用いて対比をした。

参考として、岳小琴本の成立、或は、その写本年代を推定するために、清朝皇帝、康熙帝、雍正帝、乾隆帝の諱に関する文字の忌避状況について、備考欄を設け、鈔本相互の文字の相違を記した。それにより、岳小琴本が果たして張浄秋氏の指摘する『昇平宝筏』の稿本なのか、或は、筆者の想定する転写本であるか、という点をめぐって、岳小琴本の誤字、特徴的な文字の存在を検証した。

注

（1）磯部彰『清朝宮廷演劇西遊記の研究――岳小琴本『昇平宝筏』を中心に――』（汲古書院、二〇二五）。

（2）張浄秋氏『清代西游戯曲考論』（知識産権出版社、二〇一二）では、康熙時代の原稿という扱いにされている。

（3）磯部彰『清朝宮廷演劇文化の世界』（編著、東北大学東北アジア研究センター、三六八頁、二〇一二年十二月）『大阪府立中之島図書館蔵《昇平宝筏》』（編著、東北大学出版会、二九一二頁、二〇一三年三月）同編著『清朝宮廷演劇文化の研究』（勉誠出版、六七二頁、二〇一四）。

岳小琴本『昇平宝筏』の基礎的研究

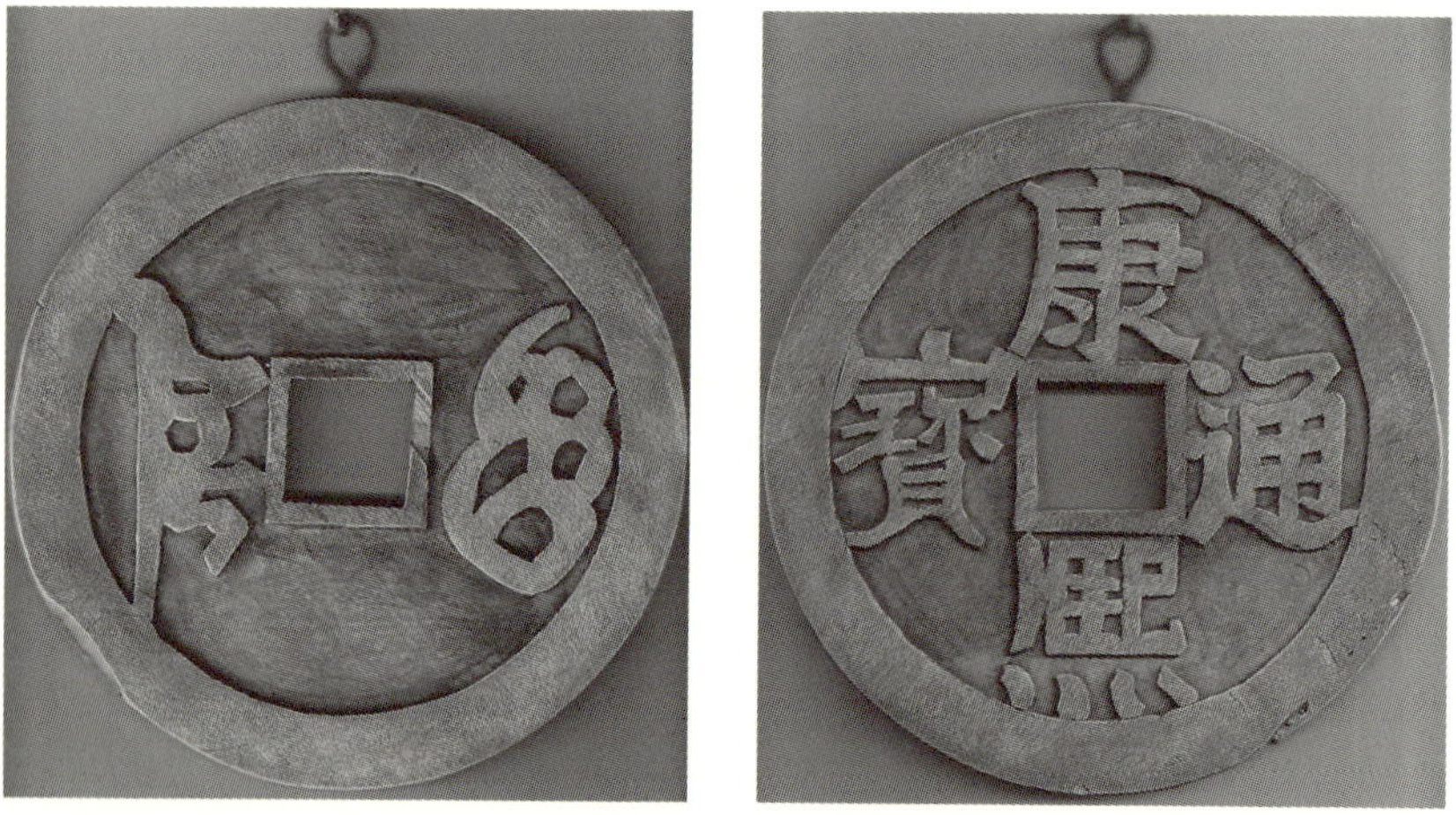

「康熙通宝」の招牌

一　第一本（第一冊—第二冊）の梗概及び対校

第一齣「長生大帝弘聖教」　新増

〔梗概〕

長生大帝が衆仙に彼方の彩雲を指さし、聖主を生み出す瑞兆が現れていると教え、千秋万歳の長寿を祈念した。

〔対校〕

岳小琴本のみの齣。本齣は、故宮博物院本及び大阪府立図書館本には相応する齣はない。

雍正・乾隆時代には忌避される文字「弘」（齣名、欠筆なし）「力」（「錦纏道」後の仙官白）「真」（「小普天楽」後の白他）字を使用している。

岳小琴本曲牌「瑞鶴仙」「錦纏道」「小普天楽」「古輪台」「尾声」

（備考）旧蔵者岳小琴（注）の「小琴□（?）章」楕円形印章がある。

第二齣「金蟬仏子領慈音」　原本改

〔梗概〕

観音は、金蟬子に対し、陳光蕊の妻殷氏の凡胎を借りて投胎し、苦難を経てその任を全うした時に、仏果を証得し宝筏に乗せるという仏旨を伝えた。

〔対校〕

本齣は、故宮博物院本甲本第三齣「金蟬子化行震旦」、大阪府立図書館第一本第三齣「金蟬子化行震旦」に相当する。

曲詞では、岳小琴本と故宮博物院本、大阪府立図書館本とは少しの相違があるが、おおよそは同じ。白では、「中呂過曲　尾犯序」の曲詞の後、岳小琴本はト書きになるが、故宮博物院本・大阪府立図書館本には白「呀、忽地……降臨也」があり、その次がト書きになる。観音の白で、殷氏に金蟬子が投胎することが示されるが、状況が全く異なり、岳小琴本及び故宮博物院本には後に敵討ちがなく、大阪府立図書館本では後で敵討ちを果たすとの大きな相違を生じる。岳小琴本末の七言四句と故宮博物院本の「尾声」、大阪府立図書館本の「慶余」では、わずかに「宝筏」二字が一致するのみ。岳小琴本にある観音等の白「菩薩……少礼」を、故宮博物院本・大阪府立図書館本はト書きとする。

岳小琴本曲牌「尾犯引」「中呂過曲　尾犯序」①「前腔」②「前腔」③「前腔」

故宮博物院本・大阪府立図書館本は、「中呂宮引〔子〕尾犯引」「中呂宮正曲　尾犯序」「又一体」以下、岳小琴本と同じ。但し、岳小琴本は「尾声」（「慶余」）がなく、七言四句がある。故宮博物院本と大阪府立図書館本にも字句の相違（「我」と「伊」）がある。

（備考）

岳小琴本「苦歴」（第一「前腔」後の小旦白）は故宮博物院本は同じであるが、大阪府立図書館本では切り取り補写にて、「歴（苦）遍」字に改める。故宮博物院本・大阪府立図書館本は、岳小琴本で金蟬子の「願我仏万寿」という語句を「阿弥陀仏」と改める。

岳小琴本二番目の「前腔」では、岳小琴本＝故宮博物院本≠大阪府立図書館本の字句がある。その一方、岳小琴本「去」を故宮博物院本は「歴」とする部分がある。これから、故宮博物院本が乾隆帝の御前での上演用テキストではないことがわかる。岳小琴本の最後第三の「前腔」にある曲詞「回光返照」という語句は、教派系宝巻にもよく使われる語句である。

第三齣「霊根化育源流出」　原本改

〔梗概〕

玉帝は下界から金光が発するのに気づくも、花果山の仙石から石猴が生まれたことを怪しむに足りずとし、そのままにした。

〔対校〕

故宮博物院本甲本第一齣「転法輪提綱挈領」、大阪府立図書館本第一本第一齣「転法輪提綱挈領」に相応する。

岳小琴本冒頭にある天仙らの歌う曲牌「園林好」（「整朝儀……」）は大阪府立図書館本第一齣にはなく、曲牌「華厳海会」（「輝煌金闕、……」）、「普賢歌」の曲詞・白とし、故宮博物院本第一齣は「新水令」曲詞（坐霊霄一炁……）を置く。故宮博物院本、大阪府立図書館本は岳小琴本とわずかに一致する語句があるのみで、故宮博物院本と比べると、大阪府立図書館本が最も詳しい玉皇の白を伴う。玉帝の下問以下は、大阪府立図書館本と故宮博物院本は岳小琴本に近似するものの、三者それぞれの間に異同が大きく、テキストの時代順から見ると、岳小琴本、大阪府立図書館本、故宮博物院本の順で物語の内容が増加し、その改訂の過程を窺うことができる。

岳小琴本曲牌「仙呂入双調　園林好」「二犯江児水」

大阪府立図書館本は、「双調正曲　華厳海会」「普賢歌」「双角隻曲　双令江児水」で、故宮博物院本は「双角隻曲新水令」「双角隻曲　二犯江児水」とする。

〔備考〕

最後の曲牌「二犯江児水」は故宮博物院本も同名で、大阪府立図書館本は「双令江児水」とし、曲詞は後者二テキストは近いが、三テキスト異なる曲詞と言える。後者二テキストで前者は、「真僧」、後者は「神僧」とする。

第四齣「心性脩持大道生」　原本改

〔梗概〕

石猴が水簾洞を発見し、大王の位についたが、輪廻地府の災いを知り、神仙を探し出すべく、洞より出発する。

〔対校〕

故宮博物院本甲本第四齣「石猴児強佔水簾」、大阪府立図書館本第一本第四齣「石猴児強占水簾」に相当する。

岳小琴本の冒頭は石猴が「三陽開泰……」と言って登場するが、大阪府立図書館本は通臂猿の白、故宮博物院本は石猴が「春来攀樹……」と四季の食べ物に困らないと言って登場し、三テキストともに異なる。大阪府立図書館本は、衆猴による曲牌「賀新郎」曲詞と通臂猿の白があり、続いて岳小琴本と同じ石猴の白「三陽開泰……」となる。故宮博物院本は、岳小琴本の三旦丑の白を改変して始まり、先行二テキストの「三陽開泰……」の部分がない。大阪府立図書館本は、冒頭に曲詞・白を新たに加えた点が岳小琴本と異なる。しかし、岳小琴本を承けつつ、曲詞を加え、故宮博物館本は更に改めたと言うことが出来る。

岳小琴本と故宮博物院本・大阪府立図書館本との間には、白と曲詞におおよそ三分の一程度の相違がみられるが、冒頭を除けば、顕著な物語の異同とまでは言えない。

岳小琴本「真个山中無甲子」は、大阪府立図書館本では「果然山中」とし、故宮博物院本は大阪府立図書館本と同じ。岳小琴本の「前腔」（梁州序）で雪だるまに日が当たり、「倒頭歪」は、大阪府立図書館本では「即消解」とするが、その「即」字は切り取った後に補写された点が明瞭であり、故宮博物院本では「立消解」とする。これは、もともと大阪府立図書館本でも故宮博物院本と同じであった文字を、上演に際して、観劇する乾隆帝の諱と同じ発音を憚って急遽変更したものであったと考えられる。岳小琴本の「尾声」曲詞は、大阪府立図書館本「慶余」及び故宮博物院本「尾声」とは異なり、岳小琴本の七言四句も大阪府立図書館本・故宮博物院本にはない。

岳小琴本曲牌「南呂過曲　梁州序」「前腔」「節々高」「尾声」

大阪府立図書館本は「南呂宮正曲　賀新郎」「南呂宮集曲　梁州新郎（梁州序首至合）（賀新郎合至末）」「又一体」「南呂宮正曲　節節高」「慶余」とし、故宮博物院本は「南呂宮集曲　梁州新郎（梁州序首至合）（賀新郎合至末）」「又一体」「南呂宮正曲　節節高」「尾声」で大阪府立図書館本冒頭の「南呂宮正曲　賀新郎」がない。

〔備考〕
岳小琴本には、写本時の落字「花」が補写されて加えられる。原稿本では、考えにくい見落とし、つまり落字「(異) 花 (香噴)」がある。
岳小琴本「把真仙拝」、故宮博物院本「祈真宰」、大阪府立図書館本「祈主宰」とそれぞれ記す。大阪府立図書館本の「主」字は、もともとは「真」字であったと思われるが、現存本ではその部分が切り取り補写される。

第五齣「悟徹菩提真妙理」　原本改

〔梗概〕
斜月三星洞の菩提祖師は、美猴王に孫悟空の名前を与えた。

〔対校〕
故宮博物院本甲本第五齣「霊台心照三更静」、大阪府立図書館本第一本第五齣「霊台心照三更静」に相当する。
岳小琴本の冒頭に置かれる弟子の道人による斜月三星洞の紹介部分「蘿幌……登壇也」は、故宮博物院本、大阪府立図書館本いずれもなく、菩提祖師の唱である曲牌「粉蝶児」から始まる。曲詞は、岳小琴本と後者二テキストは半分ほど異なる。
次の曲牌「泣顔回」は、大阪府立図書館本は「南好事近」、故宮博物院本「好事近」とし、三本異なるが、曲詞はかなり一致する。曲牌「石榴花」の後、「泣顔回」を後者は「(南) 好事近」とし、岳小琴本「黄龍袞犯」は「(北) 闘鵪鶉」とし、「千秋歳」の後、岳小琴本「撲灯蛾犯」は「(北) 満庭芳」、「越恁好」、「上小楼」の後、岳小琴本「畳字犯」は「（南）撲灯蛾」とし、曲牌名が異なるところは曲詞も異なる。岳小琴本と大阪府立図書館本が一致（「（三更時分往）後門進去」）し、故宮博物院本では異なる部分（「到他方丈」）がある場合と、岳小琴本と故宮博物院本とが一致（「可能長生」）し、大阪府立図書館本とは異なる字句（「（可能）彀（長生）」）が見られる箇所もある。つまり、三本は一系列ではない形をとる。

また、岳小琴本で孫悟空が三星洞に来て、「心々要到……眼前」と言うが、大阪府立図書館本には「聞得……普度衆生」の一文がその前にあり、故宮博物院本では同じ文がその後にある。

岳小琴本には、落字と思われる「斜月」、「是」、「那」各文字を文章の右に補記する。原稿であれば、このような文字の記入漏れは発生しないのではなかろうか。おそらく既に存在したテキストを転写する時のミスであったであろう。

全体的に見ると、岳小琴本と故宮博物院本との間には、曲詞・白の有無などを含めて、異同が多く見られる。

岳小琴本曲牌「中呂　粉蝶児」「泣顔回」「石榴花」「泣顔回」「黄龍袞犯」「千秋歳」「撲灯蛾犯」「越恁好」「上小楼犯」「畳字犯」「尾」

大阪府立図書館本は、「中呂調合曲　北粉蝶児」「中呂調合曲　北粉蝶児」「中呂調合曲　南好事近」「北石榴花」「南好事近」「北鬪鵪鶉」「南千秋歳」「北満庭芳」「南越恁好」「北上小楼」「南撲灯蛾」「北尾声」、故宮博物院本は、「中呂調正曲　好事近」「中呂調隻曲　石榴花」「中呂調正曲　好事近」「中呂調隻曲　鬪鵪鶉」「中呂宮正曲　千秋歳」「中呂調隻曲　満庭芳」「中呂調正曲　越恁好」「中呂調隻曲　上小楼」「中呂宮正曲　撲灯蛾」「尾声」とする。

（備考）

岳小琴本「立証」は故宮博物院本では同じであるが、大阪府立図書館本は「刻証」と「立」を「刻」と改める。岳小琴本は「真」字を多用し、「真如」とするところを、故宮博物院本は「成如」とする。「真妙」は、故宮博物院本・大阪府立図書館本ともに「異妙」とする。大阪府立図書館本の曲牌名の頭に、「北」・「南」字を交互に入れる。また、最後を「北尾声」とし、他所とは不統一。

第六齣「断魔帰本合元神」　原本

〔梗概〕

混世魔王は水簾洞の衆猴を打ち破り、洞を占領した。しかし、帰って来た美猴王によって混世魔王は打ち殺された。

〔対校〕

故宮博物院本甲本第六齣「混世魔消万刼空」・第七齣「掃蕩妖氛展豹韜」、大阪府立図書館本第一本第六齣「混世魔消万刼空」に相当する。

岳小琴本の曲牌名・曲詞・白が、冒頭曲牌「半陣楽」から故宮博物院本・大阪府立図書館本「錦堂春」と異なる点が見られ、岳小琴本の白が故宮博物院本等にない場合（「（一場）把貧者……矯世」など）も多い。岳小琴本「玉芙蓉」の次の「前腔」曲詞は、故宮博物院本・大阪府立図書館本にはなく、続く「普天楽犯」は、それぞれ「楽秦娥（普天楽首至四）」、「楽近秦娥（普天楽首至三）」として、曲詞は半ば同じ。岳小琴本では中途にある曲牌「四辺静」直前で、故宮博物院本は改齣されて第七齣となる。大阪府立図書館本は岳小琴本と同じで、改齣しないが、「四辺静」の曲詞は故宮博物院本と同じで岳小琴本とは異なる。岳小琴本末にある五言四句は、故宮博物院本等にはない。尾声なども、故宮博物院本等にはない。

岳小琴本（「（混世魔王）来占地界（殺得大敗）」）と大阪府立図書館本（「果然称兵搶掠、思奪水簾洞府」）とでは異なる、或は、岳小琴本にはない部分で、故宮博物院本（「（混世魔王）果然称兵報復（殺得大敗）」）と大阪府立図書館本（同上）との間で異同がある部分もみられる。つまり、この三本の間の増補、そして異同の発生は岳小琴本から大阪府立図書館本、大阪府立図書館本から故宮博物院本への改変の跡を辿り得る箇所と言えよう。全体的に見て、岳小琴本と故宮博物院本・大阪府立図書館本との異同が、曲詞・白双方で大きいと言える齣である。

岳小琴本曲牌「半陣楽」「正宮　玉芙蓉」①「前腔」「普天楽犯」「朱奴児」「四辺静」②「前腔」

大阪府立図書館本は、「正宮引　錦堂春」「正宮正曲　玉芙蓉」「正宮集曲　楽近秦蛾（普天楽首至三）（醜奴児近四至合）（泣秦蛾合至末）」「正宮正曲　朱奴児」「正宮正曲　四辺静」「又一体」、故宮博物院本は「正宮引子　錦堂春」「正宮正曲　玉芙蓉」「正宮正曲　楽秦蛾（普天楽首至四）（泣秦蛾七至末）」「正宮正曲　朱奴児」（以上、第六齣）「正宮正曲　四辺静」「又一体」（以上、第七齣）と二齣に亙る。

〔備考〕

岳小琴本と大阪府立図書館本が同じ「（白日）青（天）」で、故宮博物院本では異なる文字がある。

故宮博物院本「歴（世威名）」≠大阪府立図書館本「累（世威名）」（改字）

第七齣「借兵器龍王拱伏」　原本改

〔梗概〕

東海龍王のもとに美猴王が来て武器の献上を促せば、龍王はやむを得ず、金箍棒と甲冑を差し出した。

〔**対校**〕

故宮博物院本甲本第八齣「誅求武備翻龍窟」、大阪府立図書館本第一本第七齣「借資武備翻龍窟」に相当する。

岳小琴本と故宮博物院本とは、曲詞・白の異同が三分の一程度見られる。例えば、冒頭で、岳小琴本は最初に登場する東海龍王の白「水吞三楚……」、そして悟空が登場して歌う曲牌「新水令」がある。故宮博物院本、大阪府立図書館本ではその曲牌を先にし、白を後に置く。曲詞も全く両者は異なる。曲牌「歩歩嬌」以降、「尾声」まで曲牌名は同じであるが、曲詞に異同が多く、白にも少し差異が見られる。

岳小琴本曲牌「双調新水令」「歩々嬌」「折桂令」「江児水」「雁児落」「僥々令」「収江南」「園林好」「沽美酒」「尾声」

大阪府立図書館本は、「仙呂入双角合曲　北新水令」「南歩歩嬌」「北折桂令」「南江児水」「北鴈児落帯得勝令」「南僥僥令」「北収江南」「南園林好」「北沽美酒帯太平令」「南尾声」で、故宮博物院本は「双角隻曲　新水令」「仙呂宮正曲　歩歩嬌」「双角隻曲　折桂令」「仙呂宮正曲　江児水」「双角隻曲　鴈児落帯得勝令」「仙呂宮正曲　僥僥令」「双角隻曲　収江南」「仙呂宮正曲　園林好」「双角隻曲　沽美酒帯太平令」「尾声」と、大阪府立図書館本が曲牌に「北」「南」を冠するが、故宮博物院本は冠さず、また、宮調の表記が異なる。

（備考）

字句の相違を見ると、岳小琴本と大阪府立図書館本が一致（「（碧玉雕）欄」）、故宮博物院本とは異なる（「樹」）箇所がある一方、反対に岳小琴本と故宮博物院本とが一致（「侍女」每）して大阪府立図書館本が異なる（「們」）箇所も見受けられる。また、岳小琴本・故宮博物院本ともに「鋙利」とするのに対し、大阪府立図書館本は「鋙鋭」と改める点がある。これは後者が「鋭」字を補写したためで、もとは同じ文字であったと思われる。その一方、岳小琴本の数字（「(戟) 七千二百」）を、大阪府立図書館本・故宮博物院本はともに改める（「七千三百」）箇所もある。岳小琴本「神針」＝故宮博物院本は、大阪府立図書館本「神金」と改める。岳小琴本「這根本」≠大阪府立図書館本「我的本事」≠故宮博物院本「我的利害」と、三本が異なる表記もある。

第八齣「鬧森羅十類除名」　原本改

〔梗概〕

美猴王は牛魔王からの招待の帰り道、鉄板橋で五常鬼が閻王のもとへ連れて行こうとしたが、逆に殺してしまい、自らは森羅殿に乗り込み、その名を閻王の帳簿から消してしまう。十殿閻王はやむなく、明日、地蔵菩薩に訴えることとした。

〔対校〕

故宮博物院本甲本第十齣「鉄板橋酔臥拘拏」・第十一齣「鬧森羅勾除判牒」、大阪府立図書館本第一本第十齣「鉄板橋酔臥拘拏」・十一齣「鬧森羅勾除判牒」に相当する。

岳小琴本では、冥府の拘引と十代閻王の出御は連続した流れとして一齣でまとめるが、冒頭を除けば、細部で異なる点はあるものの物語の大要は同じである。

岳小琴本第八齣は、冒頭に牛魔王との宴会、鉄板橋での酔態を物語る簡単な話を挿入するに過ぎず、孫悟空が森羅殿へ赴くとする。大阪府立図書館本ではその前に、独角鬼が赭袍を美猴王に献上して後に観兵をし、そこで牛魔王とよしみを結ぶことを進める。次の第九齣では、牛魔王と結盟をし、第十齣になって鉄板橋で拘引され、陰司に赴くという設定を取る。故宮博物院本第九齣は大阪府立図書館本第九齣と一致し、牛魔王が結盟を求めるという設定をする。故宮博物院本も大阪府立図書館本も、第十齣が鉄板橋での拘引の話になるが、両本は物語の展開に応じて第十一齣に改齣して冥府に乱入する場面設定とする。故宮博物院本が大阪府立図書館本を改めたと思われる異同がこの齣の後半に見られる。例えば、大阪府立図書館本にある丁東歌などは、故宮博物院本では省略されるなどの相違が見られる点である。三テキストを子細に比較すると、岳小琴本の冒頭の曲牌名「滴溜子」は、故宮博物院本、大阪府立図書館本と同じであるが、曲詞は半ば異なる。重要なことは、牛魔王の二使者が孫悟空を送って鉄板橋に到り、ここで別れを告げる。すると、悟空は、「汝等拝上你大王」と言い、自ら牛魔王の宴に赴き、いつの間にか酔いが廻ってしまったと述べる（「今日牛魔王請我赴宴、不覚吃得大酔」）くだりがある。つまり、岳小琴本の依拠本、つまり「原本」でも、故宮博物院本・大阪府立図書館本と同様に、冥府に赴く前後には牛魔王と結盟するような話があったことが想定され、岳小琴本自体の改変上のミスか、依拠した康熙勅命以前の「原本」を改訂した際、その話を省いてしまった可能性がある。

故宮博物院本、大阪府立図書館本で改齣した最初の曲牌は「西地錦」で、岳小琴本曲牌は「点絳唇」で曲詞も異なる。しかし、続く五殿閻君の白は類似し、曲牌「降黄龍」は同じで曲詞は半ば異なる。「前腔」、「三段子」、「帰朝歌」は曲牌名は同じであるが、曲詞はかなり異なる。岳小琴本最後の七言四句は「尾声」もしくは「慶余」として全く異なる。

岳小琴本曲牌「黄鐘過曲　滴溜子」①「前腔」「点絳唇」「降黄龍」②「前腔」「三段子」「帰朝歓」

故宮博物院本・大阪府立図書館本は、「黄鐘宮正曲　滴溜子」「又一体」（以上、第十齣）、「黄鐘宮引　西地錦」「黄

鐘宮正曲　降黄龍」「又一体」「三段子」「帰朝歓」「尾声」（「慶余」）（以上、第十一齣）

〔備考〕

故宮博物院本「設立（岳小琴本なし）十二遊神」は、大阪府立図書館本では「設了」と切り取り補写をする。大阪府立図書館本は、もともと故宮博物院本と同じであって、乾隆帝の「暦」字音と「立」字音が重なるのを避けたのであろう。

岳小琴本では「五常鬼」、或は「無常鬼」とし、同音による誤記の可能性がある。岳小琴本「他毎（的）」（曲牌「帰朝歓」）＝故宮博物院本＃大阪府立図書館本「他們」

第九齣「官封弼馬心何足」原本

〔梗概〕

金星は孫悟空を伴い、天上へ赴き、弼馬温の官職を受けさせる。ところが、孫悟空は官位の低さに怒り、それを拒否して天庭から逃亡する。

〔対校〕

故宮博物院本甲本第十二齣「詣絳闕交進弾章」後半・第十三齣「官封弼馬沐猴冠」、大阪府立図書館本第一本第十四齣「封弼馬到任開筵」に相当する。

岳小琴本では、金星が天庭に赴き、孫悟空に官職を与えることを求める場面から始まる。大阪府立図書館本も第十四齣は、岳小琴本と同様に、許真君が伺候するところに、金星が孫悟空に恩赦が下ることを願う上奏をするためにやってくる場面から始まる。大阪府立図書館本の前齣は、悟空の開いた寿宴に金星が来て、東海や幽冥を乱した孫悟空に対して天兵が派遣されることを止めた上で、悟空を伴って天庭へ行く場面としている。故宮博物院本第十二齣前半は、東海龍王と閻王それぞれが悟空の暴虐を玉帝に訴えるが、後半は金星がしばしの猶予を求める場面が続く。そして、悟空に弼馬温の官職が授けられるところで第十二齣が終わり、改齣してその官職に赴任する第十三齣に入る。

岳小琴本、故宮博物院本、大阪府立図書館本三本は、曲牌「甘州歌」から内容が接近するものの、曲詞・白ともに差異がある。岳小琴本は、故宮博物院本のようには改齣せず、悟空が赴任して担当役人の出迎えを受けたあと、曲牌「前腔（甘州歌）」となり、故宮博物院本とほぼ一致する曲詞「朝陽鳳喈（鳴）々……同儕」が置かれる。大阪府立図書館本は岳小琴本と同じく改齣しないが、岳小琴本及び故宮博物院本にある第二の「前腔（甘州歌）」をすべて省き、二人の衙官の白に接続する。その白は、三本ともに同じ。続いて、岳小琴本は「前腔（甘州歌）」の次に「桂枝香」を置くが、故宮博物院本と大阪府立図書館本では異なる曲牌「大斎郎」の曲詞と白がある。これは、岳小琴本にはない。「桂枝香」の曲詞とそのあとの白は、故宮博物院本と大阪府立図書館本では大きな相違が見られる。次の曲牌「青（清）歌児」の曲詞にも、多少の相違がある。岳小琴本、大阪府立図書館本、故宮博物院本三本の相違が大きい齣である。

岳小琴本曲牌「仙呂過曲　甘州歌」「前腔」「桂枝香」「清歌児」

大阪府立図書館本は、「仙呂宮集曲　甘州歌（八声甘州首至六句）（排歌合至末句）」「仙呂宮正曲　大斎郎」「桂枝香」「青歌児」で、故宮博物院本の該当部分は第二の「仙呂宮集曲　甘州歌（八声甘州首至合）（排歌合至末）」（以上、第十二齣後半）「仙呂宮集曲　甘州歌（八声甘州首至合）（排歌合至末）」「仙呂宮正曲　大斎郎」「桂枝香」「仙呂宮

正曲　青歌児」（以上、第十三齣）という二齣に亙る。

〔備考〕

岳小琴本の冒頭に登場する「許真君」は、大阪府立図書館本では「神君」とする。岳小琴本と大阪府立図書館本とが一致し、故宮博物院本とは異なる白がある一方、岳小琴本の用いる「利害」（「青歌児」後の外丑白）は故宮博物院本と一致し、大阪府立図書館本ではその部分を切り取り「大気」と補記する箇所がある。

第十齣「名註斉天意未寧」原本

〔梗概〕

李天王・哪吒太子らは花果山を攻め寄せるが、孫悟空の力に圧倒される。そこに金星が来て玉旨が伝えられ、孫悟空には斉天大聖の号が与えられ、蟠桃園の管理をさせることになった。

〔対校〕

故宮博物院本甲本第十四齣「兵統貔貅披雁甲」、大阪府立図書館本第一本第十五齣「托塔領兵重領旨」に相当する。岳小琴本と故宮博物院本とは、巨霊神の登場あたりまでは同じ白「小聖乃巨霊神……地昏」を用いるが、岳小琴本が李天王ら天兵の登場の時に曲牌「淘金令」を用いるのに対し、故宮博物院本と大阪府立図書館本は「甘州歌」を用いる。曲牌名次の「前腔（又一体）」の後、「風入松」「前腔」「急三鎗」「風入松」「急三鎗」「風入松」が一致する場合でも、曲詞は大半が異なる。白でも、例えば、「甘州歌」の後に天王の白「某托塔天王是也」とある故宮博物院本・

大阪府立図書館本の白は岳小琴本にはない点が目立つ。

兵小琴本最後の七言四句は、故宮博物院本等にはない。

岳小琴本曲牌「仙呂入双調　淘金令」①「前腔」「風入松」②「前腔」「急三鎗」「風入松」「急三鎗」「風入松」

故宮博物院本・大阪府立図書館本は、「仙呂宮集曲　甘州歌（八声甘州首至合）（排歌合至末〔句〕）」（大阪府立図書館本は八声甘州首至六句）「又一体」「仙呂宮正曲　風入松」「又一体」「急三鎗」「風入松」「急三鎗」「風入松」とする。

（備考）

岳小琴本では、依拠本の「並」字に対し、誤字と見て脇に「聖」字を添付し、訂正補足とする。「有敗」にも、「要」字を右側に添付する。

岳小琴本「真个」（冒頭の外白）「自立」（「前腔（淘金令）」後の孫白）＝故宮博物院本≠大阪府立図書館本「果然」「自称」（切り取り補写）　岳小琴本の文字と大阪府立図書館本が一致し、故宮博物院本は別字、反対に岳小琴本と故宮博物院本が一致し、大阪府立図書館本が別字の場合もある。

大阪府立図書館本と故宮博物院本にのみある文章の中で、文字が異なる箇所、大阪府立図書館本「宝刃」（冒頭の巨霊白）≠故宮博物院本「利刃」という異同が見られる。（この部分については、岳小琴本は異文）

第十一齣「宴瑤池天帝憐才」　新増

〔梗概〕

孫悟空は天恩で帰順の機会を与えられ、弼馬温の役職を与えられて昇平の世になる。淮南王劉安は、東方朔や董仲舒、司馬相如の参集を求めて昇平の世を楽しみ、詞賦にて皇佑の恩を称える。

〔対校〕

故宮博物院本、大阪府立図書館本にはない齣。

本話は、取経物語とは関係のうすい添え物的な設定であるため、大阪府立図書館本などでは江流児などに関する話に置き換えられたのであろう。最後の白「聖寿無疆」と衆仙が述べて歌うことは、暗に観客である皇帝に向けられているのであろう。

岳小琴本曲牌：「南呂引　生査子」①「前腔」「南呂過曲　梁州新郎」②「前腔（換頭）」「節々高」③「前腔」「尾声」

第十二齣「集蓬萊群仙赴会」新増

〔梗概〕

王母は蟠桃が熟したので、その祝宴を開催し、赤脚大仙等を招待する。招待を受けた赤脚大仙は、休息する中、董・許二仙姑《ママ》が通りかかる。赤脚大仙らは二仙姑の麗しさを称え、二仙姑は先を急いだ。

〔対校〕

故宮博物院本、大阪府立図書館本にはない齣。

次の第十三齣で起こる蟠桃盗難への伏線として設定されたのであろうが、やはり、後のテキストでは別の場面を入れるために省略されている。

岳小琴本曲牌「仙呂過曲　皂羅袍」①「前腔」②「前腔」③「前腔」

第十三齣「蟠桃会大聖偸丹」　原本

〔梗概〕

斉天大聖府では悟空がひそかに大きな蟠桃を食べてしまったところ、西王母の命を受けた仙娥（ママ）二人が蟠桃を摘みに来た。悟空は、土地公に二仙娥を園内の案内をさせ、自らは蟠桃宴の佳肴を盗み、花果山へ逃げ帰った。

〔対校〕

故宮博物院本甲本第十五齣「園熟蟠桃恣窃偸」、大阪府立図書館本第一本第十六齣「蟠桃偸宴復偸丹」に相当する。岳小琴本の齣の中では、他の齣よりは長い箇所である。

岳小琴本と故宮博物院本は、曲詞・白ともに差異が大きく見られる。曲牌に「南」「北」を入れるのは岳小琴本と大阪府立図書館本で、故宮博物院本には見られない。

岳小琴本では、大阪府立図書館本・故宮博物院本の最後の「（南）滴溜子」一曲がない。また、登場人物では、岳小琴本は二仙娥が蟠桃を摘み取りに来るが、故宮博物院本では四仙女（董双成、許飛瓊、嘉慶子、瑞鶴仙）が登場し、大阪府立図書館本は二仙女とする。岳小琴本最後の「北水仙子」では、三同字重畳でリズム感の作成を行なうが、故宮博物院本、大阪府立図書館本では異字に改めつつ、重畳形式を踏襲する。岳小琴本の曲詞は、例えば「南滴滴金」で「無知野獣金丹盗、不留一粒令人悩、如何煉得葫芦飽」といったストレートな表現が多いが、故宮博物院本（大阪府立図書館本）では、美辞詞句「獣心人面把金丹盗、如何罄尽胡蘆倒、不留顆粒真（一顆誠）堪悩」に改める傾向が強い。白も品位に欠けるところなどが改められる。岳小琴本曲牌「北喜遷鶯」の後、悟空が仙肴を盗み去る場面で、「把這好東西帯回去、与俺子孫們見々食（識）面、没有東西装他怎麽処、哈々有了、今日穿的是両条褲子、褪下一条来当个口袋装他娘」という部分を大阪府立図書館本は「……有箇搭包繋在這裏、待我装起来」と改め、故宮博物院本はさらに簡略化して、「……食面、待我装起来」とする。

岳小琴本曲牌「黄鐘　北酔花陰」「南画眉序」「北喜遷鶯」「画《（ママ）》眉序」「北出隊子」（「（北）出隊子」の誤り）「南仙段子」「北刮地風」「南耍鮑老」「北四門子」「南滴々金」「北水仙子」「南尾声」

故宮博物院本・大阪府立図書館本は、「黄鐘調合套　酔花陰」（大阪府立図書館本は「黄鐘調合曲　北酔花陰」）「黄鐘宮合套　画眉序」（同、「黄鐘調合曲　南画眉序」）以下、岳小琴本と同じである。但し、大阪府立図書館本は「黄鐘調合曲　北古水仙子」と表記する。

（備考）

岳小琴本には単純な文字の写し落としがある一方、訂正の文字を本文の該当文字の右側に添える場合もある。岳小琴本では、「大（聖）」の「聖」字、〈唱〉という指示は三箇所、曲詞の「的」などの落字、「食」面の右側に「識」字、「也」都は抹消して「尽」としているが、大阪府立図書館本と故宮博物院本は「也」であり、この文字が「尽」としていた岳小琴本系の先行するテキストがあったのを、現存の岳小琴本が踏襲した可能性がある。岳小琴本で応対の際に「是」と発する白は、大阪府立図書館本、故宮博物院本ではト書きにされている。

岳小琴本は「真」字を使用。岳小琴本「真正」（「北酔花陰」後の孫白）＝故宮博物院本≠大阪府立図書館本「果然」

その一方、岳小琴本≒大阪府立図書館本≠故宮博物院本の白がある。岳小琴本は一箇所「金母」（第二「画眉序」後の二旦白）とするが、他は「王母」とし、大阪府立図書館本と故宮博物院本は「金母」とする。

岳小琴本「珍饈」（「南耍鮑老」後の力士白）＝故宮博物院本≠大阪府立図書館本「餚饌」と切り取り補写する。

岳小琴本「分例」（「北水仙子」後の孫白）＝故宮博物院本≠大阪府立図書館本「応得的」と切り取り補写する。

この他、岳小琴本が故宮博物院本や大阪府立図書館本と異なる箇所で、後者の両テキスト相互が異なる文字もある。故宮博物院本「真箇」≠大阪府立図書館本「果是」（切り取り補字）、故宮博物院本「仙」（切り取り補字）、故宮博物院本「(羣) 真」≠大阪府立図書館本「粒」≠大阪府立図書館本「顆」（切り取り補字）、故宮博物院本「珍」≠大阪府立図書館本「餚」（切り取り補字）、故宮博物院本「(不留) 顆粒真」≠大阪府立図書館本「一顆誠」（切り取り補字、岳小琴本は「粒令人～」とする部分）などである。

岳小琴本と大阪府立図書館本が一致し、故宮博物院本が異なる字句の例、その逆に岳小琴本と故宮博物院本とが同じで、大阪府立図書館本が異なる字句の例もある。故宮博物院本は岳小琴本系のテキストと大阪府立図書館本系のテキストを併用して作成されていると思われる。岳小琴本と故宮博物院本が同じで、大阪府立図書館本で元の文字を削除した後補写した箇所は、安殿本が使用された上演時の改字と推測されるため、もともと岳小琴本と大阪府立図書館本、故宮博物院本三テキストの該当部分は同じ文字であったと見た方が良いのかもしれない。

第十四齣「花果山諸神捉怪」　原本

〔梗概〕

托塔李天王は、哪吒三太子、二十八宿や灌口二郎らと花果山にやってくる。二郎神と悟空は戦う最中、悟空は猴兵らが捕らえられたのを見て怒る折、二郎神の狗に捕らえられてしまう。

〔対校〕

故宮博物院本甲本第十六齣「営開細柳専征討」、大阪府立図書館本第一本第十七齣「集天神二郎有勇」に相当する。

岳小琴本と故宮博物院本・大阪府立図書館本とでは、曲詞・白ともに大きな相違が見られる。とりわけ、天王らが花果山へ攻め寄せる場面で、各テキストの差異が明瞭に窺われる。白では、岳小琴本と大阪府立図書館本の同じ字句がある一方、故宮博物院本、旧北平図書館本にはない字句がある。反対に、岳小琴本と故宮博物院本の白にはないが、大阪府立図書館本のみにある白（「一通鼓畢」）の例もある。

岳小琴本「来此花果山水簾洞、哪吒、（生）吩咐擂鼓三通、諸将上帳听差、（天将白）天王在上、諸神参見、……」

大阪府立図書館本「来此花果山水簾洞了、哪吒、（天王白）吩付擂鼓三通、諸将上帳聴令、（哪吒白）（一通鼓畢、二通鼓畢、三通鼓畢）、（各白）天王在上、諸神参見、……」

故宮博物院本「来此花果山水簾洞了、（哪吒応科天王白吩咐衆神将上台听令）（衆神作参見科白）天王在上、諸神参見、……」

曲牌「鵲踏枝」の直前、「哪吒令」末の「（欲）的返何為」を、大阪府立図書館本は「（欲）的也（胡為）」、故宮博物院本は「（欲）□□（空欄）（胡為）」、旧北平図書館本はナシ、と大阪府立図書館本以降の諸テキストには混乱が見られる。

岳小琴本曲牌「点絳唇」「混江龍」「油葫芦」「天下楽」「哪吒令」「鵲踏枝」「勝葫芦」「么篇」「北煞」

故宮博物院本・大阪府立図書館本は、「仙呂調套曲　点絳唇」以下「仙呂調套曲　勝葫蘆」まで岳小琴本と同じであるが、その後の「又一体（勝葫蘆）」は岳小琴本の「么篇」に相当し、続いて岳小琴本にはない「仙呂調套曲　上馬嬌」を置き、「（仙呂調）煞尾」で終わる。

〔備考〕

岳小琴本曲牌「么篇」曲詞後にある（二郎神白）「法力」は、岳小琴本＝故宮博物院本＝旧北平図書館本≠大阪府立図書館本「道法」

「煞尾」では、大阪府立図書館本と故宮博物院本では、悟空の斬首が行われるが、火花が散るのみで悟空は死なず、一同が驚く場面で終わる。

岳小琴本（「点絳唇」後の生白）「努力」＝故宮博物院本＝旧北平図書館本≠大阪府立図書館本「奪勉」（切り取り補字）。また、別の形で岳小琴本（「混江龍」）「（迎）戦施法力」は故宮博物院本・大阪府立図書館本・旧北平図書館本「（迎）陣」とするが続く「施法力」は大阪府立図書館本のみ「施道法」と改める。或は、岳小琴本（「天下楽」）「木怪」＝大阪府立図書館本≠故宮博物院本「水（怪）」という場合もある。

第十五齣「八卦炉中心不定」原本改

〔梗概〕

孫悟空は玉旨で斬罪となるが、火眼金睛となって丹爐を飛び出してけり倒し、霊霄宮へ行って玉帝に掛け合うこととする。

〔対校〕

故宮博物院本甲本第十七齣（旧北平図書館本第一本第十七齣）「焼仙鼎八卦無霊」、大阪府立図書館本第一本第十八齣「焼仙鼎八卦無霊」に相応する。

岳小琴本では、その冒頭で悟空の斬首の場面が演じられる。他方、故宮博物院本、大阪府立図書館本では前齣末「上馬嬌」「煞尾」両曲とト書きに置かれている。そのため、第十五齣前半の曲牌「千秋歳」「金銭花」とその前後の白は故宮博物院本・大阪府立図書館本にはなく、岳小琴本のみある。

岳小琴本「金銭花」の後にある老君の登場後の白「不要殺不要殺諸位……」から、岳小琴本と故宮博物院本・大阪府立図書館本とは一致する点が多いが、曲牌「端正好」「滾綉毬」における曲詞の相違がはなはだしい。最後にある曲牌「水底魚」では「手執……与吾」と悟空が歌う。故宮博物院本・大阪府立図書館本は「煞尾」に当たり、故宮博物院本・大阪府立図書館本の曲詞の方が簒奪を前面に押し出した表現「把天宮速譲吾」に見える。

岳小琴本の「原本改」の「原本」とは、小説に基づく先行する戯曲本を指す可能性がある。

岳小琴本曲牌「千秋歳」「金銭花」「端正好」「滾綉毬」「叨々令」「水底魚」

故宮博物院本・大阪府立図書館本は、「高宮套曲　端正好」「高宮套曲　滾繡毬」「高宮套曲　叨叨令」「煞尾」とする。

（備考）

大阪府立図書館本、故宮博物院本は、唱に「也麻哥」という、一種の合いの手のような語句を入れる。

岳小琴本の「名和利」（「千秋歳」）は、「利」字を「和」字の誤写の上書きする。

岳小琴本（「金銭花」後の老君白）「（一）粒」＝故宮博物院本≠大阪府立図書館本「点」
岳小琴本（「叨々令」）「（三昧火）」≠大阪府立図書館本「三昧的神火」＝故宮博物院本、岳小琴本（同右の老君白）「（三昧）真（火）」＝故宮博物院本≠大阪府立図書館本「神」

故宮博物院本では「真火」の文字は「真」、「神」字を混用している。「神」字を使うのは、大阪府立図書館本に依拠したためではないか。

第十六齣「五行山下志堅牢」原本改

〔梗概〕

悟空は通明殿に到り、神将らをことごとく打ち負かした。玉皇は怒り、急ぎ西天に使者を遣わし、如来の法力による助けを求めた。釈迦牟尼文仏は暴れる悟空に対し、觔斗雲で自分の右掌中から出られれば、悟空に天宮を譲ろうと提案する。しかし、悟空は如来の法力のもとでその掌に捕らえられ、五行山の下に金字帖を貼られて監禁された。

〔対校〕

故宮博物院本甲本第十八齣「鬧天闇九霄有事」・十九齣「降伏野猿虔奉仏」・二十齣「廓清饞虎慶安天」、大阪府立図書館本第一本第十九齣「降伏野猿虔奉仏」・二十齣「廓清饞虎慶安天」に相当する。

岳小琴本では、悟空の天宮乱入、玉帝による如来の救援を求める玉旨の発給、普化天尊らによる守護、そして天神諸将の敗北、如来の登場と悟空との賭け、妖猴収伏、その後の安天大会の開催が一齣内ですべて示される。大阪府立図書館本も、曲牌「催拍」「又一体」「亭前柳」「又一体」「慶余」までを第十九齣に収める点は岳小琴本に近い。これに対して、故宮博物院本では、第十六齣では王霊官が守る天門へ斉天大聖が乱入し、玉帝の座を奪おうとする騒ぎを起こすが、許神《（ママ）》君を如来の元へ遣す一方、玉帝を守護せんと、普化天尊らの登場場面で、第十八齣を終える。そして次の改齣した第十九齣で曲牌「亭前柳」「又一体」を入れて如来と悟空の賭けから斉天大聖の収伏と五行山送りを示して「尾声」となり、安天大会開催に到るまでの場面を演じる。大阪府立図書館本及び故宮博物院本では、いずれも玉帝が如来へ謝意を示す安天大会の開催はともに第二十齣に改め、「高大石調正曲　念奴嬌序」から「長寿仙」「慶余」（「尾声」）を置く。岳小琴本の「念奴姣《（ママ）》」の曲詞の一部は重なるが、「長寿仙」「尾声」の曲詞は故宮博物院本・大阪府立図書館本と異なる。

岳小琴本の白の一部分は、故宮博物院本ではト書化されている。反対に、岳小琴本のト書部分を故宮博物院本が白とする部分もみられる。

岳小琴本と故宮博物院本を比較すると、前半において、故宮博物院本第十八齣の白・曲詞で三分の一ほどの相違がある。大阪府立図書館本は、岳小琴本と同じく改齣しないので、故宮博物院本には見られない李天王が名乗りをする詞白を持つ。後半では、白の有無を中心に、曲詞もかなり異なり、安天大会に参加する観音らの登場する場面となり、岳小琴本では、長い白「安天大会……奉旨陪宴、須索向前」を置く。一方、大阪府立図書館本・故宮博物院本では、悟空の収伏で「慶余」・「尾声」を置き、ともに第二十齣に改める。そのために、岳小琴本にある白は、両本ではともにト書きに改められる。ただし、故宮博物院本のみ、如来に捕らえられた悟空が「如来、你慈悲的、怎麼今日下這様狠手」と訊ね、如来が「不狠不為如来」と返す問答がある。岳小琴本の曲牌「念奴姣《（ママ）》」は、故宮博物院本とは三分の二ほど異なり、「古輪台」は大阪府立図書館本と故宮博物院本では「長寿仙」となっていて、曲牌名も曲詞もすべて異なる。

岳小琴本には、「混元体」「先天」（第二「前腔」後の三清白）という教派系宝巻の文句を思わせる語句がある。これに対し、故宮博物院本や大阪府立図書館本ではト書き化されてなくなっている。
岳小琴本曲牌「火《ママ》石調過曲　摧拍」（「大石調」の誤り）①「前腔」「亭前柳」②「前腔」「念奴姣」「古輪台」「尾声」
故宮博物院本・大阪府立図書館本は、「大石調正曲　摧拍」（大阪府立図書館本「催拍」）「又一体」（故宮博物院本以上第十八齣）「越調正曲　亭前柳」「又一体」「尾声」（「慶余」）、最後にある悟空の白から「尾声」にかけて、各テキストには相違がみられる。

（備考）
岳小琴本…「立」「天力」「歴」各文字あり
岳小琴本（第一「前腔」後の内白）「真君」≠大阪府立図書館本「（許）神君」＝故宮博物院本
岳小琴本（同右）「法力」≠大阪府立図書館本「前来」＝故宮博物院本
岳小琴本（第二「前腔」後の外白）「歴（過）」＝故宮博物院本＝旧北平図書館本≠大阪府立図書館本「越」（切り取り補字）
岳小琴本（同右）「頭陀」（悟空を捕らえた時に呼ぶ）＝大阪府立図書館本≠故宮博物院本「掲諦」
岳小琴本「犯」「変」（曲牌「亭前柳」）の右側に「把」「犯」という訂正字を加える。これは依拠した原本への訂正を示すものか。

第十七齣「殷氏乗流浮木匣」　新増

〔梗概〕

金山寺の龍王は、法明和尚に夢托にて、陳光蕊（以下同じ、校注）とその妻殷氏は業障があったために水死をし、金蟬子が殷氏に借胎して江流するが、漁民に救われて法明和尚に託することとなる前世の定めを伝えた。その後、龍王は、天定に従って、殷氏の家まで波浪を及ぼして水死させ、既に水死していた夫の陳光蕊との再会をはかる。他方で、聖僧の法体を木匣に収めて守らせた。

〔対校〕

岳小琴本のみの設定がされる齣。故宮博物院本甲本第二十一齣「掠人色膽包天大」、大阪府立図書館本第一本第二十一齣「掠人色膽包天大」の設定とは対比的な設定である。

岳小琴本では、陳光蕊は単なる水死（「一江風」後の白「奴家殷氏、乃海州陳光蕊之妻也。……不幸数月之前、丈夫偶尓渡江舟覆中流身死」）という設定ゆえに、大阪府立図書館本などに登場する劉洪という水賊はいない。そのため、必然的に元奘による仇討はないことになる。また、その母殷氏も、津波で水死する「潮水滾進来了、怎麼処処」（冒頭の龍王の白「尓等興波作浪、湧入殷氏門内、将他漂入江流、与陳光蕊相会、……」）ことから、元奘が母を訪ね探すこともなく、ただ両親の菩提供養を孝子に求められるという設定になっている。つまり、これからは、『江流記』のような話は生まれない。その一方で、殷氏から生まれた赤子が木匣に収められて江流児となる設定は、大阪府立図書館本や故宮博物院本と共通するが、岳小琴本では、赤子を入れた匣を河に流すのは母親ではなく、龍王の命令であった（同上「聖僧法体蔵与木匣之中、不可驚動也」）。岳小琴本の江流児をめぐる場面は、陳光蕊の死が水死であるという点は治世に対する配慮が見えて合理的であるが、津波で分娩直後の殷氏が水死して夫と龍宮で再会し、生まれたばかりの赤子が江流するという設定には作意が見えて、不自然な設定である。この背景には、康熙帝の治世に対する配慮、或は、観劇の中心が皇太后、妃嬪などの女性であることが意識されたかもしれない。江流児となって木匣に収められる設定のみ、故宮博物院本・大阪府立図書館本と共通するが、赤児を河上へ流すのは母親ではない岳小琴本での設定は、かなり無理があるものの、観劇の皇太后ら女性には配慮がある設定であろう。

岳小琴本曲牌「南呂　一江風」①「前腔」②「前腔」「大迓鼓・前腔」③「前腔」

第十八齣「漁翁送子入金山」　原本改

〔梗概〕

金山寺の法明和尚は、夢で龍王から金蟬子の投胎を伝えられた。そこに、漁夫がやって来て、木匣に収められた眉目秀麗な赤子を見せた。法明和尚は夢託に従い、漁夫に養育費をあてがい、成人の暁に出家させることとした。

〔対校〕

故宮博物院甲本第二十三齣「金山撈救血書児」、大阪府立図書館本第一本第二十三齣「長老金山撈木匣」に対応する。

金山寺に江流児が来るのは同じであるが、大阪府立図書館本及び故宮博物院本は、法明和尚が河辺に赴き、江中の木匣を拾い取るという設定を取る。岳小琴本は寺中に居て、法明が龍王からの夢警で、金蟬子の化身である江流児が来るのを知り、待つところに、漁翁が届ける設定であり、血書もない。

岳小琴本曲牌「浪淘沙」「皂羅袍」

故宮博物院本・大阪府立図書館本は、岳小琴本第十七齣にある曲牌「南呂宮正曲　一江風」「又一体」を用いるが、曲詞は全く別もので江流から血書までがつづられる。

第十九齣「苦参禅悟徹無生」　新増

〔梗概〕

元奘は十八歳の時、入定して仏旨を醒悟しようとすると、陳光蕊・殷氏夫妻の陰魂が救済を求めて現われ、波の音と共に消え去る。そこへ、護法神が金蟬子とともに現われ、聖主に会って経典を中華へ伝えよ、と指示する。元奘は、父母が水府に沈淪することを知り、孝を尽くす追薦を決意する。

〔対校〕

故宮博物院本乙本第四齣「元奘入定悟前因」、大阪府立図書館本第二本第四齣「元奘入定悟前因」に相当する。

元奘が十八歳になっても悟道の域に達しないと嘆く岳小琴本前半の曲牌は、「双調引子　夜行船」であるが、故宮博物院本は「越調引　杏花天」、大阪府立図書館本は「商調引　杏花台」と曲調及び曲牌は異なり、岳小琴本と曲詞は半ば異なるものの、故宮博物院本と大阪府立図書館本は同じ曲詞である。続く曲牌は「商調過曲　集賢賓」、「黄鶯児」、「琥珀猫児墜」で各曲詞は、ほぼ三本同じであり、白の異同も故宮博物院本・大阪府立図書館本とは若干相違は見受けられるものの、大意は同じ。ところが、岳小琴本「琥珀猫児墜」で元奘が「今生父母尚且隔重淵……在定中示現」と唱った後、陳光蕊と殷氏の陰魂が入定中の元奘に現われ、菩提を証して追薦を求める後半「魂逐軽波魄漾風……牢記々々」と父母が訴え、元奘が「我的爹娘……真天地間大罪人也」と水府の父母を超度させなくてはと悩む様、

「前腔」から七言四句の前半二句までは岳小琴本では自身の不孝を嘆きつつ仏力に頼って追薦をしようという覚悟を記す。これは、大阪府立図書館本や故宮博物院本になく、「（白）我想已出家……山寺寥寥報曙鐘」という参禅に励む短文があるのみで、両者設定が異なるゆえの相違する箇所である。唯一、最後の七言二句「一輪月墜……報曙鐘」は一致する。

この他、岳小琴本と大阪府立図書館本ともになく、故宮博物院本のみある白がある。その一方、岳小琴本と故宮博物院本が一致、大阪府立図書館本が異字の例もある。

「本来面目」（大阪府立図書館本のみナシ）は、明代の教派系宝巻に見られる言葉か。

岳小琴本曲牌「双調引子　夜行船」「商調過曲　集賢賓」「黄鶯児」「琥珀猫児墜」「前腔」

故宮博物院本・大阪府立図書館本は「越調引　杏花天」（大阪府立図書館本は「商調引　杏花台」）「商調正曲　集賢賓」「商調正曲　黄鶯児」「商調正曲　琥珀猫児墜」とする。

（備考）

岳小琴本（「集賢賓」）「真」＝故宮博物院本≠大阪府立図書館本「如」（切り取り補字）

岳小琴本（同右）「泓」≠大阪府立図書館本「泓」（欠筆）≠故宮博物院本「泂」

岳小琴本（同右の後の白）「一句」＝大阪府立図書館本≠故宮博物院本「両句」

岳小琴本（最後の「前腔」中）「力」（故宮博物院本ナシの白）

故宮博物院本（「杏花天」）「立（現）」≠大阪府立図書館本「若（現）」

故宮博物院本（「琥珀猫児墜」後の白）「勉立」≠大阪府立図書館本「黽勉」（切り取り補字）

寺を後にした。

第二十齣「初行脚拝辞師座」　原本改

〔梗概〕

法明和尚は、元奘に四方へ参学をさせることに決めた。元奘は大乗了悟のために法明和尚の命令を受け入れ、金山寺を後にした。

〔対校〕

故宮博物院本乙本第五齣「金山寺弟子別師」、大阪府立図書館本第二本第五齣「離合悲歓成一夢」に相当する。

岳小琴本の冒頭は、「一剪梅半」で深山中の禅修行を歌い、大阪府立図書館本及び故宮博物院本では「浣沙渓」で長江の中の山寺と潮音の響を歌うが、その後の白で法明和尚が元奘に対し、寺を出て行脚することを命じる場面となる。母の血書を知って元奘が仇討ちを兼ねた行脚とする大阪府立図書館本曲牌は、「已登初地、我昨日将血書与他看了、他就哭啼不止、必要復讎。我如今索性教他去四方参学、以待機縁。」とする。一方、血書のない岳小琴本、及び血書にふれない故宮博物院本は「已登初地、還要他去四方参学、以待機縁。」とするのみで、前者とは大きな相違点を示す。全体は、曲詞・白で異なる箇所も多いが、金山寺を旅立つという設定は三本同じで、「一剪梅半」と「浣沙渓」は曲詞が異なるが、次の「前腔」と「又一体」は曲詞がほぼ重なり、次の「宜春令」「三学士」も岳小琴本等三本は同じである。岳小琴本と故宮博物院本は改齣する。大阪府立図書館本はその後に更に続きがあり、「南呂宮　宜春令」から「南呂宮正曲　劉潑帽」「慶余」までに殷氏と元奘の再会、仇討ち、祖母許氏と再会、団円の話が続けられる。「前腔」の後の白（「適聴得……只索上前、師傅弟子元奘……」）で、岳小琴本に近い白が大阪府立図書館本にはあるが、故宮博物院本にはない。岳小琴本の最後で沙弥が元奘の付け人となって見送るところは、岳小琴本と大阪府立図書館本及び故宮博物院本はそれぞれ異なり、大阪府立図書館本は「血書」をめぐって更に殷氏の登場と再会に続く。故宮博物院本は船を求めると加えるが岳小琴本の内容に近い齣。

岳小琴本曲牌「南呂引子　一剪梅半」「前腔」「南呂過曲　宜春令」「三学士」

故宮博物院本・大阪府立図書館本は「南呂宮引　浣沙渓」「又一体」「南呂宮正曲　宜春令」「南呂宮正曲　三学士」であるが、大阪府立図書館本は「南呂宮正曲　宜春令」の後に白があり、殷氏が登場して十八年経ったと言いつつ水汲みに出て来る。元奘が「南呂宮正曲　三学士」を歌って水を求め、母子が再会した後、曲牌「大勝楽」「纏枝花」「浣沙渓」「東甌令」「劉潑帽」「慶余」と続く。

〔備考〕

岳小琴本（「宜春令」）「笠」＝故宮博物院本≠大阪府立図書館本「為伴」

故宮博物院本：寿台上場門・下場門

大阪府立図書館本：上場門、下場門

第二十一齣「歴間関路阻兵戈」　新増

〔梗概〕

西涼地方で薛挙が乱を起こしたので、唐王朝から征伐軍が派遣されて当地に駐留した。そこに、唐僧がさしかかると兵士は唐僧を捉えて素性を尋問し、荷物を奪ってその場を去った。唐僧はなすすべもなくやむを得ず先を急ぐが、虎が突如現われ、絶体絶命の危機に陥った。そこへ老人が現われて虎を追い払い、すぐにその姿を消した。

〔対校〕

岳小琴本のみの齣。大阪府立図書館本・故宮博物院本にはない。

元奘が「西涼」地方にやってくる。賊人薛亭を「唐主」が征討するために派遣した唐朝の西征将士が、元奘の身ぐるみを剝ぐ賊徒になっている点は、王朝の統治からすれば不都合ではないか。それゆえ、後のテキストでは省かれたのであろう。。元奘は兵士の災難から逃れた後、今度は、「大虫」たる四虎の難に遭い、山神・土地神に助けられるが、この設定は猟師劉伯欽に会って助けられる小説を再利用か。

岳小琴本曲牌「南呂引子　臨江仙」「大石過曲　賽観音」①「前腔」「人月円」②「前腔」

〔備考〕

岳小琴本「歴」、「真」各字あり。「畜」欠筆かは判読できず不明である。

第二十二齣「定方隅基開宇宙」新増

〔梗概〕

唐皇は天下を平定し、貞観の治を進めたことから、功臣に叙爵の沙汰を伝え、漢に倣い功臣の姿を凌煙閣に描くことになった。

〔対校〕

故宮博物院本乙本第二齣「定方隅基開宇宙」に相当し、大阪府立図書館本には相当する齣や内容がない。

全体に岳小琴本と故宮博物院本は近似し、「菊花新」「出隊神仗児」「好事近」までの曲詞及び白は、功臣の名数を除けばおおよそ一致する。両者の相違点の一つ、故宮博物院本では二十四学士の名を挙げるが、岳小琴本は五人止まりである。そして、「好事近」の後、聖旨が下り、岳小琴本、故宮博物院本双方で功臣に封号が与えられるが、その中で故宮博物院本では長孫無忌と秦瓊を「趙国公」と重複させるミスを犯す。おそらく、故宮博物院本での功臣の増補する際、重複させてしまったのであろう。岳小琴本「畳字令」に対し、故宮博物院本は「千秋歳」を置き、曲詞は全く異なる。これは曲詞中に「暦」字があったことも変更につながったかもしれない。その後の太監（小生）が聖旨を伝えて、凌烟閣に功臣の肖像を描くことを命じる白はほぼ同じ。最後に置かれる岳小琴本末の七言四句と故宮博物院本の「尾声」は一致しないが、一部の字句が重複することから、故宮博物院本は岳小琴本に基づいて「尾声」を撰述したと考えられる。

岳小琴本は、本文中の曲牌「出隊神伏」曲詞を最後に再び掲げる。「尾声」の代用か、皇帝讃歌の強調か。故宮博物院本の「万歳」は、岳小琴本ではト書きとする。

岳小琴本曲牌「中呂引子　菊花新」「黄鐘過曲　出隊神仗（出隊小生子）」「南中呂　好事近」「畳字令」「出隊神仗」

故宮博物院本は、「中呂宮引　菊花新」「黄鐘過集曲　出隊神仗児（出隊子首至四）（神仗児末二句）」「中呂宮正曲　好事近」「中呂宮正曲　千秋歳」「尾声」で、岳小琴本「畳字令」以下の二曲が異なる。

（備考）

岳小琴本（「好事近」）「（玉）鉉」（鉉字欠筆）、（同上白）「弘才」（同上白）「鉅」＃故宮博物院本「燭」「弘才」（欠筆）「巨」各字

岳小琴本（「畳字令」）「暦」字使用。↓（故宮博物院本該当文異なる）
故宮博物院本「劉弘基」（欠筆「弘」字）、「尾声」に「永綿」字あり。
故宮博物院本：寿台上場門、寿台

第二十三齣「凌煙閣功臣画像」新増

〔梗概〕
凌煙閣に参集した唐建国の功臣は、肖像が描かれるのに際し、自己の功績を披露した。その話を受けて、肖像画作成が進められた。

〔対校〕
故宮博物院本乙本第六齣「凌烟閣功臣図像」に相応し、凌煙閣の功臣図が描かれる場面である。大阪府立図書館本にはない。

岳小琴本と故宮博物院本は、故宮博物院本のみの「漁家酔芙蓉」を除けば、両者の白・詞で差異が過半ほど見られるが、内容はほぼ同じ。故宮博物院本では、「榴花好」曲詞の後、凌烟閣に功臣の肖像を描くことになったと房元齢が言った後、画院博士が参見し、続けて画院博士の長い語り「（四博士白）列位国公爺、乃蓋世英、雄……一副大座喜容」を入れている。故宮博物院本の曲牌「榴花好」以下では、画院博士が出身地を蘇州、松江と言う場面、或は、蘭亭などについて盧国公の話に応じて言うが、岳小琴本にはない。これは乾隆南巡を取り入れたものか。一方、岳小琴本の最後「尾声」前後の白には、勲臣が房学士こそ開国の重臣であるがゆえに、先に肖像画を描くべきとし、それを房元齢が遠慮する部分「(末白)且住我等一介武夫……不必太護」がある。しかし、故宮博物院本にはそのことがなく、また岳小琴本の五言四句もない。

岳小琴本第二の「前腔(榴花泣)」の曲詞に記される美良川での戦いで秦瓊と敬徳が知己となるくだりは、文章が短く意味が捉えにくい。故宮博物院本は、その単鞭救主に当たる部分を程知節が四博士と話す中で、敬徳を火土神になぞらえるふざけを入れて詳しい内容に改め、敬徳の風貌と性格を描き出している。乾隆帝も、功臣図を紫光閣に描かせている。

岳小琴本曲牌「双調過曲　字々双」「中呂過曲　榴花泣」①「前腔」「榴花泣」②「前腔」「尾声」

故宮博物院本は、「双調正曲　字字双」「中呂宮集曲　榴花好(石榴花首至四)(好事近五至末)」「又一体」「又一体」「又一体」、その後、岳小琴本にない「中呂宮集曲　漁家酔芙蓉(漁家傲首至五)(酔太平五至合)(玉芙蓉合至末)」「尾声」が続く。

(備考)

岳小琴本(第一「榴花泣」後の外白)「建立」(同上)「真是」(第一「前腔」後の付浄白)「真儒」＝故宮博物院本

岳小琴本(第一「前腔」後の付浄白)「何力」≠故宮博物院本「何功」

岳小琴本(「字々双」後の白)「照(壁)」を落字し、右側補記する。

第二十四齣「盂蘭会菩薩請行」(重改：目録　増改：本文)

〔梗概〕

阿難尊者が西方の景象を述べる中、五百羅漢や二十四天らが参集する下で、如来仏が羅漢や神将を従えて出座し、当今の皇上の万寿無彊、次に皇太子の千載、皇太后らの長寿、三番目に聖明の時代に巡り会った朝臣や外国の幸運などを願いつつ、天下安寧を祝賀した。如来仏は、四大部洲の内、南瞻部洲のみが逸楽と殺生を好む悪場なので、ここにある三蔵真経を用いてその者らを教化すべく、行脚僧を求めることにした。

〔対校〕

故宮博物院本甲本第二十四齣「宝地宏開錫福会」、大阪府立図書館本第一本第二十四齣「空王宝地会盂蘭」に相応する。

岳小琴本は、一弁香の薫る中で、如来らが皇帝の万寿無疆、二弁香で、皇太子の千秋と皇太后・后妃の福寿、諸王の千歳、三瓣香で大臣諸臣の善政を称えるなど、順にその万寿、千歳、吉祥を願うことから始まり、演劇に入る前の祈念の場を設ける。この点、故宮博物院本・大阪府立図書館本が帝釈天ら九天、沙竭羅龍王らが盂蘭大会（錫福大会）に参集する場面から始まる形式とは大きく異なるため、両者の内容は一致するところが少ない。曲牌では、岳小琴本は「普天楽」二曲と「尾声」一曲であるが、故宮博物院本・大阪府立図書館本は「一封羅」など十曲牌と「慶余」などで構成されて距りが大きい。わずかに如来の宝盆から奇花異果を散佈させ、「福」星を拡げると言う白「吾有一宝盆、盆内具設百様奇花……佈散者」が一致する。大阪府立図書館本は「掉角児序」の後に「福」字が現われたと菩薩が如来に啓上し、その指解を求める句は、岳小琴本では皇太后らの長寿を祈願した後にある長い白「啓告如来、……大衆斉誦者」の文中にある。故宮博物院本は、大阪府立図書館本と異なり、曲牌「酔扶帰」を移して、「掉角児序」に続け、その後の白で「洪福」が出現したとする。

「皇太子」の語の存在、「弘」の欠筆がないことから、岳小琴本が康熙時代、皇太子を再度置いた時以前に成立したテキストの根拠とされる一齣である。

故宮博物院本と大阪府立図書館本との間でも異同が大きい齣で、曲牌「不是路」の曲詞の一部が異なるなどくり返し改変していたことが窺われる。

岳小琴本曲牌‥「正宮過曲　普天楽」「普天楽」「尾声」

故宮博物院本・大阪府立図書館本は、「仙呂宮集曲　一封羅（一封書首至二）（皂羅袍三至末）」「又一体」「仙呂宮正曲鉄騎児」「不是路」「掉角児序」「酔扶帰」（大阪府立図書館本のみ次に「仙呂宮正曲　皂羅袍」一曲あり）「桂枝香」「小措大」「大措小」（大阪府立図書館本は「又一体」とするが曲詞は一致する）「慶余」（曲詞の一部異なる）と多曲である。

（備考）

岳小琴本では「力」「弘」「真」「歴」をくり返し使う。大阪府立図書館本は岳小琴本の「盂蘭盆会」を踏襲し、故宮博物院本は「錫福勝会」と改めた。但し、曲牌「慶余」を使用することから、大阪府立図書館本に則った点も多いのではないか。

岳小琴本最後の「（不惹）波羅密」の右傍に「般若」と添付するのは、原拠のテキストの誤字と考えた転写時の処理ではないか。もっとも、岳小琴本「密」字は蜜の誤字であるが。

故宮博物院本は「宏」字を「宏」と齣題から欠筆する。

故宮博物院本（「一封羅」）「立（陰陽）」＃大阪府立図書館本「建」（切り取り補字）、故宮博物院本（「又一体」）「晨」飛＃大阪府立図書館本「塵」（もとからで、改字ではない）

故宮博物院本：寿台門、禄台門、寿台、天井、寿台両場門
大阪府立図書館本：上場門、地井、天井、雷音門

第一本の性格

第一本のねらいは、『昇平宝筏』第二巻以下の物語が展開する因果を示すことにあり、物語の全体構成を提示する。編集に当たって依拠した「原本」、手を加えて改訂した「原本改」、岳小琴本の構成を確立するために新たな内容、「新増」、その稿本を見た人の意見を取り入れたと思われる改訂、「重改」が施されたことが判明する。

宮廷演劇であるから、第一齣では、清朝の一統を称え、宮廷劇の開幕らしい設定をする。第十一、十二齣には淮南王劉安らの昇平之宴、王母の蟠桃会、第二十二齣は貞観の治を描き、宮廷劇のお決まりの朝廷讃歌を入れ、本来は物語上必要がない場面設定をする。第二十三齣では画院博士らが功臣像を描く場面を設定し、後に頡利可汗の反乱制圧に出陣した武将を登場させる。第二十四齣で、如来が当今の皇上の万寿無疆、次に皇太子の千載、皇太后らの長寿、天下安寧を祝賀し、三蔵経が東土に伝わり、法灯が迷方に至り及ぶことを企画する。仏弟子らは勝会の功徳を称え、如来が皇帝、皇太子、皇太后・后妃の順にその万寿、千歳、吉祥を願う点を強調する。清朝の宮廷の状況を踏まえて、重ねて改訂した部分に、更に皇太后や皇太子への賛辞を加えたのではないか。

陳光蕊河江流和尚物語では、先行の戯曲、もしくは小説の内容を利用しつつ、陳光蕊江流和尚物語の決着などを意図して新たな編成とする。

第十七齣では陳光蕊と殷氏は水難による事故死とし、第十八齣は金蟬子が金山寺に流れ着き、第二十齣は元奘が修行のために金山寺を出ることが語られる。おそらく、先行本の陳光蕊江流和尚物語を大きく変えたのではないか。第十九齣は成人した元奘が陳光蕊・殷氏夫妻の陰魂を夢見てその父母のために孝を尽くすことを決意することは、西天取経の話とは関係がない。おそらく、岳小琴本の依拠した西遊記劇祖本に陳光蕊江流和尚物語があったとすれば、当時なお流伝していた『楊東来先生批評西游記』に近い話であり、その物語を取り入れたか、或は、清康熙初期の『西遊証道書』の第九回を用いたかもしれないが、治世の問題からそれを全面的に改訂し、新たに創作したと考えられる。この処置によって岳小琴本では後に敵討ちがないこととなる。

岳小琴本では、赤子を入れた匣を河に流すのは母親ではない。岳小琴本の江流児をめぐる場面は、陳光蕊の死が水死であるという点は治世に対する配慮が見えて合理的であるが、津波で分娩直後の殷氏が水死して夫と龍宮で再会する一方、生まれたばかりの赤子が江流するという設定には作意が見えて、不自然な設定である。この背景には、康熙帝の治世に対する配慮、或は、観劇の中心が皇太后、妃嬪などの女性であることが意識されたかもしれない。江流児となって木匣に収められる設定のみ、故宮博物院本・大阪府立図書館本と共通するが、岳小琴本は赤児を河上へ流すのが母親ではない設定を取り、その作為にはかなり無理がある。しかし、その背景には、観劇の皇太后ら女性への配慮があるのであろう。

岳小琴本には、斉天大聖が冥府に赴く前後には故宮博物院本・大阪府立図書館本と同様に、牛魔王と結盟するような話があったことが想定されるが、痕跡をわずかに留めるのにすぎない。これは、岳小琴本自体の改変上のミスか、依拠した康熙勅命以前の「原本」を改訂した際、その話を省いてしまった可能性がある。

岳小琴本全体に言えることではあるが、使用される文字に特徴がある。それは、例えば、雍正・乾隆時代の忌避文字を「弘」「力」「真」字を使用している点である。また、「皇太子」の語、「弘」字に欠筆がないことから、岳小琴本が康熙時代、皇太子を再度置いた時以前に成立したテキストであるとの根拠とされるのがこの一齣である。故宮博物院本は乾隆以降の写本であるために、「宏」を「宏」と齣題から欠筆している。

岳小琴本「立証」は故宮博物院本では同じであるが、大阪府立図書館本は「刻証」と「立」を「刻」と改める。岳小琴本は「真」字を多用し、「真如」とするところを、故宮博物院本は「成如」とする。「真妙」は、大阪府立図書館本・故宮博物院本ともに「異妙」とする。大阪府立図書館本では切り取り補写にて、「(苦)遍」字に改める文字を、岳小琴本では「苦歴」とする。

岳小琴本＝故宮博物院本≠大阪府立図書館本の字句がある一方、岳小琴本「去」を故宮博物院本は「歴」とする部分がある。これから、故宮博物院本が乾隆帝の御前での上演用テキストではないことがわかる。大阪府立図書館本では岳小琴本の字を切り取った後に補写された点があり、もともと大阪府立図書館本でも故宮博物院本と同じであった文字を、上演に際して、観劇する乾隆帝の諱と同じ発音を憚って急遽変更したものであったと考えられる。大阪府立図書館本は、岳小琴本や故宮博物院本と同じで、「真火」の文字は「真」、「神」字を混用しているが、もともと、「粒」「真」字を用いていたが、上演時に改字したのであろう。文字に関しては、岳小琴本には、落字と思われる文字を写本時に文章の右に補記する。原稿本では、考えにくい見落とし、つまり落字がある。岳小琴本が原稿本であれば、このような文字の記入漏れは発生しない。おそらく既に存在したテキストを転写する時のミスであったであろう。岳小琴本には単純な文字の写し落とし文字があるとともに、訂正する文字を本文の該当文字右側に添える場合もある。岳小琴本系の先行するテキストがあったのを、現存の岳小琴本がそれを踏襲した可能性がある。岳小琴本が用いた「原本」とは、小説の内容に近い先行する戯曲本を指す可能性がある。岳小琴本には、「混元体」「先天」「本来面目」(大阪府立図書館本のみナシ)という教派系宝巻の文句を思わせる語句がある。これに対し、故宮博物院本や大阪府立図書館本では、その部分はト書き化されてなくなっている。

（注）岳小琴は「維基百科、自由的百科全書」では以下のようにある。
愛新覚羅・岳琪（一八二九～一八九一）、字小琴、室名秋好軒、満洲鑲藍旗人。同治四年（一八六五）進士、歴任張家口監督・少詹事・詹事・通政使。富蔵碑帖、精於鑑賞。著有『秋好軒石刻目存』。

宗室岳琪（一八二九～一八九一）、愛新覚羅氏、字小琴（清代職官年表、四冊、三二七七）、清朝皇族・政治人物、同進士出身。同治四年（一八六五）、登進士。光緒年間、特授改補館職翰林。光緒九年、任張家口監督（国立故宮博物院図書文献処清代宮中檔奏摺及軍機処檔摺件、一二五八九九号。光緒十四年、任少詹事、後昇任詹事。光緒十五年、任通政使（清季職官表附人物録、九七四）。

また、『中国古籍善本総目』史部「金石」著録七四八頁。

鈐印：岳氏家蔵、秋好軒主人岳小琴珍蔵書画金石書籍印、小琴金石、岳氏小琴、秋好軒金石文字、小琴心賞、秋好軒蔵書印、小琴所有。

岳小琴は、清末の人で、宗室に連なるため、宮廷演劇本を入手出来たのであろう。

二　第二本（第三冊―第五冊）の梗概及び対校

第一齣「釈迦仏早識昇平」　新増

〔梗概〕
釈迦牟尼仏は東土の衆生を教化しようとし、観音大士に、当今の皇帝のもとで苦行を修めた高僧に真経を西天に取りに赴くようにして、その真経によって法教を世に広めたいと伝えた。観音は如来の意を知り、取経人を求めるため下界に赴いた。

〔対校〕
故宮博物院本乙本第一齣「伝経蔵教演中華」、大阪府立図書館本二本第一齣「仏伝経教敷中土」と対応するが、曲詞及び白ともに岳小琴本と大阪府立図書館本・故宮博物院本との相違は大きく甚しい。

大阪府立図書館本と故宮博物院本にある最後の「賺煞」の前の曲牌「哪吒令」と「鵲踏枝」は、曲詞ともに岳小琴本にはない。その一方、白では、岳小琴本と大阪府立図書館本は、例えば「混江龍」後に置かれる当今の文殊菩薩の治政を賛える如来の白「〔末〕我見下界……非真〔妙〕諦不能振抜、当今文殊菩薩為中華帝王、……善為指引得蒙〔若得〕、当今〔大唐〕皇帝、特勅苦行高僧……」は一致し、現世は「極楽」と賛美する一方、冥途輪廻と冥府までは救済されないと示して、仏教の必要性を添える。ここの部分は、故宮博物院本は異なり、簡略化して「〔不能振抜〕若得大唐〔皇帝特勅苦行高僧〕……」とする。また、「油葫芦」の後に出てくる「当今文殊菩薩主持六合」後の白では、岳小琴本と大阪府立図書館本が一致、或は、岳小琴本・大阪府立図書館本・故宮博物院本が一致、或は、岳小琴本等三本が異なる（岳小琴本「文殊……真無量也」、大阪府立図書館本「誠意皈依文殊……数也」、故宮博物院本「誠意皈依仏教振興……沙数也」）如来の三様の白が見られる箇所もある。最後の曲牌「賺煞尾」の曲詞は、岳小琴本、大阪府立図書館本、故宮博物院本それぞれで異なる。

岳小琴本曲牌「北点絳唇」「混江龍」「油葫芦」「天下楽」「賺煞尾」

故宮博物院本・大阪府立図書館本は、「仙呂調套曲　点絳唇」（大阪府立図書館本は「仙呂調隻曲」）「混江龍」「油葫蘆」「天下楽」「哪吒令」「鵲踏枝」「仙呂調套曲　賺煞」（大阪府立図書館本はここのみ曲調「仙呂調隻曲」表記がない）で、岳小琴本に比べて「哪吒令」「鵲踏枝」二曲が多い。

（備考）

岳小琴本（「混江龍」）「千界」≠大阪府立図書館本「千江」≠故宮博物院本「千秋」

岳小琴本（同右後の末白「真経」）≠大阪府立図書館本「金経」＝故宮博物院本

岳小琴本「利益」＝故宮博物院本≠大阪府立図書館本「益処」（切り取り補字）

岳小琴本（「油葫芦」後の小旦白）「道力」＝故宮博物院本（「力」字切り取り補写？）≠大阪府立図書館本「（道）法」

岳小琴本（同右の末白）「鄭重」＝大阪府立図書館本（切り取り補字、大阪府立図書館本の依拠本は「珍」に改められていた可能性あり）≠故宮博物院本「珍（重）」

故宮博物院本（「天下楽」後の観音白）「力掩」≠大阪府立図書館本「法衍」（二字切り取り補字）（岳小琴本該当文ナシ）

故宮博物院本：禄台、寿台、禄台門、従大雲板下至寿台、下場門、高座

大阪府立図書館本：雷音門、上場門、両場門、蓮座

第二齣「観音降臨塵世界」（原本改：目録、本文ナシ）

〔梗概〕

観音は恵岸と共に東土へ向かう途中、沙和尚を教化し、法名悟静を与え、福陵山では猪八戒に出会い、さらに西海の龍王の子には後日坐騎馬の勤めを果たすように命じた。五行山に到ると、大鬧天宮の妖猴が如来の圧帖で閉じ込められた場所と気づき、取経人の徒弟になることを命じた。

〔対校〕

故宮博物院本乙本第七齣「入世四魔帰正道」、大阪府立図書館本第二本第六齣「酒色財気摂群魔」に相当する。

曲牌「柳揺金」の後、岳小琴本の曲牌は異例とも言える形式で「其二」「其三」「其四」と続け、最後に「清江引」を置く。一方、故宮博物院本・大阪府立図書館本では「柳揺金」の後、「又一体」を三たび連ねる。四曲の曲詞は、岳小琴本と故宮博物院本では相違が目立つが、「其二」の曲詞後半から、「其三」曲詞、そして続く白、おおよそ小龍が観音に救済を求めるあたりまでは、曲詞・白は一致する箇所が多い。この齣全体は白が中心で沙悟浄、八戒、小龍、悟空らと観音との話し合い場面は、字句の有無や相違などが多少見られるものの、大要は全体から見るとほぼ同じと言える。但し、観音が捲簾大将を「沙悟静」と命名する点は、後の大阪府立図書館本・故宮博物院本と全く異なる。最後の曲牌「清江引」の曲詞は、岳小琴本と大阪府立図書館本・故宮博物院本はほぼ異なり、また大阪府立図書館本と故宮博物院本相互に異同が見られ、故宮博物院本の「神力真僧」を大阪府立図書館本は「道妙神僧」とし、しかも

曲詞の間の白で「（那）四個人呵」を後者は「五箇」とする。

岳小琴本曲牌「仙呂入双調　柳揺金」「其二」「其三」「其四」「清江引」

故宮博物院本・大阪府立図書館本は、「双調正曲　柳揺金」「又一体」「又一体」「又一体」「清江引」とする。

（備考）

岳小琴本（「其二」後の小旦白）「（叫作）悟静」≠大阪府立図書館本「叫做沙悟浄」＝故宮博物院本

岳小琴本（同右）「渾」＝故宮博物院本≠大阪府立図書館本「混」

岳小琴本（「其四」後の小旦白）「立功」＝故宮博物院本≠大阪府立図書館本「建（功）」

故宮博物院本：寿台上場門、地井、洞門、仙楼、寿台下場門

大阪府立図書館本：上場門、下場門、洞門、地井、昇天門

第三齣「登大宝黎民楽業」（新増：目録、本文ナシ）

〔梗概〕

当今皇帝は天下一統をして世の中が平穏になったことから、詔を伝える東西南北の四使者を遣わした。「真仙観」道士が今の「皇帝」仁政のもと、詔書が下り「先賢古跡并梵宮仙観」を地方官に重新させたと述べ、古仏臨凡と称える。満城の人々は盛典を見ようと集まり、父老は、銭糧免除を称え、僧道は寺廟重修を喜び、生童らは志を遂げることを願った。

〔対校〕

天下太平を謳歌する大阪府立図書館本第二本第二齣「民楽昌期享太和」と多少類似はしているが、岳小琴本とは前後関係はない。故宮博物院本には該当する齣はない。

岳小琴本は齎詔官が「六麼令」を歌い、次の「前腔」を父老が、続けて南道使臣、僧道、西道使臣、婦女、北道使臣、生童の順で文運、国泰民安の世を謳歌し、貞観皇帝の仁政を讃える。一方、大阪府立図書館本は農夫が歌う「宜春令」、牧童の「又一体」、同じく「大勝楽」、猟戸の歌う「奈子花」、同じく「東甌令」、秧歌人の歌や太鼓と銅鑼の表演の後、衆人の「金蓮子」で太平の様を称え、最後は農夫牧童や猟戸らが昇平頌「劉潑帽」を歌い、「昇平人」が「昇平頌」を歌う形で曲詞を締めくくる。

岳小琴本曲牌「六麼令」①「前腔」②「前腔」③「前腔」④「前腔」⑤「前腔」⑥「前腔」⑦「前腔」

大阪府立図書館本は、「南呂宮正曲　宜春令」「又一体」「大勝楽」「奈子花」「東甌令」「金蓮子」「劉潑帽」で、岳小琴本の曲牌とは一致しない。

〔備考〕

岳小琴本は「真」字を多用するが、「真観」と貞観を誤記することもある。

第四齣「啓文運学士登瀛」（新増：目録、本文ナシ）

〔梗概〕

天下太平の景象のもと、弘文館学士に賜宴が行われる。房元齢、杜如晦、虞世南、孔穎達らは、皇上の威光を称える応酬詩を作って奉呈する。皇帝は詩巻を見て褒め、賜品を下して恩典とした。

〔対校〕

岳小琴本のみの齣。第四齣は、大阪府立図書館本、故宮博物院本には相応する齣がない。

岳小琴本は、朝野の天下泰平を祝う場面を描き、西天取経を皇帝が実施すべき背景を示さない。そのため、次の齣からその取経事業を行なう事由を設定し、唐僧師徒の因果と結合させる。

岳小琴本曲牌「恋芳春」「前腔（換頭）」「梁州序」「節々高」「前腔」「尾声」

（備考）

岳小琴本（冒頭の雑白）「弘」欠筆なし、（「前腔（換頭）」後の外白）「我」落字あり（同上）「粒」字あり。

第五齣「夢幽魂歴求超度」（新増：目録、本文ナシ）

〔梗概〕

蕭瑀の夢に、四人の幽鬼が現れ、それぞれの姓名を告げ、当今の皇帝が文殊菩薩の後身であることから、功徳法会で地獄からの超度を求め、天庭へのとりなしを依頼した。蕭瑀は、四人の幽鬼が逢蒙、秦将軍白起、李斯、摩登伽女と知り、文殊菩薩の化身である皇上に慈悲を願うことにする。

〔対校〕

岳小琴本のみの内容。故宮博物院本では乙本第八齣「占天三易忌垂簾」以下、大阪府立図書館本では、第二本第七齣「祈雨四民環謁廟」以下の長安城の日照りに起因する魏徴斬龍が発端となった蕭瑀の夢見と龍王の亡魂や陣歿将士の救済のための道場が西天取経の勅命に繋がる。岳小琴本には「江流児の仇討ち」「魏徴斬龍・太宗入冥」はなく、故宮博物院本には「太宗入冥」がない。岳小琴本は、四魔の「逢蒙」らが「当今皇帝が文殊菩薩の後身」ゆえ、奏上して大功徳を施して欲しいと願い出て、救済の法要開催へと繋げる。大阪府立図書館本では、第二本第七齣、故宮博物院本の乙本第八齣は、涇河龍王の買占、大阪府立図書館本第八齣は呂全の苦悩と降雨の賭け、故宮博物院本九齣は降雨の賭けと勅命、大阪府立図書館本第九齣は降雨の勅命、故宮博物院本第十齣は龍王の違命と救命の願い、大阪府立図書館本第十齣も違命からの救命の願い、故宮博物院本第十一齣は救龍の約束と斬龍、大阪府立図書館本第十一齣は甘雨と百姓の喜びの場合となる。故宮博物院本第十二齣は蕭瑀の夢龍魂と幽明の救済のための法事上奏と続き、水陸会が開かれることになる。大阪府立図書館本第十二齣は貞観皇帝の救龍の約束と斬龍、第十三齣では太宗入冥と呂全進瓜及び蕭瑀の法事の上奏となる。このため、内容は全く別ものとすべきものである。岳小琴本冒頭曲牌「顆々珠」の後半曲詞「見色非干色、聞声不是声、色声不碍処、親到法王城」のみ、大阪府立図書館本では第二本第十三齣「菊花新」後の蕭瑀の白に、故宮博物院本には乙本第十二齣冒頭の蕭瑀の白にそれぞれある。

岳小琴本（三冊目）本文では、「新増」などの記載をすべて欠落するが、これは底本にはもともとなかったもので、岳小琴本を原稿本とした場合、すべてを落すのは不自然である。おそらく、現存の岳小琴本そのものは転写本ということを示すのであろう。

岳小琴本曲牌「顆々珠」「九廻腸」「要孩児」「二煞」「三煞」「四煞」「尾声」

〔備考〕
岳小琴本：「真」「顚」「力」「歴」字使用。「（少保爺）在上」（「要孩児」後の付浄白）を「在山」と誤記する。
皇帝が文殊菩薩の化身であると強調することは、四鬼魂が「当今皇帝是文殊菩薩後身」と二度重ねて白に入れ、「四煞」後の夢から醒めた蕭瑀の白、続く「尾声」でも「須索向現在的文殊菩薩奏啓」と繰り返し歌われる。

第六齣「度沈淪辯正空門」（新増：目録、本文ナシ）

〔梗概〕
朝廷で仏法の是非に関する争論は、蕭瑀・傅奕に張道源も加わり、議論した結果を奏上することになった。張道源は仏法が儒教と両立するものの真理は一源にあり、地獄の救済は大切だと判定した。皇上は、廃仏不要と裁断し、高僧を選んで幽魂を超生させることを命じた。

〔対校〕
岳小琴本のみの齣。大阪府立図書館本や故宮博物院本には該当する部分がないのは、蕭瑀と傅奕との仏教争論を扱う内容のため芝居になりがたく、この齣はよほどの関心を懐く者以外は内容的に観客を引き付ける要素に乏しいと思われる箇所である。そのために、後のテキストでは省略されたのであろう。
岳小琴本曲牌「三台令」「高陽台」①「前腔」②「前腔」③「前腔」④「前腔」⑤「前腔」

〔備考〕

岳小琴本は「蓄」「利」「真」「立」各字使用。（第一「前腔」後の白）「貪」字の落字のためその補記あり。

第七齣「元奘秉誠建大道」（新増：目録、本文ナシ）

〔梗概〕

元奘は少保の推薦を得て大闡都僧綱となり、水陸道場が開始された。洪福寺の作務者らは、壇主元奘がわずか十八歳であると知り、活仏の転生と称えた。

〔対校〕

故宮博物院本乙本第十三齣「建道場大開水陸」、大阪府立図書館本第二本第十四齣「大啓建鹿苑修斎」に相当する。

岳小琴本の冒頭はト書きから曲牌「梁州令」に入るが、故宮博物院本・大阪府立図書館本ではそのト書き部分に白がある「吾等乃洪福寺左右僧綱（為因聖上要超度陣亡将士少保蕭瑀、保薦了這廟中住持、聖上封為大闡都僧綱之職、即命）修斎七七四十九日……法師陞座也」と述べ、唐僧の「梁州令」となる（故宮博物院本一部異同あり「（僧綱）今有大闡都僧綱奉旨（修斎七七四十九日）」）。一方、「梁州令」曲詞の後半「百万琉璃金世界……」は白として扱われる。その後、岳小琴本と故宮博物院本・大阪府立図書館本とでは、曲詞・白いずれも相違が大きく、曲詞では、「南普天楽」「北朝天子」「南普天楽」「北朝天子」と続く中で二番目の「南普天楽」の曲詞がおおよそ一致するが、他はほぼ異なる。白では、「梁州令」後の四侍者二僧綱や唐僧の「但見映日曈々……只待朝中」までがない。一方、大阪府立図書館本には代わって元奘が「一来父母報讎……」と、江流物語を入れるのに対し、岳小琴本・故宮博物院本には なく、少保の推薦で洪福寺の壇主となったとする。故宮博物院本は、壇主になった経緯をさらに簡略化し、「貧僧……説法」とするが、最初のト書きとの重複が見られる。大阪府立図書館本・故宮博物院本が岳小琴本の増補を「梁州令」の前に行なった結果であろう。岳小琴本の白が故宮博物院本にない点も目立つ。とりわけ、岳小琴本の後半、唐僧（生）が六道衆生に戒法を授ける場面から法会の内容を収める白「汝輩六道衆生……」以後、曲牌「南普天楽」「北普天楽」等以下は、故宮博物院本・大阪府立図書館本では省略される。これは、演劇として盛り上がりに欠ける内容のために省かれたと思われる。但し、一部字句は一致し、また、最後の僧綱の白「山僧備有粗斎（在此請）衆護法客堂少叙、多謝」という語句を残すところもある。

岳小琴本と大阪府立図書館本が一致する字句「仏竟」は、故宮博物院本で「仏境」とし、岳小琴本と故宮博物院本が一致して大阪府立図書館本が異なる部分「（元奘）自従（離了本師）」があるなど、故宮博物院本には大阪府立図書館本を参照しつつ、岳小琴本に拠る部分も見られる。

岳小琴本の最初の「（北）朝天子」の曲詞は、五文字「符便使疾走」以外すべて故宮博物院本と異なる。これは、岳小琴本曲詞が通俗的表現である傾向に対し、大阪府立図書館本・故宮博物院本はそれを雅詞化した結果を反映する。

岳小琴本の多くの曲牌には「南」「北」の文字が冠せられるが、大阪府立図書館本・故宮博物院本には見られない。

岳小琴本曲牌「梁州令」「南普天楽」「北朝天子」「南普天楽」「北普天楽」「南普天楽」「北朝天子」

故宮博物院本・大阪府立図書館本は、「正宮引子　梁州令」（大阪府立図書館本は「正宮引」）「正宮正曲　普天楽」「中呂調隻曲　朝天子」「普天楽」「朝天子」まで。

（備考）

岳小琴本曲牌「北朝天子」に「伏魔帝永鎮」曲詞あり。白の「仏竟」・「法竟」・「僧竟」＝大阪府立図書館本（切り取り補写）≠故宮博物院本「境」
岳小琴本（第一「南普天楽」後の生宣）「真観皇帝」と誤記する。岳小琴本「当今真観」「真経」「真正」など「真字」を多用。
岳小琴本（同右）誤字「郞（徹）」、大阪府立図書館本・故宮博物院本「朗」
岳小琴本（同右）「（天）暦」≠大阪府立図書館本「象」＝故宮博物院本
岳小琴本「法海」≠大阪府立図書館本「法会」＝故宮博物院本
岳小琴本「到此間洪福寺」＝故宮博物院本≠大阪府立図書館本
故宮博物院本「真（言）」≠大阪府立図書館本「霊」（切り取り補字）（岳小琴本ナシ部分）
故宮博物院本「瀝」≠大阪府立図書館本「普」（小字、〃）（〃）、大阪府立図書館本が依拠本の文字を上覧時に改写した好例。
故宮博物院本：寿台上場門、上場門、寿台下場門、従仙楼行至寿台上
大阪府立図書館本：上場門、下場門、両場門

第八齣「観音顕相化金蟬」（原本改：目録、本文ナシ）

〔梗概〕
元奘が道場で看経する中、観音と恵岸が凡僧の姿に身をやつして参会し、西天の大乗仏法と三蔵は超脱と無量寿身を与えることができると教え、その身に守護を与えると伝えた。元奘が取経に赴くことを決意すれば、皇上は金鉢盂などを下賜し、各道に懇ろに応対させる玉旨を下した。

〔対校〕

故宮博物院本乙本第十四齣「重法器明贈袈裟」、大阪府立図書館本第二本第十五齣「逗露機鋒伝法宝」に相当する。

岳小琴本の白・曲詞は、故宮博物院本・大阪府立図書館本と異なるところが多く、一致するところは観音と元奘の経をめぐる問答などに見られるが、相対的に見て少ない。岳小琴本冒頭の白は、洪福寺住持の白「貧僧乃洪福寺住持、得在此伺候」であるが、大阪府立図書館本・故宮博物院本では、観音の化身の白「和尚請住歩、我有一句話不明白……要請教和尚」で始まる。その二人を阻もうとする住持の白「你這腌臢的和尚……」は一致し、唐僧が「不要阻他」と述べる白までは同じであるが、次の観音の白は、大阪府立図書館本・故宮博物院本では冒頭の観音の白に置かれる。つまり、後者二本では、岳小琴本の白を前に移動したことになる。以後、曲牌「一盆花」「前腔」（「又一体」）「長拍」「短拍」各曲詞の相違は大きい。

注目すべきは、岳小琴本では観音が元奘に賜与する袈裟の良い点を示す際、唐僧が「這袈裟有何好処」と訊ねると、観音は「有好処、有詩為証」とし、錫杖の場合も同じ「也有詩為証、銅鑲鉄鋳九連環」（以下、故宮博物院本ナシ）と示しているが、その表記から見てこれは小説の表現が取り込まれたのではないか。

岳小琴本「前腔」末の唐僧の白は、岳小琴本と故宮博物院本とで前半異なり、後半は一致する。大阪府立図書館本には岳小琴本と故宮博物院本が一致する後半部分（故宮博物院本「弟子謹遵奉行（可吩咐住持僧代我写本申奏朝廷便了）」と岳小琴本に重なるが、大阪府立図書館本には（　）内がない）はない（「弟子知道住持僧可代我写表申請朝廷便了」）。ここからも故宮博物院本が編集される際、岳小琴本と大阪府立図書館本が併用されたことがわかる。

岳小琴本「短拍」後の「護持我去西土取経回」の最後に置かれる「聖旨」及び唐僧と魏徴との間で交わされる白が続くが、大阪府立図書館本では唐僧が観音と知る白「原来……経可也」という岳小琴本とは異なる白が置かれ、故宮博物院本では省略されて、三本異なる終わり方をする。
岳小琴本曲牌：「仙呂過曲　一盆花」「前腔」「長拍」「短拍」
故宮博物院本・大阪府立図書館本は、「仙呂宮正曲　一盆花」以下、岳小琴本と同じ。

（備考）
岳小琴本：「真」「歴」（岳小琴本のみのところ）「顚」各字使用
岳小琴本「（三蔵）真（径）」≠故宮博物院本「金経」、大阪府立図書館本「三蔵金経」（「経」字の色が濃く後で書き改めたようにも見える）
岳小琴本（「長拍」）「歴尽」＝故宮博物院本≠大阪府立図書館本「越（尽）」（切り取り補字）
故宮博物院本：寿台上場門、従天井雲板下、従天井昇上、寿台下門
大阪府立図書館本：上場門、下場門、乗雲龕従天井内下、従天井内上

第九齣「奉特旨西域求経」（新増：目録、本文ナシ）

〔梗概〕
観音の指教を得て、元奘は西天へ真経を取りに赴く決意を奏上した。すると、聖旨が下り、三蔵法師の賜号があった。元奘は帰国時期の下問に対し、東に帰るのは、栢樹の枝のみが知ると奏上すれば、文武百官が灞橋で餞別する勅書が下された。

〔対校〕

故宮博物院本乙本第十五齣「拝求梵唄荷皇恩」、大阪府立図書館本第二本第十六齣「拝求梵貝荷皇恩」に相当する。冒頭曲牌「出隊子」は、大阪府立図書館本のみにあって故宮博物院本にはないが、岳小琴本の一曲詞「千尺……（殿堦）」に大阪府立図書館本「縹緲……（殿階）」との相違が見られる。次の太監と宮女の念詩「天縦……」「独嫌……」は、大阪府立図書館本では省かれる。次の「前腔（出隊子）」は大阪府立図書館本「又一体」、故宮博物院本は冒頭の「出隊子」に当たり、これにも相違がある。岳小琴本最初の曲牌「啄木児」及び曲詞は、故宮博物院本・大阪府立図書館本にはなく、「前腔（出隊子）」の後、太監が「聖上有旨、元奘……恒河沙矣」という白に第一の「啄木児」後の元奘の白「臣僧不才……両順」を接続し、岳小琴本第二の「前腔（啄木児）」に続く。この曲詞の後、岳小琴本は太監が「皇上有旨、命取御茗一杯賜与元奘……」と述べて賜茶があり、大阪府立図書館本も踏襲する。その後、「三段子」で飲茶後の気持ちが白と曲詞で示されるが、大阪府立図書館本は曲詞のみある。御茶の下賜は故宮博物院本のみなく、そのため故宮博物院本には曲牌「三段子」はなく「聖上有旨……」と法名授与に続ける。終わりにある曲牌「帰朝歓」の曲詞にも異同がある。

岳小琴本の改訂を大阪府立図書館本が少し進め、大阪府立図書館本の改訂を故宮博物院本は継承した曲詞も見られるが、それを故宮博物院本が更に大幅に改訂した感のある齣である。

岳小琴本曲牌：「出隊子」「前腔」「啄木児」「前腔」「三段子」「帰朝歓」

大阪府立図書館本には「前腔（啄木児）」がなく、故宮博物院本には「出隊子」第一「啄木児」「三段子」がないが他は岳小琴本と同じ。

〔備考〕
岳小琴本…「(願) 力弘 (大)」「真」字用いる。故宮博物院本は大阪府立図書館本と同じく、岳小琴本…「真経」を「金経」とする。

第十齣「集巨卿灞橋餞別」（原本改：目録「未曽□(?)出今仍用」、本文ナシ）

〔梗概〕
唐僧は主君が夢覚還陽したことから、西天雷音寺に三蔵真経を命じられ、十大元勲が長亭で餞別するとのことで、功臣らを待つ。唐僧は参集した尉遅老将軍より御科園での単鞭救主の功績を聞いた。やがて、日暮となったので唐僧は出発すると告げた。

〔対校〕
故宮博物院本乙本第十六齣「餞送郊関開覚路」、大阪府立図書館本第二本第十七齣「奉勅送行群宰輔」に相当する。この齣は、元の呉昌齢「唐三蔵西天取経」劇に基づくもので、明末の『万壑清音』などの散齣集がその断片を伝える。従って、岳小琴本と大阪府立図書館本、故宮博物院本との間では元来異同は少ないはずであるが、曲詞に相違があり、白には異同の他、語句や文章の有無という相違も見られる。岳小琴本には呉昌齢劇に拠りつつも曲牌名がなく、本文中に「唱」と入れ「帝王親差、老夫年邁……送師父臨郊外」とするが、これは呉昌齢劇の「点絳唇」に当たる。大阪府立図書館本と故宮博物院本は牌名「混江龍」「点絳唇」を記す。この例は、他にも多く見られる。岳小琴本は唐僧が長亭で十大元勲の送別を受けるために待つ。故宮博物院本・大阪府立図書館本は、餞行を見物するために出かける長安城の郷民や王留児、胖姑児らを登場させる。十宰が送別する設定は岳小琴本と同じで、九人が先に到着し、最後の尉遅老将軍を待って合流した後に、遅延の理由を質す。岳小琴本は、「十宰」の内、尉遅公以外の名乗りはないが、大阪府立図書館本・故宮博物院本は一人ずつ登場し、宰輔の人名ははっきりしている。後者二テキストは、『楊東来先生批評西游記』第六齣「村姑演説」も併用したのであろう。

岳小琴本の白を大阪府立図書館本等が、別人のものとしたようにも見える箇所（尉遅→唐僧）がある。詞白に異同が多く、大筋は類似するが、岳小琴本に比べると大阪府立図書館本・故宮博物院本での改訂が目立つ。

岳小琴本には太宗入冥はないはずなのにもかかわらず、唐僧「今有我主夢覚還陽道」、尉遅の詞白に「(只因) 我主夢覚還陽道」という同じ語句があり、太宗入冥が下地にあったことを暗示する。

呉昌齢撰『唐三蔵西天取経』劇「諸侯餞別」曲牌「点絳唇」「混江龍」「油胡蘆」「天下楽」「金銭花」（大阪府立図書館本・故宮博物院本ナシ）「後庭花」（「青歌児」大阪府立図書館本・故宮博物院本）「煞尾」

（備考）

岳小琴本：「立」＝故宮博物院本≠大阪府立図書館本「助」

岳小琴本「利害」＝故宮博物院本≠大阪府立図書館本「毒」（切り取り補字）

岳小琴本：「弦」字欠かず≠故宮博物院本・大阪府立図書館本欠筆あり

岳小琴本＝大阪府立図書館本の文字あり≠故宮博物院本

岳小琴本には誤字や落字があり、尉遅「恭」を「公」とする。岳小琴本「真」字を多用する。

第十一齣「過番界老回指路」（原本：目録、本文ナシ）

〔梗概〕

回回国では、老回回と小回回が唐僧が当地を通過するのを知り、出迎える際、虎狼を恐れる老回々が、小回々におどろかされて珍騒動をくりひろげる。

〔対校〕

故宮博物院本乙冊第十八齣「獅蛮国直指前程」、大阪府立図書館本第二本第十九齣「遘獅蛮雷音得路」に相当する。冒頭の曲牌「回々曲」は、呉昌齢劇は「洞仙歌」、故宮博物院本・大阪府立図書館本では「回々舞」とし、呉劇と同じ曲詞「餓渇……」以下が「虔誠……」云々と故宮博物院本・大阪府立図書館本は改める。白も「俺們」が「自家」などとし、異なる点がある。唐僧は老回回が出迎える姿がないと小回回に訊ねる前の白に、故宮博物院本・大阪府立図書館本は「小回回迎接」を「(小回回) 把酥」とするなどの点が見られる。字句の相違は、「新水令」後の白で岳小琴本と大阪府立図書館本が同じ「(叫仏了這) 一会」であるのに対し故宮博物院本では「一回」と異なる箇所に類似した例が見られる。

岳小琴本の曲牌「雁児落」は、大阪府立図書館本「銀漢浮槎」、故宮博物院本「喬木査」と曲牌名が三本異なるものの、曲詞は同じ（「我喚你那……引着些〻」）。その後、岳小琴本では小回回が老回回は狼虎のたぐいを怖れているので、驚かそうと言う白（「老回回怕的……「唬」」）があるが、大阪府立図書館本・故宮博物院本では省略されて「狼來了」と言うに止まる。岳小琴本はほぼ呉昌齢劇と同じ。老回回の「雁児落」唱詞で、岳小琴本「力尽」は呉昌齢劇「走得我便力尽筋衰」を受けた曲詞で、故宮博物院本も同じ、大阪府立図書館本では切り取り補字して「身困」に改められる。白での字句の異同がある他、大阪府立図書館本と故宮博物院本には、唐僧が当地に立ち寄った理由を述べたことに対し、老回回が出立してから幾時経ったかを訊ね、更に西天への路には小西洋や様々な国があると教えると、唐僧はそれに応じる長い白があるが、岳小琴本では省略する。その後、老回回の白にある「(仏) 力」は岳小琴本と故宮博物院本では一致し、大阪府立図書館本では「(仏) 事」と切り抜き改字される。続く岳小琴本の曲牌「得勝令犯」は呉昌齢劇では曲牌名を「沽美酒」とする部分で、「与唐皇修仏力仏力、与俺那（這：呉劇）衆生〈們〉……你是〔一个嗟〕（答）獅蛮的回々」までで、故宮博物院本・大阪府立図書館本の「太平令」曲詞まで含む。一方、故宮博物院本・大阪府立図書館本は「沽美酒」とあり「与唐王修仏力、与唐王修仏力、与俺那衆生們……（太平令）……闥獅蛮的回回」（大阪府立図書館本「与唐王修仏事」、「這衆生們」、呉昌齢劇「這衆生毎」）とするが、曲詞「仏力」は岳小琴本と故宮博物院本は一致し、大阪府立図書館本のみ「(仏) 事」と、ここでも切り取り補字される。岳小琴本は「衆生」に「們」字を右に添えるが、大阪府立図書館本・故宮博物院本ともに「衆生們」とする。本来、呉劇にあったものを写しているはずであるから、「們」字については岳小琴本の転写時の失念であったと思われる。また、岳小琴本が「夏国」をくり返すのは、「衍字」であろう。岳小琴本は「得勝令犯」の次の曲牌は「么篇」であるが、故宮博物院本・大阪府立図書館本は曲詞の中頃に「太平令」という曲牌を置き、三本同じの曲詞「(師父) 你（您）……」云々と続ける。つまり、岳小琴本の「得勝令犯」は、故宮博物院本等の「沽美酒」と「太平令」を併せた曲詞から成るということになる。岳小琴本「么篇」に相当する大阪府立図書館本・故宮博物院本の曲牌は「川撥棹」で、曲詞が文字単位で部分的に異なる。岳小琴本曲牌は「又」とするところ、大阪府立図書館本と故宮博物院本は「豆葉黄」とする。曲詞中、岳小琴本の「思慮」「戒了」の中に大阪府立図書館本は小字で「押」（紅字）と入れて小字「戒了」を入れる。一方、故宮博物院本は「思慮」の次に小字で「押戒了」とし、大阪府立図書館本は「韻」と同じ意味で「押」と戒字したのを、故宮博物院本は詞一文字と誤って継承してしまったらしい。岳小琴本「又」の後半の曲詞「摩頂受記」の後、大阪府立図書館本は曲牌「喬牌児」を、故宮博物院本「喬木査」を入れるが、その曲詞は三本ほぼ同じ。岳小琴本「煞尾」末の白「狼来也々々呀歩々々」は、大阪府立図書館本・故宮博物院本では卜書き（虚白）とする。

岳小琴本曲牌：「回々曲」「新水令」「雁児落」「得勝令犯」「么篇」「又」「煞尾」

（備考）

岳小琴本＝大阪府立図書館本≠故宮博物院本、或は、岳小琴本＝故宮博物院本≠大阪府立図書館本の字句も見られる。

第十二齣「逢岔嶺伯欽留僧」（原本改：目録、本文ナシ）

〔**梗概**〕

唐僧が山中に入れば、突然、虎狼が現われて侍者をくわえ去った。しかし、鎮山太保劉伯欽が現われ、唐僧を助けた。唐僧は太保一家のもとで一泊し、伯欽の父の命日に対し、道場を行なうこととした。

〔**対校**〕

小説にあり。故宮博物院本第乙本第十九齣「劉太保両界延賓」、大阪府立図書館本第二本第二十齣「逢猟戸熊口余生」の中途以下に相応する。

岳小琴本の曲牌「解三醒」で唐僧が二侍者と登場し、山間の谷を行く折、虎狼が侍者をくわえ去り、唐僧が恐怖で落馬する。そこに劉伯欽が猟に出るのと出会う、という設定にする。一方、故宮博物院本と大阪府立図書館本では劉伯欽が登場し、曲牌「縷縷金」の後、自分が猟師であると示す。その後、曲牌「好事近」で南山豹をも伐つばかりの猟師の心構えを雄々しく示す折、突然叫び声が響き、樵夫が大熊に追われるのに出遭い、曲牌「番鼓児」の場面で熊を捕らえようと見栄をきる。そこに、唐僧が二侍者とともに現われて岳小琴本の「解三醒」と合流する。岳小琴本は、ト書きですぐに虎狼が二侍者をくわえ去ったとするが、故宮博物院本は二侍者が荷を投げ、唐僧を見捨てて逃亡し、熊に出遭って咬まれてしまった（「侍者、你看把行李丟在此処、有這様不積善的、竟把我撇下去了、少不得我自己前去」、大阪府立図書館本はかみ殺すと明記）と先を進むところに劉伯欽が現われて、熊を仕止める、と話を複雑にしている。字句や文章の有無などの相違も多く、故宮博物院本にある劉伯欽が熊を追い、唐僧を見つける際の曲牌「撲灯蛾」と唐僧らの白は岳小琴本には「賺　射猟……一遭」という曲詞があるものの、「撲灯蛾」曲詞及び伯欽から唐僧が二沙弥の逃亡と熊害に遭うに到ることを知る場面はなく、すぐに唐僧に出身地を訊ね、寺院を捜す唐僧を自宅につれて行く。故宮博物院本はこの宿泊に到る流れは簡潔にまとめられているが、岳小琴本では唐僧が大保の名声を知りつつも今日まで縁がなかったなどと、白の応酬が詳細に記される。その後、一行が伯欽の家へ向かい、岳小琴本は曲牌第一の「前腔（解三醒）」、大阪府立図書館本は「不是路」、故宮博物院本は「薄媚賺」で示す。曲詞は一致するが、曲牌名は三本異なる。その後、白の有無や相違などが見られるが、故宮博物院本で唐僧の接待をする際、小者に素食を用意するように言いつける白は、岳小琴本は「母親分付小廝……」とし、ト書きを添えて表現する。岳小琴本で伯欽が先父の法要を唐僧に依頼する際、「前腔」の曲詞と白で伯欽母子の歓待と唐僧の応諾することを示すが、故宮博物院本・大阪府立図書館本にはなく、岳小琴本と一致する唐僧の白「尊委道場正我們僧家分内之事何故推辞（把）」を続ける。岳小琴本は最後を「尾声」と白でしめくくるものの、故宮博物院本は白で結び、その白の文章は全く異なる。

岳小琴本曲牌：「仙呂過曲　解三醒」①「前腔」②「前腔」「尾声」

（備考）

岳小琴本「形相弔」（解三醒）＝大阪府立図書館本＋故宮博物院本「形影相弔」

岳小琴本：「南山虎北山猱」（第一の「前腔」）の「猛」字落字、右添える。（故宮博物院本・大阪府立図書館本「南山猛虎北山猱」）

岳小琴本：「自出胎」（第一の「前腔」後の白）の「（自出）娘（胎）」（＋大阪府立図書館本・故宮博物院本「母」）落字、右添。

故宮博物院本「立斃」＋大阪府立図書館本「勇斃」（岳小琴本ナシの「好事近」詞）

故宮博物院本（「番鼓児」）「真堪」＋大阪府立図書館本「誠堪」

故宮博物院本（「撲灯蛾」）「力（能）」＋大阪府立図書館本「便」（切り取り補字）

故宮博物院本：寿台上場門、下場門

大阪府立図書館本：上場門、下場門

第十三齣「歴苦楚心猿帰正」（新増：目録、本文ナシ）

〔梗概〕

唐僧は菩提を弔う道場を開き、その功徳で父親は陰司から中華の長者宅に転生した。その後、父親は伯欽らの夢枕に現われて、唐僧を丁重に見送るように伝えた。伯欽は唐僧の見送りをしつつ先に進むと、山中から孫悟空が叫びさわいだ。孫悟空は唐僧に対し、自分を徒弟にするように懇願した。太保は唐僧に徒弟が出来たことを喜び、唐僧は孫行者と先へ進んだ。

〔対校〕

小説にある。故宮博物院本乙本第二十齣「孫大聖五行脱難」、大阪府立図書館本第二本第二十一齣「路遇五行開石鎮」に相当する。

故宮博物院本・大阪府立図書館本の曲牌は、岳小琴本と同じ順序であるが、「惜奴嬌」は「惜奴嬌序」とし、曲詞は半ば以上異なる。曲詞後の唐僧の白「太保有馮婦之義、令堂有漂母之恩……保祐也」はすべて省かれる。次の「前腔」は曲詞が一致し、「錦衣香」「漿水令」二曲牌・曲詞はともになく、「尾声」(「慶余」)に到り、曲詞は半ば一致する。

故宮博物院本では、最初に登場する太保の小者が語る白で、岳小琴本に省略を施すほか、詞白での字句の相違や白への省略が見られる(岳小琴本「(小厮便是)我想猟戸……不期、(前日)……」)。反対に、例えば、唐僧の出立時に伯欽が小者に馬を連れてくるように命じる白「(説那里話来)快牽法師的馬匹過来(惜奴嬌序)」など岳小琴本の白に故宮博物院本で新たに加える部分がある。物語の相違点は、唐僧が五行山上へ行く折、岳小琴本では孫悟空から金字圧帖の存在を教えられ、太保と一緒に赴く設定を取るが、大阪府立図書館本・故宮博物院本では最初は自らは行かず太保に頼もうとすると、悟空は、代役は不可で師自らはがすことが求められると言うことから、唐僧が山頂へ行く設定に改められている。

岳小琴本曲牌：「夜行舡」「惜奴嬌」「前腔」「錦衣香」「漿水令」「尾声」

〔備考〕
岳小琴本（「前腔」後の孫白）：「真正（是）」＃大阪府立図書館本・故宮博物院本「実（是）」
岳小琴本（「尾声」）「真（苦悩）」＃故宮博物院本・大阪府立図書館本「受」
故宮博物院本：寿台上場門、地井、寿台下場門
大阪府立図書館本：上場門、霊霄門、東旁門、西旁門、地井、下場門

第十四齣「奮堅剛六賊潜踪」（原本改：目録、本文ナシ）

〔梗概〕
六賊が通りかかった唐僧と孫悟空を殺そうとすれば、悟空は逆に彼らを殺してしまった。唐僧はその殺生をとがめれば、悟空は怒って去った。その後、唐僧は観音の化身である老婆から金箍をはめた花帽と棉の直綴を与えられ、戻った悟空にそれらを与えて着用させ、呪文をとなえ、服従を誓わせた。

〔対校〕
小説にある。故宮博物院本乙本第二十一齣「除六賊誆授金箍」、大阪府立図書館本第二本第二十二齣「道除六賊授金箍」に相当する。
最初の曲牌名「四辺静」は、岳小琴本と故宮博物院本・大阪府立図書館本とは一致するものの、曲詞は全く異なる。以後、白の字句が多少相違し、「前腔」（故宮博物院本・大阪府立図書館本「又一体」）後、岳小琴本は唐僧が強盗に驚くと、悟空はプレゼントに来たとおふざけの白「師父不要怕他、……到是送行李盤纏的」を入れるが、故宮博物院本は

省略してト書きとし、岳小琴本と同じ唐僧を待つようにとの白「師父、你只〔且〕看守行李馬匹、……」に続ける。六人の強盗がそれぞれ名乗りをする際、岳小琴本は「（我）是（眼看喜）」「叫」を混用し、依拠本が本来不統一であった点を窺わせる。故宮博物院本と大阪府立図書館本は「叫」で統一される。ただし、「意見欲」の登場位置は、岳小琴本と大阪府立図書館本は同じ順序であるが、故宮博物院本では最初に置かれる。

岳小琴本では、悟空が六賊を殺したことに対して唐僧の発した言葉に驚き呆れて、「哎喲」と師父にかけ声をかけるが、故宮博物院本・大阪府立図書館本では下品な表現と見て省かれる。

次の曲牌「園林好」曲詞・白は、三本ともに同じ、「前腔（園林好）」以下字句の相違と白の有無が少しあるものの、大よそは同じである。「江児水」「前腔」の曲詞はほぼ同じ。「五供養犯五供養」も半ば同じ曲詞であるが、故宮博物院本・大阪府立図書館本は「五供養」とする。この後、岳小琴本には曲牌「月上海棠」・曲詞「洒涙……」が置かれるが、故宮博物院本等には曲詞を含めてなく、「五供養」内に金帽に言及する「戴上喜歓生動我慈悲、特行解贈」という曲詞を置く。四番目の「前腔」以降、「尾声」までの曲詞や白は一部が異なる。ただし、曲牌名「玉嬌枝」を故宮博物院本は「玉交枝」とする。

岳小琴本はその前腔で「（憑）夫」とするが大阪府立図書館本・故宮博物院本は「天」とする。岳小琴本の誤字か。また、老旦の白で「（他）然（改過）」との表記は、「（他）自然……」の落字ではないか。

岳小琴本曲牌：「四辺静」①「前腔」「園林好」②「前腔」「江児水」③「前腔」「五供養犯五供養」「月上海棠」④「前腔」「玉嬌枝」⑤「前腔」「川撥棹」⑥「前腔」「尾声」

故宮博物院本・大阪府立図書館本は、「正宮正曲　四辺静」「又一体」「仙呂宮正曲　園林好」「又一体」「仙呂宮正曲　江児水」「又一体」「仙呂宮正曲　五供養」「又一体」「仙呂宮正曲　玉交枝」（玉嬌枝）「又一体」「仙呂宮正曲　川

撥棹」「又一体」「尾声」（「慶余」）とする。

（備考）

岳小琴本（「四辺静」）「真豪」「真霊性」など「真」字多用

岳小琴本（同右）「兄弟（們）」＝大阪府立図書館本≠故宮博物院本「弟兄」

岳小琴本（「前腔（四辺静）後の白」）「（客商的）珍宝」≠故宮博物院本「奇珍異宝」≠大阪府立図書館本「金銀財帛」（四字切り取り補字）

岳小琴本（「江児水」後の白）「弟子」＝大阪府立図書館本≠故宮博物院本「貧僧」

岳小琴本（「前腔（江児水）」後の白）「…你了這是我（曲牌）」≒大阪府立図書館本「…你了（曲牌：五供養）這是我…」≠故宮博物院本「…你了、待我取来。作向下取科（曲牌）這是我…」

岳小琴本（「五供養犯五供養」）と故宮博物院本が一致し、大阪府立図書館本が異なる字句、一方で大阪府立図書館本と故本が一致する字句（岳小琴本「遺下鑲金帽」、故宮博物院本は「一頂鑲金帽」、大阪府立図書館本「一頂廂金帽」）がある。

岳小琴本（「前腔」末の唐僧白）「真（言）」＝故宮博物院本≠大阪府立図書館本「金」（切り取り補字）（但し、故宮博物院本・大阪府立図書館本は岳小琴本「将（真言）」を「将定心」とする）

岳小琴本（「前腔（玉嬌枝）」末の白）「（穿）代」≠大阪府立図書館本・故宮博物院本「戴」、岳小琴本は頭にのせる文字を「代」とし、ト書きも使用。

曲牌「川撥棹」の直前の悟空白で、岳小琴本「身体做的一般」≠大阪府立図書館本「身材做的一般」≠故宮博物院本「身村做的一般」とする。故宮博物院本「村」は誤字。大阪府立図書館本は、「材」以下五文字切り取り補写する。

岳小琴本（「前腔（川撥棹）」）「真経」≠大阪府立図書館本「金」＝故宮博物院本
故宮博物院本（「又一体（江児水　白）」）「（自古）利（動）」≠大阪府立図書館本「財」（切り取り補字）、故宮博物院本（「五供養」）「唎」≠大阪府立図書館本「嗡」
故宮博物院本：寿台上場門・下場門
大阪府立図書館本：上場門、下場門

第十五齣「蛇盤山諸神暗佑」　新増

〔梗概〕

西海龍王の三太子は、悟空の指教を得て西天取経の白馬に変化した。悟空は龍馬を伴って唐僧のもとへ戻り、事情を話して当地から出立した。

〔対校〕

小説にある。故宮博物院本乙冊第二十二齣「勅小龍幻成白馬」、大阪府立図書館本第二本第二十三齣「化成神馬羈堅轡」に相当する。

岳小琴本と大阪府立図書館本と故宮博物院本三本で、異同が相互に目につく齣である。岳小琴本では西海龍王の三太子は観音が天庭に上奏したおかげで死罪を許され、蛇盤山の鷹愁澗で取経人を待つと詳しく記される（「蒙観音菩薩〔表奏天庭、赦了死罪之後、就〕把我送在此間蛇盤山下鷹愁澗内、専等大唐取経人来、……」）。大阪府立図書館本や故宮博物院本では観音の天庭上奏部分が省略されるが、大阪府立図書館本は切り取って「菩薩」の後を「賜了法名」と補字を入れて「送在鷹愁澗内」と改める。故宮博物院本は岳小琴本の「表奏~就」を省くものの、後は岳小琴本を承け、「(此)間蛇盤山下」を省く。以後、岳小琴本では小龍の白が多くあり、故宮博物院本等が簡略化するのとは字句に相違が見られる。この後、最初の曲牌「北酔花陰」となるが、曲詞は岳小琴本と故宮博物院本・大阪府立図書館本とでは半ば異なる上に続く唐僧の白「才径（経の誤字）峭壁……」に悟空が答える「又遇層巒……」は故宮博物院本・大阪府立図書館本にはなく、曲詞に組み込まれる。その後、唐僧が冬空のもとで水音がすると言い、悟空が鷲（鷹）愁澗で温水を馬に飲ませるという白は一致する。しかし、岳小琴本では卜書きで小龍が唐僧を襲い、悟空に退けられて、代わりに乗馬を捕らえ去る場面では、悟空が馬を龍につれ去られたと言い、鷲愁澗に赴くまでの長い白「(唐白)何処毒龍……去我尋」は、大阪府立図書館本・故宮博物院本では省かれ、唐僧が馬が見えなくなったと言えば、悟空が馬を妖怪に奪われたとの簡単な会話（「徒弟、馬匹為何不見了……快去」）に改める。次の曲牌「喜遷鶯」の曲詞「覰着這」三字以外異なり、小龍の白後、悟空の「騎牛……賭鬪」曲詞も省略される。「出隊子」の曲詞、次の白などは、岳小琴本と故宮博物院本等は全く異なる。「出隊子」の後、岳小琴本では龍が馬を食べたと言い、悟空が戦うところ、龍が観音に救いを求めれば、伽藍神が仲介に来る。その場面の白「差来的、暗中保佑馬匹……一匹白馬」では、大阪府立図書館本では澗を乱してみようと怒る時、掲諦が観音の奉旨を得て「那白馬……法名悟徹……変做白馬」と切り取り、その箇所に補字をする。故宮博物院本は掲諦が「前来解分此事……」と仲裁に入り、白龍を呼び出して白馬の役を与え、二人を連れて唐僧と面会させる（「道汝因有罪……変白馬」）。岳小琴本は、伽藍神が孽龍を白馬に化し悟空へ渡して去った後、曲牌「刮地風」で悟空は白馬をつれて唐僧に会う曲詞・白が置かれる。唐僧が悟空を称え、悟空が龍馬の由来を説いて出立するに到るところでは、唐僧は「好馬」と言うにすぎず、その後、悟空が曲牌「水仙子」で龍馬を得て西行が出来る旨を唱い、次に「煞尾」で鞍がないと示しつつ齣を収める。「刮地風」「水仙子」は故宮博物院本・大阪府立図書館本ともになく、掲諦が悟空に龍馬を渡して去った後、悟空の白が改められ、大阪府立図書館本では「原来如此、這匹白馬、比先那匹白馬更好、悟徹師弟、同我見俺師傅、悟空你竟尋着了馬回来了、虧了你也。」と岳小琴本「刮地風」の後にある唐僧の白「原来馬尋着了、虧了你也」を織り込み短縮して「煞尾」に到る。一方、故宮博物院本は掲諦が白龍を呼び、観音の法旨を伝え、岳小琴本の「保脩馬匹、当被孽龍吃下、無可償還、即命掲諦（諸）神把他明珠摘了、……把孽龍变了一匹白馬」の白を用い、悟空を待ち望む唐僧のもとへ白馬を連れて行くように縮め、「刮地風」を省いて唐僧の白「悟空、你竟尋着了馬回来了、虧了你也」に到り、岳小琴本と同じく「煞尾」で収齣する。しかし、「煞尾」は岳小琴本曲詞の三分の一ほど曲詞が異なり、浙江省雁蕩山にある瀑布「大龍湫」を取り込む歌辞を示す。故宮博物院本は悟空が戻る前に、白で「野馬尚無鞍」と言わせ、次齣での出来事を暗示する。大阪府立図書館本は「水仙子」がなく、やはり「煞尾」を設け、故宮博物院本と一致する曲詞を置き、齣を改めずに続け、すぐ先方に庵院があると悟空に言わせる。つまり、岳小琴本の改齣を大阪府立図書館本では無理に続けることにした結果、曲牌名「煞尾」で記す内容をそのままにし、次齣の白に結合した矛盾が見える。故宮博物院本は、大阪府立図書館本の曲詞に拠ったものの、齣を大阪府立図書館本のように続けず、岳小琴本の改齣に従っている。

大阪府立図書館本では、齣名を岳小琴本等の二齣分を一つにしている。

岳小琴本曲牌：「北酔花陰」「喜遷鶯」「出隊子」「刮地風」「水仙子」「煞尾」

故宮博物院本・大阪府立図書館本は、「黄鐘調隻曲　酔花陰」として「北」字を冠さず、「刮地風」「水仙子」の二曲はない。

（備考）

岳小琴本（冒頭の白）「畜」（欠筆）、岳小琴本（「喜遷鶯」後の白）「真々」（大阪府立図書館本・故宮博物院本ナシ部分）を多用

岳小琴本「（上）面」字を落字する。

岳小琴本（「北酔花陰」曲詞）「（荒）丘」≠大阪府立図書館本「邱」＝故宮博物院本

岳小琴本（「北酔花陰」後の白等）「鶯（愁澗）」≠大阪府立図書館本「鷹」＝故宮博物院本

故宮博物院本：洞門、寿台上場門、従左天井下至仙楼、寿台下場門

大阪府立図書館本：地井、上場門、下場門

第十六齣「鷹愁澗意馬収韁」　新増

〔梗概〕

落伽山の土地神は、観音の法旨を奉じて廟宇を設けて唐僧らの宿とし、その場所で馬の鞍と手綱を悟空に渡した。土地神は観音の法旨と告げ、天に去って行った。

〔対校〕

故宮博物院本乙本第二十三齣「化成里社遺金勒」、大阪府立図書館本第二本第二十三齣「化成神馬羈堅轡」続きに相当する。

故宮博物院本は改齣したため、冒頭に土地神が言う白「仏子遊天外……交付与他便了」は、岳小琴本と同じ文章を用いる。大阪府立図書館本は、白馬を得て先を進み、前方に庵院があるとわかったので、庵に宿を借りることを問う。

これに対し、改齣する岳小琴本と故宮博物院本は、土地神が廟祝に化身して廟宇を設け、里社祠に気づいた師徒がノックをする、とする。その後、字句・文章の相違も多いが、岳小琴本の曲牌「駐雲飛」以下の唐僧の曲詞や応待する末（廟祝）が鞍轡を贈る白など（「庭院幽清……決無吝惜之理」）は、大阪府立図書館本・故宮博物院本にはない。岳小琴本二曲目「前腔（駐雲飛）」は大阪府立図書館本・故宮博物院本の「駐雲飛」に当たり、岳小琴本の曲詞とは半分異なる。ただし、岳小琴本「（猛）力」＝故宮博物院本≠大阪府立図書館本「烈」（切り取り補字）とする。岳小琴本（三曲目）「前腔（駐雲飛）」曲詞「白馬紅筷（纓）扺多少天厩新頒玉鼻騂（名）」はほぼ同じであるが、以下の唐僧白・孫唱は曲詞が異なり、末（廟祝）の哈蜜国界と言う白（「傾蓋蒙君慷概情（末）此乃西番哈蜜国界……何敢又労遠送（聖僧〔上前〕聴……」）などは、故宮博物院本・大阪府立図書館本にはない。最後の「前腔」（四曲目）では、唐僧と悟空が白馬の鞍轡を得た喜びを示すが、大阪府立図書館本と故宮博物院本は曲牌曲詞がなく、唐僧の白で菩薩への感謝を述べるに止まる。実は後者二テキストの設定には訳があり、ともに第二十四齣「現出心魔照慧灯」という齣において、観音や金光聖母、黎山老母ら女性神が多数登場し、観音の誕辰を祝いつつ、元奘の取経が凡悩を払って災厄から逃れて成功するか見守る、という齣を第二本の最終齣として設定する。そのため、岳小琴本第四番目「前腔」を省いたと思われる。大阪府立図書館本・故宮博物院本が女性神である観音、黎山老母、金光聖母、毘藍婆菩薩、仙女らを登場させるのは、小説西遊記にあるように、女神が取経を助ける設定であることを先に示すねらいがある一方、観客たる皇太后や皇妃妃嬪を意識したためではないか。戯台上を麗々しい女神で飾ることは、他方で、朝鮮使節などの儒学で凝り固まった者には低俗と映ったかもしれない。しかし、建前と本音は、区別して考えるべきであり、『昇平宝筏』は『西遊記』に比べて女性向きの作品の色を濃くした一面を示す。これは、花香潔や卓女などの生身の才子佳人劇が取り込まれた背景と軌を一にするのであろう。

岳小琴本の齣名にある「鷹愁澗」は、前の第十五齣（「鶯愁澗」）とは異なる。目録では、「鶯愁澗意馬収韁」とし、本文も「鶯愁澗」と表記する。おそらく、現存する岳小琴本の鈔写者は、小説や異本（大阪府立図書館本、故宮博物院本など）の「鷹」が頭にあり、その流布系のテキスト文字を不用意に使ってしまったと思われる。或は、「原本」そのものを受け継ぎつつも、岳小琴本が「原本」改訂時に不十分であったと考えられる。

大阪府立図書館本には故宮博物院本の金光聖母はなく、伽藍菩薩（末）が登場する。両本の霊吉菩薩（旦）は女神とする。大阪府立図書館本と故宮博物院本は、一部を除いてほぼ同じ。

岳小琴本曲牌：「駐雲飛」①「前腔」②「前腔」③「前腔」

故宮博物院本・大阪府立図書館本は、「駐雲飛」と第三の「前腔」がない。

（備考）

岳小琴本は、「（水雲）卿」と誤字（故宮博物院本・大阪府立図書館本は「郷」）をする。岳小琴本：「畜」（欠筆なし）（故宮博物院本・大阪府立図書館本ナシの文）　岳小琴本：「炫」（欠筆なし、故宮博物院本・大阪府立図書館本ナシの部分）

岳小琴本（第一「前腔（駐雲飛）」「（猛）力」＝故宮博物院本≠大阪府立図書館本「烈」

岳小琴本（第二「前腔」）「（各々）努力」＝故宮博物院本≠大阪府立図書館本「黽勉」

故宮博物院本：寿台下場門・上場門（第二十四齣仙楼）（地井）（天井）

大阪府立図書館本：下場門、上場門（第二十四齣天井）（地井）（東辺地井）

第十七齣「観音院僧謀宝貝」　原本改

〔梗概〕

観音禅院の住持了然は、貪財から脱け出せない。折しも宿を借りに来た唐僧に対し、必ずや宝物を持つとにらみ、それを見せることを求めた。

〔対校〕

故宮博物院本丙本第三齣「成瓦礫焚焼紺宇」、大阪府立図書館本第三本第二齣「謀法宝自取焚身」に相当する。

故宮博物院本丙本第三齣・大阪府立図書館本と曲牌はほぼ同じ。岳小琴本「越調　闘鵪鶉」の曲詞「忙々的……栽種」は故宮博物院本・大阪府立図書館本では「居丙位……花宮高聳」として全く異なるなど、他の「前腔」曲詞や「聖薬王」の曲詞の一部には相違が見られるが、白も大よそ同じである。全体の展開は、字句の相違、相互に異なる文辞も見られるがほぼ同じと言える。故宮博物院本・大阪府立図書館本の曲牌名「越角隻曲　禿厮児」は、岳小琴本では唱句の中に「（唱）禿厮児　我々……」と入れられている。岳小琴本の曲詞の二重字は、故宮博物院本・大阪府立図書館本では四重字に改め、リズム感を出している。

岳小琴本曲牌：「駐馬聴」「前腔」「越調　闘鵪鶉」「金蕉葉」「聖薬王」

故宮博物院本・大阪府立図書館本は、「中呂宮正曲　駐馬聴」「又一体」「越角隻曲　闘鵪鶉」「越角隻曲　金蕉葉」「越角隻曲　禿厮児」「越角隻曲　聖薬王」とする。

〔備考〕

岳小琴本（冒頭の白）「拝請三蔵真（経）」、故宮博物院本「拝仏求取真（経）」、大阪府立図書館本「拝仏求取金経」
岳小琴本（「前腔」後の白）「（宝玩奇）珍」＝故宮博物院本＋大阪府立図書館本「物」
岳小琴本（同右）「真个（人世）」＋大阪府立図書館本「果然」＝故宮博物院本
故宮博物院本：寿台上場門・下場門、禄台
大阪府立図書館本：上場門、下場門

第十八齣「黒風山怪窃袈裟」原本改

〔梗概〕

了然が唐三蔵の袈裟を奪い、韋駄龕に隠した。それを知った悟空は、袈裟を焼失しないようにした上で火神らに大雄宝殿を燬亡させる。黒風山の野狐精は袈裟の事を知り、それを横取りした。

〔対校〕

故宮博物院本丙本第四齣「獲珍宝盗窃錦襴」、大阪府立図書館本三本第三齣「黒風洞錦襴窃去」に相当する。大要は、故宮博物院本と岳小琴本とは大同小異であるが、龕の袈裟を盗むのを岳小琴本は野狐精とし、故宮博物院本は黒熊精として小説に近い。岳小琴本では、唐僧が袈裟を見せることを肯定しているものの、後の紛失時に悟空を責め、小説と同じように悟空のでしゃばりを暗に批判する。

岳小琴本では冒頭に野狼精が了然によって唐僧の袈裟が盗まれたことにふれる白は、妖怪名こそ異なるが岳小琴本と大阪府立図書館本とはほぼ一致し、故宮博物院本は全く異なる。岳小琴本の曲牌「撲灯蛾」と「鎖南枝」との間に、故宮博物院本には黒熊精の白「我本要摂取唐僧……擒唐僧便了」があり、後日、唐僧を攫うとするが、岳小琴本と大阪府立図書館本にはない。ただし、大阪府立図書館本には火神の白「焚焼已畢、就此回宮」があり、故宮博物院本はそれを継承している。了然の死に方を岳小琴本は焼死（「火反燀焼得禿光頭一个」「可憐老和尚焼死了」「老和尚既焼死」）とし、故宮博物院本では怒り死とする（「撲灯蛾」「（了然白）正是周郎……折兵（作発諢気死科）」）。大阪府立図書館本は岳小琴本に類似して、「撲灯蛾」以下には黒熊精が袈裟を盗む白がなく、ト書きに「了然作発諢気死科」とある。しかし、曲詞（第一「又一体（鎖南枝）」「焼得禿廝児」、第二「又一体」で「誰料自焼身」）或は、白でも「逆風放火自焼身」と、大阪府立図書館本も故宮博物院本も焼死をにおわせるので、明らかに岳小琴本の内容が先行するといえる。故宮博物院本には了然の白が付け足され、了然が「気死」したとする。岳小琴本はト書きに「焼死下介」とし、大阪府立図書館本は「了然同衆和尚諢気死科」として故宮博物院本と同じで記述に矛盾が見られる。。

岳小琴本曲牌・・「撲灯蛾」「双調過曲　鎖南枝」①「前腔」②「前腔」③「前腔」

故宮博物院本・大阪府立図書館本も岳小琴本と同じ。

（備考）

岳小琴本では、「且」を「旦」（冒頭の白）、「不（好了）」（「撲灯蛾」後の白）を「了（好了）」と誤字らしき点が見られる。

岳小琴本（「撲灯蛾」後の白）「（送）真（个是）」＝故宮博物院本＃大阪府立図書館本「果然是」

岳小琴本（「鎖南枝」後の孫白）「真（个可悩）」＃大阪府立図書館本「実是可悩」＝故宮博物院本

岳小琴本（第二の「前腔」後の白）「（自然説出）真情」＃大阪府立図書館本「実話来了」＝故宮博物院本

岳小琴本（第三の「前腔」）「嗔」＝故宮博物院本＝大阪府立図書館本

第十九齣「孫行者大鬧黒風山」　原本改

〔梗概〕

白蛇精の白衣秀士と淩虚子が、野狼精の狼大王のもとを訪れた。狼大王は錦爤（襴の誤字）仏衣を手に入れたので、後日に仏衣会をしたいと伝える。それを孫悟空に聞かれ、怒った悟空は棒で白蛇精を殺すが、狼精と淩虚子は逃亡した。そこで、観音の助けを求めに南海へ行く。

〔対校〕

故宮博物院本丙本第五齣「黒風山同心談道」、大阪府立図書館本第三本第四齣「紫竹林熊怪降来」に相当する。物語の大筋は黒風山大王と道友二怪が大道の修持を論ずるという点で同じであるものの、黒風山の「黒漢」を故宮博物院本等は黒熊精とするが、岳小琴本は狼大王とする。岳小琴本曲牌の最初は「仙呂過曲　青歌児」「前腔」で、大阪府立図書館本・故宮博物院本も「仙呂宮正曲　青歌児」「又一体」とするが曲詞は異なり、続く白も異なる箇所が多い。「皂羅袍」は、大阪府立図書館本及び故宮博物院本では「駐雲飛」「又一体」とし、曲詞も「又一体」の冒頭二字「大道」を除けば、すべて異なる。岳小琴本の「道和排歌」はすべてでなく、せりふなどで顕著な差違が見られる。岳小琴本では、悟空が黒大王は観音院の近隣に住み、寺院自体も不行届きな点が見られるのは、観音が取り締まらないからだと言って、南海へ赴く場面で終わる。故宮博物院本は黒熊精の手並みが強くて打ち勝つことができないとして、観音に助けを求める設定を取る。改齣は岳小琴本と同じ。一方、大阪府立図書館本も故宮博物院本と同じ理由から南海へ赴くが、齣を改めず、「駐馬近」へ続ける。狼怪を黒漢とするのは、小説にあった黒熊精の改変を示すなごりであろう。或は、原本改とは、妖怪の素姓を「狼」に変えたところも含むのかもしれない。岳小琴本と故宮博物院本とは妖怪の設定で相違がかなりある。

岳小琴本曲牌：「仙呂過曲　青歌児」①「前腔」「皂羅袍」②「前腔」「道和排歌」

故宮博物院本・大阪府立図書館本は、「仙呂宮正曲　青歌児」「又一体」「中呂宮正曲　駐雲飛」「又一体」（故宮博物院本以上第五齣）「中呂宮集曲　駐馬近（駐馬聴首至合）（好事近合至末）」「中呂宮集曲　駐馬摘金桃（駐馬聴首至合）（四塊金六至八）（桜桃花末二句）」（大阪府立図書館本「駐馬聴首至六」）「中呂宮正曲　念仏子」「中呂宮正曲　撲灯蛾」「又一体」「尾声」（「慶余」）とする。

（参考）

岳小琴本「你是那（寺）里和尚」で、「寺」を右わきに添え書きする。

故宮博物院本「真」　≠大阪府立図書館本「元」（切り取り補字）

第二十齣「野狼精敗走黄沙塞」　重改

〔梗概〕

悟空は観音に香火院で狼精に袈裟を奪われたと伝え、黒風山へ同行することを願う。観音は悟空の策に同意し、袈裟を着た狼精に面会した。ところが、狼精は凌虚子の正体が観音大士であることを知り、袈裟を脱いで逃亡する。

〔対校〕

故宮博物院本丙本第六齣「紫竹林変相収妖」、大阪府立図書館本第三本第四齣「紫竹林熊怪降来」後半に相当する。故宮博物院本では、岳小琴本と同じ齣分けをする。一方、大阪府立図書館本は第三本第四齣の後半とし、岳小琴本の第十九・二十齣を一齣にまとめる。

岳小琴本では凌虚子が小説や後行の故宮博物院本のように蒼狼精とし、盟友の黒風大王も狼大王とする。狼が重なるところから見ると、明らかに重複による改訂の不十分さを示している。また、凌虚子に化けた観音から仙丹を得て大王が呑んだかは不明で、悟空のせりふ「滑不受我這一味」からうっすらと物語があったことが想像されるが、実際の展開は不明。沙漠に逃亡したとする点も他のテキストや小説とは異なる。何ゆえ、小説で黒風大王が黒熊精とする設定を改めたのか、矛盾を犯してまで改変した理由は不明。この齣の最後に、観音は中国を文殊菩薩が統治しているので、自然に降伏すると示唆し、沙漠へ逃れた野狼精の化身頡利可汗は、太宗に敗北するという後の物語への伏線を入れている。

岳小琴本の曲牌は「駐馬泣」から始まるが、故宮博物院本・大阪府立図書館本は、「駐馬近（駐馬聴首至合）（好事近合至末）」とするものの、曲詞はほぼ同じ。次の「駐馬摘金桃」は、後者二本は「（駐馬聴首至合（首至六））・（四海金六至八）・（桜桃花末二句）」の小曲牌が曲詞中に挿入される。岳小琴本は「念仏子」「撲灯蛾」「尾声」となる。岳小琴本では観音が凌虚子に化身してきたことを知った狼怪が沙漠へ逃走するのに対し、故宮博物院本・大阪府立図書館本は、「尾声」の前に「又一体（撲灯蛾）」を加え、黒熊精が腹中の悟空に苦しめられる場面を添える。「尾声」はほぼ同じ。全体に、岳小琴本と故宮博物院本とは、曲詞・白ともに過半ほど相違する。とりわけ、齣末までの狼怪が観音の変化した凌虚子の本体を知り、袈裟を脱いで逃亡する。これを観音が「他已逃往沙漠去了、将来、必要跳梁幾年、也是定数。如今、文殊菩薩主持中国、自然会収伏他。這也不坊《ママ》、悟空……」と、既定の展開としてそのままにし、後の頡利可汗の反乱への伏線とする。岳小琴本は小説のように黒熊怪を山後の門番として帯同する故宮博物院本・大阪府立図書館本とは、全く異なる設定である。「尾声」は、最後の一字「排」を除いて、岳小琴本と故宮博物院本、大阪府立図書館本（該）三本は同じ。

岳小琴本曲牌：「中呂過曲　駐馬泣」「駐馬摘金桃」「念仏子」「撲灯蛾」

（備考）

岳小琴本（「念仏子」）「経歴」＝故宮博物院本≠大阪府立図書館本「（経）遍」（切り取り補字）

岳小琴本（「撲灯蛾」）「（妙策）真」＝故宮博物院本≠大阪府立図書館本「果」

故宮博物院本：仙楼門、寿台門、寿台、寿台上場門、寿台下場門、地井、洞門、下場門

大阪府立図書館本：上場門、両場門、地井、下場門、洞門

第二十一齣「八戒遊春窺美色」原本

〔梗概〕

猪悟能は、観音菩薩から法名悟能を与えられ、取経人を待っていた。時は春、悟能は景色につられて遊興しようとし、たまたま玉蘭を見つけて気に入り、結婚の算段を立てた。

〔対校〕

故宮博物院本丙第七齣「花底遊春偏遇蝶」、大阪府立図書館本三本第五齣「縦女遊春愁撞祟」に相当する。岳小琴本と故宮博物院本とは、八戒（悟能）と手下、高才と家人の設定や会話、歌辞は異なる点が多いが、八戒が娘を見そめて入婿になろうとする筋は同じ。岳小琴本には、大阪府立図書館本と故宮博物院本との間で異なる八戒の変化姿のところはない。

岳小琴本は、冒頭に八戒と手下である小妖らが登場し、八戒が自分の素性と観音の教化を得たことを語る白「李有蟠根種不凡、非人非獣亦非仙、……某猪剛鬣是也。……前日幸遇観音菩薩与俺摩頂受記、……歓楽一回、多少是好。（衆妖）得令」が置かれる。大阪府立図書館本も冒頭に「属亥星辰応斗躔、非人非獣非仙、……」という八戒の自己紹介から春興に外遊を試みようと小妖らに準備を命じ、小妖が「得令」と返答するまでは、岳小琴本と同じ。一方、故宮博物院本は、曲牌「新水令」から始まり、次いで、大阪府立図書館本にある白「属亥生辰応斗纏、……」を続ける。「新水令」の後の白で、小妖が八戒に言上する岳小琴本の白「小的們有話、稟上洞主、求洞主恕罪、才敢説」は、大阪府立図書館本と一致し、故宮博物院本は「稟上洞主、猶恐洞主吃悩」として異なる。

岳小琴本「新水令」の曲牌名は、故宮博物院本と大阪府立図書館本も同じであるが、後者二本の曲詞は全く異なる。本齣は才子佳人劇を意識した場面設定であるため、曲牌・曲詞が多い。「新水令」から「清江引」に到る曲詞全体からは、岳小琴本と故宮博物院本・大阪府立図書館本との間で、過半数の相違が見られる。白では字句の部分が異なる点が窺われ、岳小琴本と故宮博物院本との間には、主に白の有無を除けば、顕著な相違は見られない。曲牌「歩々嬌」直前にある小妖と八戒との外見をめぐる白「（小妖）洞主神通広大、何不変化一副見得人的模様児去到那村鎮鬧市人烟凑集的去処、頑要々々洒落々々方才有趣」で、岳小琴本の最後の部分は、大阪府立図書館本が「（衆小妖白）、洞主雖不能変化形容、也要改装一副見得人的打扮、到那村鎮鬧市人烟凑集去処、頑要頑要灑落灑落、方才有趣」とト書きを含め多少手を加える。故宮博物院本は更に詳しく改変して、八戒が法力で外見を改めて見せるとする（「（小妖白）、洞主神通広大、何不変一俊俏書生、去到那人烟凑集之処、鬧市叢中、頑耍頑耍、灑落灑落、豈不是好」）。この後、小妖に心中の想いを代弁してもらい、まんざらでもない八戒は、俊才に変化して外へ出るが、大阪府立図書館本は簡単に「随我改装前去便了」とし、故宮博物院本は、岳小琴本「変化了傻角児家……」を詳しく補足し、変化の様を記す（「只是一説……更換前去」）。この白の比較により、岳小琴本から大阪府立図書館本、大阪府立図書館本から故宮博物院本に改編した過程を知ることが出来る。それ以外は、故宮博物院本と大阪府立図書館本とは同じ詞白である。

岳小琴本曲牌…「新水令」「歩々嬌」「折桂令」「江児水」「雁児帯得勝」「僥々令」「収江南」「園林好」「沽美酒」「清江引」

故宮博物院本・大阪府立図書館本も岳小琴本と同じ。但し、大阪府立図書館本は「北新水令」以下、「北」「南」を交互に冠し、「南清江引」で終わる。また後者二本は、「（北）雁児落帯得勝令」「（北）沽美酒帯太平令」とする。

〔備考〕

岳小琴本（冒頭猪白）「（不像人）真（个）」≠大阪府立図書館本「果（是）」＝故宮博物院本

故宮博物院本…簾子門、地井、寿台下場門・上場門、洞門

大阪府立図書館本…上場門、洞門、東旁門、下場門

第二十二齣「悟能行聘贅高門」原本

〔梗概〕

新郎姿の猪悟能は高家を訪れ、清明の折に玉蘭を見そめ、婚儀を整えて参上したと伝え、礼品を置いて去った。高才が煩悶する折、唐僧らが一宿を求めて高家に来た。悟空は高才の煩悶を知り、妖怪退治を申し出て玉蘭に化けて準備をし、猪悟能を待つこととした。

〔対校〕

故宮博物院本丙本第八齣「荘前納聘強委禽」・第九齣「仮新人打開贅壻」、大阪府立図書館本第三本第六齣「辞婚入夜喜留僧」・第七齣「仮新人打開招贅」に相応するが、故宮博物院本第九齣と大阪府立図書館本第七齣の部分は岳小琴本では続けて改齣しない。高家へ猪八戒と小妖らが押しかける情節は同じ。

悟空が小姐に化けて八戒を待つ場面は、岳小琴本は第二十二齣内に収めるが、故宮博物院本「第九齣　仮新人打開贅壻」（皆来韻）及び大阪府立図書館本第七齣は齣が改められ、韻も昆腔「江陽韻」から弋腔「皆来韻」に、宮調も「仙呂宮」から「大石調・双調」に変わる。曲牌も岳小琴本が「駐雲飛」「尾声」であるのに対し、故宮博物院本・大阪府立図書館本は「大石調正曲　番竹馬」「秋蕊香前」「秋蕊香後」（故宮博物院本ナシ）「鎖南枝」「又一体」で全く異なる。岳小琴本では齣の最後にある「駐雲飛」曲詞で八戒と悟空が応酬し、「尾声」以後で悟空の化けた偽玉蘭が八戒を門内に招き入れて捕らえようとするが、逃げられてしまい、悟空がその正体を告げて後を追うまでが演じられる。故宮博物院本・大阪府立図書館本では高才と八戒が小姐に会わせる場面のかけひきがある。故宮博物院本等の小姐に化けた悟空の歌（「鎖南枝」）よりも岳小琴本の悟空の歌（「駐雲飛」）の方が長い点もあるが、複数の曲詞で多彩な場面を増幅している。

岳小琴本と故宮博物院本とは、曲詞を主として相違するところが過半を越え、白もその有無を中心に相違する部分が多い。故宮博物院本と大阪府立図書館本とが改齣する岳小琴本後半の末は、曲牌・曲詞、白すべてが異なり、故宮博物院本・大阪府立図書館本は内容が豊富になっている。曲牌は同じでも、歌辞に差異は多い。

岳小琴本曲牌：「番卜算」「皂羅袍」「八声甘州」①「前腔」「解三醒」②「前腔」「東甌令」「駐雲飛」「尾声」

故宮博物院本・大阪府立図書館本は「東甌令」まで同じ。

〔備考〕
岳小琴本（「皂羅袍」後の白）「（小壻）尚」は「向」の誤記。
岳小琴本（「番卜算」後の小二白）：「真」字＝故宮博物院本
岳小琴本（「番卜算」後の白）「（員外当）真」＝故宮博物院本「真是（吹）」≠大阪府立図書館本「果然是（吹）」（二箇所の内、二番目「又一体（八声甘州）」は元々の字「你果然不従麼」、故宮博物院本も同じ「果然」。大阪府立図書館本一字目は改字）
故宮博物院本：寿台上場門・下場門、洞門、寿台門、寿台（以下、第九齣）、寿台門
大阪府立図書館本：上場門、下場門、洞門、竹離門（第七齣）

第二十三齣「雲桟洞収降八戒」原本

〔梗概〕
猪悟能が高家に来たので、高才は悟空の謀に応じて案内すると、悟能は喜び勇んで拝礼をした。悟空は本身に戻り、悟能を捕らえるべく追跡すれば、悟能は取経人を待つ身であると言ったので、悟空は悟能を伴って唐僧のもとへ行っ

た。

〔**対校**〕

故宮博物院本丙本第十齣「狠行者牽合従師」、大阪府立図書館本第三本第八齣「狠行者牽合従師」に相応し、両本齣名一致するが、岳小琴本は異なる。

岳小琴本と故宮博物院本とは、曲牌名（「四辺静」「朱奴挿芙蓉」）が一致しても曲詞が異なる。一方、曲牌名が異なる「一撮掉」（故宮博物院本「又一体（四辺静）」）では曲詞は異なる。全体として曲詞では差異が大きく、白はほぼ同じ。

岳小琴本曲牌：「四辺静」「一撮棹」「朱奴挿芙蓉」「尾声」

故宮博物院本・大阪府立図書館本は、「四辺静」「又一体」「朱奴挿芙蓉（朱奴児首至六）（玉芙蓉末三句）」（大阪府立図書館本「玉芙蓉末一句」）「尾声」（「慶余」）

（備考）

岳小琴本「一撮棹」後の白「放狗屁鈀你娘」は品位の点から省かれたのであろう。

岳小琴本（「一撮棹」後の猪白）「（求）徑」は「（求）経」（故宮博物院本）の誤字。

岳小琴本（同右）「気力」＝故宮博物院本≠大阪府立図書館本「周折」（もともとの字）

故宮博物院本：寿台門、寿台上場門、寿台両場門

大阪府立図書館本：下場門、洞門、上場門、両場門

第二十四齣「浮屠山妙解五蘊」新増

〔梗概〕

浮屠山山中の烏巣禅師は、妖魔の災厄に遭った時に用いるようにと蜜多心経一巻を唐僧に授け、この心経を持せば一切の恐怖はなくなると教え諭した。

〔対校〕

故宮博物院本丙本第十一齣「浮屠選仏心経授」、大阪府立図書館本第三本第九齣「浮屠選仏心経授」に相当し、両本齣名一致するが、岳小琴本は異なる。烏巣禅師から心経を得る内容のパターンは同じである。

岳小琴本前半の曲牌名は「牧羊関」まで故宮博物院本・大阪府立図書館本と一致するが、曲詞はほぼ異なる。次の曲牌「四塊玉」曲詞も相違が多く、後の唐僧の白「(一路上)受尽了無限的苦楚、……前途可平安(好走麼)」は、故宮博物院本は後に烏巣禅師の類似した白「一路魔障儘多、怎得平安」があるため「一路上好走麼」と簡略化するが、岳小琴本と大阪府立図書館本とは一致する。続く曲牌「哭皇天」は故宮博物院本・大阪府立図書館本は「元鶴鳴」として、ほぼ曲詞は異なる。唐僧が烏巣禅師に別れを告げて出発する場面の後、烏巣禅師が土地神と山神を呼び出して守護を命じるまでは三本一致するが、岳小琴本には曲牌「山花子」曲詞以下の長文(「大和尚」・「紅繍鞋」の曲詞や白)があるが、故宮博物院本・大阪府立図書館本にはない。また、岳小琴本の後半にある「山花子」「大和尚」「紅繍鞋」は故宮博物院本にはなく、「尾声」に到る。「尾声」の曲詞も全く異なる。

全体的に見て、岳小琴本と故宮博物院本との間で曲辞・白は大きく異なる。岳小琴本の禅師の預言にある「蒼狼」は頡利可汗を暗示するのか。

岳小琴本曲牌：「北一枝花」「梁州第七」「牧羊関」「四塊玉」「哭皇天」「山花子」「大和尚」「紅繡鞋」「尾声」
故宮博物院本・大阪府立図書館本では「哭皇天」は「元鶴鳴」とし、「山花子」「大和尚」「紅繡鞋」の三曲はない。

（備考）
故宮博物院本：寿台上場門、寿台門、寿台下場門・両場門
大阪府立図書館本：上場門、下場門

第二本の性格

岳小琴本第二本に相当する三冊目本文では「新増」「原本」などの依拠したテキストへの処理を示す記述はすべて欠落するが、巻頭の目録には留められている。これは岳小琴本が拠った底本の段階で既になかったと思われ、岳小琴本を原稿本とした場合、それらにすべてを落すのは不自然である。つまり、転写本ということを示すのであろう。

第二本は、「新増」を前半に多く入れる傾向にある。第一齣は釈迦如来による西天取経の発案、第三齣の外国使節の来航と皇帝讃歌から、第四齣の朝廷による賜宴と参加した学士による詩文の作成、第五齣は蕭瑀の夢枕に文殊菩薩の化身である皇上に救済を求める幽鬼逢蒙、白起、李斯、摩登伽女が登場し、第六齣では、明教の護持、釈氏・儒家は同源、地獄の救済のためには真経は欠かせないとその重要性を説く。

岳小琴本では、「江流児の仇討ち」「魏徴斬龍・太宗入冥」の代わりに、四魔の「逢蒙」らが大功徳を求めることで、西天取経の前提となる法要開催へとつなげる。他方、岳小琴本には太宗入冥はないにもかかわらず、唐僧と尉遅の詞白に「我主夢覚還陽道」という語句があり、「原本」、或は、原本以前の祖本には、小説と同じく太宗入冥があったことを暗示する。

「原本」とする齣では、第十一齣（「過番界老回指路」原本）（原本：目録）に呉昌齢「唐三蔵西天取経」劇の一節である回回の話を入れる。この場面は、大阪府立図書館本第二本第十九齣、故宮博物院本乙冊十八齣に継承される。回回の場面を取り入れたのは、康熙帝と回回国王をめぐる史実に関係することに拠ったのかもしれない。(注)明末の『万壑清音』などの散齣集がその元の呉昌齢「唐三蔵西天取経」劇断片を伝える。本来、祖本としては共通の資料から出たと考えられ、岳小琴本と大阪府立図書館本、故宮博物院本との間では異同は少ないはずであるが、曲詞、白、語句や文章の有無の相違も見られるのは、『昇平宝筏』の改編史を物語るものとも考えられる。曲牌「歩々嬌」直前にある小妖と八戒との外見をめぐる白の比較により、岳小琴本から大阪府立図書館本、大阪府立図書館本から故宮博物院本に改編した過程を知ることが出来る。

最後の第二十四齣烏巣禅師から心経を得る内容は小説を下敷きにし、「有詩為証」の語句も小説の表現が取り込まれたのではないか。錫杖の場合も同じ。

その一方で、『昇平宝筏』は『西遊記』に比べて女性向きの作品の色を濃くした一面を示す。これは、花香潔や卓女などの生身の才子佳人劇が取り込まれた背景と軌を一にするのであろう。沙和尚を悟静とするのは、小説や後行のテキストには見られない。

岳小琴本では冒頭に了然が野狼精によって唐僧の袈裟が盗まれたことにふれる白は、妖怪こそ異なるものの、岳小琴本と大阪府立図書館本とはほぼ一致し、故宮博物院本とは全く異なる。狼怪を黒漢とするのは、小説にあった黒熊精の改変を示す名残りであろう。或は、原本改とは「狼」に変えた点も含むのかもしれない。岳小琴本と故宮博物院本とは相違がかなりある。岳小琴本は凌虚子が小説や故宮博物院本のように蒼狼精とし、黒風大王も狼大王とする。狼が重なるところから明らかに小説に拠りつつも、無意識に改変した際の誤認による結果である。

とりわけ、新たに作り上げた唐太宗の親征場面に係わる箇所は、『昇平宝筏』の後半で重要な箇所とすべく推敲を重ねたらしく、「重改」されている。それは、第二十齣で原本を改訂し「原本改」とした部分をさらに改訂し、野狼精が沙漠へ逃げ、頡利可汗となって反乱を起こす伏線とした。

舞台表現を窺うと、岳小琴本では、しばしば「呟喲」との感嘆詞を入れる傾向がある。これは、故宮博物院本・大阪府立図書館本では下品な表現と見て省かれる。

岳小琴本が用いる文字に着目すると、「蓄」「利」「真」「立」「力」各字は故宮博物院本も同じ用例が多く見られる反面、大阪府立図書館本では該当箇所の文字を切り取り、補字をするが、大阪府立図書館本も写本当初は、故宮博物院本と同じ文字を使用していたと思われる。岳小琴本「（客商的）珍宝」≠故宮博物院本「奇珍異宝」≠大阪府立図書館本「金銀財帛」（四字切り取り補字）も同様で、岳小琴本の二字句を四字句にした時、そのまま岳小琴本の二字句「珍宝」を使用していたが、雍正帝の諱と同じ音を避けるため、大阪府立図書館本は上演時に切り取り補写したのであろう。後行の故宮博物院本はそのまま残ったことになる。

岳小琴本の齣名「鷹愁澗」は、前の第十五齣とは異なる。目録では、「鷲愁澗」とする。おそらく、岳小琴本の鈔写者は、小説や異本（大阪府立図書館本、故宮博物院本など）の「鷹」が頭にあり、その流布系のテキスト文字を不用意に使ってしまったのであろう。

岳小琴本の「（荒）丘」（≠大阪府立図書館本「邱」＝故宮博物院本）でも雍正以後の改字を反映している。岳小琴本は「真」字を多用するが、「真観」と貞観を誤記することもある。岳小琴本には、本来あるべき文字を落字するケースも見られる。

（注）康熙帝がガルダン征討の折、回回国王を解放させた記事は、『大清聖祖合天弘運文武睿哲恭倹寛裕孝敬誠信中和功徳大成仁皇帝実録』巻之一百七十五以下の記事に見える。

「（康熙三十五年丙子八月）癸巳〇議政大臣等議奏郎中満都、密報降人回回国王阿卜都里什特言、昔年為噶爾丹所誘、被執十四年。今噶爾丹敗、始得脱身来帰。近聞噶爾丹在古爾班塔米爾台庫魯地方。度其困窮不能久居、必往青海。往青海有哈密・吐魯番・葉爾欽三路。而哈密与嘉峪関相近、有天朝大兵葉爾欽有我回回兵二万許在彼。皆未必敢往。恐当往吐魯番我願留子於此、親往吐魯番、以聖上威徳、宣諭属下衆回子。又策妄阿喇布坦、所居博羅塔喇、与吐魯番相近。往与合謀、擒噶爾丹、以報受辱之讐。応令理藩院、遣官往召阿卜都里什特至京加之恩賜。再遣官送出嘉峪関得旨著遣官召阿卜都里什特及其子額爾克蘇爾唐赴京。可伝諭云来京之後倶一同遣帰。」

『大清聖祖合天弘運文武睿哲恭倹寛裕孝敬誠信中和功徳大成仁皇帝実録』巻之一百七十六

康熙三十五年「丙子九月甲寅朔上自暢春園回宮。〇回回国王阿卜都里什特奏言、臣被噶爾丹所擒受辱十有四年。仗聖上天威滅噶爾丹、臣得出降合家蒙高厚之恩。今又使送臣帰国。臣到吐魯番探信或誅噶爾丹或擒解噶爾丹。俟得実音、帰臣旧居葉爾欽地方再来進貢請安但往葉爾欽、必過策妄阿喇布坦地方恐厄魯特之心無常、伏乞皇上勅旨開明臣已帰降勿得虐害。上命大学士与議政大臣集議。尋議覆、応勅該部。檄知策妄阿喇布坦。阿卜都里什特等、已帰降本朝、今送帰故土、勿致虐害嗣後厄魯特与回子当永相和好従之。……（丙辰）〇初回回国王阿卜都里什特与其子額爾克蘇爾唐、久被噶爾丹拘執。及噶爾丹敗後、伊等始脱身来帰。上憐其拘久困阨、特賜銀幣。遣候補主事回子楊国琳馳駅送還伊本処。命領侍衛内大臣索額図尚書馬斉一等侍衛馬武送至蘆溝橋。」

三　第三本（第六冊―第八冊）の梗概及び対校

〔梗概〕

（第）一出「伽藍神聖施護衛」　新増

護法伽藍は六丁神将及び五方掲諦神を招集し、唐僧を守るという観音の法旨を伝えた。

〔対校〕

大阪府立図書館本第四本第一齣「分遣衆神遙護法」に相当する。故宮博物院本丁本第一齣「両祖師遣神護法」に相応するが、六丁六甲神や掲諦神の登場する箇所が一致するものの、曲牌曲詞・白は全く異なる。

岳小琴本と大阪府立図書館本の相違は、岳小琴本が師弟三人の隊列で次に流沙河に赴く（「師弟三人将次要渡流沙河了」）のに対し、大阪府立図書館本は師徒四人で次に宝象国に到る（「（師徒）四人、将次要到宝象国了」）とする点にある。沙和尚の収伏前後の位置による曲詞や白での字句の相違は見られるものの、内容は同じであり、曲牌名も一致する。

歌辞の語句の重畳パターンは同一ではないが、大阪府立図書館本も同じで、岳小琴本は多用する。発想は同じ。岳小琴本には「哎喲」などの感嘆詞が多い。

岳小琴本曲牌：「黄鐘引子　西地錦」「黄鐘過曲　降黄龍」「前腔（換頭）」「尾声」

大阪府立図書館本と一致する。

〔備考〕
目録・本文ともに、「齣」字を使わず「出」字を使う。
岳小琴本（冒頭の白）「展力」「神力」（「西地錦」）＃大阪府立図書館本「展法」「神法」（切り取り補字）
岳小琴本（「西地錦」後の白）「本性真」＃大阪府立図書館本「大地春」（切り取り補字）
岳小琴本（同右）「真経」「真好」＃大阪府立図書館本「金経」「果好」（切り取り補字）

第二出「須弥菩薩定風魔」新増

〔梗概〕
黄風大王の手下である虎先鋒が唐僧を攫えば、悟空が妖怪のいる黄風洞にやってくる。黄風大王は三昧神風で悟空を圧倒すれば、悟空は妖風で眼をいためたので洞を去った。悟空は救援を求めて観音菩薩のもとを訪れ、その指示で須弥山の霊吉菩薩に慈旨を要請した。霊吉菩薩は降妖に赴き、黄鼠を捕らえ、須弥山へ戻って行った。

〔対校〕
故宮博物院本丙本第十二齣「霊吉降魔禅杖飛」、大阪府立図書館本第三本第十齣「霊吉降魔禅杖飛」に相当する。
故宮博物院本と大阪府立図書館本では、冒頭に曲牌「点絳唇」を置いて黄風大王配下の虎先鋒を登場させる。岳小琴本には曲牌「点絳唇」はなく、三本共通の曲牌「粉孩児」から始め、曲詞の後に虎先鋒の登場の白「吾乃黄風大王部下先鋒、下山巡邏……」を置く。岳小琴本の曲詞、白は、故宮博物院本等との間で多少の相違が見られる。
岳小琴本曲牌「好孩児」は故宮博物院本では「要孩児」とし、大阪府立図書館本も同じ。

その後の白で、岳小琴本「（你這孩子、忒）没眼力了、且看」は故宮博物院本と同じで、大阪府立図書館本「小看人（了）」（切り取り補字）として異なる。

曲詞の字句や白の有無や多寡、或は、字句の相違など異なる点も多くあるが、冒頭の曲牌「点絳唇」の有無を除けば、曲牌の順や数も岳小琴本など三本は等しく、内容も先鋒を殺す間に三蔵をさらわれ、悟空が黄風怪の風で眼をやられるが、老人に扮した神が眼を癒し、雲吉菩薩の宝杖で黄毛貂鼠を退治してもらう大筋はほぼ同じである。

岳小琴本曲牌：「中呂過曲　粉孩児」「紅芍薬」「好孩児」「会河陽」「縷縷金」「越恁好」「紅綉鞋」「尾声」

故宮博物院本・大阪府立図書館本は、冒頭の「仙呂調隻曲　点絳唇」の他は「中呂宮正曲　粉孩児」の順で、以下岳小琴本と同じ。

（備考）

岳小琴本（「好孩児」後の孫白）「利害（利害）」≒故宮博物院本「利害」≠大阪府立図書館本「好風」（切り取り補字）

岳小琴本（同上）「（黄風大）聖風最利害」＝故宮博物院本「王的風最是利害」≠大阪府立図書館本「王的風最是凶猛」

岳小琴本「比（「縷縷金」の後の白）丘」字≠故宮博物院本比「邱」字＝大阪府立図書館本

岳小琴本（同右）「法力」＝故宮博物院本≠大阪府立図書館本「妙法」（切り取り補字）

岳小琴本（「越恁好」）「留伊業種今日里…」≠故宮博物院本「（留伊業種、取杖過来、即便同行）雲童速来…降妖去者」≠大阪府立図書館本「（留伊）孽（種）、取杖過来、即便同行、爾等迴避、祥雲速至」と三本異なる。（ト書き略）

故宮博物院本：洞門、寿台上場門・下場門、寿台門、仙楼門、仙楼、地井

大阪府立図書館本：洞門、下場門、上場門、両場門、地井

第三出「流沙河法収悟浄」（原本改：目録、本文ナシ）

〔梗概〕

唐僧と悟空・八戒は、「八百流沙河・三千弱水深」という石碑が建つ大河に行き着いた。すると、悟浄が鏟を持って現われて敵意を示したが、八戒らの言葉を聞き、取経の一行に加わりたいと願い出れば、唐僧も許し、観音が与えた沙悟浄とは別の法名を与え、沙和尚と呼ぶことにした。

〔対校〕

故宮博物院本丙本第十三齣「愛河悟浄撐慈棹」、大阪府立図書館本第三本第十一齣「愛河悟浄撐慈棹」に相当する。流沙河に到り、八戒が悟浄から素性を聞き知り、悟浄が唐僧の弟子となる大筋は同じ。目録の齣名では、「流沙河法収悟静」とするが、本文では沙和尚を悟浄とし不統一。

歌辞・白は大同小異で曲牌順は一致する。岳小琴本「六么令」で沙和尚白の前の曲詞「斉心戮力西方上、……」は、大阪府立図書館本と故宮博物院は「六么令」の最後に置く。故宮博物院本は「戮力」を用い、大阪府立図書館本は改字して「虔意」と改める。また、故宮博物院本にあり、岳小琴本や大阪府立図書館本にもない例も見られる。唐僧が沙河を渡ろうとし訊ねた時、九人の和尚を食って骷髏を沈めようとしたが沈まないので、菩薩の法旨に従って渡し船にするという「(如何過去、悟浄白) 弟子在此多年、……我故此把索児穿将解悶」部分は後者二本にはない。

岳小琴本曲牌：「仙呂双調　六么令」「六么姐姐」「六么梧」「六么江水」「尾声」

故宮博物院本・大阪府立図書館本は、「仙呂宮正曲　六么令」「六么姐姐（六么令首二句）（好姐姐三至末）」（大阪府立図書館本「好姐姐四至末」）「六么江水（六么令首至四）（江児水末二句）」（同上「六么令首至合、江児水合至末」）「尾声」（「慶余」）とし、岳小琴本「六么梧」の冒頭四言二句は異なるものの、「六么江水」に当たる。

〔備考〕
岳小琴本（「六么姐姐」末の白）「法力」＝故宮博物院本≠大阪府立図書館本「妙法」（切り取り補字）
岳小琴本では、ここの齣は、本文では、旧本にあったか否か記さないが、目録に「原本改」と記される。

第四出「空山院聖試禅心」　新増

〔梗概〕
黎山老母は、陳元奘が西天取経に赴いたことを知り、寡居する婦人に扮して一行の禅心を試すことにした。唐僧は一晩の宿を求めれば、黎山老母は中に入れた。唐僧は身構え、悟空、沙和尚は戒行を守ったが、ひとり八戒は女婿になりたいと言い出したため、黎山老母の化身は八戒を推し倒し、部屋に下ってしまった。八戒はあわてて、唐僧に助けを求めれば、唐僧師徒がやって来て、八戒が草原でころがっている理由を訊ねた。荘院が消えたことに驚き呆然とする八戒に、悟空は黎山老母が唐僧の禅心を試したと謎解きした。

〔対校〕
故宮博物院本丙本第十四齣「色界黎山試革嚢」、大阪府立図書館本第三本第十二齣「色界黎山試革嚢」に相当する。

黎山老母が一行の道心を試し、八戒がその情欲に身をこらしめられることになる筋は岳小琴本と故宮博物院本・大阪府立図書館本は同じ。曲詞及び白の字句も曲牌と同様に多く同じで、おおよそ、岳小琴本など三本は同じと見なせる。但し、故宮博物院本・大阪府立図書館本では、第一の曲牌「前腔（園林好）」と第二の「江児水」曲詞がない。一方、冒頭の場面で、岳小琴本と大阪府立図書館本が同じで、黎山老母が「（道心未堅）教（着）我前去試他」と唐僧の心を試そうとする白は、故宮博物院本では詳しく「（道心未堅）為此扮做寡居之婦、幻化村庄、等他到来、試他便了」と一致しない点も見られる。また岳小琴本など三本相互に異なる点もある。例えば、第一の「江児水」後、賈氏が娘三人を紹介する時、岳小琴本では「（女児倶有）幾分顔色、女工針指」とし、大阪府立図書館本は「幾分姿色、女紅之事」、故宮博物院本は「幾分姿色、女工針指」とするなど、細かな相違のパターンが時折見られる。

岳小琴本曲牌：「仙呂入双調過曲　園林好」①「前腔」「江児水」「江児水」「五供養犯」②「前腔」「玉交枝」③「前腔」「川撥草」「前腔（換頭）」「尾声」

故宮博物院本・大阪府立図書館本は、「仙呂宮正曲　園林好」「中呂宮正曲　江児水」（大阪府立図書館本は「仙呂宮正曲」）「仙呂宮正曲　五供養」「又一体」「仙呂宮正曲　玉交枝」（大阪府立図書館本は「玉嬌枝」）「又一体」「仙呂宮正曲　川撥棹」「又一体」「尾声」（「慶余」）とする。

（備考）

岳小琴本（冒頭）「真（鉄漢）」＝故宮博物院本≠大阪府立図書館本「称」

岳小琴本（第一「江児水」）「（独）力」＝故宮博物院本≠大阪府立図書館本「自」

岳小琴本（同右）「（多）磨（折）」＝故宮博物院本≠大阪府立図書館本「魔」

岳小琴本（「前腔（五供養犯）」）「（定）力」＝故宮博物院本≠大阪府立図書館本「意」
故宮博物院本：真字使用（岳小琴本と同じ）
故宮博物院本：洞門、寿台上場門・下場門、寿台門、仙楼門、仙楼、地井
大阪府立図書館本：洞門、下場門、上場門、両場門、地井

第五齣「万寿山大仙留故友」原本

〔梗概〕

万寿山の五荘観では、鎮元大仙が留守中に唐三蔵が来た時、人参果二枚を差し上げ、弟子たちの狼藉を防ぐことを清風と明月に命じていた。やがて大仙の言の如く唐僧師徒が来たので、二人は人参果を差し出すと、唐僧は出家人は人形のものは決して口にしない、と謝絶しつつ諭した。清風・明月は、やむを得ず人参果の代わりに斎を出すことにした。

〔対校〕

故宮博物院本丙本第二十齣「仙欵金蟬献草還」、大阪府立図書館本第三本第十三齣「人参欵客因滋累」に相当する。

故宮博物院本第二十齣「仙欵金蟬献草還」大阪府立図書館本第十三齣は、岳小琴本の第五齣に六齣をつづけ、齣を切らない。故宮博物院本・大阪府立図書館本の曲牌名は「好事近」「駐馬聴」「又一体」で異なり、曲詞も岳小琴本とはすべて異なる。細部や曲牌に差異は多いが、白が中心の情節は同じ。

岳小琴本で悟空が万寿山の石碑を見つけ、唐僧がそれを読む「（唐僧下馬介）但不知是何山、（孫）那石碑上有字、

（唐看介）万福（寿）山福地五荘観洞天」という自然な流れに対し、故宮博物院本では清風明月が白を述べる形で石碑名を言う（「請師傅下馬、（清風明月）白、万寿山福地五荘観洞天」）のは不自然である。大阪府立図書館本も故宮博物院本と同じ。この点から、岳小琴本の成立が先行する可能性を示す。岳小琴本では鎮元子の混名を示す（「（家師道号鎮元子）混名与世同君」）のに対し、故宮博物院本・大阪府立図書館本にはない。

岳小琴本曲牌：「排歌」「寄生草」「前腔」

故宮博物院本・大阪府立図書館本は、「好事近」「駐馬聴」「又一体」とする。

第六齣「五荘観行者窃人参」　原本

〔梗概〕

八戒は人参果の功用を知り、ぬすみ食いをしようと考え、その存在を悟空に教える。悟空は三枚を撃ち落し、一人一枚を食べようと部屋へ入った。清風・明月は人参果がなくなったので、唐僧をとがめた。唐僧は三人の徒弟をしかりつけたが、清風・明月が師匠に知らせに行った隙に、悟空は後難を恐れて三人を先に出発させ、自分は人参果樹を引き抜き倒し、師徒の後を追った。

〔対校〕

故宮博物院本丙本後半、大阪府立図書館本第三本第十三齣後半に相当する。

孫悟空が人参果を盗むストーリーは同じであるが、岳小琴本はその入手法を入れたり、八戒の口がいやしい様を詳しくしたり、ののしり語「賊禿」、「蠢童」が多いなどの特色があり、全体に曲白の相違は大きい。

故宮博物院本は改齣せず物語が続くため、岳小琴本の第六齣冒頭とは全く異なり、八戒が悟空に人参果を盗ませようと思いつく「有了、猴了乖巧不免和他計較」から白が一致する。大阪府立図書館本も故宮博物院本と同じで、齣を改めず続く。

故宮博物院本では、鎮元大仙の帰観は場面を改めて第二十一齣と区分し、岳小琴本も第七齣に改める。大阪府立図書館本は続けて齣分けはしない。曲白は故宮博物院本と大阪府立図書館本は類似する。

岳小琴本曲牌：「駐馬听《ママ》」①「前腔」「念仏子」「前腔（換頭）」「撲灯蛾」②「前腔」

大阪府立図書館本は「駐馬近」「又一体」「好銀灯」「又一体」「越恁好」「紅繡鞋」「慶余」（これ以後、岳小琴本第七齣、故宮博物院本は第二十一齣に当たる）「賽観音」「又一体」「人月円」「朱奴児」「川撥棹」「慶余」

故宮博物院本は「駐馬近」「又一体」「好銀灯」「又一体」「越恁好」「紅繡鞋」「尾声」とする。

（備考）

岳小琴本「真」字を多用。

第七齣「鎮元仙趕捉取経僧」　原本

〔梗概〕

鎮元大仙は仙観に戻り、清風・明月から人参果樹がなぎ倒された経緯を知り、道士と清風らに刑具の準備をするように命じた。そして、悟空ら師徒の後を追いかけ、唐僧師徒全員を天羅計によって捕らえた。

〔対校〕

故宮博物院本丙本第二十一齣「鎮元仙法袖拘僧」大阪府立図書館本第三本第十三齣後半に相応する。

鎮元子が帰観して、清風明月から人参果樹が損なわれたことを知り、刑具を用意させて、唐僧一行を捉え、回生を求める大筋は同じ。岳小琴本と故宮博物院本・大阪府立図書館本との間では、曲牌名がすべて異なることから曲詞も一致せず、白に重なる部分は多少存在するものの、全体としては細部や歌辞の有無などに差が大きい。

岳小琴本曲牌：「歩歩嬌」「忒忒令」「沈酔東風」「園林好」「川撥棹」「尾声」

故宮博物院本は、「賽観音」「又一体」「人月円」「朱奴児」「川撥棹」「尾声」で大阪府立図書館本と同じ。

第八齣「孫行者大鬧五荘観」原本

〔梗概〕
五荘観に戻った鎮元大仙は、むちで悟空を打たせてもらちがあかないので、西天へ行って仏祖に人参果樹の弁償を求めようとする。悟空は必ずや再生させるので、唐僧師徒を解放して欲しいと申し出た。大仙は悟空の言葉に従い、唐僧らを部屋で休ませ、人参果樹の再生を待つこととした。

〔対校〕
故宮博物院本丙本第二十二齣「孫行者幻身破」、大阪府立図書館本第三本第十四齣「道観加刑遠覓方」に相当する。
鎮元仙が唐僧らを捉え、孫行者が一身に刑を受ける場面は同じ。孫悟空が活樹することを条件に、一時、一行の罰を許してもらい、三日以内に手段を見つけに行くことも同じ。字句・歌辞の差は大きい。内容は、小説の枠内。

岳小琴本と故宮博物院本の齣を改める箇所は同じであるが、大阪府立図書館本は前者二本二齣を一齣にしている点が大きな相違である。他方、岳小琴本と故宮博物院本は冒頭の白が異なり、岳小琴本では四道人が「是非只因多開口、煩悩皆因強出頭」と言い、故宮博物院本及び大阪府立図書館本は「作事莫奸狡、休把人欺藐、……」と言う。両者は「孫猴児〔這廝〕偸吃〔了〕人参果、……」に到って一致する。その後、岳小琴本では道士らが「仙師回来了」と鎮元子を迎えるが、後者二本はその前に曲牌「憶故郷」を入れる。「四辺静」「前腔」は曲牌名は同じであるが曲詞は半ば以上異なる。「一撮棹」の曲詞は全く異なる。

岳小琴本曲牌：「四辺静」「前腔」「一撮棹」

故宮博物院本は「憶故郷」「四辺静」「又一体」「又一体」、大阪府立図書館本は「憶故郷」「四辺静」「又一体」「又一体」で、齣を改めず「歩歩嬌」以下を続ける。

〔備考〕

岳小琴本では、最後の孫悟空の白「知道了先生」（唐僧との会話なので「師傅」とすべきで、故宮博物院本・大阪府立図書館本では、「師傅」とする）に誤る部分がある。鎮元子の「鎮」字は、岳小琴本「鎮」字は故宮博物院本・大阪府立図書館本も「鎮」字。

岳小琴本（「一撮棹」）「真」字あり。

第九齣「普陀巖活樹洒甘泉」原本改

〔梗概〕

悟空は観音菩薩らを引導し、五荘観に戻って来た。観音菩薩は悟空に人参果樹の樹根に宝瓶の符水を注ぎ、樹を起こすように言いつけた。すると樹木は再生し、人参果も元のようになったので、鎮元大仙は菩薩を供養して人参果会とすることにした。

〔対校〕

故宮博物院本丙本第二十三齣「求方空遇東華老」・二十四齣「活樹欣逢南海尊」、大阪府立図書館本第三本第十四齣後半・十五齣「宝樹嘘枯由仏力」に相当する。

観音が人参果を復活し、一同和合する筋は同じ。孫悟空が三星に会う場面で来訪の理由を訊ねられ、岳小琴本は悟空のせりふに「からかいに来た」（「特来尋你們耍子」）と入れてその場をとりつくろうが、故宮博物院本・大阪府立図書館本は「あいさつに来た」「特来尋你們一叙」と改める。曲牌名「歩々姣」（「歩歩嬌」）は同じでも曲辞はすべて異なる。岳小琴本では九人の仙人は、故宮博物院本では四仙と八仙（ト書き「雑扮四仙……八仙従四隅天井雲兜下」）、大阪府立図書館本はト書きで「雑扮四散仙」とする。医樹の方法がなく迷う悟空が、岳小琴本は普陀へ赴くとするが、故宮博物院本は途中で観音と出会う設定をする。観音が万寿山へ行く設定は同じであるが、岳小琴本は「尾声」の後に三星が鎮元仙のもとを訪れ、悟空の件でとりなしをする場面を続け、曲牌「搗練子」を入れて三星と大仙の会話を突如として設定し、不自然な展開をする。おそらく、岳小琴本はここで依拠した「原本」の前後の齣を合体させた際、それにあった白を省いたことに起因し、その結果が唐突感となったのであろう。大阪府立図書館本のみがト書きで星君と鎮元仙があいさつを交わすと補記するのが傍証となろう。そのミスが現われた箇所と考えられる。

岳小琴本曲牌：「歩々姣」「江児水」「僥々令」「園林好」「尾声」「（引子）搗練子」「（過曲）惜奴姣」「錦衣香」「漿水

令」「尾声」

故宮博物院本は第二十二齣「小石調引　憶故郷」「正宮正曲　四辺静」三曲、第二十三齣で「仙呂宮正曲」の「歩歩嬌」同「江児水」同「僥僥令」同「園林好」「尾声」、第二十四齣は「仙呂宮引」の「小蓬萊」同「卜算子」、「仙呂宮正曲」の「惜奴嬌序」同「錦衣香」同「漿水令」「尾声」と、宮調によって齣を改める場合と同じ宮調でも改齣する場合が見られる。大阪府立図書館本では、「小石調引」の「憶故郷」、「正宮正曲　四辺静」「又一体」「又一体」に続けて、岳小琴本では第九齣となる「仙呂宮正曲　歩歩嬌」同「江児水」同「僥僥令」同「園林好」「慶余」で第十四齣を終え、第十五齣も「仙呂宮引」の「小蓬萊」同「卜算子」、「仙呂宮正曲」の「惜奴嬌序」同「錦衣香」同「漿水令」「慶余」で収齣する。故宮博物院本は岳小琴本と大阪府立図書館本それぞれの齣の終わり方を改め、「尾声」で終えて「原本」本来の姿に回帰したのではないか。

岳小琴本曲牌「搗練子」は、故宮博物院本・大阪府立図書館本では「小蓬萊」に当たるが曲牌曲詞は異なる。岳小琴本には「卜算子」がなく、白「少不得引帰正」と「（孫内白）鎮元大仙、菩薩法駕已臨」を続けている。故宮博物院本・大阪府立図書館本はその白の間に曲牌「卜算子」を挟みアクセントとしている。岳小琴本「惜奴姣」以下三曲の曲詞は半ば一致するが、「尾声」は全く異なる。

（備考）

「鎮」字は岳小琴本と同様に故宮博物院本も使用。

第十齣「宝象国賞灯迷愛女」（「原本改」目録：本文なし）

〔梗概〕

宝象国では元宵に当たり、栢憲と夫人閔氏、一人娘の百花羞らは彩楼に上って、外をながめ渡し観灯をした。人々が美景に酔いしれる最中、小妖を従えた甲冑姿の黄袍郎と白骨夫人がにわかに現われ、灯籠見物をしていた百花羞を掠い、洞窟へ去って行った。

〔対校〕

故宮博物院本丁本第五齣「愛女遭魔驚五夜」、大阪府立図書館本第四本第五齣「愛女遭魔驚五夜」に相当する。観灯の折に小姐百花羞が妖怪にさらわれ、栢憲は四方八方に娘の行方を尋ねさせる。曲辞に相違あるところがあるが、内容は岳小琴本等三本ほぼ同じ。故宮博物院本と比較すると、岳小琴本が一曲分多いところがある。岳小琴本では灯籠見物で大衆が「罵玉郎」を歌い、大阪府立図書館本にも灯籠名以外の曲詞は相違しつつも存在するが、故宮博物院本にはなく、黄袍郎らの登場を記す詳しいト書きのみとなっている。岳小琴本の冒頭は白とし、大阪府立図書館本は岳小琴本の不備を正すつもりでト書きに「白　西江月」と入れ、故宮博物院本は「白」までト書きにし、「西江月」は頭出しの曲牌とする。岳小琴本の文字が大阪府立図書館本と同じで故宮博物院本とは異なる点もある。故宮博物院本・大阪府立図書館本は栢憲六旬、岳小琴本は七旬とする。これは、皇太后六旬が更に延寿することを願い、七旬としたかもしれない。

岳小琴本曲牌：「香柳娘」①「前腔」「北酔太平」「淘金令」「柳揺金」「罵玉郎」「紅衫児」②「前腔」「院郎帰」（ママ）「哭相思」

大阪府立図書館本は岳小琴本と一致するが、「酔太平」「阮郎帰」と表記する。故宮博物院本は冒頭に「西江月」を置き、以下岳小琴本と同じ曲牌を続けるが、「紅衫児」の前の「罵玉郎」、その後の「前腔（紅衫児）」がなく、「阮郎帰」「哭相思」は同じ。

〔備考〕

岳小琴本は「眩」字の欠筆なし。

岳小琴本（第一の「前腔」後の白）「好仙（似）他的」と「仙」字の右に「似」字を添え書きする。「似」字を含む白は三本同じ。旧蔵者の岳小琴が他本を見て添記した可能性もある。

第十一齣「白骨妖説女成婚」原本

〔梗概〕

黄袍郎がさらった百花羞を妻としようとするが、父母を思う百花羞に拒絶されて思案に暮れ、白骨夫人に相談をすれば、彼女の気持ちを射止める三パターンの妙計があると教えられる。

〔対校〕

故宮博物院本丁本第六齣「媒人約法守三章」、大阪府立図書館本第四本第六齣「媒人約法守三章」に相当する。

黄袍郎が白骨夫人の方策に従って、百花羞との洞房を夢見る筋は同じ。故宮博物院本の誤り（「(你) 惧（口猿牙）」）を岳小琴本はしない（「巨（口）」）点もある。逆に故宮博物院本が正しい（岳小琴本「媒氏（多才）、故宮博物院本「媒氏」）

点もある。歌辞に相違も見られるが、曲詞は、岳小琴本と故宮博物院本・大阪府立図書館本は一致するところが多く、わずかに「前腔（玉胞肚）」「前腔（六麼令）」各曲詞の六文字と七文字が相違するに過ぎない。一方、岳小琴本の白を故宮博物院本・大阪府立図書館本が省略する箇所が目立つ。例えば、第一の「前腔（字字双）」の後、白骨夫人が黄袍郎に百花羞との仲を取り持ったことを伝える中で、「（浄羞介）配不過」以下の「可又来又道……下鈎」という夫人の白を省く。また、「玉胞肚」後に、黄袍郎が世の媒人をけなした発言をすると、白骨夫人が自分への当てつけと怒るそぶりを見せれば、黄袍郎が謝罪を入れ、それに対し白骨夫人が「先不先新人就憎嫌、……這个方為受気哩」と、長い白に「忘八」「烏亀」などの語句を入れて罵る箇所は、故宮博物院本・大阪府立図書館本では省略される、など岳小琴本の「白」で罵詞が多い部分を故宮博物院本では省くところが多い。岳小琴本では故宮博物院本第六齣の次にその第十齣が続き、故宮博物院本にある捕役や閻道泉の登場がなく、白骨夫人が唐僧を掠おうとする場面になる。

岳小琴本曲牌：「仙呂入双調　字字双」①「前腔」「玉胞肚」②「前腔」「六么令」③「前腔」

故宮博物院本・大阪府立図書館本も「双調正曲　字字双」以下同じ。

第十二齣「三屍魔戯僧作幻」　原本改

〔梗概〕

唐僧一行の前に美女に化けた白骨夫人が現れるが、悟空に見破られてその身を捨てて逃げ去る。次に老夫人に化けた白骨夫人であったが、ついに殺された。悟空はその正体を唐僧に教えるべく、殺した白骨夫人の背骨の上に留められた文字を示す。

〔対校〕

故宮博物院本丁本第十齣「殲白骨徒弟来駆」、大阪府立図書館本第四本第十齣「殲白骨徒弟来駆」に相当する。白骨夫人を殺した悟空の行状について、八戒が唐僧に讒言をする点は同じ。しかし、故宮博物院本が補役や聞道泉の話を挟むのに対し、もともと聞道泉らが登場しない岳小琴本には当然それがない。悟空が白骨夫人の化身を殺す話（悟空は逃げ出した白骨夫人を追い、ついに打ち殺し、白骨の姿をかついで唐僧に見せ、この地の僵屍がその正体で、背中の骨に「白骨夫人」とあると説明した。唐僧が納得するところ、八戒は横やりを入れ、悟空は人を殺したにもかかわらず、ペテンを使っていると讒言をする）の大要は同じで小説に基づく。

故宮博物院本の曲牌名に「南」「北」がないのに対し、岳小琴本は大阪府立図書館本と同じく「北」「南」を入れる。故宮博物院本は「仙宮入双角合套」、大阪府立図書館本は「仙呂入双角合曲」とする。大阪府立図書館本は「南漿水令」「北清江引」として岳小琴本とは異なるが、おそらく岳小琴本「漿水令」が「南」字を冠するのを失念したことによる差異で、三本は同曲牌、同順序とすべきであろう。故宮博物院本・大阪府立図書館本は岳小琴本と同じであるが、「南川撥棹」「北梅花酒」とその後の白の中途までがない。

岳小琴本「北沽美酒」は冒頭の「為甚麼臥溝壑」を重畳するが、故宮博物院本・大阪府立図書館本では単句に止まる。大きな相違は、「北太平令」の後にある唐僧が悟空を破門して追い立てる場面に見られる。岳小琴本では詳しく記されていて、唐僧が去らねば呪文を唱えると言えば、悟空が「（不要念、弟子去就是了、）哎喲、（師父、）当日弟子被如来呵」と言って「南川撥棹」を歌えば、唐僧が「北梅花酒」を歌って、去らない悟空に怒りを募らせ、悔悟する悟空の言葉をくどくどしいとつき放す。その折、八戒が唐僧に呪文を唱えるように耳打ちすることから、ついに退去する。この白を故宮博物院本・大阪府立図書館本は省略し、「弟子跟（随）師父一場」の悟空の白に接続する。

岳小琴本曲牌：「仙呂入双調　北新水令」「南歩々嬌」「北雁児落」「南沈酔東風」「北得勝令」「南忒々令」「北沽美酒」「南好姐々」「北川撥棹」「南園林好」「北太平令」「南川撥棹」「北梅花酒」「南錦衣香」「北収江南」「漿水令」「南清江引」

〔備考〕

岳小琴本は「絃」とする字を故宮博物院本は「絃」字（欠筆字）とする。岳小琴本の孫悟空のせりふで自身の「猴」を誤記し、同音で誤字する場面は、故宮博物院本では正しい表記になっている。岳小琴本・故宮博物院本ともに「真」字使用。

第十三齣「釈真僧柏氏寄書」　原本改

〔梗概〕

黄袍郎は白骨夫人を悼みつつ、唐僧を捕らえに行く。八戒と悟浄は黄袍郎と戦ったが、敗れて逃げ去る。黄袍郎は唐僧を捕らえ、八戒と悟浄を捕らえに行く。洞門の中では、百花羞柏氏のもとに、小妖が唐僧を護送して来た。唐僧は助命されれば必ず恩を返すと言った。百花羞は聞いて唐僧を助け、一言の伝言を頼んだ。

〔対校〕

故宮博物院本丁本第十一齣「釈高僧双魚囑寄」、大阪府立図書館本第四本第十一齣「釈高僧双魚囑寄」に相当する。唐僧が悟空を破門した後、黄袍怪が唐僧を捕らえて剝皮亭に押しこめさせるが、百花羞に助けられる点は同じ。

岳小琴本には故宮博物院本にある花香潔の設定はなく、唐僧が百花羞より家書を受け取るという設定をする。故宮博物院本は、百花羞が小妖に唐僧の釈放を命じ、悟浄と八戒が師傅の救出を相談するところに唐僧が妖怪のもとから脱出してやって来る話を加えているが、岳小琴本にはない。

岳小琴本曲牌：「仙呂過曲　勝葫蘆」「薄媚賺」「掉角児序」①「前腔」「商調引子　遶地遊」「更漏子」「二郎神」「集賢賓」②「前腔」「黄鶯児」「猫児墜」③「前腔」「尾声」

故宮博物院本・大阪府立図書館本は「仙呂宮正曲　勝葫蘆」から「遶地遊」までは同じ。大阪府立図書館本はその中に「更漏子」を含み、故宮博物院本には「更漏子」はない。その後、「黄鶯児」まで同じで、故宮博物院本・大阪府立図書館本は「又一体（黄鶯児）」が一曲多く、次は「琥珀猫児墜」とし、岳小琴本にはない「商調正曲　梧葉児」を入れ、最後に「尾声」（「慶余」）を置く。曲詞は「前腔（掉角児序）」までは岳小琴本と故宮博物院本・大阪府立図書館本と一部異なるものの、多くは一致する。しかし、「遶地遊」は全く異なり、岳小琴本と大阪府立図書館本にある「更漏子」は一部が同じであるが相互はかなり異辞である。「二郎神」は半ば、「集賢賓」二曲はほぼ同じ。その後、花香潔が登場し、「黄鶯児」はおおよそ同じであるが、次の「前腔」は花香潔の歌であるから、岳小琴本にはない。「琥珀猫児墜」はほぼ同じであるが、次の「前腔」は小旦の歌、「又一体」は、大阪府立図書館本は唐僧の歌、故宮博物院本は悟浄の歌のようなト書きになっている。「梧葉児」は岳小琴本にはなく、最後の「尾声」も別辞となっている。

白では、前半「前腔（集賢賓）」の後、唐僧が百花羞に家書をしたためるのをせかすまではおおよそ一致する。その後、百花羞が花香潔にも書状を書くように勧める白は、岳小琴本には花香潔の設定がないので、「黄鶯児」以後の白は簡略な表現となる。これに対し、故宮博物院本・大阪府立図書館本では、悟能と悟浄が無駄話をする折、釈放されて脱出した唐僧に遭遇し、唐僧が二人の女性に助けられたと話す長い白の応酬が入れられていて、大幅な改訂が見られる。

第十四齣「認仮婿元装変虎」　原本改

〔梗概〕

黄袍怪は書生に化けて栢府へ入り、百花羞の配偶者と言い立て、国王から官職を得る。そこへ、唐僧が百花羞の寄書をもたらしたので、黄袍怪は反対に唐僧を妖虎に仕立て、身の保全を図る。

〔対校〕

故宮博物院本丁本第十二齣「暱贗壻一虎叱成」（「真文韻」と明記）、大阪府立図書館本第四本第十二齣「暱贗壻一虎叱成」に相当する。

大筋は同じであるが、細部では、岳小琴本は妖虎に仕立てた場面を国王は夫人とともに見に行くが、故宮博物院本は夫人に回避するようにするという相違がある。故宮博物院本にある八戒が悟空の存在を言うこと、悟浄が衆将に捕らえられる場面は、岳小琴本にはない。

岳小琴本曲牌：「黄鐘引子　玩仙灯」「黄鐘過曲　出隊子」「画眉序」「前腔」「三段子」「帰朝懽《ママ》」「滴溜子」

故宮博物院本・大阪府立図書館本も岳小琴本に同じ。但し、「黄鐘宮引　翫仙灯」「帰朝歓」と表記する。曲詞は、冒頭の「玩仙灯」は「元夕風波」の四文字以外すべて異なり、「三段子」「滴溜子」が半ば異なるが、その他はほぼ同じ。岳小琴本にない白では、唐僧が栢憲に自らの素性を「帰朝歓」を介して伝えるところに、黄袍郎の化身が現われ、師徒を妖怪と言う。栢憲と黄袍郎とのやり取りを聞いた八戒は、「聴他口称賢壻、不要就是……認丈人了」と黄袍郎の化身の正体を推し量り、化身が八戒らに「妖魔站下些」と言うのを遮り、「我師付〔傳〕被你拏到洞中、……你莫不就是那黄袍郎麼」と反論する箇所が故宮博物院本・大阪府立図書館本では加えられている。またその後、悟浄が虎に変身させられた唐僧を助けるべく黄袍郎の化身に立ち向かう時、「呔、你們休得胡為、我乃上界捲簾大将、……」と大見得を切る白もない。これは大阪府立図書館本にもなく、故宮博物院本で増補されたことになる。

〔備考〕

岳小琴本では「晏」〔宴〕の誤字や、「出隊子」で落字した「皇〔恩〕」字を添える。「三段子」の「紘」字を欠筆としないが、故宮博物院本・大阪府立図書館本では「紘」字を欠筆する。また、故宮博物院本も岳小琴本と同じく「真」字を多く用いる。本齣の齣名下に「真文韻」とするが、これは大阪府立図書館本も同じ。岳小琴本「三段子」で「〔這緘書〕何須信真」を故宮博物院本は「明知不真」とし、大阪府立図書館本は「堪疑事由」と削字して改める。

岳小琴本「真〔胡話〕」＝故宮博物院本≠大阪府立図書館本「誠」

第十五齣「龍馬救師遭敗」　原本改

〔梗概〕

西海小龍の化身である白馬は、唐僧を救い出すべく、宮女の姿で剣舞をしつつ、宝剣で酔いしれた黄袍郎の化身を刺そうとした。ところが、黄袍郎は身をかわして本性を現わし、燭台で斬り返した。小白龍はほうほうの体で御河の中に逃走した。八戒が白馬を見ると、白馬は自分の素性を話し、観音が取経に参加することから悟徹と命名したと教え、昨晩妖怪と戦ったものの、返り討ちに遭ったと言った。八戒は小白龍の心根にうたれ、義を示す時だと悟り、孫悟空のもとへ平身低頭の姿勢で参上した。

〔対校〕

故宮博物院本丁本第十三齣「白龍馬雪讐落穽」、大阪府立図書館本第四本第十三齣「白龍馬雪讎落穽」に相当する。齣名は前者二本ともに「白龍馬雪讐落穽」の七文字であるが、岳小琴本は齣名が六文字で、不統一感が窺われる。

龍馬が宮女に化身し、剣舞で黄袍郎化身を刺そうとして失敗する展開は同じ。歌辞に相違点が多い。龍馬が八戒に自分の青あざを語る場面は、大阪府立図書館本と岳小琴本は近似する一方、例えば曲牌「耍孩児」や「尾声」の曲詞のように部分的に大阪府立図書館本と岳小琴本とは相違し、故宮博物院本と大阪府立図書館本が一致する点もある。ここは、岳小琴本・大阪府立図書館本・故宮博物院本に分派する共通のテキストの存在を考えるヒントになるかもしれない。岳小琴本には誤字「偏殿」が見え、故宮博物院本・大阪府立図書館本が正しい「便殿」とする場合がある。故宮博物院本のト書は詳しいが、岳小琴本は役分けのみを記す傾向がある。

岳小琴本曲牌：「中呂過曲　粉孩児」「紅芍薬」「耍孩児」「会河陽」「縷々金」「越恁好」「紅繍鞋」「尾声」

大阪府立図書館本は岳小琴本と一致するが、故宮博物院本には「越恁好」曲詞がない。岳小琴本「越恁好」前後は大阪府立図書館本に近いが、故宮博物院本では悟浄が捕らえられて一人身となった八戒が白馬を売って高老荘に帰ろうとする時、白馬の悟徹が現われて驚くところ、白馬が自分の出身を語る設定をする。岳小琴本ではその箇所は、「阿呀、作怪、白馬怎麼身上汗淋、後腿都青腫了、（這亡人又不曽走路、……吱呀、不好了）（越恁好）……師兄、你不要慌、我是好意」と記し、大阪府立図書館本は岳小琴本の（　）部分はなく、「越恁好」曲詞以外は一致する。故宮博物院本は「馬不見了、你是甚麼人……這個縁故」とする。

第十六齣「猴王重義下山」　原本改

〔梗概〕

八戒が花果山へ悟空を訪ね、兵練にまぎれ込み、正体を示して面会を果たし、唐僧が虎に化せられて危機を迎え、沙和尚が捕らえられたことを伝える。

〔対校〕

故宮博物院本丁本第十四齣「美猴王激怒下山」、大阪府立図書館本第四本第十四齣「美猴王激怒下山」に相当する。岳小琴本齣名は六字、故宮博物院本は「美」字を猴王に冠して七字にするが、大阪府立図書館本も同じ。大筋は同じ。

曲辞に相違、或は、岳小琴本にあるものが故宮博物院本等にないものが見られる。悟空が八戒に唐僧が妖怪に遭遇した時に自分の名を出すべきと言う前に、岳小琴本では八戒が悟空に師匠を助けることを求めることに応じて、悟空が五行山から唐僧に助け出された救山の恩を言う白「（無隠諱）説得是……非為人也」に続く悟空の歌う「梅花酒」の歌辞があるが、故宮博物院本・大阪府立図書館本にはない。

岳小琴本曲牌：「北双調過曲　新水令」「駐馬聴」「沈酔東風」「雁児落」「得勝令」「掛玉鈎」「川撥棹」「七弟兄」「梅花酒」「収江南」「鴛鴦煞」

故宮博物院本・大阪府立図書館本には岳小琴本の「梅花酒」「収江南」がない以外は同じ。曲詞の相違は、「新水令」「駐馬聴」「七弟兄」「鴛鴦煞」で過半以上あるが、なお岳小琴本の曲詞の一部を留める。

〔備考〕

岳小琴本（「鴛鴦煞」前の白）「天真」＝故宮博物院本≠大阪府立図書館本「天衢」

第十七齣「妖洞中匿真幻仮」　新増

〔梗概〕

孫悟空と猪八戒は、捕らえられた沙和尚を取り戻す。その後、悟空は百花羞に変身し、黄袍怪を待つ。そこへ黄袍怪が帰宅したので、にせの百花羞はだまされたことを訴えた。黄袍怪は自分の宝物を示し、その功用を伝えた。悟空は宝物をだまして取り上げて呑み込み、本相を現わして黄袍怪と戦う。

〔対校〕

故宮博物院本丁本第十五齣「萍水寄書欣巧合」・十六齣「蘭閨分鏡喜重円」、大阪府立図書館本第四本第十五齣「萍水寄書欣巧合」・十六齣「蘭閨分鏡喜重円」と対応する齣ではあるが、岳小琴本とは異なり、前齣で聞仁と爰爰道人、そして捕役と聞仁の話、花香潔と百花羞をめぐる寄書という設定のため、全く別の話になっている。

岳小琴本にある百花羞の二孩児の話は、小説に近い。一方、故宮博物院本・大阪府立図書館本は岳小琴本のこの場面に先立って第十五齣にある聞仁の話の後、第十六齣妖洞から百花羞と花香潔を救い出して聞仁に会わせる場面に続き、物語が百花羞と花香潔に及ぶため、岳小琴本の設定とは全く異なる。岳小琴本には、故宮博物院本にある聞仁、爰爰道人は存在しないことから、大阪府立図書館本の段階で大幅な改訂増補があったと推定できる。歌辞の語句の重畳パターンは同一ではないが、発想は同じ。岳小琴本には「哎喲」などの感嘆詞が多い。

故宮博物院本第十六齣・大阪府立図書館本第十六齣は岳小琴本と異なり、百花羞と花香潔の歌う「仙呂宮正曲　月児高」から始まり、「又一体」と続く。一方で、故宮博物院本と大阪府立図書館本は、悟空・八戒が妖魔の洞門に到着した以後、曲詞は全く異なり、大阪府立図書館本には「傍粧台」「又一体」を挿入し、爰爰道人を八戒が打ち殺した後、「酔扶帰」「皂羅袍」「慶余」を置く。曲詞は岳小琴本と異なる。他方、故宮博物院本は妖洞に到着した後、大阪府立図書館本とは異なる白があり、悟空と八戒が小妖を捉えて百花羞らを助け出し、その後、小妖らを打ち殺す。聞仁が夫人を迎えに来て爰爰道人に気づき八戒に教えれば、八戒は道人を打ち殺したところで大阪府立図書館本と一致するが、一同が帰る場面は相違し、最後の「尾声」は大阪府立図書館本と一致する。

岳小琴本曲牌：「仙呂過曲　酔扶帰」①「前腔」「皂羅袍」②「前腔」

第十八齣「法場上反偽為真」　原本改

〔梗概〕

妖虎に化身させられた唐僧が刑場にひき出され、大将軍の処断が下されようとする。その時、孫悟空が闖入し、唐僧をもとの姿にして救出し、やはり助けられた百花羞が来て父と再会する。

〔対校〕

故宮博物院本丁本第十七齣「撇下虎倀明宝象」、大阪府立図書館本第四本第十七齣「撇下虎倀明宝象」に相当する。

岳小琴本は父娘二人の再会とし、故宮博物院本では、百花羞と花香潔が紹介されるほか、聞仁も登場し、夫婦再団円とする。

岳小琴本の白は、故宮博物院本でト書きとする所がある。岳小琴本では曲牌がないところを、故宮博物院本は「又一体（小梁州）」とする。全体に曲辞にも相違が多い。岳小琴本と大阪府立図書館本が同じ文字「（粉）褪」で、故宮博物院本では異なる文字「退」の箇所がある。

岳小琴本曲牌：「北正宮過曲　端正好」「仙呂過曲　滾綉毬」「叨々令」「脱布衫」「小梁州」「煞尾」

故宮博物院本・大阪府立図書館本は曲牌「高宮套曲　端正好」以下すべて同じ。但し、「小梁州」の後に「又一体」と曲牌名を頭出しするが、曲詞は「你不念親生骨肉遭魔障、一謎価蠱惑（岳小琴本・信任）妖王」以下ほぼ岳小琴本の曲詞と一致し、「小梁州」の一部を別に「又一体」としたことがわかる。

（備考）

「（管）絃」字（「滾繡毬」）は、故宮博物院本・大阪府立図書館本が欠筆するのに対し、岳小琴本は欠筆しない。岳小琴本及び故宮博物院本では、「真鳳真玉」などのように「真」字（「叨々令」）を多用する。大阪府立図書館本では「実鳳実玉」などと改める。

岳小琴本（「煞尾」前の白）「（有労神）力」＝故宮博物院本≠大阪府立図書館本「威」

第十九齣「奎木狼仍帰原宿」　原本改

〔梗概〕

悟空と黄袍郎は戦うところに、玉旨を奉じた金母がやって来る。金母は黄袍郎を捕らえるために下降したと告げ、黄袍郎を天上につれ戻した。

〔**対校**〕

故宮博物院本丁本第十八齣「頒来鳳詔自瑤池」、大阪府立図書館本第四本第十八齣「頒来鳳詔得金星」に相当する。「真」文韻。岳小琴本で「急三鎗」を曲牌ではなく、歌辞末と誤解したのか。故宮博物院本・大阪府立図書館本の「急三鎗」は、岳小琴本は「風入松」とし、次も「前腔」とする。岳小琴本第二番目の「風入松」曲詞後に続く白「（浄白）猴頭你逼人太狠了」は、故宮博物院本・大阪府立図書館本ではその前の「急三鎗」後の悟空の白に接続して置かれることから、後者二本では第二の「風入松」曲詞を省いたことがわかる。その後の「前腔（風入松）」の曲詞「一封丹詔出天門、……」で故宮博物院本・大阪府立図書館本第二番目の「仙呂宮正曲　風入松」の曲詞と一致する。全体に曲辞は、相互でかなり異なる。白は、半同半異。黄袍郎を収伏に遣わされる使者も岳小琴本は金星とし、大阪府立図書館本も同じく金星であるが、故宮博物院本は金母とし、岳小琴本は紫微大帝の奏上、故宮博物院本では王母の奏上として異なるが、故宮博物院本は悟空の白に「且看老人家面上」と先行本である大阪府立図書館本の痕跡を残す。岳小琴本の末の李金星と孫悟空の会話（「大聖不必動気、……恭喜老婆又抱別人睡」）は、故宮博物院本・大阪府立図書館本にはない。これは、岳小琴本にある品のない男女のからかいを込めた点を故宮博物院本では避けたためか。

岳小琴本曲牌…「仙呂入双調　風入松」①「前腔」「急三鎗」「風入松」②「前腔」

故宮博物院本・大阪府立図書館本は岳小琴本第二番目「風入松」が曲詞とともにない。その他は岳小琴本と同じ。

第二十齣「宝象国恭送西行」重做

〔梗概〕

唐僧は出発の準備をし、悟空が妖怪退治を終え次第、合流して旅立つことにした。そこへ栢憲が到り、奉持すると言った。やがて悟空が戻って来たので、栢憲は妖怪の正体について尋ねた。悟空は中央童子の黄袍郎で、栢憲の娘ももとは王母の仙女であると教えた。

〔対校〕

故宮博物院本丁本第十九齣「大元帥国門祖道」、大阪府立図書館本第四本第十九齣「大元帥国門祖道」に相当する。悟空が黄袍郎と百花羞の元の姿を将軍に説き明かす設定は同じ。

曲辞を中心に字句の相違が目立つ。大きく異なるのは、岳小琴本では黄袍郎が二十八宿の奎木狼とするのに対し、故宮博物院本・大阪府立図書館本は瑤池の中央童子とし、百花羞を王母のもとの仙女として、前齣の改変に相応させる点にある。また、岳小琴本が曲牌名「泣顔回」とする部分は、故宮博物院本は「好事近」とする。この点は、「顔回」という聖人への毀誉と誤解されないように避けた可能性がある。岳小琴本では、百花羞の貞節について、「泣顔回」の後の令旨において「(大将軍之女百花羞誤遭玷辱、幸頼中土聖僧仏力、殄滅妖魔、……)」と百花羞一人が誤まって貞操に触れる不運に遭遇したが、幸いにも唐僧によって救われた、と言及する。これに対し、故宮博物院本・大阪府立図書館本は「(百花羞)遇祟、聞仁夫婦含冤、幸頼聖僧仏法(故宮博物院本：力)、(殄滅)」と改めて、貞節問題に決着をつける。また、その後、内侍(故宮博物院本：大太監)から聞仁夫妻への授職と百花羞が聞仁の淑徳右夫人する宣旨の伝達が入れられるが、もともと聞仁夫妻が登場しない岳小琴本にはなく、唐僧の生祠を建てるための伏線として百花羞が取り上げるのにすぎない。岳小琴本で送別宴を主上が主催する点は大阪府立図書館本と同じであるが、故宮博物院本が「主人」と改めたことは正しくない。

岳小琴本曲牌：「中呂過曲　泣顔回」「千秋歳」「越恁好」「紅綉鞋」「尾声」

故宮博物院本は「中呂宮正曲　好事近」「千秋歳」「越恁好」「紅繡鞋」「尾声」で、「好事近」は岳小琴本「泣顔回」の前半曲詞として一致することから、大阪府立図書館本の段階で曲牌名の入れ替えがあったと推測される。「越恁好」では半ば、「紅繡鞋」は最後の七言以外は岳小琴本と同じ曲詞。他曲はほぼ異なる。

岳小琴本・故宮博物院本に対し、大阪府立図書館本は「好事近」が故宮博物院本と同じで、岳小琴本「泣顔回」曲詞と重なる。次は「千秋歳」ではなく、主上の素斎による送別の宴で、栢憲が陪席する中で「敝国係荒服小邦、聖僧乃天朝御弟、適有中土伝来清音一套、署可娯観、左右、喚楽工走動」と言って「時曲」「艶陽天、……」「二段、花児好……」「三段、彤雲靉……」「四段、深宵裏……」「五段、売曲的……」を十六楽工に歌わせ舞鼓をさせる。その後、岳小琴本・故宮博物院本と同じ「千秋歳」「越恁好」「紅繡鞋」「慶余」（故宮博物院本とは冒頭一文字異なる）を置く。

〔備考〕

岳小琴本（「越恁好」）「（鴻図）永昌」が故宮博物院本大阪府立図書館本では「鞏固」と改め、「永」字を用いない。

第二十一齣「平頂山悟能探路」　原本改

〔梗概〕

伶俐虫が金角の命を受け、唐僧を捕らえるべくその様子を探りに行く。金角と銀角は、帰洞した伶俐虫から、唐僧一行が宝象国で災難に遭ったものの、孫行者の力で救われ、その地を既に離れたことを知る。

〔対校〕

故宮博物院本丁本第二十齣「小妖児巖穴消差」（蕭豪韻）・二十一齣「編謊辞巡山嚇退」（寒山韻）、大阪府立図書館本第四本第二十齣「小妖児巖穴消差」（蕭豪韻）・二十一齣「編謊辞巡山嚇退」（寒山韻）に相当する。

伶俐虫から行者や八戒の武芸の腕前を聞き出す筋は同じ。八戒は巡視をサボるが、悟空が化けたきつつきに啄ばまれ、唐僧のもとへ戻る。しかし、悟空によって八戒の行状が明かされるストーリーも同じであるが、岳小琴本では、巡視から戻った八戒に対し、悟空が八戒の返答を先に言い当てる（第四番目「前腔（瑣南枝）」の後の白「我睡他怎麼曉得〔孫揪住猪介〕你過来等我問你、〔猪慌介〕問便罷、揪扯怎的〔孫〕是甚麼山〔猪〕是石頭山……）。故宮博物院本・大阪府立図書館本では「（我睡〔覚〕、他怎麼曉得）（悟空白）這様要緊的所在、不去巡山開路、……」と前出の白を繰り返さず、要点をまとめた形にする。岳小琴本の方が、小説に近いと言える。

岳小琴本では、伶俐虫が金角から訊ねられてもいない宝象国からの唐僧出立の様子を加える。岳小琴本は、偵察の話を聞いて伏兵を置く後、唐僧らがやって来て、悟空が前途の難を恐れるという話をつづけるが、故宮博物院本・大阪府立図書館本は齣を改めて第二十一齣とし、八戒が巡察に遣わされる話に転換する。唐僧・悟浄が捕らえられるまでは細部に相違はあるが物語は同じ。二度目の巡山に出た八戒は平頂山の二妖に手配画により捕えられるが、大阪府立図書館本は四妖女に捕らえられたとする。故宮博物院本では衆小妖に捕らえられたとし、三本設定が異なる。

岳小琴本曲牌：「酔花陰」「点絳唇」①「前腔」「喜遷鶯」「出隊子」「刮地風」「四門子」②「前腔」「北煞」「双調過曲　瑣南枝」「前腔（換頭）」③「前腔」「前腔（換頭）」④「前腔」⑤「前腔」

故宮博物院本・大阪府立図書館本は、「黄鐘調隻曲　酔花陰」の後、第一の「前腔（点絳唇）」がなく、第二の「前腔（四門子）」は、故宮博物院本が「水仙子」、大阪府立図書館本は「古水仙子」、次の「北煞」は「煞尾」とし、次に「中呂宮正曲　紅繡鞋」で終わるが、岳小琴本にはなく、続く「瑣南枝」は、故宮博物院本・大阪府立図書館本では、第二十一齣の冒頭が同じ「双調正曲　鎖南枝」であり、続けて①「又一体」②「又一体」③「又一体」④「又一体」⑤「又一体」を繰り返すのは、曲牌上では岳小琴本と同じ。曲詞では岳小琴本前半（故宮博物院本・大阪府立図書館本第二十齣）は後半「瑣南枝」以下と比較すると相対的に異なる点が目立ち、後半は重なる曲辞が多い。岳小琴本では中途に曲牌「北煞」を置き、本来は依拠した「原本」が改齣していたものを、「原本改」とあるように次齣と連結させた可能性がある。大阪府立図書館本では再び「原本」のように改齣したものの、最後が、伶俐虫の探索で収齣するのでは軽い内容と見て、その主人である金角・銀角が唐僧を待ち構える場面として、「紅繡鞋」曲詞を置いたのであろう。

〔備考〕

岳小琴本（第一「前腔」後白）「（銀角）真（無賽）」＝故宮博物院本≠大阪府立図書館本「誠」

第二十二齣「蓮花洞木母逢妖」　原本改

〔梗概〕

金角・銀角は唐僧・八戒・悟浄を捕らえたが、悟空には逃げられたので手下に用心させる。八戒は捕らえられる中、小妖と風流話をして沙和尚にとがめられる。そこに、悟空が小妖に化けて侵入する。

〔対校〕

故宮博物院本丁本第二十二齣「奪請啓截路顛翻」、大阪府立図書館本第四本第二十二齣「奪請啓截路顛翻」に相当する。

故宮博物院本では唐僧らは一時救出できたが、再び捕らえられる。これに対し、岳小琴本では福星が照る機会を待つようにと言い、両本は玉仙洞の老奶奶のもとへ伶俐虫を遣わすところで一致する。物語後半で、故宮博物院本と岳小琴本との差が大きい。なお、捕らえられた八戒が小妖とむだ口をたたくが、岳小琴本は「二旦」とし、大阪府立図書館本は「四妖女」、故宮博物院本は「衆小妖」とする。

岳小琴本曲牌・「六麼令」①「前腔」②「前腔」③「前腔」「紅衫児」「換頭」「獅子序」④「前腔」「菓甌令」⑤「前腔」「尾声」

故宮博物院本・大阪府立図書館本には岳小琴本の「換頭」及び第四番目の「前腔（獅子序）」はないが、曲詞は「前腔（獅子序）」と類似する。曲詞は部分的に一致し、「東甌令」「又一体（東甌令）」の曲詞はほぼ一致する。白は岳小琴本と故宮博物院本・大阪府立図書館本とその有無や異同が三分の一ほどみられるが、大きな相違は「東甌令」の前、「獅子序」曲詞の後に故宮博物院本・大阪府立図書館本は金角・銀角の白「衆小妖、唐僧被孫悟空救去。……」から悟空の白「……不免相機行事便了」までが置かれるが、岳小琴本にはその白がない点にある。

第二十三齣「心猿獲宝伏邪魔」　原本改

〔梗概〕

伶俐虫に化けた悟空が玉山（仙・故宮博物院本・大阪府立図書館本）老母の洞窟にやって来て、請帖を差し出した。その後、玉山老母を殺し、悟空は老奶奶に化けて金角・銀角のもとへ赴けば、金閣・銀角が唐僧らの肉を献上するという。そこで、八戒の耳を指名すれば、八戒が老母は猴児だとバラしたので、金角らは巴山虎に二気瓶を渡して捕らえるように命じる。

〔対校〕

故宮博物院本丁本第二十三齣「狙公貍母分身現」、大阪府立図書館本四本第二十三齣「狙公貍母分身現」に相当する。

全体の筋は同じで巴山虎が殺されず洞に戻り、一部始終を伝える。故宮博物院本は老奶奶の正体を狐貍精とし、岳小琴本は老妖とするが、いずれも悟空に殺される設定を取る。

岳小琴本の「王爺」と八戒が叫ぶのを故宮博物院本は「我的肉」と改める、巴山虎が悟空の化身に「流民か」と訊ねることを省くなど相違は見られるが、故宮博物院本・大阪府立図書館本は岳小琴本の白を踏襲して改変する。その一方で、曲辞には相互へだたりが目立つ。

岳小琴本曲牌・「太斎郎」「甘州歌」（「排歌」）「前腔」「羽調排歌」「滴溜子」「前腔」「前腔」「三段子」「鮑老催」「尾声」

故宮博物院本・大阪府立図書館本は岳小琴本と同じ。曲詞は、「甘州歌」「尾声」が半ば一致するが、他は重なる詞句があっても異なる。故宮博物院本・大阪府立図書館本では「仙呂宮集曲　甘州歌（八声甘州首至六〔句〕）（排歌合至末〔句〕）」と小曲牌中に（第一）「排歌」を入れる。この点、岳小琴本と同じ。

〔備考〕

岳小琴本は依拠したテキストの誤字と思われる「之」字の右側に「知」と訂正した文字を添える。

岳小琴本（冒頭白）「真仙」≠大阪府立図書館本「神仙」＝故宮博物院本

岳小琴本（同右）「（伏侍）姑々」＝大阪府立図書館本≠故宮博物院本「老奶奶」

第二十四齣「太上収妖帰正道」原本改

〔梗概〕

兜率天の太上老君は、丹炉を守る二童が洞府で妖怪となって取経僧の行く手を妨げていることに気づき、その収伏のために下凡する。洞府では、金角・銀角が武器を携え、悟空と戦うところに太上老君が到着し、金角・銀角を収伏して天宮へ護送した。

〔対校〕

故宮博物院本丁本第二十四齣「銀気金光立地銷」、大阪府立図書館本第四本第二十四齣「銀気金光立地銷」に相当する。

老君が下凡し、悟空と金角・銀角が戦うところに来て、戦いを止めさせる筋は同じ。

曲牌「収江南」の曲詞とその前後の白で、岳小琴本が大阪府立図書館本と一致「（胸間）、誰教你縦家奴（作巨奸）（大阪府立図書館本：没顛趄）」し、故宮博物院本と異なる部分「（胸間）、可正是遇家奴顛趄」も見られる。岳小琴本から大阪府立図書館本、そして故宮博物院本への流れを見ると、「収江南」の曲詞は故宮博物院本に到って老君に敬意を払い、穏当な表現へと変化している感がある。つまり、岳小琴本では、悟空が老君をつかみ引っ張って玉帝の面前で決着をつけるとごねる。更に老君が二童と唐僧との因縁を説明しようとすると、悟空は「言ってみな」と乱暴な発言をする（「咱与你、相逢狭路怎放寛、大聖容弁、（孫唱）玉帝台前弁事端、（末白）放手有話講、……（末白）大聖、我与你説、（孫）你説、（末）一者」）。大阪府立図書館本は「大聖且自容弁、（悟空白）我与你到玉帝台前去折証、……（老君白）放手、還有話講、……容我与你細講、（悟空作放手科白）你説……」となお岳小琴本を承けるも、故宮博物院本では「咱与伊相逢会合似縁牽、（老君白）大聖待我収他們回去、就是了。（悟空白）万望作速収此孽障、管赫然悪煞変慈顔」とごねることもなく、老君が説明しようとすると、悟空は「請道」と言う。いずれにせよ、老君が二童をつれ戻ることは同じ。岳小琴本には「尾声」の後に「朝元令」「玉芙蓉」が付けられるが、故宮博物院本・大阪府立図書館本にはない。故宮博物院本・大阪府立図書館本は、岳小琴本曲牌「鴈得勝」を「雁児落帯得勝令」、「沽美酒」を「沽美酒帯太平令」とする。大阪府立図書館本は曲牌に「北」「南」を入れるが、岳小琴本・故宮博物院本は入れない。

岳小琴本曲牌：「新水令」「歩々嬌」「折桂令」「江児水」「雁得勝」「僥々令」「収江南」「園林好」「沽美酒」「尾声」「朝元令」「玉芙蓉」

故宮博物院本・大阪府立図書館本は「新水令」から「尾声」までは同じ。

第三本の性格

第三本は「齣」字を使わず、目録、本文ともにすべてを「出」字を使う。他とは不統一である。これは、依拠したテキストに則った結果と思われる。幾人かで編集する際、テキストが複数あり、その寄せ集めの反映ではないか。その一例は、岳小琴本第三本第三出では「流沙河法収悟浄　原本改」とし、目録で「悟静」とする点と異なり、本文でも沙和尚を悟浄とし不統一な点が見られるのは、依拠した原本が複数あったことを窺わせる。

岳小琴本には、齣名が六文字（第十六齣「猴王重義下山」原本改）の題目がある。後の故宮博物院本は「美」字を入れ七字にし、その齣名も「白龍馬雪讐落穽」（丁本第十三齣）とするように、全体が七文字で統一される。

「原本」は五荘観鎮元大仙を扱う第五、六、七、八出、および白骨夫人が黄袍郎のために仲人をする第十一齣の五齣である。「原本」の段階で五荘観と黄袍郎の話がすでに出来上がっていたことがわかる。「原本改」は第三齣の流沙河の悟静（悟浄）の収伏、第九齣の蟠桃樹の復活、第十齣の宝象国での黄袍郎による柏氏の娘百花羞の誘拐、第十二齣の白骨夫人が三度変化して唐僧一行を誘惑し孫悟空に殺される場面、黄袍郎が元奘を虎に変えて花菓山から戻った悟空に退治され天上に戻る第十三齣以下十四、十五、十六、十八、十九齣では、岳小琴本は、白骨夫人と黄袍郎との関係に手を加えたことがわかる。

これに対して、「新増」は、冒頭の第一出伽藍神が唐僧を守護に向かう場面で、言わば、宮廷劇に見られる前座的な枕話の場面、及び第二出の黄風怪の収伏が加えられた。「新増」は小説を参照して黄風怪を加えたりした。戯曲の体裁を整えるためにまず第一の枕話を加えたほか、第四出の唐僧一行が黎山老母によって禅心を試される場面、第十七出で、にせの百花羞が黄袍怪の帰宅を待って、沙和尚を放ち、子供らは投げ殺されたと言えば、黄袍怪は自分の宝物を見せるが、悟空はその宝物をだまして取り上げるなど、黄袍郎との戦いに潤色を加えるための補充があったとみられる。岳小琴本には故宮博物院本・大阪府立図書館本の花香潔の設定はなく、唐僧が百花羞より家書を受け取るという設定で小説に近い。他方、故宮博物院本等は、百花羞が小妖に唐僧の釈放、悟浄と八戒が師傅の救出を相談するところに唐僧が妖怪のもとから脱出してやって来る話を加え、岳小琴本にはない部分は、後のテキストで更に改変されたこともわかる。

「重作」は第二十出のみで、悟空が黄袍郎と百花羞本来の姿を将軍に説き明かし、宝象国から唐僧一行が出発する場面である。ここは、小説ではもともと簡単な記述の箇所である。小説を意識していた改訂、増補ともみることができる。

岳小琴本にある百花羞の二孩児の話は小説に近いが、故宮博物院本では第十五齣聞仁の話の後、第十六齣につづき、百花羞と花香潔に及ぶため、全く異なる。岳小琴本には、故宮博物院本・大阪府立図書館本の聞仁、爰々道人は全く存在しない。

表現での特徴は、岳小琴本には「哎喲」などの感嘆詞が多い。後のテキストでは品格を考えて、そのような品格を欠く感嘆詞は省略される。

使用文字では、岳小琴本「丘」字は、雍正時代の忌避文字の反映がされ、故宮博物院本、大阪府立図書館本では「邱」字とする。鎮元子の「鎮」字は、岳小琴本、大阪府立図書館本、故宮博物院本いずれも簡体繁体の差はあるが、「鎮」字をそのまま使用する。文字の改変は、上演の際に乾隆帝の諱音を考慮した点が、大阪府立図書館本には見える。例えば、岳小琴本「法力」＝故宮博物院本≠大阪府立図書館本「妙法」（切り取り補字）といった箇所である。

四　第四本（第九冊―第十冊）の梗概及び対校

第一齣「盻霊山十宰行香」新増

〔梗概〕

衛国公李靖は、同輩の魏徴、尉遅恭、秦瓊、蕭瑀、李勣、長孫無忌、欧陽詢とともに、春光の中を、洪福寺へ向かった。それは、陳元奘が西天取経に旅立って五年経つものの、音信もないのを気にかけていたところ、昨日、聖旨が下り、洪福寺でその安全とすみやかな帰国の祈願をすべきことを命じられていたので、その命を実行するところであった。衆官は聖上の愛民憂国の仁心を称えつつ、祭壇の場所である洪福寺へ赴く。寺域は荘厳さを増し、軒が連なる中、梵音と紫煙がたなびいていた。衆官らは到着すると住持に迎えられ、梵王宮を思わせる古刹中で礼拝した。そして、衆官の見守る中で太監が唐帝の疏巻を仏に向かって宣読し、唐僧のすみやかなる帰国、道中の安全が祈願された。その後、復命のために先に帰宮した。宰官らは、疏文も完了したので、再度参拝し、昇平と王朝の暦が永くつづくことを誓い願って、毘盧閣に登り、西天を旅する法衣の人への想いめぐらすのであった。

〔対校〕

故宮博物院本己本第一齣「洪福寺行香望信」に相応し、大阪府立図書館本第五本第一齣「十朝宰行香望信」に相当する。

岳小琴本は大阪府立図書館本とかなり近く、故宮博物院本とはかけ離れる。元奘と惜別し追想する官員は岳小琴本・大阪府立図書館本・故宮博物院本相互で相違があり、共通する人名、異なる人名が見られる。大阪府立図書館本・故宮博物院本では、官員が唐僧を見送って八年経つとするが、岳小琴本は五年として異なる。

岳小琴本と大阪府立図書館本は近似するものの、故宮博物院本は場面設定こそ似るが、曲牌曲詞などは別ものと言える。ただ、最後で、一同が毘盧閣に上って西方をながめ、唐僧を想い遣る点は岳小琴本以下三本ともに同じである。

岳小琴本曲牌：「満庭芳」「甘州歌」①「前腔」②「前腔」③「前腔」「尾声」

大阪府立図書館本の曲牌は岳小琴本と一致する。一方、曲詞は「甘州歌」以外では異同が多い。故宮博物院本は「黄鐘宮正曲　画眉序」「又一体」「滴滴金」「鮑老催」「尾声」と岳小琴本・大阪府立図書館本とは異なる曲牌を持つが、宮調も異なる他、曲詞も岳小琴本、大阪府立図書館本とは異なる。岳小琴本冒頭の「満庭芳」の後にある白「昔年大洪福寺裡禅僧陳元奘、奉旨到西天取求経文、我等各官壩橋餞別、不想一去五年、杳無音信、昨日聖上有旨、命我等到洪福寺行香……」は、大阪府立図書館本もほぼ同じで、「昔年大洪福寺禅僧陳元奘、奉旨往西天竺国求取経文、我等曽向長亭餞別、不想一去八年……」と同じ白を続ける。一方、故宮博物院本は「昔年大洪福寺禅僧陳元奘、奉旨往西天竺国求取経文、我等曽向長亭餞別、不想一去八年、杳無音信、昨日聖上有旨、令洪福寺修建斎醮。一則保佑他早還東土、二則為追薦陣亡将士……」と大阪府立図書館本の白に手を入れる。

（備考）

岳小琴本（第三「前腔」）「暦数（綿）」字、大阪府立図書館本は「国祚（綿）」で異なる。故宮博物院本は別詞で該当せず。

第二齣「開洛河万商畢集」　新増

〔梗概〕

洛陽は水運が盛んで商人らが多く往来していたが、永済河が泥で埋まり、行商人らは人牛による陸路を使うことを余儀なくされていた。そこで管河官を使って一斉に浚渫することとし、役夫らに土さらいを行なわせた。やがて水音がして、河に流れが戻りつつあった。その折、役夫の間で近ごろ陳元奘という聖僧が西天取経に遣わされたという伝聞が話題となり、漢の時に西域へ使者として赴いた張騫の故事が引き合いに出される。すると、誰からともなく自分たちも西天まで開浚するようにがんばろうという声がすれば、むだ話をする中で既に作業は完了したと言う者も現われた。その時、役人も作業の完了を宣言した。やがて、運河を使って多くの商人が洛陽城外に集まり、船を僱って河上に帆を並べ、再び水運が盛んになった。管河官はその有様を見て喜び、聖主の東巡を望むことにした。

〔対校〕

岳小琴本のみある齣。「尾声」に「聖主東巡」とあるように、康熙帝が永済河などの水路について重視していた反映があろう。

岳小琴本曲牌：「鵲橋仙」「桂枝香」「前腔」「不是路」「棹角児序」「尾声」

第三齣「風緊荒山悲異路」　新増

〔梗概〕

蓬萊散仙らが樵夫・牧童に身をやつして、三叉路で方向に迷う唐僧らと出会い、投宿できる古刹への道を教えて去る。

〔対校〕

大阪府立図書館本は、第四本第二齣「暫依古寺静談心」では宝林寺の住持が唐僧を迎える場面の前提となる唐僧師徒が道に迷う話はない。岳小琴本ではこの齣の後、古刹が見えて、第四齣「月明古寺話禅心」に見える宝林寺に行くという筋になる。故宮博物院本では相応する物語は見られない。『楊東来先生批評西游記』巻五第十八齣「迷路問仙」を借用か。『楊東来先生批評西游記』では、曲牌に「么」「么」「么」と三曲牌を重ねるところが近似するものの、曲詞は全く異なり、「南呂玉交枝」以下の曲牌も一致せず、こちらでは先に火焰山が控える設定となっている。

岳小琴本曲牌：「北寄生草」「么篇」「么篇」「么篇」「月雲高」「蘇幙遮」①「前腔」②「前腔」

第四齣「月明古寺話禅心」　新増

〔梗概〕

宝林寺の住持僧は、唐僧師徒四人を迎え入れ、客房へ案内させた。月明のもと唐僧は住持の長老としばし静夜の禅問答をすると言い、長老のもとへ赴いた。

〔対校〕

大阪府立図書館本第四本第二齣「暫依古寺静談心」に相応する。故宮博物院本壬本第八齣「布金寺衲子談因」がその発想に近いが、曲牌は「臨江梅」などとし、岳小琴本とも大阪府立図書館本とも相違する。

大阪府立図書館本では第四本第二齣に相応する宝林寺の話があるが、第一齣の護法神に道中守護が命じられる後につづき、禅房に投宿した唐僧は宝林寺の僧に中華のこと、道中出遭った妖怪の話をする。これに対し、岳小琴本は大唐からの道のりの長きこと、或は、霊山への想いを語り、寺僧が下った後、月明のもとで悟空が光景をたたえることに対し、唐僧は単なる景色をめでるのではなく月の満欠から先天採錬の意を汲むべきことを教示する（「悟空、你只讚他景致、不知月中之意、乃先天法象……」）。これは大阪府立図書館本にはない。小説第三十六回の宝林寺の場面にもあるが、小説では悟空が先天の法象を唐僧に説く設定になっているので岳小琴本とは正反対である。岳小琴本の最後に小説の詩句と同じ七言句を唐僧・孫悟空が詠み合うことは、小説を下敷にして改変し、旧来の「原本」の劇本になかったこの場面が「新増」されたと思われる。「新増」の素材の一つが、小説であることを示す齣である。戯曲ならば、ここは七言四句ではなく、尾声の歌辞によってしめくくった方がよかったのではないか。

岳小琴本曲牌：「喜遷鶯」「踏莎行」「雁魚錦」「二犯漁家灯」「錦纏道犯」

大阪府立図書館本は「降黃龍」「又一体」「黄龍衮」「黄龍捧灯月」「又一体」「慶余」という曲牌で、岳小琴本とはすべて異なり、曲詞も完全に相違する。一方、白は曲詞と異なり、部分的に一致する。

〔備考〕

岳小琴本（最後の唐僧の白、七言句）：「弦」字欠筆

第五齣「鑑清詞勅神衛道」新増

〔梗概〕

上帝が貞観皇帝の青詞と十臣の疏文を裁可したことから、陶真人は上帝に朝見し、神将十員が任命されて元奘を護りに下界へ行った後に続こうとした。ところが、九曜星君は出立したのに、一人華光天王のみがまだ来廷しないため、三天門外で待つこととした。やがて華光天王が玉旨を奉じて三天門へ赴けば、陶真人が待機していたので謝罪した。すると、彼方に九曜星君の法駕が見えたので、真人と天王二人は唐僧の守護のためにその後に続いた。

〔対校〕

岳小琴本のみある齣。

岳小琴本曲牌：「正宮　端正好」「滾繡毬」「倘秀才」「滾綉毬」「呆骨朶」「咲和尚」「伴読書」「尾声」

『楊東来先生批評西游記』巻二第八齣「華光署保」と曲牌名はほぼ同じ。曲詞は第一の「滾繡毬」は全く同じで、他は一部分相違するものの、曲詞は重なる部分が中心である。楊東来劇では、「儻秀才」「呆古朶」とする。本齣は、『楊東来先生批評西游記』に拠って「新増」したのであろう。

第六齣「誇玉面巧説懐春」原本

〔梗概〕

積雪山摩雲洞の玉面姑姑は、獾婆から牛魔王との媒を仲立ちすると言われた。姑姑は将来を思って心楽しみ、獾婆の求めに応じて、首飾や衣裳を与えた。

〔対校〕

曲辞と白は、ほぼ故宮博物院本丁本第三齣「玉面姑思諧鳳侶」、大阪府立図書館本第五本第二齣「一野狐臥病懐春」に相当する。

岳小琴本には依拠本の写し忘れを思わせる箇所（「新水令」曲詞「俺可（也）入」）があり、それを該当字句の右に小字「也」で添える。

故宮博物院本・大阪府立図書館本の冒頭にある「為此」は、岳小琴本の前文省略のために意味が不通であるが、岳小琴本にはそれを指す文（「幸喜今朝已成人像、所惧猟戸侵疆」）があり、獾婆が猟師を恐れて身を隠すために摩雲洞に来たことがわかる。岳小琴本と故宮博物院本がほぼ同じ内容であることは、「原本」以来、岳小琴本、故宮博物院本の順でその内容がほぼ継承された関係を示唆すると思われる。


（備考）

岳小琴本曲牌：「双調　新水令」「駐馬聴」「喬牌児」「攪箏琶」「沈酔東風」「折桂令」「喬牌児」「甜水令」「清江引」

故宮博物院本は岳小琴本と同じ。大阪府立図書館本は岳小琴本の「甜水令」を「滴滴金」とするが、曲詞はほぼ同じ。

「駐馬聴」曲詞で、岳小琴本・大阪府立図書館本が「千端万緒」とするのに対し、故宮博物院本は「万緒千端」とする。

岳小琴本と故宮博物院本・大阪府立図書館本は、曲詞・白双方でわずかな相違がみられるものの、全体としては、曲詞・白ともにおおよそ同じ齣と言える。

岳小琴本（冒頭白）「修真」≠大阪府立図書館本「（修）形」＝故宮博物院本

第七齣「聖嬰児勧母息雷霆」原本

〔梗概〕
聖嬰大王は、母羅刹女に会うべく火焔山に行き、父牛魔王の不在の理由を訊ねれば、羅刹女は牛魔王と摩雲洞の玉面姑姑との仲を話した。そこに牛魔王が戻り、紅孩児から請安されるのを喜ぶ一方、妻の憂いが原因で口論になり、再び去った。羅刹女は、洞へ戻る紅孩児に思慮を留め、心配ごとをかけないようにと言いふくめた。

〔対校〕
故宮博物院本及び大阪府立図書館本にはない。
岳小琴本「満江紅」後の白に「自家聖嬰大王是也、奉父命鎮守火雲洞」と紅孩児が述べるが、故宮博物院本戊本第一齣「火雲洞嬰王命將」の「点絳唇」後の聖嬰の白に「自家聖嬰大王是也、父親牛魔王、母親鉄扇公主、奉父王之命、鎮守火雲洞……」とあり、大阪府立図書館本第五本第五齣にも同じ白がある。
岳小琴本曲牌：「南宮引子　満江紅」「上林春」「南宮過曲　紅納袄《ママ》」「其二」「其三」「其四」

第八齣「牛魔王慕色貪風月」原本

〔梗概〕
翠雲洞の牛魔王のもとに、獾婆がやって来て、摩雲洞の玉面姑姑とのなこうど事を伝えれば、牛魔王は大いに喜んだ。大礼の当日、牛魔王は、白面郎の姿で摩雲洞の玉面姑姑と式をあげた。

〔対校〕

故宮博物院本丁本第四齣「獾婆児巧作蜂媒」、大阪府立図書館本第五本第四齣「牛新郎蠢貨招親」に相当する。

故宮博物院本丁本第四齣の前半につづく後半の部分で、大阪府立図書館本は第五本第四齣に当たり、内容はおおよそ同じと言える。大阪府立図書館本には前の第三齣「獾阿婆巧媒撮合」で牛魔王に獾婆が玉面姑姑を紹介する独立した齣があるが、故宮博物院本は大阪府立図書館本の二齣分を併せて一齣とする。故宮博物院本・大阪府立図書館本と比べ曲牌は同じであるが、曲詞は異なる部分が多い。岳小琴本では曲牌「窣地錦襠」の最後にある獾婆の婚礼儀式をめぐる白が故宮博物院本・大阪府立図書館本両本では第二番目の曲牌「鎖南枝」曲詞の後に置かれ、その位置が前後して異なる。その一方、岳小琴本には故宮博物院本になく、大阪府立図書館本に重なる部分、冒頭での牛魔王に従う親随童子の白で『琵琶記』の才子佳人を引き合いに出す「（就風流了）我説湊巧得緊、前日我在聖賢廟前、……蔡伯皆（ママ）粧扮的風月（流：右側添字）俊雅好不標緻、我便到舗子裡買了（一件大紅花直身）」がある。「尾声」の曲牌は、大阪府立図書館本では「慶余」とする。

岳小琴本曲牌：「双調過曲　瑣南枝」「窣地錦襠」「瑣南枝」（「其二」はない）「其三」「其四」「金銭花」「尾声」

故宮博物院本・大阪府立図書館本ともに岳小琴本と同じ。但し、「鎖南枝」と表記。

（備考）

岳小琴本では、冒頭白の「（風）流」「（風）月（流）」、「瑣南枝」後の白「（像）個（風）」「（甚麼）招（牌）」「尾声」の「（水）泛（翻）（紅浪）」で落字、もしくは訂正した文字を右側に添える。

第九齣「阻禅機妖児縦火」　原本改

〔梗概〕

聖嬰大王は、唐三蔵が取経に来ることを知り、子供に化けて木に吊り下げられたしぐさをしつつ、唐三蔵の油断に乗じてさらうべく待ち構えた。

〔対校〕

故宮博物院本戊本第一齣「火雲洞嬰王命将」・二齣「枯松澗聖僧被囲」、大阪府立図書館本第五本第五齣「火雲洞嬰王命将」・六齣「枯松澗聖僧被囲」に相応する。

岳小琴本と故宮博物院本とは曲牌名は同じであるが、曲詞は三分の一から半数ほど異なる。岳小琴本では、唐僧が六健将と聖嬰が待ちかまえるところに現われるが、故宮博物院本・大阪府立図書館本では唐僧登場の齣を改め、戊本第二齣第五本第六齣とする。岳小琴本は第九齣のままで続ける。故宮博物院本・大阪府立図書館本では改齣した後の「皂羅袍」「前腔」「棹角児（序）」の各曲牌名は一致するが、岳小琴本と故宮博物院本・大阪府立図書館本の間での文字の差違は大きい。白は部分的に出入する点もあるが、かなりの部分が一致する。物語の内容面でも、近い点が多い。

岳小琴本曲牌・・「混江龍」「点絳唇」「二犯江児水」「皂羅袍」①「前腔」「棹角児」②「前腔」③「前腔」「賺」④「前腔」

故宮博物院本は岳小琴本の「二犯江児水」を「双角双曲　二集江児水」（第一齣）、「棹角児」を「仙呂宮正曲　棹《ママ》角児序」、「賺」を「仙呂宮正曲　薄媚賺」（第二齣）とする。大阪府立図書館本は「双角隻曲　双令江児水」（第五齣）とする以外は故宮博物院本と一致する。曲牌名は三本一致すると見てもよい。

第十齣「装仮父行者称雄」原本

〔梗概〕

聖嬰大王は、二人の健将に招待状を持たせて、老大王のもとへ使わした。二健将は、途中、牛魔王に化けた悟空に出会ったので、ニセ牛魔王を伴い、火雲洞へ戻った。聖嬰大王は、父牛魔王がなまぐさは食わないと言うのを訝しがり、面前の牛魔王がニセ者と見破れば、悟空は聖嬰を罵りつつ逃亡する。

〔対校〕

故宮博物院本戊本第三齣「仮牛王喬赴宴席」（目録、本文は「牛魔王化身赴席」とする）、大阪府立図書館本第五本第七齣「牛魔王化身赴席」に相当する。

岳小琴本と故宮博物院本とでは、曲牌名は同じであるが、「縷々金」「前腔（縷々金）」曲詞の異同が多く、白の相違は少ない。「越恁好」以下の曲詞は、相対的には異同が少ない。また、白も総量的に見れば、踏襲されると言える。悟空の化けた牛魔王が二健将の目に止まるようにする点では、内容は同じ。岳小琴本では、故宮博物院本ト書き「作笑科白」部分が白「（好能幹的児子）哈哈、命你」（「越恁好」後の牛白）になっている。岳小琴本「駐馬聴」で紅孩児が「唐聖僧」とするのは、故宮博物院本・大阪府立図書館本の「唐僧」の表記ミスか。

岳小琴本曲牌・「中呂過曲　縷々金」①「前腔」「越恁好」「紅綉鞋」「駐馬聴」②「前腔」

故宮博物院本・大阪府立図書館本（中呂宮正曲）も岳小琴本曲牌と同じ。

第十一齣「紅孩児坐蓮被擒」　原本改

〔梗概〕

観音菩薩は痴迷に居る孩児怪を調伏するために落伽山を離れて火雲洞に赴き、天罡刀を蓮花に変化させて聖嬰を収め、聖嬰を剃髪した。

〔対校〕

故宮博物院本戊本第四齣「真菩薩勅取罡刀」第五齣「紅孩児合掌帰山」、大阪府立図書館本第五本第八齣「紅孩児合掌帰山」に相応する。

岳小琴本と故宮博物院本とは白を中心に、差異が少ない。故宮博物院本は「短拍」で第四齣が終わり第五齣となるが、岳小琴本は連続する。岳小琴本はト書きが簡単であるが、故宮博物院本は詳しいところがある。岳小琴本は「尾声」の後にある観音の白で鬼子母掲鉢を暗示（「且喜紅孩児已経帰正、……我且扣他鉢盂之内、看着妖魔奪得去否……」）して終わり、次の第十二齣の羅刹女掲鉢につづける。故宮博物院本は、観音の白はなく、次が第六齣黒水河の場面に変わる。大阪府立図書館本も故宮博物院本に同じ。岳小琴本には、写本の時に落字があり、それを右に補う。これは原稿本や正本ではなく、依拠本があったことを示すのであろう。

岳小琴本曲牌：「南呂過曲　桂枝香」「不是路」「長拍」「短拍」「中呂過曲　粉孩児」「紅芍薬」「耍孩児」「会河陽」「縷々金」「越恁好」「紅繡鞋」「尾声」

故宮博物院本・大阪府立図書館本も岳小琴本と同じ。但し、「桂枝香」から「短拍」までは「仙呂宮正曲」とし、「粉孩児」以下は「中呂宮正曲」とする。故宮博物院本のみが、「仙呂宮」から「中呂宮」に変わる段階で改齣することになる。

岳小琴本「耍孩児」「縷々金」「紅綉鞋」の各曲詞で、故宮博物院本・大阪府立図書館本とは半分ほどの相違があるが、他曲詞はおおむね一致する。

〔備考〕

岳小琴本（「桂枝香」）「弘」字欠筆、故宮博物院本・大阪府立図書館本は「洪」字を用いる。故宮博物院本第四齣名に「真」字使用。岳小琴本（「不是路」）「真（堪）」＝故宮博物院本≠大阪府立図書館本「誠」

第十二齣「羅刹女掇鉢遭敗」新増

〔梗概〕

魔女軍を率いた羅刹女鉄扇公主は、紅孩児を救うために観音菩薩のもとへ攻め寄せる。観音菩薩は、ひとまず盂鉢で紅孩児をおおいかくした。鉄扇公主は恵岸らを次々と破り、盂鉢のもとへ来て、持ち上げて子供を救出しようとした。ところが、掲鉢することが出来ず、鉄扇公主は退却して去った。

〔対校〕

故宮博物院本戊本第二十四齣「鉄扇公主放魔兵」、大阪府立図書館本第五本第二十四齣「羅刹女掲鉢霊山」に相応する。

楊景賢撰『楊東来先生批評西游記』巻三第十二齣「鬼母皈依」をそっくり借用した齣と言っても良く、部分的にはそのト書きも転用される。曲牌名もすべて同じ。楊劇ではト書きで紅孩児を仏が収伏し、それを取り戻そうと鬼子母がやってくる。岳小琴本は、劇の内容に沿いつつも、羅刹女は紅孩児が盂鉢の下に閉じ込められたと知って怒り、観音のもとへ攻め寄せる、とする。故宮博物院本・大阪府立図書館本では、観音が羅刹女を待ち受けるところから始められる。わずかに、岳小琴本の「尾声」では羅刹女が火焔山へ敗走することを示し、後の物語に続ける点が異なる。

岳小琴本には、故宮博物院本の天将・観音らの登場のト書きや「点絳唇」がなく、公主の怒りの白から始める。曲詞にも相違が多く、岳小琴本の「紫花児序」曲は故宮博物院本・大阪府立図書館本にはない。更に、岳小琴本「調咲令」曲から「禿厮児」の三曲詞も、故宮博物院本・大阪府立図書館本にはなく、岳小琴本が楊劇を忠実な形で収めたのに対し、後者二本は大幅な改訂を施したことがわかる。岳小琴本「尾声」と故宮博物院本「煞尾」は全く異なる。

岳小琴本曲牌：「越調　闘鵪鶉」「紫花児序」「小桃紅」「調咲令」「鬼三台」「禿厮児」「麻郎児」「幺篇」「絳絲娘」「拙魯速」「尾声」

故宮博物院本・大阪府立図書館本は、「仙呂調隻曲　点絳唇」（故宮博物院本「仙呂調双曲　点絳脣《（ママ）》」）「越角隻曲　闘鵪鶉」（同「越角套曲」、以下同じ）「小桃紅」「麻郎児」「絡絲娘」「拙魯速」「収尾」（「収煞」）「煞尾」で、岳小琴本の「紫花児序」「調咲令」「鬼三台」「禿厮児」「幺篇」がなく、最後に「煞尾」が補足される。

（備考）

故宮博物院本・大阪府立図書館本「幻」字は、欠筆にしない。岳小琴本では「幻」字（「小桃紅」）を欠筆にする。

第十三齣「広皇恩遠邇倶蒙沢」　新増

〔梗概〕

関西地方では凶作が続いたので、朝廷は欽差官らを派遣して官倉を開き、飢餓民を広く救済することにした。百姓が集まる中、詔書が宣読され、皇恩のもと米が配給されることになったので、衆民は各里長とともに米を受け取るようにと伝えられた。書吏らが倉を開くところに、男女別々に、父老や児童から乞食に到るまで皆々米穀を受け取り喜び戻った。粮官は配給が終わると倉庫に鍵をかけ、その有様を見届けていた里正は、飢饉を乗り越えてまた豊作の年に変わるだろうと期待し、余命があれば西天取経へ赴いた長老が帰国した折、その講説を聞くことが出来れば、更に天下も雨調民富になるだろうとの思いを吐露して帰宅した。

〔対校〕

大阪府立図書館本第二本第十一齣「霑濡恵沢時中慶」に相応する内容であるが、物語は全く別もの。故宮博物院本には該当齣はない。

皇帝の徳を称える宮廷劇の出し物。大阪府立図書館本は、岳小琴本の内容が天候不順による飢饉で、それは皇帝の徳治に触れる可能性があるので、「長安城の郡侯は、君恩のもとで甘霖が郊原広く降りそそいだので、勧農を兼ねて巡察する。太平郷では、里長と耆老らが出迎えた。郡侯は夫耕婦餉による稼穡に励むさまを喜び、聖世の良民と称え、牧童らが田を牛で犂に行くのを見ては、太平郷そのものだと称えた。耆老村民らは、皇恩の憲徳を叩謝した」という内容に改めたと思われる。

岳小琴本曲牌：「大勝楽」①「前腔」「香柳娘」②「前腔」③「前腔」④「前腔」

第十四齣「被霖雨神棍想行姦」　新増

〔梗概〕

烏鶏鎮に住む落第秀才東西渾は、ペテン師で、妻を適当に得ようとしていた時、師主が道人と郊外で降雨のための祭壇を設けたと聞く。そこで、東西渾は美女でもいれば手をつけようとたくらむ。一方、烏鶏主師に招かれた全真妖道人は、よからぬ事を考え、法壇で法力の高さを万民に見せて、自らの計略を進めようとした。全真道人が霊符を使って祈雨すれば、にわか雨が数寸降ってやみ、空は晴れたので、人々は驚嘆しかつ喜んだ。その折、荒村に家居していた李寡婦が、雨あがりの川辺に水をくみにやって来る。そこで待ち受けていた東西渾は渡りをつけようと李寡婦につきまとうが、李寡婦はかけ足で逃げ去り、家に入って門を閉じてしまった。東西渾は明日出直し、だまして良い仲になろうと考えた。

〔対校〕

故宮博物院本の烏鶏国での事件には、東西渾が村で起こす悪事がない。大阪府立図書館本には烏鶏国の亡霊事件はあるが、東西渾の登場はない。

岳小琴本曲牌：「字々双」「字々双」「探春令」「八声甘州」①「前腔」②「前腔」「尾声」

第十五齣「烏鶏鎮妖道謀主」　新増

〔梗概〕

獅子精が下凡し、鍾南山の妖道人に化けて法術を使い、雨乞いをすれば功があったので、烏鶏国元師の尊崇を受けることになった。妖道人は野心を起こし、元帥の位を盗み取ろうと考え、帥主を後花園につれ出し、井戸の中から金光がさす様を現出して、それを見ようとした帥主を井戸の中につき落として命を奪った。その後、妖道人は、帥主に化けて帥府に戻った。

帥府では、夫人が鍾南山道人の行方を訊ねれば、獅妖の化身は道人が忽然と山へ戻ってしまったと答えた。獅妖の化身は夫人の言葉を受けて、地域が泰平であるから、その祝宴を開いて楽しむことにした。そして公子にも来るように命じた。公子が宴席に着くと、獅妖の化身は盃を取らせた。公子も父に盃を尽くすことを勧めた。やがて、獅妖の化身は武芸場で演習することとし、先に公子を下らせ、自分は少し後で閲兵に行く運びとした。獅妖の化身は、烏鶏国での企てが成就したことを喜び、演習場へ赴いた。

〔対校〕

故宮博物院本丙本第十五齣「幻仮容烏鶏失国」、大阪府立図書館本第三本第十六齣「烏鶏失国被妖侵」に相当する。烏鶏国で鍾南山全真道人によって井戸に陥られるのは、岳小琴本では元帥で、場所を烏鶏鎮とする。故宮博物院本は小説と同じく烏鶏国の国王とし、祈雨で救災を求めたことに始まるとする。岳小琴本は、祈雨後に妖道人が因縁を少し語って始まる。岳小琴本と故宮博物院本の「山麻稭」二曲目「前腔」（「又一体」）の「他到絳闕朝天近」とある曲詞は烏鶏国朝廷を指すのか。もしそのように解釈できれば、小説と同じ設定であったのが本来の姿で、岳小琴本が改訂したことになる。国王と元帥との設定の差ゆえ、太子と公子と区分が見られる。岳小琴本は全真妖道人が帥主に取り入り、後花園の枯井で帥主を殺し、自らは帥主に化けたところから始まり、公子が教場で軍事訓練する場面で終わり、次の第十六齣では東西渾と李寡婦の話に場面が変わる。故宮博物院本は第十五齣で妖道士が国王に化けるという岳小琴本と同じ内容を展開し、次の第十六齣はその事件に続けた内容とし、唐僧のもとに亡霊が現われて、玉圭を渡す。これは、大阪府立図書館本の第十七齣と同じである。また、岳小琴本の第十七齣の内容に該当する。

岳小琴本曲牌：「趙皮鞋」「山麻稭」①「前腔」「蛮牌令」②「前腔」「尾声」

故宮博物院本・大阪府立図書館本（越調正曲）も岳小琴本と同じ。

〔備考〕

岳小琴本は「（仮和）真」（「趙皮鞋」）「全真道人」、「真（仮）」（同上後の白）など多用する。

第十六齣「軟沙河貞女亡身」　新増

〔梗概〕

李寡婦は無頼漢に言い寄られていることを苦にし、遠く離れた実家に戻ろうと決め、家をあとにすれば軟沙河に出くわす。進退きわまる中、東西渾が追いつき、李寡婦を抱き止めようとする。李寡婦は貞女としての清浄鬼の道を択ぶこととし、河中に投身した。東西渾は、事件の発覚を恐れ、ここから逃亡して辺塞地方で再起を図ろうとする。

〔対校〕

故宮博物院本、大阪府立図書館本にはともにない。

岳小琴本曲牌：「胡搗練」「五更転」①「前腔」②「前腔」

第十七齣「坐禅床夜訢《（ママ）》沈冤」新増

〔梗概〕

唐僧は弟子が寝入った後、参禅すると、入定した唐僧のもとに、烏鶏国の帥主の亡魂が現われ、一件の訴え事を伝え、沈冤を雪ぐことを頼み込んだ。唐僧は手中の玉玦に気づき、悟空と方策を立てることとした。

〔対校〕

故宮博物院本丙本第十六齣「沈冤訴（魄：目録）作証留圭」、大阪府立図書館本第三本第十七齣「夜訴冤留圭作証」に相当する。

岳小琴本曲牌：「北四辺静」「北要孩児」「五煞」「四煞」「三煞」「二煞」「一煞」「尾声」

故宮博物院本・大阪府立図書館本には曲牌に「北」字を冠さないが曲牌名は同じ。しかし、曲詞は「（北）四辺静」の曲詞が半ば一致する以外は、ほぼ別詞と言える。白では、「北四辺静」の後で、烏鶏国元帥の鬼魂が唐僧の禅床に現われて冤苦を語る「生前能護国……自家烏雞《（ママ）》国元帥鬼魂是也……一番、師父々々」は、大阪府立図書館本には国王としてではあるが保存される。一方、故宮博物院本では省略される。

岳小琴本は、亡霊が元奘の夢に托すために来た理由を長く語るが、故宮博物院本は単に現われるとする。「要孩児」で亡霊が事の顛末を詳しく語るのは、岳小琴本及び故宮博物院本等いずれも同じ。曲牌「五煞」以下、曲詞はかなり異なる。亡霊の仇討ちは、岳小琴本では亡霊が公子にさせると語るが、故宮博物院本では唐僧の三弟子に主力となって行なってもらいたいと語り、白玉圭を太子と会う契機に、と渡す。岳小琴本も白玉玦を渡すことは同じ。

第十八齣「入猟場点化幼子」　新増

〔梗概〕

悟空は、昨夜の唐僧入定時の話を聞き、白兎に変化して公子を待ち受け、唐僧の居る古寺まで誘導した。公子は母張氏に唐僧らの言葉を伝えれば、夢枕に父が現われ、唐朝の聖僧に仇討ちを願ったと告げられたと話した。公子は、父の敵討ちをすべく、再び唐僧のもとを訪れ、助力を願い出た。

〔対校〕

故宮博物院本丙本第十七齣「白兎引唐僧還佩」、大阪府立図書館本第三本第十八齣「朝打猟化兎引踪」に相応する。

岳小琴本では、唐僧と公子の白玉をめぐる会話の中に、突如として悟空の他人事に口を出すような事はやめて出立しようという白「(孫白)師父、莫管人家閑事、取経要緊趕早趕路罷」が入る。その後、唐僧が言い当てた琉璃井の存在に不可解な思いを懐いた公子が、真相がわかってはじめて唐僧を放免しようと言い、場面の展開では少し混乱気味の状況が生まれている。故宮博物院本・大阪府立図書館本にはそれはなく、すべて太子と悟空が白玉をめぐる問答として進め、悟空が主体的に話を進める設定とする。岳小琴本では、唐僧がすべての謎解きをする設定とする。白では、故宮博物院本・大阪府立図書館本には、曲牌「川撥棹」曲詞の後に「(悟空白)殿下須単人独馬進城、……等候便了」の白、曲詞「趙璧完」の後に「(唐僧白)悟空、太子回去、……包在老孫身上」という長い白があるが、岳小琴本では「川撥棹」「前腔」「尾声」三曲詞を連続させて、白はほぼない。なお岳小琴本の「川撥棹」にある曲詞「破機関俄頃間玉玦児帰趙完」は、大阪府立図書館本では、「破機関勿妄言、玉圭児趙璧完」と表現されて、「又一体」にも同じ句が用いられ、その曲詞に続けられるのに対し、故宮博物院本は白を挟んで最後に置かれる。故宮博物院本では悟空が太子を母后に面会させるべく戻した後、太子が唐僧を聖僧とたたえ、悟空が山神・土地神を呼び、野獣を狩猟に出た太子に届けさせる場面があるが、岳小琴本にはない。岳小琴本では「尾声」に七言絶句があるが、故宮博物院本にはない。故宮博物院本は舞台上の配置を伴う全本であるが、岳小琴本は物語と曲詞を留める形をとる。テキスト機能が相違することに由来するかもしれない。

岳小琴本曲牌・「謁金門」「蠟梅花」「園林好」①「前腔」「江児水」②「前腔」「伍供養」③「前腔」「玉交枝」④「前腔」「川撥棹」⑤「前腔」「尾声」

故宮博物院本・大阪府立図書館本は最初の二曲牌名を「六么令」「青天歌」とし、曲詞も異なる。「園林好」以下は同じ。「玉交枝」の曲詞は大部分、「尾声」の曲詞はすべて岳小琴本と異なるが、他の曲詞は部分的な相違に止まる。

〔備考〕

岳小琴本では誤字（「（擎）鶯」は「鷹」の誤り）、落字（「（奸）謀」、「（年）方」、「（将）軍」）の補足が見えるが、後の所蔵者に拠るものか。「騁」（「謁全門」）字は字体と墨の濃淡から、補充の文字（「驅」）も後筆されたように見える。岳小琴本「弦」字欠筆なし、タイトルの「幼」字は欠筆、冒頭の「幻」字欠筆か。

第十九齣「一旦人間難匿影」　新増

〔梗概〕

烏鶏帥の夫人張氏は、睡眠中に憔悴した帥主が現われて寃屈を訴えるのを夢見た。そこに公子が戻り、宝林寺で一僧の夢に父親が現われて寃訴したことを伝えられ、かつ公子が和尚から渡された伝世の宝物を示したことで、全真道人にぬすまれたものが何故和尚の手にあるのかとの疑いを懐き、母子は真相を解明しようとした。ところが、その会話は妖道士が化けた帥主が聞いていて、事が露見した以上、弼馬温にはかなわないと、本身に戻って帥府から逃亡した。そこへ孫悟空が追撃してきたので、やむなく沙漠へ逃げて身を隠すことにした。

〔対校〕

張浄秋氏は相当する齣なしとしているのは正しいが、部分的には故宮博物院本第三本第十七齣、大阪府立図書館本第三本第十八齣の後半に簡略ながら同じ趣旨の物語がある。この齣は、小説に近い齣と言える。

第十九齣の齣名は目録では「匿隠」とするが、本文では「匿影」とし不統一。

岳小琴本曲牌：「夜行舡」①「前腔」「聒鼓令」②「前腔」③「前腔」④「前腔」

〔備考〕

「幻」字（「夜行舡」）欠筆する。

「（射虎）堂（前）」（同右の白）と「堂」字を補写する。

第二十齣「三年井底又重生」　新増

〔梗概〕

悟空らは烏鶏帥を井戸から救い出し、太上老君から霊丹を得て烏鶏帥に含ませ、八戒に負わせて運ばせ帥府へ送り届けた。やがて、烏鶏帥は意識を取り戻した。帥主が語る三年前の出来事を聞いた夫人は、その再生を喜び、帥主と夫人は唐僧を招いて重恩の感謝を申し伝えようとすれば、既に出立して去ったことを知り、やむなく宝林寺に唐僧師徒四人の長生牌位を設けて供養することとした。

〔対校〕

故宮博物院本丙本第十八齣「悟能負国主重円」、大阪府立図書館本第三本第十九齣「出重泉邦君復位」に相応する。

岳小琴本曲牌：「歩々嬌」①「前腔」「虞美人」「風入松」②「前腔」③「前腔」④「前腔」⑤「前腔」

故宮博物院本・大阪府立図書館本は「歩歩嬌」「又一体」「風入松慢」「又一体」「青歌児」「解三醒」「番鼓児」で、「歩歩嬌」と「風入松慢」の曲詞の一部が一致するが、岳小琴本の「虞美人」に該当する曲牌はなく、「又一体（風入松慢）」以下は曲牌・曲詞も全く別文になっている。これは、岳小琴本では妖怪が沙漠へ逃亡したとするのに対し、故宮博物院本・大阪府立図書館本では、烏鶏国王を救出し、偽国王の獅妖化身と宮殿内で対決した結果、からくりが見破られた妖怪が逃亡し、次の齣で諾矩羅尊者に収伏されるという設定の相違による。

第二十一齣「開士機鋒超大乗」新増

〔梗概〕

孫悟空は師匠の命を承け、進路前方を確かめに行けば、平坦で妨げがないことに安心する。孫悟空はやって来た猪八戒に対し、多心経の偈に基づきつつ、明心見性が重要だと言えば、八戒も富貴財銭の害を述べる。唐僧は、三人が歓談するのを聞きつけ、偈によって禅問答の収束を図った。

〔対校〕

故宮博物院本、大阪府立図書館本には相応する齣はない。岳小琴本「么篇」の後の白で、「多心経」をめぐる禅問答がある。心経を引き合いに出す問答は、小説第九十三回に多少存在するが、岳小琴本第二十一齣とは直接的な関係性は乏しい。その「么篇」後の孫悟空の白に「我等跟師父也十余年了、各人把自己見地説来」とあるが、この表現は第四本の段階ではそぐわないのではないか。

岳小琴本曲牌…「北南呂　玉交枝」「么篇」「么篇」「么篇」「双調北曲　沽美酒」

第二十二齣「貞嫠魂魄礼慈航」　新増

〔梗概〕

李寡婦が干河流沙軟に投身した後、その魂は潮音洞までやって来る。菩薩に礼拝しつつ、漂泊の亡魂となったその定めを嘆き、超度を願った。すると、龍女が旛をかかげて現われ、李寡婦の志堅貞節を嘉して、再び現世に戻すと伝え、東西渾には悪報が下されて、恨みも解けると諭された。

〔対校〕

故宮博物院本、大阪府立図書館本にはともにない。

岳小琴本曲牌…「水紅花」「搗練子」「紅納袄《ママ》」「前腔」「尾声」

第二十三齣「頡利無知空鼓浪」　新増

〔梗概〕

大単于頡利可汗咄苾は、ハーンの位に就いてより近隣の小国を併呑し、更に西番の一部落に朝貢を促した。そこに、唐天子が西天取経僧を派遣し真経を求めたので、その帰路、経典を奪おうと計画を立てた。その一方で、唐が兵を遣わすことを恐れ、可汗が守備を固める中、まず全真道人を、次いで生員東西渾を捕らえた。頡利は二人の話を聞いて、全真を軍師に、東西渾を上将軍の職に任じて軍備を固め、二人の異人を得たことを喜び、後営で宴を催すこととした。

〔対校〕

故宮博物院本壬本第二齣「思搆纍頡利鴟張」に相当し、詞曲・白はほぼ同じ。岳小琴本は、唐天子が西天取経僧を派遣し真経を求めたので、その帰路、経典を奪おうとすることで頡利可汗の存在を関連づける。そして、可汗が守備を固める中、妖術に心得があると言う鍾南山出身の全真道人を捕らえてその演術を試し、次いで武芸に秀でたと自称する生員東西渾を捕らえるが、読書人の心得が多少あることからこれも許して放ち、全真を軍師に、東西渾を上将軍の職に任じた、という話を入れ、後営で宴を催す設定をとる。故宮博物院本は、岳小琴本の曲白をほぼそのまま受け継ぐ。

岳小琴本曲牌「杏花天」「水底魚児」①「前腔」②「前腔」「道和」

故宮博物院本は岳小琴本と同じであるが、曲牌「水底魚児」・曲詞がなく、第一番目の「前腔（水底魚児）」が「水底魚児」と表記される。また、その後の「副浄」による「黒白青紅四方、……」は故宮博物院本では「越調正曲　豹子令」という曲牌を持つ。次は「前腔」と「又一体」とそれぞれの曲詞はほぼ一致するから、岳小琴本では曲牌名を失念したと思われる。岳小琴本と故宮博物院本の大きな相違は、岳小琴本の「水底魚児」曲詞がないこと、その後の白「把都児、……進来」が、曲牌曲詞の省略によって位置が変わること、岳小琴本最後の五言四句が故宮博物院本にはない点を指摘できる。

〔備考〕

岳小琴本（第一「前腔」）「（韜略）鷙（揚）」、故宮博物院本「鷹」字

第二十四齣「聖明独断預興師」新増

〔梗概〕

四海が安定する中で、辺境の頡利可汗が反乱を起こし、近隣を乱した。唐の朝廷は功臣ら文武百官を招集して協議させ、その結論を上奏させた。李靖と尉遅恭は出陣して征伐を、魏徴や蕭瑀、房元齢は宣撫使を再度送って教化し、服従しなければ問罪の師を派遣する各意見を上奏した。皇帝は奏上を鑑みつつも、辺境で突厥の頡利が反乱を起こしたのを看過すべきではないと判断をし、親征を決断した。重臣らは親征を諫止するが、その決心は固く殲滅すると宣旨を下す。

〔対校〕

故宮博物院本壬本第三齣「大唐国親整王師」に相当する。

岳小琴本では頡利の反乱を受けて皇上が出陣を決める、と順序が故宮博物院本とは異なる。岳小琴本は房元齢・蕭瑀、李靖・尉遅恭・秦瓊らが朝堂に参上するところ、太監が頡利の違約があったことから、皇上が文武大臣に朝議を

求めたと玉旨を伝える。朝議では、ある者は武力で、ある者は重ねて使者を送って訓戒すべしという意見を述べる。しかし、服従を拒否した時、謀反人の頡利を討つことで一致し、上奏すると、皇上は、既に作戦は練っており、親征すると宣下する。重臣らは親征を諫止するが、その決心は固く殲滅すると宣旨を下す。皇命を受けて、重臣らは出陣の準備にとりかかる。故宮博物院本は曲詞・白ともに岳小琴本をほぼ踏襲する。

岳小琴本曲牌：「点絳唇」「北新水令」「南歩々嬌」「北折桂令」「南江児水」「北雁児落帯得勝令」「南僥々令」「北収江南」「南園林好」「北沽美酒帯太平令」「尾」

故宮博物院本は岳小琴本と同じ曲牌名で曲詞も同じであるが、「北」「南」各字を曲牌名に冠さない。白も岳小琴本と同じ。

第四本の性格

冒頭「弘」字が欠筆される点は、もっとも注目される。つまり、少なくとも第四本が乾隆以降の筆写を明示するからである。

「原本」は、第六、七、八、九、十齣の紅孩児の話と牛魔王に羅刹女がやきもちを焼く話、紅孩児の話で小説と重なる。

「新増」は、第一齣唐の大官が、唐僧に思いをはせる場面、第二齣は、洛陽に通ずる運河の浚渫するという朝廷の治世を称える内容、これは、康熙帝が重視した黄河の治水と漕運の整備（注）に関する政策の反映、第三齣は、山中で木樵が唐僧らに道案内をし、前方の古刹を教える内容で、『楊東来先生批評西游記』にある場面に近い。第四齣は、宝林寺での禅問答で、小説第三十六回の宝林寺の場面にもあるが、小説は悟空が唐僧に説く設定になっているので正反対である。小説の詩句と同じ七言句を唐僧・孫悟空が詠み合うことは、小説を下敷にして改変し、旧来の劇本になかったこの場面を「新増」したと思われる。第五齣は唐僧の無事のために上帝が神将らを遣わして護衛に当たる、第十二齣は紅孩児を助けようと羅刹女が掲鉢を試みて失敗する話で、『楊東来先生批評西游記』から「新増」したのであろう。以下もすべて「新増」で、第十三齣は飢餓にある関西の百姓に官吏が食料を与える内容で、朝廷の徳政を称える、第十四齣は、この後に出てくる頡利可汗の反乱と関係づけるために、東西渾と李寡婦を登場させる。第十五齣は烏鶏国の話で、全真道人の登場、第十六齣は李寡婦が投身自殺し、その元凶の東西渾が辺塞に逃亡する話とする。第十七齣は、烏鶏国元帥の鬼魂が唐僧に助けを求める。第十八・十九齣は烏鶏国の話から全真道人が沙漠に逃亡するまでの出来事を示し、第二十齣は、金丹で烏鶏国元帥を救い、後の第二十一齣は烏鶏国を出立した孫悟空が八戒沙和尚に財気酒色を戒めるという設定で物語をまとめる。第二十二齣は李寡婦の亡魂が転生し、東西渾が後日悪報を被ることが示される。第二十三齣は、頡利可汗の反乱軍に東西渾、全真道人が参画する話、第二十四齣は、皇帝の親征を扱う。つまり、『西遊記』の烏鶏国に出てくる全真道人を利用して、頡利可汗の反乱につなげることを意図した構成を取る。頡利可汗の反乱にかかわる場面がすべて「新増」ということは、康熙本以前の西遊記劇にはその話がなかったことを意味する。

（注）『清史稿』聖祖三十八年己卯春正月辛卯、詔：「朕将南巡察閲河工、一切供億、由京備辦。預飭官吏、勿累閭閻。」三月庚午、上次清口、奉皇太后渡河。辛未、上御小舟、臨閲高家堰、帰仁隄、爛泥浅等工。截漕糧十万石、発高郵、宝応等十二州県平糴。壬申、上閲黄河隄。丙子、車駕駐揚州。諭随従兵士勿践麦禾。壬午、詔免山東、河南逋賦、曲赦死罪以下。癸未、車駕次蘇州。辛卯、車駕駐杭州。丙申、上閲兵較射。戊戌、上奉皇太后迴鑾。

夏四月庚子朔、迴次蘇州。詔免塩課、関税加増銀両、特広江、浙二省学額。乙巳、以丹岱為杭州将軍。己酉、車駕次江寧。上閲兵。庚申、次揚州。辛酉、以彭鵬為広西巡撫。丙寅、渡黄河、上乗小舟閲新埽。

五月辛未、次仲家閘、書「聖門之哲」額、懸先賢子路祠。乙酉、上奉皇太后還宮。三十九年二月甲戌、上乗舟閲郎城、柳岔諸水道、水浅、易艇而前、指示修河方略。夏四月庚辰、上閲永定河。命八旗兵丁協助開河、以直郡王胤禔領之、僖郡王岳希等五人偕往。壬午、上閲子牙河。壬辰、還京。」

『清史稿』巻七・本紀七　聖祖本紀二聖祖三十九年「冬十月辛酉、皇太后六旬万寿節、上製万寿無疆賦、親書囲屏進献。癸酉、上巡閲永定河。戊寅、上還京。」

『大清聖祖仁皇帝実録』巻之一百七十四

康熙三十五年丙子。（六月乙酉朔）〇命理藩院檄青海薩楚墨爾根台吉等、諭以噶爾丹敗逃、及達頼喇嘛、已死九年、第巴匿之、仮其言誑誘噶爾丹作乱之故。令探聴噶爾丹声息。倘彼西走、即行擒解至噶爾丹女、嫁於博碩克図済農之子、並噶爾丹之人在青海者、悉令執送。

○甲午。以蕩平噶爾丹、王以下、文武各官、行慶賀礼

○（七月丙辰）先是、上諭総督倉場侍郎徳珠等、通州至大通橋閘河、向無民船往来。今応令小舟泛載、於民殊有利済。著議奏以聞。至是、総督倉場侍郎徳珠・石文桂、遵旨看通州至京城河道、絵図呈覧。上問曰、五処閘口行船、有便於民否。徳珠・石文桂奏曰、初奉旨時、臣等恐於運米有誤。今運丁及商人、互為推挽、甚是両便。百姓各造小船、将通州貨物、運至京師甚易、而雨水時、往来行人亦便。皆感激皇恩。名其船曰便民。非臣等思慮所能及也。

五　第五本（第十一冊—第十三冊）の梗概及び対校

第一齣「衛蛮輿百霊効順」　新増

〔梗概〕
太白金星は、玉帝の勅旨を受けて、文殊菩薩の転生である大唐皇帝が親征するので、諸神に空中から擁護し、百戦百勝とすべき玉命を伝えた。

〔対校〕
故宮博物院本癸本第一齣「太白召諸神扈蹕」に相応する。

太白金星が諸天神を召呼し、貞観皇帝を守護する場面で、話の展開に相違はない。一部を除いて、岳小琴本と故宮博物院本とは曲詞が一致する。異なる点は、岳小琴本では、頡利可汗が黒風山の野狼精とする設定（「粉蝶児」後の白「只因黒風山野狼精托生沙漠之中、名為頡利、……」）は、故宮博物院本にはない。岳小琴本は曲牌「上小楼」曲詞の後にある太白金星の白にも、「玉帝勅曰、下界大唐皇帝原是文殊菩薩転世、耑以救民、……今黒風山野狼精托生頡利、……」と頡利可汗の本性を示す一方、皇帝が文殊菩薩の転世と言う。岳小琴本と故宮博物院本は皇帝を文殊菩薩の転生とする点は、文章とも完全に一致する。岳小琴本は最後の詞牌を「煞尾」とし、故宮博物院本も同じ。この齣は白の省略や妖怪の設定以外はすべて同じという点で、前の第四本などの齣とは異なる。

岳小琴本曲牌：「北中呂　粉蝶児」「酔春風」「石榴花」「闘鵪鶉」「満庭芳」「上小楼」「煞尾」

故宮博物院本も「北中呂　粉蝶児」以下、岳小琴本と同じ曲牌。

〔備考〕

両本、「貞」字を用いる。

第二齣「建謀謨三路分兵」　新増

〔梗概〕

李靖は皇帝が親征を決断したことから、趙国公秦瓊・鄂国公尉遅恭らとともに出陣した。李靖は三方面軍を率い、宝刀・龍旗を携え、頡利を討つべく黒水陰山に向かった。

〔対校〕

故宮博物院本癸本第四齣「奉綸音元戎出塞」に相当する。

故宮博物院本は、第一齣の後、場面は変わり、荊棘嶺の話（第二・三齣）に移る。岳小琴本の第一齣では金星が諸神を集合させて玉旨を伝え、唐軍を守ることを命じ、次の第二齣では親征軍の出陣に移り、頡利征討の本題に入る。故宮博物院本では癸本第四齣に当たる。故宮博物院本と比較すると、「梁州令」の次の白で、故宮博物院本が「（辺界）雖則興師問罪未得擣其巣穴、今日（皇上）の一文が少なく、「半陣楽」で岳小琴本の後半詞文「（英豪）持奉……来到」が故宮博物院本では欠ける。一方、「玉芙蓉」の次、故宮博物院本にある「又一体」曲詞及び李靖と李世勣の白の部分（「（又一体）宸裏独断高、……碧雲霄、（闐闐）」）が岳小琴本には欠ける。全体としては、両本の詞白はおおよそ一致する。岳小琴本は、次の第三齣は、車遅国の話となる。

岳小琴本曲牌：「梁州令」「破陣子」「正宮過曲　四辺静」「前腔」「引子　半陣楽」「正宮過曲　玉芙蓉」「朱奴児」「尾声」

故宮博物院本は岳小琴本と同じであるが、岳小琴本には「又一体（玉芙蓉）」がない。

〔備考〕
岳小琴本では、「皇上」で始まる文章を改行する箇所がある。誤字は故宮博物院本の方が多い。

第三齣「三清観行者留名」　原本改

〔梗概〕
双角の羊精は千年の修練を経て超凡し、間遊する折、虎精と鹿精と出会った。虎精・鹿精・羊精の三妖は、義兄弟の契りを結び、それぞれ虎力・鹿力・羊力三大仙と名乗り、道教を重んじる車遅国の国師になろうとし、車遅国へ赴く。国王は後嗣を祈求させれば霊験があったので、三妖道人を国師とし、羅天大醮を設けることに決めた。唐僧一行は車遅国の智淵寺に宿泊した折、羅天大醮の事を聞き及んでいた。悟空は供物を求めるべく、八戒と悟浄を誘って三清観へ行き、三清に化けて腹一杯食べ尽くす。そこへ童子が香をささげに来て、物音に気づき、老君の下凡と思い三妖道人に伝えた。三妖は神仙の聖顕と思い拝礼すれば、悟空は蟠桃会へ赴く途中に立ち寄ったと言った。三妖は金丹と聖水を求めたので、悟空は三仙に聖水を与えると言い、密かに放尿をして与え、我等は大唐の僧で与えたのは尿だと明かして逃亡すれば、三仙は激怒し仇を討つと決意する。

〔対校〕

故宮博物院本戊本第八齣「説国王三妖演法」・第九齣「車遅国大建醮壇」・第十齣「三清観戯留聖水」、大阪府立図書館本第五本第十一齣「三妖幻相投金闕」第十二齣「一醮酬恩建宝壇」第十三齣「道観掩盤施聖水」に相当する。

岳小琴本は羊力大仙が主人公として登場し、国王の嗣子を祈って国師となり、太子の泣き声を止めるために大醮を催すとする。大阪府立図書館本はわずかに文に類似点があるものの、第十一齣で三妖が雲遊道人に化身して車遅国に赴き、五雷法を示すことで国師となる。そして、羅天大醮を設ける。一方、唐僧らは車遅国に入ると、僧侶が道士の下人となって荷車を牽くのを見た。悟空は僧侶からその身上を聞き出し、彼らを助け、妖道士を退治することにする。第十二齣は三妖仙が三清観で羅天大醮を行なうところに悟空が偵察に来る。第十三齣では、唐僧師徒が智淵寺に宿泊した折、悟空が八戒と悟浄を誘い、三清観で盗み食いをし、三妖仙に聖水を与えると称して放尿する。故宮博物院本は、第八齣で三妖が下界へ行き、国王に八武祖や八剣仙らを使った法術を示したので心服して国師とし、国王は三妖仙に大醮を催すことで福国祐民を求める。第九齣では醮壇を設け、三妖が祈る場面となる。第十齣は悟空が三清観の供物に気づき、八戒と悟浄を誘い、三清観で供物を盗み食いした後、三妖の求めで聖水を与えるが、小便臭さでバレて逃亡する。岳小琴本と内容はほぼ同じであるが、詞曲の文と白で異なる部分が多い。岳小琴本は、ト書きで「浄」を追記する点は、依拠本の転写ミスをうかがわせる。

岳小琴本曲牌：「浪淘沙」①「前腔」②「前腔」「縷々金」③「前腔」「要孩児」④「前腔」⑤「前腔」⑥「前腔」

故宮博物院本・大阪府立図書館本は「喜春来」「石榴花」「満庭芳」「紅芍薬」「攤破喜春来」「喬捉蛇」「煞尾」で、大阪府立図書館本は更に「中呂宮正曲　尾犯序」「又一体」「又一体」「又一体」「双調正曲　柳揺金」「又一体」「又一体」と続く。その後、大阪府立図書館本第十二齣は「大石調正曲　挿花三台」「賽観音」「又一体」「人月円」「又一

体」「催拍」「又一体」、第十三齣は「中呂宮正曲　縷縷金」「又一体」「耍孩児」「三煞」「二煞」「一煞」と続ける。一方、故宮博物院本は第九齣に「挿花三台」「賽観音」「又一体」「人月円」「又一体」「催拍」「又一体」があり、大阪府立図書館本第十二齣と対応し、第十齣は「縷縷金」「又一体」「耍孩児」「三煞」「二煞」「一煞」と大阪府立図書館本第十二齣と同じ。岳小琴本とは、大阪府立図書館本第十三齣、故宮博物院本第十齣の冒頭「法雨晴飛……」以下から対応する。

〔備考〕
岳小琴本「歴」「真」字を用い、大阪府立図書館本（第十三齣「三煞」）は、「誠」字に改字するが、故宮博物院本は「真」字を使う。

第四齣「車遅国悟空顕法」原本改

〔梗概〕
車遅国の国王は、近年旱魃で民が苦しんでいるので、三仙と唐僧双方の神通力で救済を望んだ。虎精は雨を降らすと見得を切るものの、雨が降らなかった。国王は道家の失敗を見て、三蔵らに降雨を求めれば、龍王らが雨を降らしたので、国王は喜び、唐三蔵に礼を言おうとすれば、三妖仙はそれをおし止めた。悟空は虎精ら三妖仙と法術争いをして決着をつけることとし、法術競べの結果、虎精、鹿精、羊精は妖術を破られて死ぬ。そこで、悟空は国師の正体を明かした。

〔対校〕

故宮博物院本戊本第十一齣「除怪物車遅闘法」、大阪府立図書館本第五本第十四齣「車遅闘法滅邪妖」に相当する。悟空と三妖の術競べは同じ内容。曲詞には多少の相違はあるが、曲牌名は同じである。ただし、最後の三曲牌名を故宮博物院本・大阪府立図書館本では「念奴嬌序」「賽観音」「人月円」とし、詞文は全く異なる。故宮博物院本・大阪府立図書館本のト書き部分は、岳小琴本では例えば冒頭や「画眉序」の前のように簡略にする傾向が強い。長文齣であるが、両本は類似すると言える。

岳小琴本曲牌：「酔花陰」「画眉序」「喜遷鶯」「画眉序」「出隊子」「滴溜子」「刮地風」「滴滴金」「四門子」「鮑老催」「水仙子」「双声子」「鴛鴦煞」「本序」「右輪台《（ママ）》」「尾声」

大阪府立図書館本は「黄鐘調合曲　北酔花陰」のように「北」「南」字が交互に曲牌上に冠せられるが、故宮博物院本とともに「鮑老催」までは同じ。次の「水仙子」は故宮博物院本が「古水仙子」、大阪府立図書館本が「北古水仙子」とし、曲詞は岳小琴本と故宮博物院本・大阪府立図書館本では異なる。続く「双声子」以下は、大阪府立図書館本が「黄鐘調合曲　南双声子」「北随煞」「高大石調正曲　念奴嬌序」「大石調正曲　賽観音」「大石調正曲　人月円」「慶余」、故宮博物院本は「黄鐘宮合套　双生子」「煞尾」「高大石調正曲　念奴嬌序」「大石調正曲　賽観音」「大石調正曲　人月円」「尾声」とし、岳小琴本と故宮博物院本・大阪府立図書館本の「煞尾」・「北随煞」では曲詞の相違が大きい。

第五齣「僧回日暮阻長河」　原本

〔梗概〕

車遅国の陳家荘に住む陳澄は、感応（ママ）大王に童男童女を祭礼の供物として求められ、陳関保と一秤金を差し出す準備をしつつ、一同涙にくれていた。その折、悟空らが陳家の門を叩いた。陳澄が妖怪と思うところ、唐三蔵は降妖の法力を持つ者と説明したので納得し、師徒一行を中に招き入れた。悟空は、自分たちが子供の身代りになると言い、祭礼の時が来ると、悟空らは子供に変身して廟へと向かった。

〔対校〕

故宮博物院本戊本第十二齣「変嬰児元会伝名」、大阪府立図書館本第五本第十五齣「人僥代充陳暮夜」に相当する。悟空、八戒が子供に化身して廟宇に赴く筋は同じ。岳小琴本は曲牌に曲調名を入れる部分もあるが、故宮博物院本・大阪府立図書館本と一致する曲調名を持つ。曲詞は、全体的に同じ傾向にあるが、「山羊坡」後半や「黄鶯児」前半のように相互で異なる部分が存在する。白の多くは類似、もしくは一致する傾向にある。岳小琴本は陳家の童女を八歳、童児を七歳とし、大阪府立図書館本も同じであるが、故宮博物院本では女児十三歳、男児十二歳とする。一方、陳老兄弟の年齢は、いずれも同じ設定である。

岳小琴本曲牌：「商調引子　憶秦娥」「商調過曲　山坡羊」①「前腔」「水紅花」「二郎神」「前腔（換頭）」「集賢賓」②「前腔」「黄鶯児」③「前腔」「猫児墜」④「前腔」「尾声」

故宮博物院本・大阪府立図書館本は、岳小琴本と同じ曲牌名であるが、「商調正曲」をすべての曲牌に冠し、冒頭は「商調引」とする。大阪府立図書館本のみ「琥珀猫児墜」「慶余」とする。

（備考）

岳小琴本〔「前腔（集賢賓）」〕「生離」＝大阪府立図書館本≠故宮博物院本「（生）別」
岳小琴本〔「前腔（黄鶯児）」〕「歴年」≠大阪府立図書館本「毎（年）」＝故宮博物院本
岳小琴本〔「憶秦娥」〕「（時不）利」＝故宮博物院本≠大阪府立図書館本「遂」

第六齣「魔弄寒風飄大雪」原本

〔梗概〕

悟空と八戒は関保と一秤金に化けて廟にいると、魚精がやって来て、今回は童女から食うと言う。しかし、童女に化けた八戒があわてて抵抗したので、負けた魚精は水中に逃げ戻り、廟での苦しみを話せば、鱖婆は二人が悟空と八戒であることを教えた。その上で、鱖婆は一行が河を渡るところを、氷を割って捕らえる計略をさずけた。霊感大王は、河を凍らせるべく計略に従い雪を降らせ、事の成就を図った。

〔対校〕

故宮博物院本戊本巻第十三齣「孌魚献計凍長河」、大阪府立図書館本第五本第十六齣「孌魚献計凍長河」に相応する。

悟空・八戒の化けた子供を魚精が捕らえそこねたので、不気嫌で戻った魚精に鱖婆が唐僧を捕らえる計を進言する場面は、岳小琴本、故宮博物院本ともに同じ。曲詞と白に差違や有無が見られるものの、ほぼ同じ内容と言える。つまり、この齣は前齣を含めて、岳小琴本から故宮博物院本に至る過程で、「原本」がそのまま継承されていると指摘が出来る。

岳小琴本曲牌：「衆呂過曲　駐雲飛」①「前腔」②「前腔」③「前腔」「泣顔回」
故宮博物院本・大阪府立図書館本は「中呂宮正曲　駐雲飛」「又一体」「又一体」「又一体」「好事近」とする。

〔備考〕

岳小琴本（第一「前腔」前の白）「（吓是魚精作）祟」と「祟」字を誤記する。故宮博物院本・大阪府立図書館本は「崇」とする。

岳小琴本（第三「前腔」後の白）「（他徒弟如此）利害」＝故宮博物院本≠大阪府立図書館本「凶悪」

岳小琴本（同右）「（若能）合力」≠大阪府立図書館本「同心」＝故宮博物院本「併力」

岳小琴本（同右）「（翻江的）勢力」＝故宮博物院本≠大阪府立図書館本「本領」（削字して補写）

第七齣「元奘沈水独遭殃」　原本改

〔梗概〕
唐僧は八戒や陳家の人々が止めるのも聞かず、渡河を決めた。陳家の人々が見送る中、凍った河を渡れば、突然氷の裂ける音がひびき、唐僧は魚精に河中へ引き込まれて攫われた。

〔対校〕
故宮博物院本戊本第十四齣「法侶遭魔堕深塹」・十五齣「誇張狐媚鶯花寨」、大阪府立図書館本第五本第十七齣「別師徒惨罹水厄」・十八齣「認兄妹醜説風情」に相応する。

冒頭「憶秦娥」は唐僧の唱とする岳小琴本に対し、故宮博物院本・大阪府立図書館本は唐僧の白に改める。その後、岳小琴本は、唐僧は雪が積もって河も凍り先に行けないとなげき、逗留を進める陳澄兄弟に八年経っても天竺にはつかないと気がせくところ、船を準備すると言われて安心する長い白「(唐哭介)這怎麼処、(外末)聖僧放心、……(唐)多謝慈悲請」がある。故宮博物院本では省略されて、岳小琴本にある唐僧が河辺に様子を見に行く(「老施主、我們且同到河辺一看」)に接続する。故宮博物院本・大阪府立図書館本で八戒が通天河の氷が融けるのを待つべきだと言う点に対し、唐僧が今八月でどうしてこれから暖かくなるのかと反駁する箇所「(悟能白)師傅、且待冰凍解、去也未遲。……(唐僧白)悟能、你怎麼這等愚見、……此時八月天気、一日冷似一日、如何……」では、岳小琴本では三弟子が氷ですべる危険に対し、唐僧は二十四孝の臥氷を引きあいに出すが、故宮博物院本・大阪府立図書館本は唐僧の発言がそぐわないと見て、小説に則った客商のたとえに改める。全体の筋は同じ。「鵲踏枝」六言二句に続く悟空の白「師傅、待弟子前面探路、……使得」は、故宮博物院本にあるが大阪府立図書館本になく、岳小琴本にもない。

岳小琴本の「賺煞尾」以降は、故宮博物院本は「賺煞」として齣を終え、第十五齣「誇張狐媚鶯花寨」に移り、「水底魚児」から第十五齣を始める。大阪府立図書館本も同じ。岳小琴本は「賺煞尾」で齣を切らず、次に「水底魚」と連続させる。岳小琴本と故宮博物院本・大阪府立図書館本とは、曲牌名やその順序はほぼ同じであるが、曲詞や白にかなりの異同が見られ、故宮博物院本では、曲牌「四煞」の後の白で捉えた唐僧には徒弟の孫悟空がいて、道中、黒水河の鼉龍《だりゅう》など多くの妖怪が退治されたから、やはり唐僧は逃がした方が良い(「但他一路而来、暗算他的、却也不少、只如黒水河、……請大王放了他罷、……」)とするのに対し、岳小琴本では鱖婆が魚精に徒弟に用心し(「唐僧雖然擒住、但他徒弟利害也要隄防、……」)、一計を授けると簡単に言う。

岳小琴本曲牌：「憶秦蛾(ママ)」「北曲仙呂過曲　点絳唇」「混江龍」「油葫蘆」「天下楽」「哪吒令」「鵲踏枝」「勝葫蘆」

「麼」「寄生草」「么」「賺煞尾」「水底魚」「耍孩児」「五煞」「四煞」「三煞」「二煞」「一煞」「収煞」

故宮博物院本・大阪府立図書館本は「勝葫蘆」まで岳小琴本と同じで、後の「么」「寄生草」「么」がなく、「賺煞」で齣が終わる。岳小琴本「水底魚」に当たる「水底魚児」から次の齣に入り、「煞尾」まで岳小琴本と同じ。

〔備考〕

岳小琴本（「水底魚」後の白）は兄妹を「姨妹」とするが、意味から見て不適当と思われる。岳小琴本（「一煞」後の白）「真正」≠故宮博物院本「果然」＝大阪府立図書館本

第八齣「霊感救災親示現」　原本

〔梗概〕

観音菩薩は陳家庄での事件から孫悟空の来ることを予測して、自ら妖怪を収めるために竹籃を持って陳家庄に赴く。観音が現われると、魚精はひざまずいて降伏した。観音は魚籃に金色魚を収めて去った後、唐僧は現われた老亀の背に乗り、庄民に別れを告げた。老亀は通天河の中途で、如来に自分の寿がどれほどあるか問うことを唐僧に頼んだ。

〔対校〕

故宮博物院本戊本第十六齣「収伏魚精鳳竹籃」、大阪府立図書館本第五本第十九齣「狂鱗海上編籃取」に相応する。

故宮博物院本と岳小琴本とでは、曲詞の異なることが多いが、白の部分の差異は曲詞ほどは多くない。最後の大亀が一行を乗せて渡河する場面は一致するが、故宮博物院本の白は岳小琴本と比較するとかなりの異同が見られる。大

阪府立図書館本の白も、故宮博物院本とは異なる。岳小琴本の「尾声」は、故宮博物院本にはない。最後の部分で、老亀がその寿命を如来に訊ねることを唐僧に依頼する曲白は、岳小琴本と大阪府立図書館本、故宮博物院本三本で異なる表現となっている。岳小琴本「北沽美玉環」の後、通天河を渡る船を捜す時、大黿が魚精から河底の住宅を取り戻した礼に渡河を申し出る場面では、故宮博物院本とは多少字句の異同はあるものの、同じ内容で如来に自分の寿算を訊ねることを頼み、師徒が東帰するのを待つと言う。これに対し、大阪府立図書館本は老黿の渡河の申し出を信用してその背に乗り、老黿が歳寿はあとどれほど残っているかを如来に問うことを頼み、絶対に忘れないでほしいと念を押すなど、大きな相違が白全体に見られる。

岳小琴本曲牌：「仙呂双調　新水令」「南歩々嬌」「北折桂令」「南江児水」「北雁児落得勝」「南僥々令」「北収江南」「南園林好」「北沽美玉環」「尾」

故宮博物院本・大阪府立図書館本は岳小琴本と同じであるが、故宮博物院本は曲牌名に「北」「南」字を冠さない。但し、大阪府立図書館本は「仙呂入双角合曲　北新水令」「北鴈児落帯得勝令」「北沽美酒帯太平令」「南慶余」とし、故宮博物院本「新水令」は岳小琴本と同じで、その他は大阪府立図書館本に同じ。しかし、岳小琴本の「尾」に当たる曲牌はない。

（備考）

岳小琴本は「真」字を多用するが、故宮博物院本も「真（情）」と使用する。

岳小琴本（「四辺静」後）「吱喲」表現あり。

第九齣「海洋龍子捉鼉廻」原本

〔梗概〕

黒水河に住む小鼉は、金蟬子の化身である唐僧の取経を知り、黒水河で渡し守に化け食おうと待ち構えた。そして、八戒と唐僧を乗せた船を引っくり返して沈め、洞府へ連れ去った。悟空と悟浄は、二人で水府を攻めようとする時、河神から妖鼉の母舅が西海龍王にあたると教えた。そこに烏魚精が現われたので打ち殺し、持参の簡帖を奪い、西海へ行く。

〔対校〕

岳小琴本の目録は「西洋龍子捉鼉回」とする。故宮博物院本戊本第六齣「黒水河翻身入水」第七齣「擒鼉怪四衆渡河」大阪府立図書館本第五本第九齣「鼉怪計擒遭覆溺」第十齣「龍宮法讉護平安」に相当する。

鼉龍が船頭に化けて唐僧を捉えようと計画を立てることは、故宮博物院本と岳小琴本は同じであるが、冒頭「点絳唇」後の鼉龍の白に差が見えるものの、「某黒水河〔府〕小鼉是也、……拿唐僧不得〔有〕違〔背〕」は類似した白を踏襲する。冒頭第二番目の曲「鬧中央」は故宮博物院本・大阪府立図書館本は「四辺静」とし、曲牌・曲詞とも異なる。次曲「風入松」では、岳小琴本の曲辞の冒頭曲詞「無眼耳鼻舌意身」は、故宮博物院本・大阪府立図書館本では悟空の白「（悟空白）你忘的……舌身意（唱）」に入れる一方、両者では半数ほどの曲辞が異なる。次の曲辞以下、両本は異同が大半を占めるが、白は共通する部分が多い。最後の「風入松」は曲牌名と曲辞ともに一致する。しかし、岳小琴本が悟空の西海行きを示し、曲牌「四辺静」を続けるのに対し、故宮博物院本は齣を改め、第七齣「擒鼉怪四衆渡河」とする。以下の曲辞は両者差が大きくなり、ほぼ異なる。一方、白は共通する傾向にあるが、故宮博物院本は白が多い。故宮博物院本では最後に「又一体」と曲牌・曲辞が置かれる。これに対し、岳小琴本は曲牌名がなく、七言対句で終了して中途半端な印象を受ける。

岳小琴本曲牌：「点絳唇」「鬧中央」「風入松」①「前腔」「急三鎗」「風入松」「風入松」「四辺静」②「前腔」「水底魚」③「前腔」

故宮博物院本・大阪府立図書館本は、「点絳唇」「四辺静」「風入松」「又一体」「急三鎗」「風入松」「又一体」（改齣）、「四辺静」「又一体」「水底魚児」「又一体」「又一体」で、岳小琴本「鬧中央」を「四辺静」とし、最後の「黒河妖孽……」の七言二句を「又一体（水底魚児）」という曲牌・曲詞に改める。

〔備考〕

岳小琴本には最後の「前腔」後の白に「脩」（「休」の誤字）、「你」（「沙」）と誤字があり、未訂正の箇所、もしくは傍に添付する場合が見られる。また、「哎喲」（「四辺静」後の白）表現有り。

第十齣「沙漠賊徒聞礮遁」新増

〔梗概〕

大単于頡利可汗咄苾は、ハーンの位に就いてより近隣の小国を併呑していた。更に、西番の一部落に朝貢を促し、中朝の威光にすがる態度は許さないとの姿勢を取り、全真道人を軍師とし、東西渾を上将軍とし、軍威を示そうとする。頡利可汗は自己の軍勢に気をよくし、高歌沈酔する中、斥候が秦瓊・敬徳・李靖ら唐軍の来襲を報告した。頡利は全真道人に方策を訊ね、東西渾に明日の五鼓に戦端を開くよう命じた。

〔対校〕

故宮博物院本癸本第五齣「探風声軍師搗鬼」第六齣「聞雷震頡利消魂」に相当する。

頡利可汗が唐に反乱を企てる話の発端に当たり、岳小琴本と故宮博物院本両本は全体的には曲牌・曲辞はともに同じ。ただし、故宮博物院本の「錦上花」の次にある第二番目の「又一体」の曲辞「敬徳老将軍、……」・白「（頡利白）原来尉遅恭……」は、岳小琴本にはない。他方、岳小琴本第二番目の「前腔（錦上花）」の後、東西渾が頡利の命を受けて敵を迎え撃つ時に「得令」という白で故宮博物院本は第五齣を終え、第六齣「聞雷震頡利消魂」に改齣される。岳小琴本では齣を改めず続け、曲牌「泣顔回」「不是路」から「尾声」に到る。

岳小琴本は「尾声」「平生……」とする曲詞部分で齣を改める。故宮博物院本も同じく改齣し、第七齣「斬妖道鏖戦賀蘭」の頡利可汗の話をつづける。これに対し、岳小琴本は全く別の西梁女国の話に移り、両本はその展開が異なる。

岳小琴本曲牌：「中呂引子　菊花新」①「前腔」「中呂過曲　泣顔回」「錦上花」②「前腔」「泣顔回」「不是路」「撲灯蛾」③「前腔」「尾声」

故宮博物院本は「中呂宮引　菊花新」「又一体」「中呂宮正曲　好事近」「錦上花」「又一体」「又一体」とし、第六齣で「中呂宮正曲　好事近」「不是路」「撲灯蛾」「又一体」「尾声」と続ける。岳小琴本「泣顔回」は「好事近」とする。

（参考）

故宮博物院本は「全真道人」を軍師とし、「真」字を用いる。岳小琴本も宝象国からの「全真道人」とし、一致する。他方、故宮博物院本は東西渾を「東西混」とする。
岳小琴本では、落した文字を右側に書き添えたり、誤記の訂正文字を右側に示す。一方、誤字「(東)方(渾)」(「西」の誤字)「酒」(「河」同上)も見え、その表記は原稿というよりも、転写を窺わせる。

第十一齣「黄婆運水解邪胎」　新増

〔梗概〕

西梁女国の子母河を渡河した唐僧は、八戒と二人で河水を飲んだ。すると急に腹痛を覚えたので、酒屋で熱湯をもらった。そこの黄婆から、子母河の水の話を聞き、悟空は悟浄とともに、二人のために解陽山に解陽水をもらいに赴いた。ところが、如意大仙は、侄紅孩児の仇を討つと怒って水を与えず、反対に闘う。しかし、大仙は敗れて逃げ去り、悟空は桶に水を入れて戻った。唐僧と八戒は水を呑み、事なきを得た。

〔対校〕

故宮博物院本戊本第十八齣「子母河悞呑得孕」、大阪府立図書館本第五本第二十一齣「子母河悞呑得孕」に相当する。

岳小琴本は冒頭の「棹歌」を曲牌名として記すが、故宮博物院本はト書きに入れ、曲牌として頭出しせず本文に置かない。大阪府立図書館本は岳小琴本と同じ。曲牌名・曲詞、白は大よそ故宮博物院本・大阪府立図書館本と岳小琴本は同じ。故宮博物院本は岳小琴本の白をト書きにする箇所がある。最後の老婆が残水をもらい述べる白「把余剩的水盛在瓦缶内、埋在後園地上、老身這棺材木儘殻用了」は、岳小琴本と同じように大阪府立図書館本にはあるが、故宮博物院本は棺材に言及して省略する。
岳小琴本曲牌：「棹歌」「南呂過曲　香柳娘」①「前腔」②「前腔」③「前腔」
故宮博物院本・大阪府立図書館本は岳小琴本と同じ。

〔備考〕
岳小琴本、書き改め文字、落字補充あり。岳小琴本・故宮博物院本は、ともに「真」字を用いる。

第十二齣「定力辞婚逃女国」　新増

〔梗概〕
西梁女国の女王は、大唐御弟一行が来たことを知り、唐僧を迎えて国王とし、自らは退位して皇后となると伝えさせた。悟空は、一計を案じ、師匠は当地に残し、弟子だけで西天取経をすると伝えた。婚姻の準備が進む中、唐僧は自ら女王と一緒に徒弟らの見送りに行くと申し出る。女王は許して一同が城外に出たところで、悟空が女王らに不動術を施して身動きができないようにし、唐僧を伴って去り、その後、仙気でもとに戻した。女王らは、事ならず落胆して城内へ戻った。

〔対校〕
故宮博物院本戊本第十九齣「風月窘逼締姻親」・二十齣「清浄身不沾汚穢」、大阪府立図書館本第五本第二十二齣「烟花陣堅逼招親」・二十三齣「大唐僧攀轅穢土」に相当する。

岳小琴本と故宮博物院本の曲牌名は、異なる部分がある。白でも出入りが多少見られる。岳小琴本では故宮博物院本の「女太師曰」がなく、誤字も見られる。

岳小琴本で女王が三蔵に酒を勧める場面で、テキスト「山漁灯」曲牌の半葉は、第八齣の収金魚の部分に混入するが、依拠した原本の状況は不明。

岳小琴本「山漁灯」を故宮博物院本は「山芙蓉」とするが、下段に「山漁灯首至十一」と依拠したテキストの名残を留める。「前腔（解三醒）」の後、唐僧が悟空から脱出の計を耳打ちされる場面で齣を改め、故宮博物院本は第二十齣に、大阪府立図書館本は第二十三齣にそれぞれ入り、「正宮引　梁州令」を置くが、岳小琴本は「正宮引子　梁州令」を続けて齣を改めない。

岳小琴本では、三弟子を先に出立させようとする長い曲牌「普天挿芙蓉」曲詞と白がある「（我們趲早要走路、快些打発）関文、……（「普天挿芙蓉」）紫泥……交付他徒弟去、（貼）領旨、（旦）迎待（取金銀過来）」が、故宮博物院本・大阪府立図書館本にはない。両本には曲詞と白に相違が見られるものの、内容はおおよそ同じと言える。女王が嘆く場面で終わるのは、岳小琴本と故宮博物院本・大阪府立図書館本は同じであるが、岳小琴本には女王の白がある。故宮博物院本は次齣で八戒の夢に移るが、岳小琴本は女妖女月霞仙子の話となり、女性の話がつづく。

岳小琴本曲牌：「仙呂引子　鵲橋仙」「番卜算」「仙呂過曲　解三醒」「前腔」「正宮引子　梁州令」「正宮過曲　刷子葉芙蓉」「傾杯賞芙蓉」「山漁灯」「普天挿芙蓉」「朱奴挿芙蓉」「尾声」

故宮博物院本・大阪府立図書館本は「仙呂宮引　鵲橋仙」以下、おおむね岳小琴本の各曲牌と一致するが、「山漁灯」の次の「普天挿芙蓉」・曲詞と前後の白がない。岳小琴本「番卜算」は「憶故郷」とするが、岳小琴本曲詞「駅宰説蹺蹊、使我心懐快」に故宮博物院本は近く「駅宰説蹺蹊、使我心悒快」とし、大阪府立図書館本は「跋渉遍関山、使我心悒怏」と前半五言を切り取り改める。岳小琴本は曲詞「全憑仏力……」と続けるが、故宮博物院本・大阪府立図書館本にはなく、女駅丞の白となる。

第十三齣「閗草妖仙伝喜信」原本

〔梗概〕

盤絲洞に身を置く月霞仙子は、外の景色をめでるために洞を出たが、うかぬ顔をしている。姉妹の蜘蛛精らは、鳳友鸞交を求める心による愁い、と言いあてさわぐ。そこへ蜈蚣精がやって来て、聖僧が西天取経に向かっているので、大姉妹との仲立をしようと伝えた。

〔対校〕

故宮博物院本辛本第二齣「七姉妹尋芳闘草」、大阪府立図書館本第八本第二齣「七姨闘草報天縁」に相当する。

岳小琴本と故宮博物院本の内容は大筋で同じ、蜈蚣精が月霞仙子と唐僧の成婚を目論み、それを勧める内容。冒頭で岳小琴本には「呉歌」を幕内で歌う長歌が記されるが、これは当時の江南情緒をしのばせるもので、康熙南巡と関係するのかもしれない。故宮博物院本・大阪府立図書館本にはなく月霞仙子の登場による歌唱「一江風」となる。岳小琴本と故宮博物院本との間では、わずかに「前腔（太師引犯）」曲詞とその後の白の一部が一致するものの、全体は曲辞を主として白も異同が多い。最後の故宮博物院本「又一体」の曲牌は、岳小琴本にはない。

岳小琴本曲牌：「呉歌」「一江風」①「前腔」「太師引犯」②「前腔」「三学士」

故宮博物院本・大阪府立図書館本には「呉歌」がなく、「南呂宮正曲　一江風」から始まる。以下、岳小琴本と同じであるが、最後の「又一体（三学士）」に当たる曲牌は岳小琴本にはないが、本文中の「（旦唱）謝得吾兄情意好、……」と曲牌「三学士」の中で類似の曲詞を留めるので、相互同じと言える。「太師引犯」は「太師令（太師引首至八）（刮鼓令末一句）」（大阪府立図書館本は「太師引首至七」）とする。

〔備考〕

岳小琴本（「三学士」）「真个」など「真」字を使用。故宮博物院本も「真僧」（「又一体」（三学士）後の白）と、「真」字を使う（大阪府立図書館本「唐僧」）。

第十四齣「化斎老衲落迷津」　原本改

〔梗概〕

唐僧一人で自ら托鉢に行くと言うので、三弟子は止めるのも無理と考え、早く戻ることを条件に送り出せば、その先には、月霞仙子が桑採りの女性に化身して待ち受けていた。月霞仙子は斎を差し上げたいと言い、唐僧をわなに堕した。唐僧が戻らないので、悟空・八戒・沙僧が心配する最中、土地神からここ盤絲山の事情を知る。

〔対校〕

故宮博物院本辛本第三齣「托鉢驀逢喬娘子」、大阪府立図書館本第八本第三齣「托鉢驀逢喬妮子」に相当する。

岳小琴本の冒頭、悟空の歌う「点絳唇」は故宮博物院本・大阪府立図書館本にはなく、孫悟空の白の「証果非無日、……不免回覆師尊便了、師傅有請」と先の道が平坦で日和も良いと言う一文がある。岳小琴本で悟空が大鬧天宮を回想して歌う次の「混江龍」も故宮博物院本・大阪府立図書館本にはなく、三蔵と猪沙登場のト書きに入り、唐僧の白「身似菩提樹、……」で岳小琴本と一致する。岳小琴本は唐僧がいつも斎を弟子からもらうのも心苦しいので今回は自らが行くと言う。悟空や八戒は止めるが、沙僧が師匠の性格を考えれば止められないと言うので、三弟子は早く戻るようにと言って見送る。これは大阪府立図書館本とはほぼ同じであるが、故宮博物院本は簡略化し、唐僧が化斎に行くと言い、八戒を伴い出かける。そこに悟空が「有斎無斎、早些回来」と呼びかける。唐僧一人で托鉢に行くことに対し、故宮博物院本では、唐僧が八戒を伴って托鉢に行き、月霞仙子の罠にはまり、妖洞で唐僧と八戒が捕らえられるが、八戒一人が逃げ戻り、悟空・悟浄に事の顚末を告げたので、悟空は土地神から盤絲洞の由来を知る設定とする。この点が岳小琴本・大阪府立図書館本と故宮博物院本との相違点となる。

岳小琴本曲牌：「点絳唇」「混江龍」「嬾画眉」①「前腔」②「前腔」③「前腔」「金銭花」④「前腔」

故宮博物院本・大阪府立図書館本は、「南呂宮正曲　懶画眉」「又一体」「又一体」「又一体」「金銭花」「又一体」で岳小琴本の「嬾画眉」以降と対応する。「懶画眉」はほぼ同じ曲詞、次の「又一体」二曲は「前腔」二曲とは異なり、第三の「又一体」は岳小琴本の第三の「前腔」と近似し、「金銭花」次の「又一体」はほぼ異なる。岳小琴本と故宮博物院本・大阪府立図書館本とは、曲詞の異同が多い。

（備考）

三本「嗔」字を使用。岳小琴本（「混江龍」後の白）「費力」≠大阪府立図書館本「（費）事」（故宮博物院本該当白ナシ）

第十五齣「盤絲洞七情惑本」　原本

〔梗概〕

唐僧が月霞仙子に伴われて家に来れば、老婆・老居士、小姐などが出てきた。唐僧は月霞仙子から逃げようとしたが、洞房に送られそうになる。そこに孫悟空ら三弟子が来て討ち入り、月霞仙子ら二妖以外を殺して、その正体が蜘蛛精と知る。

〔対校〕

故宮博物院本辛本第四齣「浴泉猝遇猛鷹児」、大阪府立図書館本第八本第四齣「浴泉猝遇猛鷹児」と対応するが、物語自体は全く異なる。

故宮博物院本・大阪府立図書館本では、唐僧を捕らえた月霞仙子が濯垢泉で沐浴するところに悟空が来て、黄鷹に化けてその衣裳を奪い、八戒が入浴して女妖の正体を知り、蜘蛛精と闘うものの、その糸で捕らえられる。その後、悟空が来援に現われて五蜘蛛精を打ち殺し、唐僧らを助け出す内容となっている。しかし、岳小琴本のように父母ら老居士の登場はない。ここで、岳小琴本では、小説に倣って、女妖の入浴シーンを入れるのは礼教に反し、宮廷演劇の趣旨とは相反すると考えたのであろうが、大阪府立図書館本は再び小説の設定に戻し、故宮博物院本はそれを踏襲したのであろう。この齣は、第十四齣の唐僧一人で化斎に行く内容と重複する。

岳小琴本曲牌：「金落索」「浣渓沙」「東甌令」「尾声」

故宮博物院本・大阪府立図書館本は「梁州新郎」「節節高」「尾声」（「慶余」）で、曲詞・白ともに全く別の表記になっている。

〔備考〕

故宮博物院本では、曲韻である冒頭の「桓歓韻」の記載を失念する。

第十六齣「黄花観百眼用毒」原本改

〔梗概〕

黄花観の百眼大仙は、七人の妹子の大妹子が唐僧を婿取りしたと思う最中、二女妖が逃れ来て五妹が殺されたと告げた。大仙は怒り、五人の蜘蛛精の仇討ちするために、唐僧らを待ち受ける。唐僧が道観に一泊の宿を頼みに来れば、蜈蚣精の化身は茶を勧め、唐僧と八戒沙僧を中毒にさせた。悟空が蜈蚣精・二女妖と戦うも、蜈蚣精によって打ち負かされた。悟空が逃げた後、蜈蚣精と月霞仙子、蜘蛛精は、悟空を捕らえた後、唐僧師徒を蒸して食べ、復讐を果たすこととした。

〔対校〕

故宮博物院本辛本第五齣「蛛網牽纏遭五毒」、大阪府立図書館本第八本第五齣「蛛網牽纏遭五毒」に相当する。

岳小琴本と故宮博物院本・大阪府立図書館本は、「一剪梅」「駐馬聴」、第二の「前腔（駐馬聴）」では曲詞は近似するが、それ以外の曲詞には差異が見られる。また、白は故宮博物院本の方が詳しい。岳小琴本では黄花観で唐僧らが茶を飲み倒れて捕らえられるのに対し、故宮博物院本・大阪府立図書館本では、蜈蚣精の毒気から悟空のみが逃げ、月霞仙子や蜈蚣精と闘う長いト書きがある。岳小琴本末の小曲には詞がない（「借小曲唱下」）が、故宮博物院本は「窣地錦襠」曲詞で終わり、「小曲」には触れない。

岳小琴本曲牌：「一剪梅」「賺」「駐馬听《ママ》」①「前腔」②「前腔」③「前腔」

故宮博物院本・大阪府立図書館本は、「南呂宮引　一剪梅」「南呂宮正曲　本宮賺」「中呂宮正曲　駐馬聴」「又一体」「又一体」「高大石調正曲　窣地錦襠」

〔備考〕

岳小琴本（第二「前腔」）「歴尽天涯奉旨西方拝釈迦」≠大阪府立図書館本「遠渉天涯奉旨西方拝釈迦」≠故宮博物院本「遠歩天涯奉旨西行叩釈迦」と三本相違する。

第十七齣「脱災幸遇黎山母」　原本改

〔梗概〕

黎山老母は、孫悟空から事の始終を知り、七妖女は蜘蛛精、黄花観の道人は蜈蚣精が化けた多眼魔で、紫雲山千花洞にいる毘籃婆菩薩だけが妖魔を降すことが出来る、と教えた。悟空は、聞いてすぐに紫雲山に向かった。

〔対校〕

故宮博物院本辛本第六齣「黎山指点訪千花」（韻名落字）、大阪府立図書館本第八本第六齣「黎山指点訪千花」に相当する。

岳小琴本と故宮博物院本の大きな差異は、黎山老母が悟空に蜈蚣精である多眼魔を退治できるのは、毘藍婆と教える場面で齣を改めるか否かという点にある。岳小琴本は「尾声」で第十七齣を終えるが、物語は短い。これに対し、故宮博物院本は悟空が千花洞へ赴く場面を続け、毘藍婆菩薩の歌う「正宮引　燕帰梁」となる。大阪府立図書館本は岳小琴本と同じ場面で改齣し、第八本第七齣に入る。「尾声」で終わる方が、先行するテキストと言える。岳小琴本と故宮博物院本・大阪府立図書館本は、尾声の詞がほぼ異なる。

岳小琴本曲牌：「石榴花」①「前腔」②「前腔」③「前腔」「尾声」

故宮博物院本・大阪府立図書館本は曲詞が半ば異なる「尾声」（「慶余」）を除けば、ほぼ同じである。但し、冒頭は「中呂宮集曲　榴花好（石榴花首至四）（好事近五至末）」とする。

〔備考〕

岳小琴本（「石榴花」）「採真」≠大阪府立図書館本「採芝」＝故宮博物院本

第十八齣「破慾全憑菩薩計」重做

〔梗概〕

毘籃婆菩薩のもとに悟空がやって来て、百眼魔王による危急の淵から救って欲しいと哀願した。毘籃婆菩薩は取経の善念を全うさせるべく蜈蚣精のもとへ赴き、蜈蚣精と月霞仙子、蜘蛛精を釘づけにし、すべて収伏して門戸の番人とすることにした。そして、悟空に解毒丸を三丸与え、師匠らを助ける（注：この点について前段に話がない）ように言い、千花洞へ戻って行った。

〔対校〕

故宮博物院本は辛本第六齣の中途（「燕帰梁」から始まる）、大阪府立図書館本第八本第七齣「破情絲毘藍解厄（真文韻）」に相当する。

岳小琴本と故宮博物院本大阪府立図書館本は類似するが、岳小琴本の白で、悟空が毘藍婆に妖怪退治の武器を問う会話の部分（「又一体（玉芙蓉）」）の前に曲詞「聊相趁……」を置くが、故宮博物院本・大阪府立図書館本はその後に置く相違がある。両本は「尾声」の詞曲が異なるが、全体的に内容は一致する。

岳小琴本曲牌・・「正宮引子　燕帰梁」「玉芙蓉」①「前腔」「水底魚」②「前腔」

故宮博物院本・大阪府立図書館本も「正宮引　燕帰梁」以下同じ。但し、曲牌名は「水底魚児」「尾声」（「慶余」）とする。

第十九齣「李衛公下馬戦鵰鶚」新増

〔梗概〕

李靖は十万の兵を率いて西路より進軍し、敗退する頡利は僻路から逃がれると予想し、兵をその方面に向けた。頡利は敗れて子と逃げるが、妻は唐兵に捕らえられ、全真道人は法術が効かず殺された。李靖は、逃亡した頡利の後を追った。

〔対校〕

故宮博物院本癸本第七齣「斬妖道鏖戦賀蘭」に相当する。

岳小琴本と故宮博物院本との相違は、冒頭「青海長雲……楼蘭終不還」の有無を除けば、続く李靖の白を曲牌「一枝花」の前に置くか、後にするか、また故宮博物院本には頡利可汗の妻を捕らえた折、助命の胡語が入るが、岳小琴本にはないという点にある。岳小琴本は白が曲牌「一枝花」に先行し、故宮博物院本は曲牌「一枝花」が先行する。岳小琴本は「皇上」の文字で改行するが、故宮博物院本は改行しない。岳小琴本と故宮博物院本は、物語の展開、曲牌曲詞、白いずれもほぼ同じ。これは、故宮博物院本が岳小琴本を下敷にしていたことを物語る。

岳小琴本曲牌：「南呂　一枝花」「梁州第七」「四塊玉」「哭皇天」「烏夜啼」「尾声」

故宮博物院本「南呂調套曲　一枝花」以下、岳小琴本と同じ。

〔備考〕

「哭皇天」曲詞に岳小琴本・故宮博物院本ともに「説甚麼白蓮興左道（教）、抵多少五斗聚軍糧（粮）、怎今日不将妖術講」とあり、康熙時代から白蓮教への取り締まりをしていた反映が窺われる。

岳小琴本は落字「当」（「四魂玉」）、「我」（同上の後の白）「怪」（同上）、或は、誤字（「烏夜啼」後の白）「在（追上）」に対し、別に正字「再」（故宮博物院本）を添える。

岳小琴本（冒頭白）「真个」＝故宮博物院本、岳小琴本「皇上真料」＝故宮博物院本　故宮博物院本も「全真」など「真」字使用。

第二十齣「尉遅恭藤牌破梟獍」　新増

〔梗概〕

頡利は李靖に大敗し、賀蘭山の背後を近道して、その後で再起を図ろうと考える。すると、尉遅恭が待ち受けていたので、番兵は敗走し、頡利も敗れて逃亡する。尉遅恭と李靖軍は合流して、頡利を更に大敗させる。

〔対校〕

故宮博物院本癸本第八齣「逼兇酋狂奔紫塞」第九齣「運藤牌敬徳追逃」に相当する。

岳小琴本と故宮博物院本とは、多くの部分で曲詞・白ともに同じであるが、「好事近」及び次の「前腔（好事近）」の後にある頡利と尉遅恭の陣上での白、その後に登場する李靖（小生）の白の有無が大きく異なる。岳小琴本は「好事近」の後、「（浄白）頡利那里走、黒爺爺在此……」と言えば、頡利が「（浄）尉遅恭、你這些年紀、……」と言い返す。「浄白」は「尉白」の誤記であるが、故宮博物院本は「（尉遅恭白）某尉遅敬徳、奉令……」と改める。次の「前腔」曲詞の後、岳小琴本は「（小生白）一夜秋風、……」と李靖の白があり、「千秋歳」となる。一方、故宮博物院本では省かれ、代わりに岳小琴本の頡利と尉遅恭との戦いのト書きの部分に「好事近」後の「（頡利白）尉遅恭、你……」を挿入する。

岳小琴本の「前腔」（「千秋歳」）で故宮博物院本は第八齣を終わるが、岳小琴本は続き、曲牌のように四角で囲む「尉領藤牌軍」を置くが、ト書きに「頡軍見藤牌大驚……」とするから曲牌ではないと考えられる。故宮博物院本では、第九齣のト書きにいれる。岳小琴本の曲牌「越恁好」・曲詞は、故宮博物院本では第九齣の冒頭とする。岳小琴本の「紅繍鞋」と「尾声」の間にある李靖（小生）の白は、故宮博物院本では「紅繍鞋」の前に置かれる。岳小琴本「尾声」の曲詞後半は故宮博物院本になく、故宮博物院本は第九齣を終える。

岳小琴本曲牌‥「中呂過曲　好事近」「前腔（換頭）」「千秋歳」「前腔」「越恁好」「紅繍鞋」「尾声」

故宮博物院本も「中呂宮正曲　好事近」以下、岳小琴本と同じ。但し、「前腔（千秋歳）」で第八齣が終わり、「越恁好」以下は第九齣とする。

〔備考〕
故宮博物院本「眩」字は欠筆。故宮博物院本の「目眩」は岳小琴本で「日晾」とする。

第二十一齣「諭部落城築受降」　新増

〔梗概〕
秦瓊は頡利を大敗させた後、皇命を受け受降城を設け、投降者を待ち受ける。他方、敗走した賊軍の兵士らは、自らの不運をなげく。その一人、突厥別部の頭目拙魯・速（連）的が郎主に見識なく、単于頡利の言葉を受け容れたため、多くの兵が死亡したことを後悔する。そこに、かつて頡利配下にいた古歹、哈嚕部の番山虎、烏斯蔵の鶻打兔、拓跋部の禿厮児がやって来て、かつて遊牧民として自在に生活していたことを回想するなか、唐の詔書を添えた家書が来て、投降帰化する者は罪を許されると知った。そこで一行が大唐の豊州に入れば、受降城があったので、一同は武装を解き、大唐治下の塞外に生きる良民となりたいと歩を進め、受降城の城門に到り、検察を受けて帥府で元帥に見えることとなった。

〔対校〕
故宮博物院本癸本第十齣「頒鳳詔秦瓊接旨」に相応するものの、岳小琴本では故宮博物院本にはない反乱軍の兵卒の話を各家書を記す「四時歌」と番兵のなげきを表わす「酔太平」を交互にくり返しつつ、詳しく語る。

岳小琴本は、康熙帝のジューンガル平定を顕彰するために、突厥や哈嚕、拓跋、烏斯蔵（吐蕃としない）の敗残兵の降伏を寛容に受け入れることを広く東アジア諸国に示す描き方をする。これに対し、故宮博物院本では、李靖が勅諭を宣読し、番兵の投降を促す内容に力点が置かれる。

岳小琴本曲牌：「仙呂引子　天下楽」「仙呂過曲　一封書」「北沽美酒」「前腔後段」「四時歌」「酔太平」「四時歌」「酔太平」「四時歌」「酔太平」「連珠煞」「四時歌」「酔太平」「南一封書」

故宮博物院本は「仙呂宮引　天下楽」「仙呂宮正曲　一封書」までで、岳小琴本の「北沽美酒」以下はすべてない。

第二十二齣「殲渠魁首伝西部」　新増

〔梗概〕

頡利は唐に反旗をひるがえしたことを悔やむ中、味方は既に安撫を受けてすべて投降したことを知る。再起も難しいことを悟った頡利のもとに番僧が現われ、前世の因果を示し、もともと大唐皇帝は文殊菩薩であり、汝は黒風山の一妖魔であったと語り消える。頡利は降伏の恥を受けないように自刃すれば、李靖はその首級を実検して九辺の部族に見せ、皇上に結末を上奏した。

〔対校〕

故宮博物院本癸本第十一齣「沙漠賊頡利授首」に相当する。

岳小琴本と故宮博物院本は、曲詞に多少の異同があり、岳小琴本の「前腔」（急三鎗）の曲牌を故宮博物院本では同じ「急三鎗」に入れて、番兵が「常言道……」と歌う点に相違がある。次の「急三鎗」も同じ。全体としては、岳小琴本の曲牌・曲詞の有無、頡利の自刎に到る部分の記述を除けば、故宮博物院本は岳小琴本の曲詞・白を継承していると言える。

岳小琴本と故宮博物院本との最大の相違は、最後の頡利が敗北を悟り自刃に到る場面にある。岳小琴本は番僧を登場させ、頡利（浄）に前世の因果を示し、大唐皇帝は文殊菩薩である一方、汝は黒風山の一妖魔であったものを一時助けて沙漠に逃げるのを許した、と語り消える。頡利は菩薩の来現と悟る中、番兵が頡利の身内が捕らえられたと知らせて来たので、南朝に降伏する恥を受けないようにと自刃する。故宮博物院本には、岳小琴本のその部分に当たる「前腔」・「風入松」がなく、反対に最後に「風入松」を置いて、頡利が自刃した後、その首級を李靖が得て皇上に報告する場面を描く。岳小琴本は、「前腔」（「急三鎗」）にある自刃の場面で止める。故宮博物院本は「東土僧化脱凡胎」（癸本第十二齣、大阪府立図書館本第十本第十六齣に相当）に話が続く。

岳小琴本曲牌：「仙呂過曲　八声甘州」「解三醒」「仙呂入双詞過曲　風入松」「急三鎗」①「前腔」「風入松」「急三鎗」②「前腔」「風入松」「急三鎗」③「前腔」

故宮博物院本は、「仙呂宮正曲　八声甘州」から「解三醒」「風入松」「急三鎗」「風入松」「急三鎗」までが岳小琴本と対応する。但し、第一番目の「前腔（急三鎗）」はなく、第二番目の「前腔（急三鎗）」「風入松」「急三鎗」はないが、岳小琴本では最後の「前腔（急三鎗）」は故宮博物院本では曲牌こそないものの、最後の「急三鎗」の曲詞として置かれる。故宮博物院本では最後に「風入松」を入れ、自刎した頡利の首級を李靖が収める場面とする。これは岳小琴本にはない。

第二十三齣「仏現金書啓鴻運」　新増

〔梗概〕

慈恩寺の住持は、頡利平定に親征した皇帝が凱戦し寺門の前を通る中、宝塔より金光が万道にも発したので、仏爺の顕霊と称える。張好問や李務農、王留児らは、口々に慈恩寺塔から放光しているので見物に行くと言えば、胖姑々は身体が悪いので王留児の手助けを求め、一同急いで見物に赴いた。人々が参集する中で、胖姑々（浄）は、張伯々（外）に、貞観十九年に多くの官僚らが唐僧の出立を見送る場面を王留児（丑）と見に行ったと語ったので、張好間（外）は戻ってそのことを詳しく教えてくれと頼んだ。すると住持（副浄、付浄）が、唐僧は西天取経に出かけ、今既に十年の年月が流れたので、おそらく鶏山へ到り、龍蔵を見ているであろうから、中華に慧日慧雲が及んだのであろうと説明する。雨が降りそうな状況になったので、胖姑々は王留児におぶさって帰りたいと頼めば、王留児は重くて背負えないなどと冗談を言いつつ戻った。

〔対校〕

張浄秋氏は、故宮博物院本にはない場面とする。実際は、乙本第十七齣「胖姑児昌言勝槩」に一部分ある。住持の言う慈恩寺は貞観皇帝の開基とするのは、史実からすれば誤りではないか。雁塔も、玄奘が参加して納経用に作ったもの。唐僧の出発を貞観十九年とするほか、『楊東来先生批評西游記』巻二第六齣「村姑演説」の胖姑の話を後半に取り入れている。十年後とするから、貞観二十九年の想定か。

岳小琴本曲牌：「仙呂入双調過曲　窣地錦襠」「前腔」「双調過曲　孝南歌」①「前腔」②「前腔」

岳小琴本と一致する曲牌名・曲詞は『楊東来先生批評西游記』、故宮博物院本にはない。

第二十四齣「凱帰玉殿賜華筵」　新増

〔梗概〕

皇帝が凱旋したことから、出征の大将に賜宴が行なわれる。昇平の音楽のもと、八蛮の舞が終わると、衆官は拝礼し、凌煙閣上に英雄像が掲げられることを楽しみにして帰宅した。

〔対校〕

故宮博物院本癸本第十六齣「凱旋玉殿賜華筵」に相当する。

岳小琴本と故宮博物院本は、ほぼ同じ曲牌・曲詞と白。「闘鵪鶉」で錦衣雉尾の服装の役者が開場の佳句（曲牌名を多く込める）を述べる「慶清朝喜慶清朝万年歓永昇平楽事……」は、故宮博物院本にはない。岳小琴本の「尾声」の後半「漢将承恩、……」も、故宮博物院本にはない。

岳小琴本曲牌・「中呂引子　菊花新」「北中呂　粉蝶児」「南中呂　泣顔回」「北闘鵪鶉」「南撲灯蛾」「北上小楼」「南畳字令」「尾声」

故宮博物院本は「中呂宮引　菊花新」「中呂調合套　粉蝶児」「中呂宮合套　泣顔回」「中呂調合套　闘鵪鶉」「中呂宮合套　撲灯蛾」「中呂調合套　上小楼」「中呂宮合套　撲灯蛾」「尾声」で、岳小琴本「南畳字令」を「撲灯蛾」と曲牌名こそ異なるが、双方の曲詞はほぼ同じ。

（参考）

「上小楼」の後の聖旨の中で、房元齢らを称える中、「裨益弘」として岳小琴本、故宮博物院本ともに欠筆文字を使用。つまり、「新増」の部分で「弘」字を欠筆することは、仮りに岳小琴本が原稿本であればこの齣は乾隆時代の増補の部分であることを示し、転写本であったとしても、すべてではないにしろ乾隆以降の抄写となる。いずれにせよ、現存岳小琴本のテキスト年代は、乾隆以降とすべきであろう。

第五本の性格

第二十四齣にある聖旨の中で、房元齢を称える中、岳小琴本及び故宮博物院本は「弘」字を「弘」と欠筆する。岳小琴本が「裨益弘多」と「新増」の部分で「弘」字を欠筆することは、岳小琴本が原稿本とすれば少なくともこの齣は乾隆時代かそれ以降の増補の部分、転写本であれば乾隆以降の抄写となり、岳小琴本それ自体のテキスト年代は、第四本に続いて乾隆以降と言える。

内容面から見ると、頡利可汗征討の場面は原本にはなく、「新増」による康熙時代の創作と言える。岳小琴本では、頡利可汗が黒風山の野狼精とする点は、故宮博物院本にはない。その反面、岳小琴本と故宮博物院本は、皇帝を文殊菩薩の転生とする。これは、両本の文章ともに完全に一致する。岳小琴本と故宮博物院本の最大の相違は、頡利が敗北を悟り自刃に到る場面にあり、岳小琴本の後、おそらく故宮博物院本では、乾隆帝などの意見を反映して改訂したことが窺える。

唐僧の出発を貞観十九年とするほか、『楊東来先生批評西游記』の胖姑の話を後半に取り入れている。十年後とするから、場面は貞観二十九年の想定かと思われる。岳小琴本では貞観十一年に「削平頡利、中国久巳《（ママ）》太平」とする。頡利の反乱は貞観十一年以前ということになり、唐僧の取経の決断と皇帝の西域平定は全く別時限のこととなる。

第五本の第十四齣と第十五齣の内容が重複するものの相違が見られる点は、目録には「原本改」、本文第十五齣では「原本」とするように、岳小琴本には未改訂の部分が残っていることが窺われる。

六　第六本（第十四冊—第十六冊）の梗概と対校

第一齣「東皇君澤布陽和」　新増

〔梗概〕

東皇帝君は長安の宮殿に佳気が上っているのが目に映ったので、当今聖主の恩沢をたたえ、土穀神や雨師風伯、四季神、后土神に農作業が順調に進むようにその任務を果たす命を下した。

〔対校〕

大阪府立図書館本第六本第一齣「賀青陽堯天舜日」に相応する。故宮博物院本なし。

岳小琴本と大阪府立図書館本は、曲詞と白とで半分ほどの差違が見られる。貞観十一年に沙漠を平定して凱旋したとある岳小琴本部分（「大唐皇帝貞観十有一年元旦之辰初、平沙漠、車駕方回、……」「只為下界大唐皇帝削平頡利、中国久已太平、海外悉皆賓服、寛仁厚徳、……」）は、大阪府立図書館本では改められている（「大唐貞観皇帝、正届中天之世、適逢元旦之辰、……」「只為下界大唐皇帝、寛仁厚徳、……」）。頡利の反乱は、岳小琴本の設定からは、貞観十一年以前ということになる。唐僧の出立が貞観十九年の設定ゆえに、親征はかなり昔の出来事となる。

岳小琴本には誤字がある。一方、大阪府立図書館本には「梅花酒」の曲牌曲詞及び続く白の前半「小神……遵玉（旨）」がない。また、「収江南」末の白も、大阪府立図書館本にはない。

岳小琴本曲牌：「北双調　新水令」「駐馬聴」「沈酔東風」「攪箏琶」「川撥棹」「梅花酒」「収江南」

大阪府立図書館本は「双角隻曲　新水令」以下、岳小琴本と同じ。但し、「梅花酒」がない。

第二齣「斉錫純存心秉正」　原本

〔梗概〕

金光寺向いの現宝街に住む斉福は、学友陰隲が権門の頼斯文と意気投合したことから、今をときめく彼との交際を勧めに来た。斉福は、彼の人が君子ではないと気のない返事をし、かえって陰隲に交友を断った方がよいと注意した。陰隲はその言葉を聞くや、斉福が腐った学問をして愚鈍になった、と言って去った。

〔対校〕

故宮博物院本己本第五齣「斉錫純正色絶交」、大阪府立図書館本第六本第六齣「盟金石正色絶交」に相当する。

岳小琴本と故宮博物院本・大阪府立図書館本は、曲詞・白の差違が半分ほど見える。斉福（錫純）と陰隲とが、太傅の息子頼斯文をめぐって袖を分かつ話は、ともに同じ。岳小琴本は「鷓鴣天」に「解三醒」を、故宮博物院本・大阪府立図書館本も、「鷓鴣天」を「恋芳春」の曲牌中に入れる。

岳小琴本曲牌：「恋芳春」「鷓鴣天」（解三醒）「三学士」「急三鎗」「前腔」「尾声」

大阪府立図書館本は「恋芳春（鷓鴣天）」「六時理鍼線（解三醒首至七）（鍼線箱三至六）（急三鎗五至末）」「又一体」「慶余」、故宮博物院本は「急三鎗三至末」とする以外は、大阪府立図書館本と同じ。但し「尾声」とする。

岳小琴本では、斉福が白で「但旬日以来、不見形影、却到那里去了哩、我心中悔」と述べ、陰隲を思って「三学士」を歌う。これに対し、故宮博物院本・大阪府立図書館本は斉福が白「却到那裏去了」と述べ、「解三醒」で「同声気」と歌い、次いで「鍼線箱」で「飄然……」、「急三鎗」で「憑他意、……」以下を歌い、「三学士」の歌唱はない。

第三齣「卓如玉為親献寿」　原本

〔梗概〕

祭賽国の左相卓立は、位階を極め、後嗣に宦家出身の若者を充てようと考えていた。そして、夫人と話し合う中で、娘如玉の結婚相手に現宝街の一少年を考えていると伝えた。時に自らの華甲の祝宴で夫人に娘の近況を訊ねれば、如玉が状元を目指した女子がいたように、自らも読書をし詩賦で功名を立てようとしている、と答えた。その時、院子が金光寺の放光による行幸に随行する令旨が下されたと伝えれば、如玉も見物すべく随行したいと言った。そこで、卓立は寺の近くに家を借り、夫人らをそこで見物させることとした。

〔対校〕

故宮博物院本己本第四齣「卓如玉朗祝椿楦」、大阪府立図書館本第六本第五齣「祝椿萱婉容上寿」に相当する。

故宮博物院本・大阪府立図書館本との差違は、宴席の曲詞を中心に大きい。岳小琴本では、皇家と家門を称える曲詞の次に、院子が金光寺の放光を伝え、行幸に随行する卓立は寺の近くに家を借り、夫人と小姐にそこで見物させることとする。また、卓立は娘如玉の結婚相手に現宝街の一少年を考えていると言うにすぎない。一方、故宮博物院本では、卓立は卓玉の相手に「斉福」を考えていると実名を示し、今日は誕生日ゆえ、夫人と娘が待つ酒席に赴く。その後、金光寺への随行の命が伝えられ、如玉が見物したいと言うので、梅香らに伏侍することを命じる、という差違が見られる。岳小琴本は、曲牌「搗練子」後の白で、夫人が如玉について、詩文で功名を立てることを述べ、「前腔（搗練子）」後では、読書をして状元になった女性になりたいと言ったなどと、夫婦親子間の会話を詳しくするのに対し、故宮博物院本・大阪府立図書館本ではその重腔及び白を省いたため、高位の官家における父娘の話のように単純化されている。

岳小琴本曲牌：「真珠馬」「搗練子」①「前腔」「錦堂月」「前腔（換頭）」「酔翁子」②「前腔」「僥々令」③「前腔」「尾声」

大阪府立図書館本は「双調引　真珠馬」「仙呂宮引　胡搗練」「仙呂宮集曲　錦堂月（画錦堂首至五）（月上海棠四至末句）」「仙呂宮正曲　酔翁子」「僥僥令」「慶余」とし、故宮博物院本は大阪府立図書館本と同じであるが、「仙呂宮引　胡搗練」は岳小琴本と同じ「搗練子」とし、大阪府立図書館本が「仙呂宮集曲」「仙呂宮正曲」とするのに対し、「双調集曲」「双調正曲」とする。故宮博物院本・大阪府立図書館本ともに岳小琴本と曲牌順は同じであるが、岳小琴本で前出の曲牌を重ねる「前腔」に当たる曲牌曲詞はすべてない。

（備考）

岳小琴本（「尾声」）「禎」≠大阪府立図書館本「佳」＝故宮博物院本、三本ともに「真珠馬」とする。

第四齣「羅刹女憶子興悲」原本改

〔梗概〕

鉄扇公主は、夫牛魔王の浮気心に加えて、聖嬰大王が観音菩薩によって収伏されたことから、傷心の日々を送っている。煩悶する鉄扇公主は、牛王が玉面狸へ心を寄せたために、自分が孤閨を守らざるを得ないと腹を立て、摩雲洞へ攻め寄せて牛王をとりもどし、玉面狸を捕らえようと決意して戦の準備をする。

〔対校〕

故宮博物院本己本第二齣「芭蕉洞妬妾興師」、大阪府立図書館本第六本第七齣「女中羅刹還思子」に相当する。

故宮博物院本とは曲詞に相違が半ばあるが、羅刹女の心もちを示した部分と妖洞攻めの経緯は同じ。岳小琴本の「浣渓沙」後半の白と「東甌令」・曲詞は、故宮博物院本にはなく、故宮博物院本の羅刹女の白「前番我自己統領女将、……又是過了許多日月、我孩児」とある「鬼子母掲鉢故事」は、岳小琴本にはない。

岳小琴本曲牌：「番卜算」「梧桐樹犯（梧桐樹）」「五更転」「浣渓沙」「東甌令」「尾声」

大阪府立図書館本は「仙呂宮引　卜算子」「商調集曲　梧桐樹集（梧桐樹首至六）（五更転合至末）」「南呂宮正曲　浣沙渓」「慶余」（「尾声」）とし、故宮博物院本も大阪府立図書館本に同じであるが、岳小琴本と同じく「浣渓沙」とする。故宮博物院本・大阪府立図書館本には岳小琴本の「東甌令」曲詞及びその前の白「孩児、雖然……」がない。

第五齣「牛魔王庇妾求獅吼」原本

〔梗概〕

牛魔王は摩雲洞主の入婿となり、春のある日に、玉面姑姑と酒宴を催す。そこに鉄扇公主が魔女群を率いて詰問に現われ、摩雲洞に攻め入った。牛魔王は姑姑を呼び、謝罪させることにした。玉面姑姑は、公主に拝礼し、非礼をわびた。鉄扇公主は、玉面姑姑に洞穴をかたづけて、自分のもとに来るように命じると、玉面姑姑は宝物を差し出すと約束をした。鉄扇公主が衆魔女と去ると、牛魔王は、宝物を見たいと言った。玉面姑姑は牛魔王のためのうそで、自分で捜し求めて届ければよいと言う。そこに、碧波潭の通聖龍王から九頭駙馬を婿にしたことを祝う宴席を設ける招待状が届く。牛魔王は、宝物を借りるあてが出来たと喜ぶ。

〔**対校**〕

故宮博物院本己本六本第三齣「牛魔王善調琴瑟」、大阪府立図書館本第六本第八齣「魔裏牛王却懼妻」に相当する。牛魔王がから手で悩むところに通聖龍王の招待を受け、借宝に赴く展開は同じ。岳小琴本と故宮博物院本・大阪府立図書館本は、曲詞に異同があり、相違が多いが、白は岳小琴本の白を故宮博物院本等は踏襲する傾向にある。岳小琴本の曲牌「太師」二曲は故宮博物院本になく、次の「生査子」を故宮博物院本は「憶故郷」という曲牌名にする。岳小琴本の「啄木児」につづく旦唱で、「宋弘」という名の「弘」字は欠筆なし。故宮博物院本では全く別の詞に改める。ここは「原本」齣ゆえ、岳小琴本の依拠したテキストは原本にある「弘」字を欠筆せず、そのまま転写して組み入れたと思われる。つまり、「弘」字を使用した「原本」とは、岳小琴本以前の康熙時代にあった戯曲本を指すのではないかと考えられる。岳小琴本は上演用というよりも、物語を重視した読書用のテキストという性格が窺われる。

岳小琴本曲牌：「探春令」「金鶏叫」「解三醒」「前腔（換頭）」「太師」「前腔」「生査子」「前腔」「啄木児」「三段子」「前腔」「帰朝懽」

故宮博物院本・大阪府立図書館本は「仙呂宮引　探春令」「金鶏叫」「仙呂宮正曲　解三醒」「又一体」「小石調引　憶故郷」「黄鐘宮正曲　啄木児」「又一体」「三段子」「又一体」「帰朝歓」で、岳小琴本の「太師」「前腔（太師）」曲詞ともになく、「生査子」は「憶故郷」に相応するが、冒頭五言が一致するものの、以下は異なる。「帰朝懽」は「帰朝歓」とし、曲詞も半ば異なる。

岳小琴本の齣名が第五齣より八文字になる。

（備考）

岳小琴本（「金鶏叫」後の白）「美人秋光」≠大阪府立図書館本「美人当茲秋景」≠故宮博物院本「美人当茲春景」

第六齣「九頭妖行兇偸舎利」　原本改

〔梗概〕

乱石山の通聖龍王は、牛魔王が来たので、さっそく酒宴を開いて牛魔王を歓待する。牛魔王は、宝物の借用を申し出る。すると、九頭駙馬は、金光寺の宝塔に四方に光を放つ舎利子があるのを見つけたので、それを奪ってくれば牛魔王の願いもかなうのではないかと提案する。

〔対校〕

故宮博物院本己本第六齣「九駙馬詭謀攫宝」、大阪府立図書館本第六本第九齣「借宝碧波膺快壻」に相当する。物語の内容は、ほぼ故宮博物院本・大阪府立図書館本と同じである。九頭駙馬が牛魔王のために祭賽国宝塔の舎利子を奪うと言う後、岳小琴本には小旦が九葉霊芝を西王母の瑤池から盗むというくだり「（小旦白）宝物雖有光華、……生在西王母瑤池之内、……不敢辞労」が添えられる。故宮博物院本にはこの公主の白をめぐる応待はなく、霊芝の話は次の齣に出てくる。この部分を除けば、三本には主に曲詞に多少見られるものの、隔たりは少ない。つまり、岳小琴本から大阪府立図書館本、そして故宮博物院本に到る過程でもその物語の枠組みは踏襲されている。岳小琴本には、曲牌の下に「浄唱」「付浄小旦唱」と入れる粗雑さがある。故宮博物院本では、「普天挿芙蓉」の曲牌のもとで、岳小琴本の「玉芙蓉尾」を続けて「白」とし、曲牌を入れない。そして、「唱・玉芙蓉末一句」を曲詞として添える。

岳小琴本曲牌：「梁州令」「破陣子」「玉芙蓉」「前腔」「芙蓉紅　普天楽」「玉芙蓉尾」「朱奴剔銀灯」「剔銀灯」「尾声」

故宮博物院本・大阪府立図書館本は、「梁州令」「破陣子」「玉芙蓉」「又一体」「普天挿芙蓉（普天楽首至合）（玉芙蓉末一句）」「朱奴剔銀灯（朱奴児首至合）（剔銀灯合至末）」「尾声」（慶余）で大阪府立図書館本は「普天帯芙蓉」とする。岳小琴本では、「芙蓉紅（浄唱普天楽）」とある。

第七齣「通聖女私窃九霊芝」原本

〔梗概〕

瑤池では、九葉の霊芝を許飛瓊、董双成二仙が守っている。董双成らが蟠桃園へ出かけた留守に通聖女が忍び込み、夫がぬすんだ舎利子を包むため、霊芝一本を抜いて逃げ去った。許飛瓊らは盗まれたことに気づき、娘々に奏上した。

〔対校〕

故宮博物院本己本第七齣「窃霊芝翠水往還」、大阪府立図書館本第六本第十齣「窃芝翠水認偸児」に相当する。

岳小琴本では、董双成（老旦）と許飛瓊（旦）の二人が登場する。一方、故宮博物院本には許飛瓊、董双成、嘉慶子、瑞鶴仙（いずれも旦）四仙姫が登場する。大阪府立図書館本は岳小琴本同様に、後の二仙は登場せず、岳小琴本の二人と一致する。岳小琴本と故宮博物院本・大阪府立図書館本とは、曲詞と白で差違と出入が激しく、岳小琴本冒頭の白「身在瑤池不記（計）年」は故宮博物院本・大阪府立図書館本とは一致するものの、前者は王母の白、後者二本は女仙姑の白とするなど相違が多い。嘉慶子を取り入れた故宮博物院本は、嘉慶帝の即位・治政と関係するのか。

岳小琴本曲牌：「歩々嬌」「酔扶帰」「皂羅袍」「好姐々」「香柳娘」「尾声」

故宮博物院本・大阪府立図書館本は、岳小琴本と同じ。

第八齣「斉錫純聯吟逢塔会」　原本

〔梗概〕

金光寺の淡然は、国王が仏を重んじていることから宝塔より仏光が放たれ、近隣諸国は朝貢し、国内は安泰となったと称えていた。放光見物の人々が起こす喧噪の中、斉福は学問に励む中で、卓太師が自分の楼房を借りて、小姐とともに宝光を見に来ると知り、ここにいるのも不都合であると考えて外へ出る。陰隲は頼斯文と金光寺へやって来ると、轎の如玉の姿を見つけ、二人してひそかにうかがう。蘭香が気づいて罵るところ、斉福も陰隲と頼斯文に気づき、その行状を注意した。陰隲は忠告を無視し、頼斯文を誘って更ににぎやかな場所へ行こうとした。如玉はその言を聞き、斉福が正気の人であると知り、楼房に入った。蘭香は隣室で斉福が学問に励んでいることから、如玉が一律を作って贈り、その才と情意を伝えることを勧めた。如玉が詩を吟ずれば、帰宅していた斉福は詩に思わず唱和したが、外聞には耐えないと楼を下りて避けることとした。二人の詩を耳にした頼斯文は、如玉の独吟ではなく斉福との唱和であると邪推するが、美人をものにすべく、父を通して婚姻を申し込むこととした。やがていなずまが光り、一面がまっ暗になる中、九頭駙馬がひそかに舎利を盗み去った。群衆は、忽然と塔光が消え、紅いどしゃ降りの雨になったのに驚き、皆帰宅した。

〔対校〕

故宮博物院本己本第八齣「迎神会紅楼驀見」、大阪府立図書館本第六本第十一齣「看大会紅楼唱和」に相当する。

故宮博物院本と岳小琴本とは曲詞と白双方で差違が見られ、故宮博物院本と大阪府立図書館本とで共通する字句は、岳小琴本より多い。冒頭の金光寺僧淡然の白「塔頂放出毫光、千里……游玩」と斉福の白「苦志鶏窓、……」は岳小琴本が詳しく、故宮博物院本・大阪府立図書館本は簡略化される。本齣後半では、岳小琴本は、卓玉と斉福が相和詩の応酬を主とし、それを頼斯文が聞きつける展開とし、大阪府立図書館本もほぼ同じ。一方、故宮博物院本は頼斯文が卓玉の姿を見て心を奪われる点が中心とされる。その場面となる「北雁児帯得勝令」後の曲詞・白で、斉福が陰隲に出会い、頼斯文らの行状を注意すると、陰隲らが別の場所に行ってしまうあたりから、岳小琴本と故宮博物院本・大阪府立図書館本との相違が多く見られる。その出来事を如玉が目撃し、斉福の人となりを知る場面は、故宮博物院本では省かれる。そして、続く「南僥々令」の曲詞が岳小琴本と大阪府立図書館本は「言詞真（何）激烈、気体復軒昂」と前半句は一致する一方、故宮博物院本は「淑娟誠窈窕、……」と前者二本とは全く別詞とする。この後、頼斯文らが同じ建物に戻り、如玉を見ようとする点は一致するが、岳小琴本では蘭香から隣室では斉福が読書していることを教えられたので、如玉は無頼漢を退けた斉福に返礼として詩を読む。それが斉福の耳に壁越しに入ったので唱和した。如玉は名教に沿った詩を聞き、良師に出会ったと感激する。その唱和を陰隲と頼斯文が聞きつけ、「桑間濮上之行」と断じた。岳小琴本では「北収江南」を斉福が歌うが、大阪府立図書館本は頼斯文の歌とし、『西廂記』を引き合いに出す。故宮博物院本は改めて卓文君を援用し、二人の唱和は密会と断ずる。最後の「尾声」は、岳小琴本と

故宮博物院本・大阪府立図書館本とでは詞が異なる。卓玉・斉福・頼斯文らが繰り広げる話の流れからテキストの系統は、

岳小琴本――大阪府立図書館本――故宮博物院本、もしくは、岳小琴本 →（大阪府立図書館本／故宮博物院本）

であり、故宮博物院本と大阪府立図書館本の曲詞・白が近い点を見ると、頡利可汗の話を組み込めば、

西遊記・康熙劇 → 岳小琴本 → 大阪府立図書館本 → 故宮博物院本（岳小琴本 → 故宮博物院本）

という流れが考えられる。

岳小琴本には半葉空欄、半葉中途で文が切れて空白など不明な箇所があるが、その理由は不明。或は、依拠した「原本」（原作の稿本）がそのような未定形で、故宮博物院本にあるようなストーリーも併記するために空欄としたことも考えられる。岳小琴本の目次では斉福を「徐錫純」とするが、「原本」の名残りか。

岳小琴本曲牌：「北新水令」「南歩々嬌」「北折桂令」「南江児水」「北雁児帯得勝令」「南僥々令」「北収江南」「南園林好」「北沽美酒帯太平令」「尾声」

大阪府立図書館本及び故宮博物院本も岳小琴本と同じであるが、故宮博物院本は曲牌に「北」「南」字を冠さない。

（備考）

岳小琴本（「南江児水」後の白）「放屁」≠大阪府立図書館本「胡説」＝故宮博物院本

第九齣「頼太傅溺愛傾良善」　原本改

〔梗概〕

右相の頼忠誠は、卓立に婚姻を求めたがことわられ、更に、金光寺の僧淡然に金品を要求したがこれもことわられたため、怒りをつのらせた。そこで、卓立の娘が金光寺で斉福と密会し、風教を乱したというでっち上げの事件をつくり上げる一方、淡然は仏宝を盗み血雨を降らせて光を消したという捏造も行なって上奏し、国王から卓立らを捕らえる許可を得る。

〔対校〕

故宮博物院本己本第九齣「権相挟嫌汚玉質」、大阪府立図書館本第六本第十二齣「挟私嫌白簡糾参」に相当する。頼忠誠が子供のために卓立の娘を嫁としようとして拒否された上に、後代も続かぬと言われたのをうらみ、更に金光寺の淡然から賽銭をせしめようとしたのをことわられたのに怒り、国王に卓家、斉福、淡然を誣告した、という筋は大よそ近い。

岳小琴本の冒頭には、曲牌「憶蓠児」と曲詞の長文があり陰隲（付浄）が頼忠誠の依頼を受けて卓太師家に求親を仲介しに行けば、拒絶されたばかりか、頼家には後代は続かぬとののしられて収穫なく戻る途中、今度は斉福に頼大爺は盗み見るような破廉恥な人物とくどくど言われ、前に会上でひとくさりさせられたことを思い出して、なにか手だてがないかと思案し、男女倡和に私情を入れたと頼公をそそのかせれば、自分に得策だ、という場面を設けるが、故宮博物院本や大阪府立図書館本にはなく、頼忠誠の曲牌「出隊子」から始まる。また、岳小琴本では、斉福と卓氏が一室で通姦淫詞の所行をし、淡然は仏宝を盗み放光がなくなったという頼忠誠による捏造が設定される。故宮博物院本は、卓如玉が金光寺で斉福と吟詩をしたと軽く示す。岳小琴本と故宮博物院本が異なる白の部分では、大阪府立図書館本は岳小琴本に同じ、或は、故宮博物院本と同じ箇所の双方がある。例えば、岳小琴本「駐馬聴」の曲詞「縦女宣淫、白昼相調」、次の白「（内白）那个宣淫調咲明白奏来」を大阪府立図書館本は受けて「縦女宣淫、大犯科条」「（内白）何人宣淫調笑、明白奏来」とするが、故宮博物院本では、「縦女嬉遊、大犯科条」と改め、「（内白）何人……」を省く。他方、同じ「駐馬聴」曲詞で頼忠誠が「太師卓立女嬌嬈」と訴えて、斉福と軽はずみな行為を行ったと言う間に、岳小琴本には「（内白）卓立之女与誰宣淫有何憑拠」という白を挟むが、故宮博物院本・大阪府立図書館本は省略して、共通の「与少年斉福……」曲詞に接続する。この後、岳小琴本では斉福の素性や姿を問う白があり、頼忠誠が放光見物にかこつけて楼上の一室で宣淫したと誣告するが、これは大阪府立図書館本にはあるが、故宮博物院本は頼貪栄の「生員斉福与卓立之女在寺看会呵」と改められる。岳小琴本と故宮博物院本・大阪府立図書館本は、曲詞・白ともにかなり異同があり、最後の「前腔（駐馬聴）」は全く別々の曲詞であり、廷尉が当事者に出頭を命じる場面の白は、岳小琴本と大阪府立図書館本とは近い内容であるが、異同も見られる。故宮博物院本は全く別文となっている。

岳小琴本曲牌：「憶鶯児」「出隊子」「駐馬聴」「前腔」

故宮博物院本・大阪府立図書館本には冒頭の曲牌「憶鶯児」・曲詞がない他は、岳小琴本と同じ。

（備考）

故宮博物院本は頼貪栄、大阪府立図書館本は岳小琴本と同じ頼忠誠

第十齣「卓左相発怒詰因由」　原本改

〔梗概〕

喬氏と娘の如玉が卓立の帰宅を待つところ、満面に怒気をこめた卓立が戻り、金光寺で密会して聯吟した件は聖上も知り、弾劾文が上呈されたと言った。如玉は身の潔白を訴えた。卓立は、楼上の唱和が頼太傅によって弾劾されたと怒りをつのらせば、侍女の蘭香は、当日あったことを卓立に伝え、淫詞の唱和ではなかったと申し上げた。

〔対校〕

故宮博物院本己本第十齣「侍児弁屈表氷操」、大阪府立図書館本第六本第十三齣「侍児代審氷同潔」に相当する。

岳小琴本では、卓氏と如玉が父の帰宅を待つところに、怒気に満ちた卓立が帰り、娘が風教を乱したため恥を得たと詰問する。岳小琴本は、金光寺での唱和について詳しく訊問すれば、卓玉は当日、斉福の他、頼斯文とも出遭い、仕女の蘭香が不礼をののしったことを思い出し、母親にも確認し、詩は蘭香が憶えていてそれを語り、斉生の詩も口上に登らせる、と詳しく記す。これらは故宮博物院本では簡略化され、故宮博物院本では当日の出来事を蘭香が卓立に言うという形にする。「推（摧）拍」曲詞の後、岳小琴本は「（外白）甚麼万福々々、你做得好事、（唱）倣詩調謔、惟簿差貽、（小白）孩児做壊了甚事来、（外白）我問你、……」（小白は「小旦白」の誤記）とし、大阪府立図書館本は「（卓立白）甚麼万福、（作冷笑科白）你做得好事、……」と一部岳小琴本と重なり、一部曲詞が異なる。故宮博物院本ではその箇所がすべて省かれ、如玉が「爹爹万福」というのに対し、卓立が「我且問你」とストレートに詰問する形を取る。その後、唱和詩についてのやり取りがあるが、大阪府立図書館本は岳小琴本の白を多少留めるのに対し、故宮博物院本は簡略化を進める。「前腔（推拍）」（「又一体（摧拍）」）の曲詞の後、唱和詩の内容についての問いかけに入るが、岳小琴本では蘭香が「只因隔壁斉相公……」と弁明し、大阪府立図書館本は岳小琴本と同じく蘭香の記憶をめぐって話が進められる。故宮博物院本では唱和詩に触れず、当日の出来事を蘭香自身が語る形で簡略化する。大阪府立図書館本は岳小琴本に近く、故宮博物院本は前者二本との隔たりが大きい。岳小琴本と故宮博物院本とは、白を中心に差違が目立つ。

岳小琴本曲牌：「少年遊」「推《ママ》拍」「前腔」

故宮博物院本・大阪府立図書館本は岳小琴本と同じ曲牌。但し、「摧拍」とする。

第十一齣「蘭香婢代赴廷尉獄」　原本改

〔梗概〕

廷尉司掌刑官である宋廉明は、頼太傅の弾劾を受けて、卓太師の娘如玉と生員の斉福を密会の件で法廷を開く。宋廉明は下命による審問で、権門がかかわっている点に苦慮し、頼公子らを面責したことに端を発したデッチ上げ事件と判断したが、権相が上奏した法廷であるため、ひとまず斉福に刑具をつけて収監した。

〔対校〕

故宮博物院本己本第十一齣「廷尉司宋老得情」、大阪府立図書館本第六本第十四齣「廷尉超冤鏡並明」に相当する。

岳小琴本では、廷尉は掌刑官として登場するが、故宮博物院本は掌刑官宋廉明と明示し、大阪府立図書館本も宋廉明とする。岳小琴本の女児卓氏は、故宮博物院本・大阪府立図書館本では女如玉と明示する。

岳小琴本と故宮博物院本とは、曲牌名は一致する場合でも、その曲詞はかなり異なる。岳小琴本の曲詞に俗っぽい点が見られるところは、故宮博物院本では雅詞に改められている。岳小琴本の「園林好」の後の「前腔」曲詞と斉福・廷尉の白は故宮博物院本・大阪府立図書館本にはなく、「江児水」に接続する。その「江児水」の曲詞・白も両本はほぼ異なるが、岳小琴本と大阪府立図書館本は一致する曲詞「忽聞卓府来伝命」（故宮博物院本は「闍黎仏会都称慶」とする）がある。故宮博物院本・大阪府立図書館本は次に曲牌「五供養」へ移るが、岳小琴本はその間に曲牌「前腔（江児水）」を掲げる。この部分も故宮博物院本・大阪府立図書館本にはない。岳小琴本と故宮博物院本とが異なる箇所で、大阪府立図書館本には岳小琴本の一部が見られる。つまり、岳小琴本を大阪府立図書館本が改め、それを故宮博物院本で更に改訂したと言える一証とする箇所であろう。曲牌「五供養犯（五供養）」の曲詞も、岳小琴本「豺狼成性仮倣方厳面、……」、大阪府立図書館本「現有詩為証、御扎親批、……」、故宮博物院本「現有人折証、諭旨親宣、……」として三本の間での異同が大きい。岳小琴本の続く曲牌「月上海棠」・「前腔」曲詞は故宮博物院本・大阪府立図書館本にはなく、白も蘭香の反駁に見られるように、岳小琴本は「老爺禁声、念我係相門閨女、素凜家教、邪言不入於耳、三尺之童、不敢擅入、怎説与甚麼生員通姦」とし、大阪府立図書館本は「大人聴稟、念我係相門之女、素凜家教、外言不入於閫、内言不出於閫、怎説与甚麼生員通姦」と岳小琴本に近く、故宮博物院本は「大人聴稟、我小姐係相門之女、素凜家教、外言不入於閫、怎説与生員吟詠、前番看会一時、……」と大阪府立図書館本に拠りつつも、更に改められている。曲牌「玉交校」に到る曲詞・白も岳小琴本と故宮博物院本、そして大阪府立図書館本との間で相違がそれぞれに見られる。「王交枝」の後に、岳小琴本には「前腔（玉交枝）」、「川撥棹」、「前腔（川撥棹）」があるが、故宮博物院本・大阪府立図書館本では後者の「前腔（川撥棹）」曲詞「（此生）、乞従公奏聖明」が曲牌「川撥棹」曲詞の一部を構成するのみで、あらかた省略されて「尾声」に到る。「尾声」も、岳小琴本・故宮博物院本・大阪府立図書館本は冒頭一句が同じであるものの、三本は以下二句は異なる。故宮博物院本では、岳小琴本の白をト書きにする場合がある。

岳小琴本曲牌・・「剣気令」「園林好」①「前腔」「江児水」「五供養犯」「月上海棠」②「前腔」「玉交枝」③「前腔」「川撥棹」④「前腔」「尾声」

故宮博物院本・大阪府立図書館本は岳小琴本の曲牌と同じであるが、第一の「前腔（園林好）」、第二の「前腔（江児水）」、「月上海棠」、第三の「前腔（五供養犯）」、第四の「前腔（玉交枝）」、第五の「前腔（川撥棹）」はすべてない。曲牌名で、故宮博物院本・大阪府立図書館本は「剣器令」とするが、曲詞「按参情三推六向（問）」は故宮博物院本のみない。

第十二齣「唐三蔵路阻火焔山」原本

〔梗概〕

唐僧らは火焔山にやって来るが、炎が一面熾烈として行くに行けない。悟空はこの火が妖火であることから、土地神を呼び出せば、火焔山は鉄扇仙から芭蕉扇を借りてあおげば通れる、と教えられた。悟空は唐僧に村の人家に身を寄せて休んでもらい、自分は扇を借りに芭蕉洞へ行った。

〔対校〕

故宮博物院本庚本第二十齣「翠雲洞公主報讐」、大阪府立図書館本第七本第十九齣「火燄山召神問訣」に相当する。

大阪府立図書館本は冒頭に「南呂宮正曲　貨郎児」を置き、火焔山の様子が詳しい。故宮博物院本は火焔山の設定をト書きで示し、唐僧師徒の登場になる。これに対し、岳小琴本にはそのト書きに火焔山と妖怪の設定がなく、唐僧一行が登場することで始まる。岳小琴本と故宮博物院本は、唐僧の最初の白は小説と同じであり一致するが、後半では、「排歌」のあと、岳小琴本は孫悟空が樵夫に当地を訊ね、火焔山と教えられるが、それは眉つばものと唐僧に伝える設定を取る（「前面有一樵夫、待我去問来、……土人哄賺我們的、待徒弟同八戒去踹看、……」）。これに対し、故宮博物院本・大阪府立図書館本には樵夫が出て来ず、岳小琴本の「待徒弟同八戒去踹看、……」とある白に続き、八戒と悟空が二人で先へ行き、一面妖火が広がることを知る。唐僧が心配すると、悟空は土地神を呼び出して、通行方法を知るという設定にする。岳小琴本では、土地の人に再び訊ね、鉄扇公主の扇で消火できることを知る。岳小琴本は悟空が芭蕉洞に行く場面で終わり、次の齣に改める。大阪府立図書館本も同じで改齣となる。一方、故宮博物院本は続けて鉄扇公主が曲牌「菊花新」で牛魔王と紅孩児のいないさびしさを吐露する折、悟空がやって来て借扇を願うが、悟空は、鉄扇公主にあおぎ飛ばされてしまう。岳小琴本は、齣名ともに小説に拠って作られた「原本」の齣を受けたと思われる。

岳小琴本曲牌：「排歌」「前腔」

大阪府立図書館本は「貨郎児」「羽調正曲　排歌」「又一体」とし、故宮博物院本は「羽調正曲　排歌」「又一体」に続けて「中呂宮引　菊花新」「撲灯蛾」「又一体」を連ねる。これは岳小琴本の第十三齣分に当たる。

（備考）

岳小琴本（冒頭の白）「仏力」、故宮博物院本も同じ、大阪府立図書館本は「仏法」とし、「力」音がさけられている。

岳小琴本「（太陽）真火」＝故宮博物院本≠大阪府立図書館本「正火」

岳小琴本（「前腔」後の白）「好利害」＝故宮博物院本≠大阪府立図書館本「了不得」

第十三齣「孫行者一調芭蕉扇」　原本改

〔梗概〕

悟空は鉄扇公主に芭蕉扇の借用を願い出ると、憎い仇と言って宝剣で斬りかかった。悟空は剣を受け止め、鉄棒で応戦せざるを得なかった。鉄扇公主はかなわぬと考え、芭蕉扇で悟空をひと搧ぎした。すると、悟空はたちまち彼方へ飛ばされて消えたので、公主は洞中へ戻った。

〔対校〕

故宮博物院本庚本巻第二十齣「翠雲洞公主報讐」の後半、大阪府立図書館本第六本第二十齣「翠雲洞借扇翻寃」に当たる。

岳小琴本の白の一部は、故宮博物院本ではト書きになっている。曲牌「撲灯蛾」曲詞を除けば、曲詞・白ともにほぼ同じ。岳小琴本の齣名は、以下第十四・十六齣とともに小説から取った「原本」を受けたと思われる。

岳小琴本曲牌：「菊花新」「撲灯蛾」「前腔」

故宮博物院本・大阪府立図書館本は岳小琴本と同じ。

（備考）

岳小琴本（「撲灯蛾」後の白）「（多少）利害」＝故宮博物院本≠大阪府立図書館本「鬼祟」

第十四齣「孫行者二調芭蕉扇」 原本改

〔梗概〕
悟空が鉄扇公主の扇にあおられて霊吉菩薩のもとへたどりつき、菩薩から公主の正体や扇の力を教えられる。そして、定風丹を授けられ、再び公主のもとへ赴き、茶とともにその腹の中に入り、ニセの芭蕉扇を得る。

〔対校〕
故宮博物院本庚本第二十一齣「賺取芭蕉終捕影」、大阪府立図書館本第七本第二十一齣「賺取芭蕉終捕影」に相当する。

内容は岳小琴本と故宮博物院本は同一。岳小琴本と故宮博物院本は、曲詞の一部、白の一部は異なるものの、齣の多くを占める白はおおよそ一致する。曲詞は故宮博物院本で雅辞に改められ、岳小琴本の俗辞、直接表現に比べると、雕琢されている。

岳小琴本には、誤字や落字の他、記述に矛盾が見られる。霊吉菩薩が一あおぎ「五万余里」飛ばされると言う（「那扇子一搧要去五万余里」）にもかかわらず、鉄扇公主は「八万四千里」の彼方に行く（「我的宝貝扇了人要去八万四千里」）とし、記述が矛盾する。大阪府立図書館本は「要去八万四千里」とし、故宮博物院本も同じ。岳小琴本は「哎喲」という感投詞を使うが、故宮博物院本は品がないと見て省く。一方、故宮博物院本でも改訂ミスがある。悟空が霊吉菩薩に火焔山の通行方法を示す折、岳小琴本は「土人」から聞いた「行到火焔山不得過去、土人説、必要鉄扇公主的芭蕉扇……」とするが、他所では、「土地神」から聞く設定とするゆえに、改訂しなかった誤記部分と言える。大阪府立図書館本は「土地説、……」とする。ただし、故宮博物院本も「土人説……」と岳小琴本に同じ。故宮博物院本・大阪府立図書館本は岳小琴本の「前腔（大迓鼓）」曲詞「直死無活」を「送到黄泉」と改め、死という不吉な表現を改める。

岳小琴本曲牌：「剔銀灯」「桂枝香」①「前腔」「大迓鼓」②「前腔」

故宮博物院本・大阪府立図書館本は岳小琴本と同じ。

〔備考〕

故宮博物院本も「利」「力」音を使うが、安殿本たる大阪府立図書館本は乾隆帝の諱「弘暦」を憚って極力「暦」の音を避け改める。

岳小琴本（「剔銀灯」後の白）「（好）利害」＝故宮博物院本≠大阪府立図書館本「可畏」

岳小琴本（「大迓鼓」後の白）「拿些気力」「好个利害」＝故宮博物院本≠大阪府立図書館本「拏些本事」「好個凶悪」

第十五齣「牛魔王罷戦赴華筵」原本

〔梗概〕

悟空が牛魔王を捜す折、外で散策していた玉面姑姑に出遭い、打ち倒そうとしたが逃げられる。玉面姑姑のもとに戻った牛魔王は、姑姑から鉄扇公主の使者という雷公づらの妖怪に打ち殺されかけたと話し、牛魔王をののしった。牛魔王はなじられた後、芭蕉扇を借りようとする悟空と出遭い、一家の仇とばかり戦う折、通聖大王からの招待を受けて一時休戦する。悟空も通聖大王の正体を知るために、蜂に化けて牛魔王の後について行った。

〔対校〕

故宮博物院本庚本第二十二齣「戯調琴瑟又生波」、大阪府立図書館本第七本第二十二齣「戯調琴瑟又生波」に相当する。

白が中心の構成で、白の有無や移動「玉抱肚」曲詞の半ば、「前腔（玉抱肚）」はすべて、「六麼令」は冒頭二字、「前腔（六麼令）」は半ば異なるが、曲詞のいくつかの字句の相違を除けば、故宮博物院本・大阪府立図書館本とおおよそ内容は同じ。白では、岳小琴本最後の孫悟空の白「正与老牛戦酣……趕上」を移動し、悟空に牛魔王が「再和你理論去罷」と言うのに対し、悟空が応答して「我且譲你走一遭来」と言い返す後に後半を要約して接続させる。これは改訂というよりも、岳小琴本をそのまま受けた変更と言える。

「原本」表記から考えると、岳小琴本では原本をそのまま用い、大阪府立図書館本も故宮博物院本でもその部分は尊重してあまり手を加えなかったのではないかと推測される。故宮博物院本では岳小琴本の「哎喲」という感嘆詞を省略。

岳小琴本曲牌：「玉抱肚」①「前腔」「六麼令」②「前腔」

故宮博物院本・大阪府立図書館本は岳小琴本と同じ。但し、大阪府立図書館本は「玉胞肚」、故宮博物院本は「玉肚肚」とする。

（備考）

岳小琴本、故宮博物院本ともに「真」字を用いる。岳小琴本には落字「（不是）走（得）」（「前腔（玉抱肚）」後の白）がある。

岳小琴本（冒頭の白）「（放得）真扇」＝故宮博物院本≠大阪府立図書館本「正扇」
岳小琴本（同右）「（那）二（枝上）」≠大阪府立図書館本「一（枝）」＝故宮博物院本

第十六齣「孫行者三調芭蕉扇」　原本改

〔梗概〕
鉄扇公主のもとに、牛魔王に化けた悟空が来て、夫婦の情を借りて公主から真扇と呪文の奪取をする。

〔対校〕
故宮博物院本庚本第二十三齣「誆女贈言傳妙蘊」大阪府立図書館本第七本第二十三齣「誆女贈言傳妙蘊」に相当する。

曲詞が中心を占める齣。岳小琴本と故宮博物院本・大阪府立図書館本は、曲詞の一部に相違が見られる。冒頭の曲牌「一枝花」曲詞後半が異なる他、白も羅刹女の「歳々花開花卸……光陰不再」後の「（昼夜隄防）但佷負心大力王……隠忍（只是……）」と牛魔王が二年も玉面姑姑のもとへ行ったきりだと嘆く白は、大阪府立図書館本・故宮博物院本では省略される。「金銭花」の後、戻ってきた偽の牛魔王に羅刹女が「大王、那潑猴前日……飛進洞来」と孫悟空の行状を訴えるが、故宮博物院本・大阪府立図書館本では省かれ、「提起孫行者」とするのみである。「梁州新郎（梁州序）」の後、岳小琴本は曲牌「賀新郎」を置くが、故宮博物院本は「梁州新郎」の歌唱の中に割注形式で入れる。その後、岳小琴本に曲牌「節々高」で悟空が公主をからかう曲白があるが、故宮博物院本・大阪府立図書館本には第一の「節々高」が省略されてなく、公主がだまされたと怒る曲詞が両本の曲詞「節々高」で表現される。故宮博物院本は簡略化しつつ、岳小琴本の続く「前腔」曲詞も取り入れる。その後、岳小琴本は「余文」、故宮博物院本は「尾声」、大阪府立図書館本は「慶余」で、岳小琴本の曲詞「雯時醜」を後者二本が「臉辺羞」と改めるほかは同じ曲詞である。故宮博物院本は岳小琴本の曲詞を彫琢して美辞化する一方、岳小琴本の白の内、牛魔王への情、玉面姑姑への憎しみ、悟空にだまされて扇を奪われたことなど重複的な内容を省くところがある。

岳小琴本曲牌：「一枝花」「金銭花」「梁州新郎」①「前腔」「節々高」②「前腔」「余文」

故宮博物院本・大阪府立図書館本は、「一枝花」「金銭花」「梁州新郎（梁州序首至合）（賀新郎合至末）」「又一体」「節節高」で岳小琴本の最初にある「節々高」曲詞・白を省き「前腔（節々高）」を留め、「尾声」（「慶余」）に到る。

〔備考〕

岳小琴本、故宮博物院本「真」字を使用、大阪府立図書館本は「真」字を「正」字に改める。

第十七齣「牛魔王変法閙行者」　原本改

〔梗概〕

牛魔王が龍王の宴にいる間に、悟空が乗騎を奪い、鉄扇公主から芭蕉扇を盗み取ったことを知り、今度は、牛魔王が猪八戒に化けて、悟空から芭蕉扇を取り戻す。悟空は牛魔王と闘い、八戒には玉面姑姑を退治させ、自分は鉄扇公主のもとへ逃亡した牛精を捕らえる。哪吒太子が牛精の首を三度斬るも殺すことができないでいる最中、観音が紅孩児を伴って助命に来る。観音は公主に扇を出させた後、大力王を伴って普陀に戻り、公主は山中で修行させることとした。

〔対校〕

故宮博物院本庚本第二十四齣「縛魔帰正許修持」、大阪府立図書館本第七本第二十四齣「縛魔帰正許修持」に相当する。

岳小琴本と故宮博物院本は大要は同じであるが、詞白には相違がいくつも見られる。岳小琴本の孫悟空と牛魔王との闘い、八戒に悟空が指示する場面は、故宮博物院本では長い卜書きで示される。岳小琴本もここでは、他に比べて長い卜書きを入れつつ、曲牌「泣顔面」で天将に四方を囲まれる場面に到る。故宮博物院本は、天将らが四方から現われるところ、牛魔王を追う八戒が玉面の正体を示し、牛魔王は天将に四方を囲まれる一段から曲牌名「好事近」に続く。岳小琴本は長い牛・孫・猪の白を入れた後、鉄扇公主のもとへ逃亡し、四方が天将に閉じられることとする。このように、岳小琴本は故宮博物院本と多くの点で曲詞・白・卜書きの差違がある。とりわけ観音が牛魔王を収伏し、羅刹女を帰正させる場面の曲詞・白は、岳小琴本と故宮博物院本の相違よりも、岳小琴本と大阪府立図書館本の相違の方が際立っている。観音が牛魔王を伴って普陀山へ戻る場面から「紅綉（繡）鞋」までの流れを比較すると以下のようになる。岳小琴本では「（老旦）大力王、随我到普陀（補陀：故宮博物院本、以下同）岸去、（牛）遵法旨、（老旦）悟空、得了扇、速送師父過山、（孫）多謝菩薩、（老旦）善才、駕雲回南海去者、（衆）金剛天将送菩薩（老旦）請回（老旦牛紅下）、（孫）有労衆位神将、老孫告別了、（衆）大聖、此去不久成功、雷音相会不遠、請了、（孫下）、（生）我們就此班師回覆玉旨、四天王覆仏旨便了、（合唱）「紅綉鞋」……」、大阪府立図書館本では、「（観音）牛魔王、随我到普陀山厓去、（牛魔王）謹遵法旨、（観音）善才、就此駕起雲頭、回南海去者、（衆神将）我等護送菩薩一程、（観音菩薩白）有労、（悟空）費尽平生計方得過火山、我老孫、費了無窮心計、方纔得了這柄芭蕉扇到手、如今不免請了師傅、同了八戒沙僧、前去搧息了火燄、好一同過却此山、西行便了、師傅快来、……」と呼びかけて、唐僧が見守る中、火焔山の火を煽ぎ消して「又一体（越恁好）」を歌い、観音らが「紅繍鞋」を歌う場面に到る。故宮博物院本では、「（観音）大力王、随我到補陀崖去、（牛魔王）謹遵法旨、（観音）善才、就此駕起雲頭、回至南海去者、（衆神将）我等護送菩薩一程、（観音）有労」とし、神将らが「紅繍鞋」を歌う。つまり、故宮博物院本は大阪府立図書館本を生かしつつも、岳小琴本に則り、それをさらに簡略化した、と言える。一方、故宮博物院本は岳小琴本の曲詞、白を移動して改変し使用する様も見える。また、岳小琴本と大阪府立図書館本が同じ文字を、故宮博物院本は改める箇所もある。岳小琴本は「網」を「綱」と誤字し、羅刹女のもとへ「哪吒」を遣わすと誤るが故宮博物院本の紅孩児が正しく、岳小琴本も羅刹女の白に「我的児為何来此」とあり、紅孩児の白が続く。

岳小琴本曲牌：「柳絮飛」「前腔」「四辺静」「前腔」「泣顔回」「前腔」「千秋歳」「前腔」「越恁好」「紅綉鞋」「尾声」

故宮博物院本は岳小琴本と同じであるが、「前腔（千秋歳）」がなく、後は岳小琴本と同じく「紅繍鞋」「尾声」で終わる。大阪府立図書館本は故宮博物院本と「越恁好」までは同じであるが、続く「前腔（越恁好）」は大阪府立図書館本のみあり、この曲牌前後の白も岳小琴本や故宮博物院本とは異なる。なお、岳小琴本曲牌名「泣顔回」は故宮博物院本・大阪府立図書館本では、「好事近」とする。

（備考）

岳小琴本と故宮博物院本は「立」「力」「真」字を使用。大阪府立図書館本は「力」を「事」などと改める。

第十八齣「斉公子刺配遊魂嶺」原本改

〔梗概〕

頼斯文は、斉福を配流の道中殺してしまおうと決意し、護送役人の張金と李玉に斉福の首級をもってくれば、大金を払うともちかける。張金は金子に目がくらみ承諾したが、李玉はなおためらった。李玉が下った後、頼斯文と陰隲は張金に、用心して首級を持ちかえることを求めた。斉福は頼斯文のために配流され、遊魂嶺に到る落魂林で護送役人の手で殺されそうになるが、通りかかった孫悟空に助けられる。

〔対校〕

故宮博物院本己本第十二齣「落魂林斉生出難」、大阪府立図書館本第六本第十五齣「頼斯文潑銭買路」に相当する。

岳小琴本と故宮博物院本との間で曲詞・白での相違が目立ち、齣の切り方が全く異なる。冒頭の頼斯文の白で、故宮博物院本は岳小琴本に省略を加えた事に対し、大阪府立図書館本は岳小琴本に類似したやや短い白を入れる。頼斯文の依頼を受けた役人は、岳小琴本では張金と李玉とし、大阪府立図書館本も同じであるが、故宮博物院本は周混・李玉とする。

曲牌「長拍」では、岳小琴本と故宮博物院本は曲詞が全く異なり、続く岳小琴本の白の一部が大阪府立図書館本に見られるものの、故宮博物院本には全くない。次の曲牌「短拍」でも、岳小琴本と故宮博物院本は曲詞の相違が多い上に、その後の白も故宮博物院本は岳小琴本の白を多く省く。また、頼陰二名の会話内容も異なるが、二人の陰謀が企てられたのち、斉福が二人の護送役人によって配所へ赴く場面に移る。岳小琴本で張李が斉福を伴って行く「漁家傲」以下の曲詞・白で交わされる会話部分は故宮博物院本・大阪府立図書館本にはなく、そのため斉福が身の不運を嘆く場面はなく、唐僧・孫悟空らの登場となる。岳小琴本は、張金・李玉・斉福が断魂橋にさしかかり、夕暮になるところで齣を終え、次の第十九齣で唐僧らの登場になる。大阪府立図書館本は岳小琴本のこの構成と全く同じで、大阪府立図書館本も第十六齣に入って唐僧らの登場場面とする。唐僧らの登場場面では、岳小琴本は曲牌を「柳揺金」とし、大阪府立図書館本も同じ曲牌名であるがほぼ異なる詞を用い、故宮博物院本では曲詞の代わりに唐僧の白が置かれる。

岳小琴本は頼忠誠という名前、大阪府立図書館本も忠誠とするが、故宮博物院本では名前を貪栄とする。このため、岳小琴本に先に改訂を加えたのが大阪府立図書館本、その改訂の後にさらに改定を加えたのが故宮博物院本という流れがわかる。岳小琴本の一部、刺配の道中の場面が大阪府立図書館本には見えないが、故宮博物院本も同じである。この点は、大阪府立図書館本が岳小琴本に大きく手を入れ、故宮博物院本がそれに準じた可能性もある。

岳小琴本曲牌：「一盆花」「前腔」「長拍」「短拍」「漁家傲」「剔銀灯」「攤破地錦花」「麻婆子」

大阪府立図書館本は岳小琴本の「短拍」まで同じで、「漁家傲」以下はない。故宮博物院本は岳小琴本の「短拍」まで同じであり、「漁家傲」以下は大阪府立図書館本と同様にないが、代わりに大阪府立図書館本第十六齣にある最初の「又一体（柳揺金）」を「柳揺金」として挿入し、以下「又一体」「又一体」「清江引」を続ける。

第十九齣「悟空救善落魂林」　原本改

〔梗概〕

火焔山を越えた唐僧師徒一行は、落魂林を抜けて断魂橋に来た。一行が前進すると、斉福を護送する張金が斉福を打ち殺そうとし、李玉がさえぎろうともみあうのが見えた。悟空はその場で張金を打ち殺し、斉福の命を助けて李玉も許し、斉福の手かせ首かせをはずさせた。李玉は張金が幾度も殺そうとしたのを止めたが、深林に到ってこの凶行に及んだと告白した。唐僧は事情を知り、国王に無実を明らかにしようと言い、祭賽国の城内に斉福を伴うこととした。

〔対校〕

故宮博物院本己本第十二齣「落魂林斉生出難」の後半に当たり、齣の区切りはなく本文が続く。大阪府立図書館本第六本第十六齣「斉錫純遇難呈祥」に相当する。

岳小琴本と故宮博物院本を比較した時、双方の白の相違や唱白の省略が見られるものの、筋立ては同じ。大阪府立図書館本には、故宮博物院本で省かれた岳小琴本の一部を有するところがある。例えば、岳小琴本第二の「前腔（柳揺金）」後の斉福が唐僧に宝塔の放光から夫人と如玉の看会までを語る中で「（朝貢）那日国主臨寺、左相卓太師賃我楼房、与夫人小姐看会、（誰想右相……）」は大阪府立図書館本には留められるが、故宮博物院本では省略される。また第一の「前腔（柳揺金）」後、落魂林から遊魂嶺にさしかかった唐僧が、悟空から地名とは異なり、風俗土地は良いところだと教えられる白で、岳小琴本は「（国土風俗淳良）、有如中国光景、可以（放心）」とするのに対し、大阪府立図書館本は「人民安楽、但自……」とし、故宮博物院本は岳小琴本と同じであるが、その後の白は三本相違する。悟空が斉福を助け、張金を殺すところは、岳小琴本は白「罷大数難逃了……必当忠人之事」とするが、故宮博物院本・大阪府立図書館本はト書きになっている。岳小琴本の張金は故宮博物院本では周混とし、周混が悪役人でこの企てを実施したと明示する。岳小琴本と故宮博物院本は、曲詞の相違が大きい。

岳小琴本曲牌：「柳揺金」①「前腔」②「前腔」③「前腔」「清江引」

大阪府立図書館本は岳小琴本と同じ。故宮博物院本は第十二齣後半以後に当たり、岳小琴本の冒頭「柳揺金」曲詞はなく、次の「前腔（柳揺金）」が「柳揺金」とし、「又一体」「又一体」「清江引」と続ける。この点は岳小琴本・大阪府立図書館本と同じである。

〔備考〕

岳小琴本（「柳揺金」）「（霜）飛厳冽」 ＃大阪府立図書館本「（霜）颷雪墜」（下二字切り取り補写）（故宮博物院本ナシ）

第二十齣「三蔵借宿金光寺」　原本改

〔梗概〕

金光寺の住持淡然は、塔宝を盗んだと誣告をされて刑に下された。しかし、夢に伽藍神が現われ、東土の聖僧によって、無実の罪は晴らされる、と伝えられた。そのような状況下に唐僧がやって来て、淡然ら寺僧が刑具を負っている姿を見て驚き、そのわけを訊ねた。淡然は、金光寺塔の放光の一件から、寺僧が罪を被せられて拷打されるに及んだ一部始終を語った。唐僧は金光寺での出来事を聞き、日頃の立願でもある塔の清掃を行なって、この冤罪を晴らそうとした。

〔対校〕

故宮博物院本己本第十三齣「投精舎衆僧訴苦」、大阪府立図書館本第六本第十七齣「投単動念僧拘繫」に相当する。

岳小琴本では、淡然らが枷鎖の身を嘆く場面で、岳小琴本は国主の不察理と役人の汚職ゆえとし、大阪府立図書館本も同じで国王が頼忠誠の上奏を真に受ける設定とする。これに対し故宮博物院本では「国主」が聖明で再調査中と「国王聖明」を強調して罪が真実か否かを見きわめるとする（「幸得国王聖明、暫為拘禁、以俟明白」）。大阪府立図書館本は、岳小琴本と同文（「国主更不察理」）。曲牌は同じでも、岳小琴本と故宮博物院本・大阪府立図書館本とは、曲詞の異なる部分が多い。故宮博物院本は、岳小琴本の曲詞を改訂して婉曲な雅辞に改める傾向が見られ、同時に曲牌「桂枝香」から続く白でも国王へ最大限の敬意を払う表現を採る。岳小琴本の「老爺」を「聖僧」などとするのも同じ意図かと推測される。

岳小琴本曲牌…「唐多令」「梅子黄時雨」「桂枝香」「前腔」

故宮博物院本・大阪府立図書館本も岳小琴本と同じ。但し、「糖多令」とする。

本齣で、岳小琴本、大阪府立図書館本、故宮博物院本の関係を窺うと、明代の小説・旧戯曲を一套の劇本化したのが岳小琴本が掲げる康熙時代に存在していた「原本」で、「原本」に改訂増補、例えば「原本改」と「新増」を加え併せたテキストが岳小琴本（の底本）に当たるもので、ここに「昇平宝筏」という曲本名のもとで一応の完成を見る。後日、乾隆帝に見せるために岳小琴本を改訂したテキストが大阪府立図書館本の底本で、それを清書して安殿本とした。しかし、安殿本であったが、上演に際して乾隆帝の諱と同じ発音の文字に気づき、急遽貼り紙して補字訂正したのが、今日に残る大阪府立図書館本である。乾隆時代以後、大阪府立図書館本の底本と岳小琴本（の底本）双方を用い、改めて上演用に改変したのが故宮博物院本で、大阪府立図書館本と故宮博物院本の段階でここに今日知られる『昇平宝筏』が一定の形を確定した。故宮博物院本は、物語では岳小琴本の見せ場の一つ頡利征討を取り入れ、表現では大阪府立図書館本の雅詞を凝らした内容を受け継いで作られた、と言えよう。その一方で、大阪府立図書館本と故宮博物院本の間には、別に改訂を経たテキストが存在していたことも十分あり得る。

乾隆五十五年の祝賀の際、『昇平宝筏』の上演は、改字により修正をされた安殿本が用いられたのであろう。乾隆帝の手許にあったテキストが大阪府立図書館本であろうし、上海図書館本『江流記』『進瓜記』は、その頃、内廷で上演された宮廷劇に用いられた安殿本の一例ではなかったか。

〔備考〕

岳小琴本・故宮博物院本は「立」を用いるが、大阪府立図書館本は改める。岳小琴本と故宮博物院本は読み本か原稿の位置にあるのに対し、大阪府立図書館本は実演した台本に対応する上覧本であったゆえに、乾隆帝の耳に皇帝の諱に含まれる「暦」音が入らないようにも配慮したテキストではないか。

第二十一齣「孫行者掃縛塔尖妖」原本改

〔梗概〕

乱石山の碧波潭の妖怪ペンポルパと妖怪パポルペンは、九頭駙馬の命を承け、孫悟空らの様子を探るために巡察に出かけた。その折、飯と酒をたずさえ宝塔に来て、把西調を歌い休んでいる。時に、唐僧は悟空を従えて、宝塔の清掃を始め、二魚精が小うたを歌いおどけているのを聴きつけた。悟空は二魚精を妖怪と見て捕らえ、唐僧のもとへ引っ立てて行けば、仏家無価宝の盗難の一件をすべて自供した。唐僧は二妖の処断を後に委ね、そのまま宝塔を清めることにした。

〔対校〕

故宮博物院本己本第十四齣「掃浮屠二怪被擒」、大阪府立図書館本第六本第十八齣「掃塔遄知賊信音」に相当する。

岳小琴本齣名八文字は、次の第二十二齣も同じで、他齣との調和を欠く。

岳小琴本と故宮博物院本とは、曲詞・白はおおむね同じである。岳小琴本は白の一部「弟子陳元奘……縁因」を「北端正好」の前に置くが、故宮博物院本・大阪府立図書館本では曲牌「（北）端正好」と「滾繡毬」の間に置く。これは、大阪府立図書館本の段階で移動させ、故宮博物院本はそれを継承したものと考えられる。岳小琴本は、七層宝塔を唐僧が一層ごとに掃除する設定で、その分、曲牌曲詞と白が多い。故宮博物院本・大阪府立図書館本はそれらの階層をまとめ、ト書きで進める。岳小琴本には曲牌「么篇」という曲詞が四曲あるが故宮博物院本・大阪府立図書館本にはすべてない。また、一妖怪の正体を岳小琴本は黒魚精とするのを、故宮博物院本・大阪府立図書館本は団魚精とする。曲牌「脱布衫」の曲詞で岳小琴本と大阪府立図書館本は「三部洲」、故宮博物院本では「四部洲」とする。故宮博物院本は、同じ曲牌の後の白で乱石山の主を「通聖龍王」とするのは大阪府立図書館本も同じで、「混天王」と改め忘れた結果か。

二妖が西調倒板槳児という小曲を歌うのを他人に聞かれるのはまずいとする点は、三本同じで、昆腔弋腔の宮廷劇の雅に対し、民間の俗曲は粗雑とする点を避けた反映ではないか。岳小琴本では、物語の展開を追うことに専念するあまり、曲詞に美麗性が足りなかったのかも知れない。

岳小琴本曲牌…「字々双」「北端正好」「滾綉毬」「叨叨令」「脱布衫」①「么篇」「小梁州」②「么篇」③「么篇」④「么篇」「煞尾」

故宮博物院本・大阪府立図書館本は岳小琴本と同じであるが、第一「么篇」から第四「么篇」曲詞まですべてない。

（備考）

岳小琴本は「力（量）」「（名）利」「立（時）」字を使い、故宮博物院本も同じ。大阪府立図書館本はそれぞれ「法（術）」「過客」「登（時）」字に改める。また、岳小琴本・故宮博物院本が孫悟空の力量を「利害」とするに対し、大阪府立図書館本は、「凶悪」と改める。「網」「帯」字を「綱」「代」と書くのも岳小琴本の特徴で、誤字とすべきであろう。また、「小梁州」曲詞で岳小琴本は「這宵小妖魔」とするが、故宮博物院本・大阪府立図書館本の「小小」とする方が正しい。。岳小琴本（「小梁州」）「私」字、大阪府立図書館本は「私」、故宮博物院本は欠筆して「私」とする。

岳小琴本・大阪府立図書館本・故宮博物院本ともに、「脱布衫」（岳小琴本は第一の「么篇」）後に、二魚精の白には「知是仏家無価宝」とあるが、「無価宝」は明末清初の教派系宝巻によく見られる語句である。

第二十二齣「唐三蔵面陳斉福枉」　原本改

〔梗概〕

国王が頼忠誠を召し出し、金光が放たれず、朝貢が途絶えたことを訊問すれば、頼忠誠は審問中との奏上をした。そこに、唐僧らが関文の交換に出頭し、国王が唐僧を閲見すれば、唐僧は金光寺の宝塔の放光が途絶えた件は僧徒の仕業ではなく、妖怪が起こした事件であると言い、すっぽんとなまずが化けた黒魚精ペンポルパ・鮎魚怪パペルポン二妖怪に宝塔血汚事件を自白させた。唐僧はさらに続けて、頼忠誠による斉福殺害未遂の事件を伝えた。すべてを知った国王は命を下し、頼忠誠は刺配して軍役にあて、頼斯文と陰隲は斬首の刑に処し、頼家の家産は金光寺の修塔の費に充てるという沙汰を下し、斉福を後日抜擢することとし、卓立を朝廷に復帰させた。

〔対校〕

故宮博物院本己本第十五齣「祭賽国両案斉翻」、大阪府立図書館本第六本第十九齣「一案覆盆伸一旦」に相当する。岳小琴本と故宮博物院本とは、物語の大要は同じであるが、曲詞と白ともに相違が顕著である。曲詞では、岳小琴本が関文の交換や法宝を盗むといった物語を直接歌うのに対し、故宮博物院本はやや客観的な雅辞を用い、取経の旅のひとこまの中で起こる出来事とする。また、岳小琴本の曲牌曲詞で内容のくり返しを歌う部分や白を省略するところも見られる。「尾声」も全く異なり、大阪府立図書館本・故宮博物院本は雅詞に改める。岳小琴本の白に対し、大阪府立図書館本・故宮博物院本は丁寧な表現に改めたり、白を補ってその言い出した人を変えたり、ト書きにして改めることも多く、くり返しの内容や細々とした白を省く場合もある。全体的に、頼忠誠に欺かれた国王が唐僧から事実を知るという岳小琴本の展開が、故宮博物院本は上奏から無実を知り、すぐ大赦へ向かうと簡単に改め、国王の誤った裁断をうすめる方向性が感じられる。

岳小琴本・故宮博物院本の曲牌「下山虎」にある「歴」字・「力」字は、大阪府立図書館本では用いられない。その一方、曲牌「五韻美」での岳小琴本が俗詞であるのを故宮博物院本が雅詞化する部分では、大阪府立図書館本は岳小琴本に近く、大阪府立図書館本が岳小琴本の曲辞を一部省く。この点からも、岳小琴本―→大阪府立図書館本―→故宮博物院本という改訂の跡を見ることが出来る。同じく、曲牌「五般宜」の国王の発言で、「多謝聖僧」の後、岳小琴本・故宮博物院本・大阪府立図書館本三種の間で異なる白も見られる点も、その改訂の跡を示す。

岳小琴本曲牌：「霜蕉葉（霜天暁角）」「金蕉葉」「霜天暁角」「前腔（換頭）」「小桃紅」「下山虎」「山麻楷（換頭）」「五般宜」「蛮牌令」「五韻美」「亭前柳」「江頭送別」「尾声」

故宮博物院本は「霜蕉葉」「霜天暁角」「又一体」「小桃紅」「下山虎」「五般宜」「五韻美」「江頭送別」「尾声」で大阪府立図書館本は故宮博物院本と同じであるが、曲牌「又一体」はなく、「霜天暁角」曲牌内に「又一体」の曲詞を含める。

「下山虎」曲詞の後、岳小琴本では国王と唐僧の会話で、唐僧が当地の浮屠から金光を発すると聞いた、と言えば、国王は当地の僧侶は盗賊だと返答したので、唐僧は「怎見得」と訊ねれば、国王は仏宝が盗まれたので光彩を発することがなく心を痛めていると説明する。すると、唐僧は、僧侶の犯行ではないと言う。国王が頼忠誠の奏上に触れ「山麻楷（換頭）」を歌い金光が消えたと述べ、傍らの頼忠誠は僧侶が盗んだためと言う。故宮博物院本・大阪府立図書館本では、岳小琴本の唐僧の白「只怕未必是僧人去」を「怎見得」の前に移し、唐僧の白に対する祭賽国王の発言に改める。そして、「山麻楷（換頭）」曲詞をすべて省き、岳小琴本の「（唐）貧僧昨到天府、……」へ続ける。その後、国王が二妖怪に問いかけ、「五般宜」を経て、唐僧が更に一件の冤罪事件があると申し出て、九頭駙馬が仏宝を奪ったことが事実で、金光寺僧はその事件には無罪であることを伝える。岳小琴本の「貧僧来到落魂地方（林）」以下の「蛮牌令」曲詞・白の一部を省き、岳小琴本「見那一个（見両個）解差将書生綁在樹、……」に接続する。大阪府立図書館本には、木にしばりつける云々がない。「五韻美」に続く「亭前柳」も省略される。

本齣は、岳小琴本から大阪府立図書館本、岳小琴本と大阪府立図書館本から故宮博物院本の編集が行なわれる過程をよく示した齣と言え、故宮博物院本は編集段階の異なる昇平宝筏テキストを複数机上に並べて、改訂を進めていたと考えられる。その際、安殿本である大阪府立図書館本そのものではなく、その原稿的テキストを使用したのであろう。安殿本の大阪府立図書館本は皇帝のもとにあり、乾隆帝用に作られたが、上演時、聴戯の面から漢字を改めなどした上演テキストであったものの、『進瓜記』などのように宝印がないのは、乾隆帝自身、或は、嘉慶帝が宝物とは考えなかったために捺されなかった可能性もある。その一方で、『江流記』や『進瓜記』の玉璽印は、他の宝物にある玉璽や嘉慶帝の玉璽などがないため、宮殿から持ち出される際に、昇平署の役人か俳優が勝手に由来を留めるために押印したとも考えられる。

〔備考〕

岳小琴本の落字の補記も多く、誤字も見られる。岳小琴本「立」（「下山虎」後の白）「勵」（「江頭送別」後の白）、「立」（同上）字は故宮博物院本では同じ、大阪府立図書館本は改めて「力量」を「本領」、「勵志」を「苦志」、「立品」を「品格」字にする。岳小琴本「私」字、大阪府立図書館本は「私」で欠筆せず、故宮博物院本は「私」と欠筆する。岳小琴本・故宮博物院本は「寧」字に「寕」字を使用する。故宮博物院本（大阪府立図書館本）曲牌「霜天暁角」後にある白で「（貢）綿綿」字を使う。

第二十三齣「蕩龍宮仏宝重還」　原本改

〔梗概〕

悟空は八戒とともに碧波潭に行き、塔宝を返すようにと言った。九頭駙馬は水怪を率いて現われ、悟空と八戒と戦う最中、九頭鳥の正体を現わし、八戒をつかまえて去った。悟空は八戒を助け、加勢に出た通聖龍王を打ち殺した。九頭駙馬は岳父を殺されて怒り、戦を挑むも敗れて逃亡する。折しも巡遊中の二郎神は、妖気が近づくので神犬を放ったところ、九頭鳥に出遭いその一頭をかみ切った。そこへ、悟空らが来て九頭鳥の行方を尋ねれば、二郎神は北海へ飛び去ったと教えた。悟空は礼をのべ、九頭虫に化けて碧波潭へ行き、公主をだまして九葉霊芝を取り返し、更に公主を打ち殺した。

〔対校〕

故宮博物院本己本第十六齣「碧波潭九頭露相」、大阪府立図書館本第六本第二十齣「九頭噬犬靖空潭」に相当する。大阪府立図書館本・故宮博物院本は齣名を雅辞とし、小説的な表現の岳小琴本齣名を改める傾向がある。

碧波潭に悟空が仏宝を取り戻しに赴く場面で、悟空が通聖女を夫の九頭鳥に化けて欺き、霊芝を奪う趣向は、芭蕉扇を羅刹女から奪うパターンの利用と見られる。曲詞・白ともに岳小琴本と故宮博物院本との間に異同は見られるが、曲牌・白の順序は同じである。岳小琴本の白は、故宮博物院本に比べて多い。大阪府立図書館本は、岳小琴本の白を省略するが、一部の白「宝是……奉上」などを残す。故宮博物院本は完全に省いてト書きで八戒が通聖女を殺すことを示し、岳小琴本と大阪府立図書館本が「通聖父女已死」とするのとは異なる。龍王・九頭鳥・通聖女を退治した後、龍婆が捕らえられるが助命されて国王のもとへつれて行かれる曲白「前腔（鎖南枝）」以下の二曲と白は、故宮博物院本・大阪府立図書館本にはない。岳小琴本では、この助命の話は次齣にもくり返される。この部分は、岳小琴本が小説を下敷きにしていると言える。故宮博物院本・大阪府立図書館本では、岳小琴本の白は省略ではなく、その意を汲んで唱詞とト書きにした部分（第四「前腔」後の孫白以降）が見られる。

岳小琴本の曲詞の重畳が故宮博物院本にも一部分あるが、大阪府立図書館本にはない曲牌（「出隊子」）もある。前掲の岳小琴本の白で、大阪府立図書館本にあって故宮博物院本にない白が見られる。

岳小琴本曲牌：「出隊子」①「前腔」「双鸂鶒」「鎖南枝」②「前腔」③「前腔」「撲灯蛾」④「前腔」

故宮博物院本・大阪府立図書館本は「鎖南枝」までは岳小琴本と同じであるが、続く「前腔（鎖南枝）」二曲がない。曲牌「双鸂鶒」の表記に異体字が用いられる。

〔備考〕

大阪府立図書館本は改字して「向人前」（「鎖南枝」）と訂正をする。

岳小琴本は「帯」字を「代」とする表記（ト書き「二郎代兵上唱、双瀏鶩」）がある。岳小琴本は「畜」字を欠筆し、大阪府立図書館本は「畜」字の欠筆がなく、故宮博物院本は「畜」字を欠筆する。岳小琴本の「（却不省）力」字、故宮博物院本も「力」とするが、大阪府立図書館本は「事」などに改める。ただし、一箇所悟空が二郎神に礼を述べた時、二郎神が「正是不費些児力」と返答する際、「児力」と三本一致するのは、大阪府立図書館本の改訂忘れか。岳小琴本と故宮博物院本は「妙道真君」とするが、大阪府立図書館本は「妙神神君」とし、「神」字を訂正する。これは、他でも見られる。岳小琴本には落字「従（今）」、誤字の墨書訂正がある。故宮博物院本は岳小琴本と同じく「真」字を使用する。

第二十四齣「送聖僧良縁新締」重改

〔梗概〕

卓立と淡然は、唐僧師徒の送別の宴を開いた。悟空は卓立に入婿を勧め、斉福を婿候補として推薦する。卓立も同意するさなか、内監が卓立を太子太師に加爵し、斉福を卓立の娘の婿とすべき詔を伝えた。やがて、悟空によって宝塔に仏宝が置かれると、塔頂から以前と同じ光が放たれ、奏楽の音が響き始めた。

〔対校〕

故宮博物院本己本第十七齣「還舎利復現金光」・十八齣「開玳筵重諧鳳卜」、大阪府立図書館本第六本第二十一齣

「舎利還金光復現」・二十二齣「花星照璧合聯吟」に相当する。

岳小琴本の冒頭で、卓立が国王の恩を得て冤罪が雪がれたと賛嘆する中（「在国王面前弁白其冤、蒙国王赦帰故里、仍復旧職」）、送別の宴に唐僧が遅れて来たと淡然が気をもむ場面（「四園春後」後の白「（卓太師相陪）設席在迎仙閣上、卓太師早已在彼等候、聖僧老爺今日為何出朝甚遅、……聖僧老爺回寺了」）は、故宮博物院本・大阪府立図書館本にはない。曲詞では、岳小琴本はストーリーのくり返しを俗調で歌うが、故宮博物院本・大阪府立図書館本は全般に亙って雅詞に改める傾向が見られる。同じことは、白でも見られる。岳小琴本「越恁好」の曲詞も岳小琴本と故宮博物院本・大阪府立図書館本は異なるが、その後にある唐僧が寺名を伏龍寺に改める提案の白「（唐白）老太師還有一説、……貧僧意欲改為伏龍寺、……另換扁額便了」は故宮博物院本・大阪府立図書館本にはなく、また、岳小琴本の前齣にあった龍婆助命による塔守りの場面は改められ、悟空が仏宝を塔頂に置く場面になっている。「尾声」（大阪府立図書館本「慶余」）では曲詞もかなり異なるが、ここで故宮博物院本と大阪府立図書館本は改齣されて第十八齣となるのに対し、岳小琴本は連続して曲牌「双勧酒」が続き、鳴賛官が登場して卓立の女と斉福の婚姻が進むことを示す。ただし、後で卓立は鳴賛官を「掌礼官」と呼ぶ（岳小琴本では、丑が「扮賛礼官上」と記されている）。岳小琴本の「青玉案」曲詞で良縁の表記は、白にあわせるように故宮博物院本では君恩と天縁を賛える雅詞に改められる。その後、岳小琴本「前腔」曲詞は、故宮博物院本では卓立と賛礼官の白に改められる。

岳小琴本は曲牌「山花子」の後、「前腔（換頭）」、「舞霓裳」、「紅綉鞋」「尾声」と続くが、故宮博物院本・大阪府立図書館本は「紅綉鞋」の詞を大幅に換えて置くのみで、「尾声」はない。おそらく、岳小琴本は依拠した「原本」を改訂した後、更に二齣を一齣に「重改」した結果、長齣となったと考えられる。故宮博物院本・大阪府立図書館本では、それを旧本のように再び二齣に分化したものの、後齣に「尾声」を入れそこねたのではないか。

岳小琴本は卓立が唐僧に勧めるのは「看酒」とするが、故宮博物院本・大阪府立図書館本は「香茗」と茶に改める。宴席に就く場面で、大阪府立図書館本に見られる白は、岳小琴本と故宮博物院本はト書きとする。つまり、白とト書から故宮博物院本は両テキストを見つつ改訂していたことがわかる。

岳小琴本曲牌：「四園春前」「四園春後」「粉孩児」「紅芍薬」「耍孩児」「会河陽」「縷々金」「越恁好」「紅綉鞋」「尾声」「双勧酒」「中呂引子　青玉案」「前腔」「中呂過曲　山花子」「前腔（換頭）」「舞霓裳」「紅綉鞋」「尾声」

故宮博物院本・大阪府立図書館本は岳小琴本の最初の「尾声」までは同じで、次の「双勧酒」から改齣する。岳小琴本「双勧酒」「中呂引子　青玉案」までは故宮博物院本・大阪府立図書館本は「高大石調正曲　双勧酒」「中呂宮引青玉案」で同じであるが、続く「前腔（青玉案）」はなく、岳小琴本が掌礼官の伺候を記すことに付随して賛礼官の登場でその曲詞の後にある「華堂灯燭……状元郎」に続け、「中呂宮正曲　山花子」に到る。その後の「前腔（換頭）」及び「舞霓裳」二曲もなく、「紅繍鞋」で終わり、岳小琴本第二の「尾声」もない。

（備考）

岳小琴本は「真」字を多用するが、「卓立有女守真」（「縷々金」後の白）とするのは「守貞」のミスか。岳小琴本・故宮博物院本「力」（「越恁好」後白）「利市」（「双勧酒」後白）字は大阪府立図書館本では別字に、「力」は「法」、「利市」を「到手」と改められている。

第六本の性格

第二齣の斉錫純、第三齣の卓如玉が登場する物語は岳小琴本の注記に「原本」とあり、先行のテキストにその場面があったことになる。しかし、目次では「徐錫純」とし、改訂上の不統一性が見られる。小説には、斉錫純や卓如玉は登場しないから、「原本」は小説に基づき、内容を増補して作られた戯曲西遊記の可能性が大きい。明末、そのような戯曲西遊記があったと伝える資料も見られることからも類推できる。「原本」には斉錫純と卓如玉の唱和、及び九頭駙馬と通聖女の話が既にあり、岳小琴本は第九、十、十一齣の編集で、徐錫純を斉錫純に改称する一方、仇の頼太傅などに手を加えたので「原本改」と注記し、続く第十三、十四齣の火焔山と芭蕉扇をめぐる場面では、小説の話に斉錫純の游魂嶺配流と金光寺宝塔の放光事件を潤色し、「原本改」とした。第十五齣は牛魔王が華筵におもむくために休戦する内容で小説に近く、「原本」にあったと推定される。第十六、十七齣は芭蕉扇をめぐる戦いの末、牛魔王と羅刹女が帰依する話は「原本」に手を加えた「原本改」、第十八、十九齣の斉錫純と出会い救助する場面でもやはり手を加えた「原本改」、第二十齣にある金光寺住持らが寺宝を盗んだ冤罪に苦しむ場面も「原本」の内容を改訂した「原本改」である。第二十一齣は金光寺宝塔の妖怪を捕らえ、住持らの冤罪を晴らすという小説の場面を改変し、第二十二齣は、斉錫純の無罪を朝廷に訴えて頼忠誠と対決する流れに導く。「原本」では、おそらく斉錫純の話と金光寺の話とは別仕立てで演じられたのを、両話を頼忠誠の奸計による冤罪にまとめ上げるなどの改訂がなされた結果、「原本改」と記されたのではないか。第二十三齣は、碧波潭に悟空が仏宝を取り戻しに赴く話で、小説では九頭駙馬と戦う場面を主とするが、岳小琴本では通聖女を登場させて夫の九頭鳥に化けて欺き、霊芝を奪う場面を加えたのであろう。「原本」は小説に沿った展開であったのに対し、岳小琴本では芭蕉扇を羅刹女から奪う趣向を利用して碧波潭での事件に取り込み、見せ場の多い場面とすべく増補したのではないか。

「新増」は第一齣に置かれていて、聖主の無為の治に対し、東皇帝君の朝廷讃歌をいれる。第六本開場に向けて、新たに宮廷を称える意図があったのであろう。

「重改」は最後の第二十四齣で、本来は附属的な場面であって、物語の展開上必要性に欠ける場面である。しかし、観劇の皇太后などの事を考えて、「原本」にあった簡単な結末を重ねて改めて、斉錫純と卓如玉の華やかな婚姻場面を演出したのではないか。

岳小琴本第六本第一齣には「貞観十有一年、元旦之辰初平沙漠、……」「削平頡利、中国久巳太平」という記述があり、頡利の反乱は貞観十一年以前という設定をする。頡利可汗の物語のない大阪府立図書館本には当然ない記述で、反乱事件は唐僧の西天取経と関連性がない。しかし、魏徴斬龍による唐太宗入冥を省いたことから、皇帝が真経によって冥界の亡魂救済の大会を催す因縁とした処置の一環であろう。

「原本」とする齣では、「弘」字の欠筆はない。岳小琴本の依拠したテキスト、つまり、「弘」字を使用した「原本」とは、岳小琴本以前の康熙時代にあった戯曲本、或は、別の散逸した明末の西遊記戯曲を指すのではないかと考えられる。

岳小琴本自体、誤字や落字の他、記述に矛盾が見られる。霊吉菩薩が芭蕉扇は一あおぎ「五万余里」飛ばされると言うにもかかわらず、鉄扇公主は「八万四千里」の彼方に行くと記述に矛盾がある。これは、岳小琴本の編集過程で、先行の小説を含む様々な作品を参考とし、編者も複数いて分担した結果の不統一性を反映した一例ではないか。

岳小琴本の頼忠誠、張金と李玉は大阪府立図書館本も同じであるが、故宮博物院本では名前を貪栄、周混・李玉とするため、岳小琴本に改訂を加えたのが大阪府立図書館本、その改訂の後にさらに改定を加えたのが故宮博物院本という流れになる。

賽祭国の卓玉・斉福・頼斯文らが繰り広げる話の流れから、テキストの系統は、

岳小琴本──→大阪府立図書館本──→故宮博物院本

もしくは、

岳小琴本──→大阪府立図書館本──→故宮博物院本
（岳小琴本──→故宮博物院本）

であり、故宮博物院本と大阪府立図書館本の曲詞・白が近い点を見ると、頡利可汗の話を組み込めば、

西遊記──→明末西遊記劇──→（康熙「原本」劇）──→岳小琴本──→大阪府立図書館本──→故宮博物院本
（岳小琴本──→故宮博物院本）

という流れが考えられる。また、現存本から見る限り、故宮博物院本は両系統のテキストを参照したと思えるが、岳小琴本と大阪府立図書館本を再編した未確認のテキストに依拠していたかも知れない。

第六本は、岳小琴本から大阪府立図書館本、岳小琴本と大阪府立図書館本から故宮博物院本の編集が行なわれる過程をよく示している。

岳小琴本は試行錯誤的なテキストであり、上演に供する総本の姿にはまだ至ってはいないが、「昇平宝筏」という曲本名のもとで一応の完成を見る。その後、乾隆帝の上覧に供したテキストが再編集される。上演に際し、乾隆帝の諱と同じ発音の文字を急遽改字したテキストが今日に残る大阪府立図書館本で、乾隆五十五年の祝賀の際に用いられたテキストであろう。更に、乾隆時代以後に改めて上演用に改訂されたテキストが故宮博物院本であり、岳小琴本の見せ場の一つである頡利征討を取り入れている。大阪府立図書館本、故宮博物院本に到って、今日知られる『昇平宝筏』が安定した上演テキストとしての形を確定したと言える。

七　第七巻《ママ》（第十七冊—第十八冊）の梗概と対校

第一齣「慶慈寿祥光示現」新増

〔梗概〕

普賢菩薩は、今年、文殊菩薩の化身である大唐貞観皇帝の聖母皇太后が万寿令節を迎える中、仏事を行ない三宝を中国に広めようとしていることから、聖人に千秋の慶頌祝辞を伝えるべく中土へ到る。そこに、普門大士観音が善才龍女を伴って、皇太后華甲六旬の聖誕を奉祝するために大唐へやって来る。普賢菩薩はあいさつを交わした後、貞観皇帝は文殊菩薩の降生身であり、皇太后は仏母ゆえにその万寿の時を迎えるのは喜ばしく思うと言えば、観音も、武功と文徳を兼ねて治政する様は、既に商周王朝を越え、漢を興した劉氏に相応すると称え、西天に派遣した元奘もやがて帰国するだろうと談笑した。やがて慈寿宮が見えて来たので、随行の諸神が官員に来臨を伝えると申し出たので、普賢菩薩は園内の松樹を娑婆仏樹に変え、皇基が深く根をおろすようにしたいと述べた。観音は、緑草をすべて霊芝に改め、王朝の永久を願いたいと賛同した。衆神は、このような世界は全く他に例がなくすばらしいと賛嘆し、一同は来臨の目的も達成したことから、霊山へ戻ることとした。一方、宮中では太監と宮娥らが、本日が皇太后の万寿節に当たり、親王外戚らが慈寿宮に拝礼に来ていることから伺候する最中、宮門の松が娑婆樹に、築山の緑草が霊芝に変化するのに気づき驚き、空を仰げば、仙楽が奏でられていることを知る。そのいわれを一太監が悟り、皇太后は日々仏法を尊重していたので、本日の万寿節に神仏の降臨があったと説き明かせば、一同天に向かって拝礼するのであった。そして、この瑞祥を老娘々と万歳爺に上奏し、御覧を仰ぐことにした。

〔対校〕

故宮博物院本・大阪府立図書館本にはない齣。

皇帝が文殊菩薩の化身であり、今年は皇太后の万寿令節であると普賢菩薩が称え、皇太后の慈寿宮へ君臣がことごとく集まって慶賀する、という点が本齣の要点であり、本劇全体の趣旨でもある。皇太后が仏教を敬ったため、仙仏も参集し、松樹は娑婆樹に、緑草は霊芝に化した、と仏母たる皇太后の生誕日を賛美する。つまり、旧来の西遊記劇のテキスト「原本」に皇太后の万寿節にあわせた吉祥場面を「新増」し、その上演用に岳小琴本が編集された経緯が示される。それゆえ、曲詞や白もなお宮廷内の万人にわかるように通俗性を維持した可能性もある。他方、大阪府立図書館本や故宮博物院本では、対象が皇帝の公式行事用であったので、曲辞を中心に全体が雅辞に改められたとも思える。おそらく、観劇対象の相違から後のテキストでは全面的に曲詞・白が改められたのであろう。岳小琴本で注目する点は、皇帝＝文殊、皇太后＝仏母、とする点であり、清朝の国家的理念を良く示す。万寿令節、慈寿宮の語句からは、岳小琴本成立の背景、上演場所を窺い知ることが出来る。

岳小琴本曲牌：「夜行船」「朝元令」「前腔（換頭）」「前腔（換頭）」「前腔（換頭）」

〔参考〕

岳小琴本は「真」「丘」字を使用する、この七巻と八巻は巻立てであり、七本・八本とはしない。

第二齣「沛深仁法外施恩」　新増

〔梗概〕

二人の内侍は、官吏の出廷を待ちながら、前年、万歳爺が沙漠を蕩平し、天下に赦免を発布し、今年は皇太后六旬の慈寿に当たるので、万歳爺も慈悲の政治をさらに進めるために、大臣や三法司ら官僚を勤政殿に召集し、大罪を犯した囚人を自ら親断するに到った、という話をしていた。そこに、秋官侍郎、御史市承、大理卿、南台御史が朝見にやって来た。内侍は聖旨を伝え、今年は豊作の上に、慈宮聖寿節に当たるので、これまで罪があって許すことが出来ない者に対し再審を加え、皇帝の法外の仁が反映するように審議して上奏せよ、との皇命を伝達した。各官は獄官の冊簿を見れば、すべて十悪の罪で到底許されるものではないと確認したが、それでも三十二人の罪人は恩赦を与える聖諭と合致するとして、その旨を奏上した。すると、内侍が復奏を裁可する聖旨を伝えたので、大臣らは皇恩に感謝し、罪人の出獄を実施することとし、退出した。

〔**対校**〕

岳小琴本のみの齣。慈聖、おそらく皇太后の祝典のために大赦を行なうというのが、本齣のテーマで、皇帝の徳に及ぶ内容である。この齣の冒頭にも、

前年：万歳爺蕩平沙漠

今年：皇太后六旬慈寿

とする点は注目すべきである。史実では、ジューンガル平定が康熙三十五年、皇太后六十歳の歳に該当するのは、康熙三十九年であるから、康熙時代の『昇平宝筏』は史実を反映するのではなく、独自の編成にしたと思われる。

岳小琴本では、「大勝楽」の後、内侍の白の中「弘」字を欠筆にして「弘」とする。「新増」の中で「弘」字を用いるのは、岳小琴本が旧本である「原本」を再編集した原稿であるとするならば、少なくともこの齣は乾隆時代の増補

を示す。その一方、転写本とするならば、岳小琴本の抄写年代は乾隆時代以降を意味するが、テキストすべての写本に際し、他所で欠筆せず「弘」字を用いる箇所は、現行の岳小琴本が依拠したテキストを忠実に転写する一方、新たな補足をした部分は欠筆したとも思われる。この場合、本来の岳小琴本自体に旧本、新増本があることになり、テキストの在り方を考える上で、想像が拡大し複雑になる傾向がある。「新増」などの中の欠筆については、再検証を要する。

岳小琴本曲牌：「南呂引子　大勝楽」「南呂過曲　古梁州」「前腔」「前腔（換頭）」「前腔（換頭）」

〔備考〕

岳小琴本は、「（内情）真（罪当）」字（「古梁州」後の白）を多用する。

第三齣「木仙菴三蔵談詩」　新増

〔梗概〕

唐僧らが荊棘嶺に到り、夜が更けた頃、いずこからともなく、十八公が現われ、唐僧に声をかけて招き寄せた。唐僧は十八公から木仙菴での詩会の誘いを受け、詩会に赴く。十八公は唐僧に口火を切ることを求めたので、禅心を詩に托せば、十八公、孤直公、凌空子、払雲叟の順で唱和し、再び唐僧が二句を詠じてしめくくった。夜も更けたので、唐僧は帰路を訊ねれば、十八公は夜明けになれば送ると言うところに杏仙が来て、陪席を乞うた。杏仙は唐僧に一拝し、自らの妖美を示して唐僧を堂室に誘う。唐僧が怒って大声で弟子たちを呼ぶ時、忽然と大夢から覚めた。悟空と八戒は、唐僧に傍らの樹木を指し示して、その正体を明かした。八戒は後の災いを防ぐために、樹木を根こそぎ打ち倒した。

〔対校〕

故宮博物院本癸本第二齣「唐僧遣弟子披荊」・三齣「聯詩社紅杏牽情」、大阪府立図書館本第七本第十七齣「荊棘能芟清浄域」・十八齣「松筠思結喜歓縁」に相当する。

故宮博物院本・大阪府立図書館本では、この話の前に荊棘嶺が広がるのを見て、猪八戒が悟空の助力を得て山道を切り開く場面があり、その後で大阪府立図書館本は同じ齣、故宮博物院本では齣を改めてこの木仙菴の話に続ける。岳小琴本は、第七巻の開始になる前二齣が皇太后祝寿と皇帝賛美の場面で長安での話となっている。ところが、この話を接続、つまり「新増」したため無理な展開となってしまったので、後の大阪府立図書館本・故宮博物院本は物語の不連続性を改め、小説第六十四回にある猪八戒による開道の話を加味したのであろう。

故宮博物院本は第二齣「唐僧遣弟子披荊」の前、第一齣に「太白召諸神扈蹕」を置いて、「下界大唐皇帝、原是文殊菩薩転世」と言い、頡利親征の守護をせよと諸神に太白星君が言う場面を設ける。大阪府立図書館本が六耳獼猴の話の後に荊棘嶺の場面を続けるのとは全く異なる。故宮博物院本は、岳小琴本の構成を引き継ぎ、一方で大阪府立図書館本の内容を取り込んだことになる。荊棘嶺の場面は、大阪府立図書館本と故宮博物院本はほぼ同じ。

岳小琴本と故宮博物院本は、曲詞や白で差違が大きく、白は岳小琴本の方が多い。両本での差違で、岳小琴本は最後に曲牌「撲灯蛾」を二曲入れるが、故宮博物院本は前半の曲詞がなく、岳小琴本の「撲灯蛾」二曲を一曲に改めて、曲詞に改訂を加える。また、岳小琴本は木仙菴の出来事を唐僧が怪風にさらわれて来て菴中に誘われたとするのに対し、故宮博物院本は夢中の出来事とする。この点は、大阪府立図書館本も同じ。

岳小琴本の齣名は小説第六十四回と同名で、小説に拠って「新増」した、とわかる。「風月機関」に言及するところでは、岳小琴本の後にある旦の「白、大師請受……入室」を故宮博物院本では前文に移す点もある。曲詞は故宮博物院本は美詞に改め、感嘆詞も品格を欠くと見て省く。悟空・八戒が唐僧の大声を聞きつける場面の白は、故宮博物院本ではト書き化されている。

岳小琴本では杏仙は「旦」が演じ、令嬢らしく「小旦」の侍女を伴って単独で来る。大阪府立図書館本、故宮博物院本では、杏仙は「小旦」が、「旦」は侍女として登場する。『西遊記』では侍女はいない。なお、清末の西太后の名は「杏貞」、後のテキストはどのように処理したのかも興味を引く齣である。岳小琴本と物語の同一性を温存しつつも、故宮博物院本・大阪府立図書館本が物語に大幅に手を加えた一例である。この後、故宮博物院本は頡利親征の齣へと続く。

岳小琴本曲牌：「鎖南枝」①「前腔」「紅納襖」②「前腔」「撲灯蛾」③「前腔」

故宮博物院本・大阪府立図書館本は最後の「前腔（撲灯蛾）」がない他は、岳小琴本と同じ。

（備考）

岳小琴本の依拠したテキストの字「亦」を「也」の横に記したり、誤字を訂正して右側に「閨」（故宮博物院本も同じ）とする「帰」字、「慶」を「塵」（故宮博物院本も）など、誤字への推定を入れたり、岳小琴本自体の落字「貧（僧ナシ）」などが窺える。

岳小琴本「真」字多用し、故宮博物院本も部分的に使用。故宮博物院本・大阪府立図書館本は、岳小琴本（「前腔（鎖南枝）」後の唐回礼介の白）の「（守轍）慎（匆蕩）」字を省き「匆得蕩」とする。

第四齣「仮雷音四衆遭厄」新増

〔梗概〕

唐僧一行は、黄眉老仏が作った小雷音寺にたどり着く。ところが、黄眉大王に悟空は金鐃の中に閉じ込められ、唐僧らは大王に捕らえられる。玉帝の命で二十八宿星らが助けに来るが、これも黄眉大王に捕らえられてしまう。

〔対校〕

故宮博物院本壬本第四齣「小雷音狂施法宝」、大阪府立図書館本第十本第一齣「小雷音設深陥穽」に相当する。

岳小琴本の白で、前半の部分が故宮博物院本ではト書きに改められることが多い。両本の大きな差違の一つは、二十八宿星の登場場面（「我等二十八宿星君是也、……差我等星辰統兵前往」）に見られる。岳小琴本は「前腔」の前に置くのに対し、故宮博物院本は「又一体」の唱の後に移す。大阪府立図書館本は岳小琴本と同じで「又一体」の直前に置くが、岳小琴本での続く宿星の白「（解厄降妖来）来此已是小雷音寺了……」以下は「又一体」の後に置く。この点は、故宮博物院本も同じ。

岳小琴本「前腔」最後の唱白の部分「（中星燿芒）顕不出衆星……楽殺々々」は、故宮博物院本・大阪府立図書館本は「顕不出中星燿芒……世界蔵」とし、全く異なる。白・科は故宮博物院本・大阪府立図書館本での改訂が多いものの、字句は踏襲される傾向にある。

岳小琴本曲牌：「点絳唇」「二犯江児水」「前腔」

故宮博物院本・大阪府立図書館本は岳小琴本と同じ。

〔備考〕

岳小琴本は落字が見られる他、「立」字を使うのは故宮博物院本も同じ。大阪府立図書館本では、「敗」に改める。岳小琴本の「私」字を故宮博物院本は欠筆「私」とする。

第五齣「両路諸神遭毒手」　新増

〔梗概〕

黄眉大王は、二十八宿星将が金鐃を打ち破って孫行者を救出したのに腹を立てる一方、孫行者が救援者を捜しに行くのを予想し、探事小妖に四方の偵察を命じた。すると、黄眉大王の予想通り、悟空は武当山の元武真君、盱眙山の大聖王菩薩それぞれに出陣を要請した。探知した小妖は、急いで黄眉大王に報告した。その後を追うように、亀蛇二将と五大龍神が武当山の蕩魔天尊の法旨で小雷音寺へ攻め寄せたが、黄眉大王はことごとく撃破してしまった。その後、泗州大聖国師王菩薩に仕える張太子が黄眉大王を捕らえにやって来たが、淮河の水怪を捕らえる時のようにはいかず、ことごとく敗れ去った。

〔対校〕

故宮博物院本壬本第五齣「黄眉祖神通大展」、大阪府立図書館本第十本第二齣「黄眉仏展大神通」に相当する。

岳小琴本と故宮博物院本とは、白・曲詞に多少の相違が見られるが、全体的には同一である。岳小琴本と故宮博物院本第五齣「黄眉祖神通大展」・第六齣「弥勒仏結廬収妖」は同じ設定を取り、第五齣末で黄眉大王が孫悟空を馬鹿にする場面で切り、第六齣は弥勒が収伏する場面とする。一方、大阪府立図書館本は異なり、改齣せず第二齣内で収伏までを演じる。設定としては、小説が第六十五回、六十六回に分けることと近い。

岳小琴本の白と唱（「前腔（四辺静）」後の白「我那付搭包……白搭包」）を省き、簡単なト書き化した部分が、故宮博物院本・大阪府立図書館本に見られる。

岳小琴本曲牌：「福馬郎」①「前腔」「四辺静」②「前腔」

故宮博物院本・大阪府立図書館本は岳小琴本と同じ。

（備考）

字句では、岳小琴本と大阪府立図書館本、岳小琴本と故宮博物院本とで一致を見せる場合があり、故宮博物院本が岳小琴本と大阪府立図書館本双方を参照していたことを窺わせる。故宮博物院本の「宴」字を岳小琴本は「晏」とする。岳小琴本の「元武真君」は大阪府立図書館本は「神武神君」とし、故宮博物院本は岳小琴本と同じく「元武真君」とする。

岳小琴本（「四辺静」後の白）「（与他助）力」＝故宮博物院本≠大阪府立図書館本「威」

岳小琴本（「福馬郎」後の白）「（法）力」＝故宮博物院本≠大阪府立図書館本「術」

第六齣「一尊弥勒縛妖魔」新増

〔梗概〕

孫悟空は進退が窮まるところ、弥勒仏が悪業をなす小雷音の妖怪をこらしめにやって来る。弥勒仏は妖怪の正体が黄眉童子であると告げ、一茅庵を設けて瓜果を植え、妖怪を瓜田におびき出せばうまく捕らえる、と方策を授けた。

悟空は弥勒仏に言われた通りにすれば、黄眉大王は悟空を追撃し、瓜果を見つけて食べると急に腹の中が痛くなり、地面をころげまわった。すると、弥勒仏が彩雲に乗って現われたので、黄眉大王は帰順した。

〔対校〕

故宮博物院本壬本第六齣「弥勒仏結廬収妖」に相当する。大阪府立図書館本は前齣から続き改齣しない。

岳小琴本と故宮博物院本は、曲詞・白双方で多少の相違はあるが、物語としては一致する。相違点としては、岳小琴本では弥勒がやって来て、悟空に会い、黄眉大王の捕らえ方として悟空が瓜に化け食べさせると言う部分があるが、故宮博物院本では先に瓜田に誘い出すと言うのみで、観客には後でわかると示して期待感をもたらすように改め、黄眉大王を悟空が誘い出した後、悟空が腹中に入る、と改訂をする。黄眉大王が降伏後、許されて下がる岳小琴本に対し、故宮博物院本は黄眉童子に戻る場面、次に黄眉童子が諸二十八宿を伴って一同「僥々令」を歌う場面を入れる。この後、岳小琴本では唐僧らが先を急げば、前方に鳳仙郡柿子山稀屎洞が見えると述べ、大阪府立図書館本も多少異なるものの柿子山に行きあたる（「師傅、前者徒弟遇一老者、他説此処名為鳳仙郡、……」）とし、次いで上官無忌の日でりの害、蟒害の順で場面が展開する。故宮博物院本は、岳小琴本の白「師父前面是一座山庄、……」以下を省き、先のことは示さず夕暮れなので宿を借りて旅をつづけるとのみ述べることで終わり、岳小琴本・大阪府立図書館本に見える行く先を示さない。

「（北）折桂令」にある「搭包」と言う語句は、岳小琴本・大阪府立図書館本・故宮博物院本いずれも使用するが、大阪府立図書館本と故宮博物院本は「神袋」と改めていることから、これは字韻に配慮した結果でない限り、後者二本の改訂ミスと言える。曲牌の「南」「北」字は、岳小琴本・大阪府立図書館本にはあるが故宮博物院本にはない。

「（北）沽美酒帯太平令」の一部が故宮博物院本にはないが、大阪府立図書館本は改訂しつつも保有する。

岳小琴本曲牌…「北新水令」「南歩々嬌」「北折桂令」「南江児水」「北雁児落帯得勝令」「南僥々令」「北収江南」「南園林好」「北沽美酒帯太平令」「南清江引」

大阪府立図書館本は岳小琴本と一致するが、故宮博物院本は「南清江引」のみ設けない。

〔備考〕

岳小琴本は、依拠テキストの文字訂正を右側に示す。岳小琴本は「祟」字を誤字し「崇」とする。大阪府立図書館本と同じで故宮博物院本とは異なる文字「（你）可」（故宮博物院本「且」）がある一方、反対に「力」（大阪府立図書館本「智」）、「扮」（同「変」）、「（曽）真」（同「親」）などの例もある。岳小琴本「（俺）力」字は故宮博物院本も同じであるが、大阪府立図書館本は「計」と改め、同じく「（端）切」字も大阪府立図書館本は「慈」とする。岳小琴本・大阪府立図書館本・故宮博物院本三本「綿」字使用。岳小琴本は「真」字の使用を好み、多用することが多い。

第七齣「行者救灾禅性猛」新増

〔梗概〕

柿子山の巨大な大蛇は、多くの生霊を傷っていた。そのため、この土地の人々は、法官を招いて大蛇を退治してもらうことにした。しかし、これを察知した大蛇は祈壇に赴き、法官を壇上からひっぱり下ろして昏倒させた。そこに、孫悟空が道の様子を探りに通りかかる。道士たちが助けて欲しいと哀願すれば、悟空は道士たちに法官をかついで行くようにと言い、自らは妖怪退治に当たることとした。悟空は大蛇を追って山洞を見つけ、現われた蛇精を打ち殺せば、蟒蛇の本性を現わした。悟空は村へ戻り、郷民に蛇精を打ち殺したので今後は安心だと伝えた。

〔対校〕

故宮博物院本壬本第十五齣「殛蟒蛇行者除魔」、大阪府立図書館本第十本第四齣「独蟒俄除過路僧」に相当する。

岳小琴本と故宮博物院本とは白と詞で少々異なるが、道士が退治できなかった蛇怪を、悟空が一棍で殺し、柿子山の里人が感謝する設定は同じである。岳小琴本で悟空が蛇を殺す際の白、郷民がその退治を知る場面では、故宮博物院本はかなりの部分を削除するのに対し、大阪府立図書館本は岳小琴本の一部を改めつつも残すところがある。故宮博物院本・大阪府立図書館本は、岳小琴本の一部分「(白) 蛇已被……住了」の位置を入れ換えて「聞得……叩謝」の後に移す。

岳小琴本末尾の悟空の白の後、岳小琴本は「詩」と右傍に添えて詩句をつづけるが、この部分は大阪府立図書館本のみ最後の曲牌「又一体」の前に移して郷民の白に保ち、故宮博物院本ではない。大阪府立図書館本と故宮博物院本は、末尾に岳小琴本とは異なる四言句四体と七言句一体が添えられる。

この齣から、大阪府立図書館本が岳小琴本を改訂し、故宮博物院本が大阪府立図書館本を更に改訂したこと、同時に、故宮博物院本が直接岳小琴本を改訂した点も窺え、故宮博物院本の材料に岳小琴本と大阪府立図書館本双方を用いていた点が判明する。

岳小琴本曲牌:「皂羅袍」①「前腔」②「前腔」③「前腔」

故宮博物院本は岳小琴本と同じ。大阪府立図書館本は冒頭に「中呂宮正曲　駐雲飛」がある他、唐僧らが老人に一宵の宿を頼む応対がある。その後、場面が変わって蟒蛇が現われ、「一穴鑽成作宅家、……」と岳小琴本及び故宮博物院本と同じ白となる。

〔備考〕

岳小琴本と故宮博物院本（「皁羅袍」後の白）「真（斎）」「真（形）」など「真」字使用、大阪府立図書館本は「元（斎）」「原（形）」などと改字する。

岳小琴本と大阪府立図書館本が同じ文字「（中）方」で、故宮博物院本が異なる文字「央」がある。また、逆の場合もある。故宮博物院本が岳小琴本の誤字「（法）言」を正す部分（官）もいくつかある。

第八齣「悟能離穢道心清」　新増

〔梗概〕

孫悟空が蛇妖を退治したので、唐僧が前進しようとすれば、当地の人はこの先は七絶山、別名を稀屎衕衕と言い、通りづらい上に臭くてたまらないと教えた。唐僧が考えあぐねるところ、八戒が一大決心をし、原身を現わして大路を拓き、八百里の山路を平らにした。

〔対校〕

故宮博物院本壬本第十六齣「清穢汚悟能開道」、大阪府立図書館本第十本第五齣「柿子山悟能開道」に相当する。

悟空が蟒蛇を退治した後、八戒が七絶山の汚道を清除する話は同じである。白を主とした隔りが岳小琴本、故宮博物院本と大阪府立図書館本の間に見られる。

岳小琴本は「新増」に際して、小説をそのまま用いたらしく、まず稀屎衕の不潔さを長々と八戒が述べるが、故宮博物院本は簡単に述べるに止め、臭気などの嫌悪感が伝わらないようにする。世徳堂本第六十七回では蟒蛇と稀屎衕を一つの話にしているが、岳小琴本は二つに分けている。多少話も異なり、小説で命を落とした道士が岳小琴本では助けられる設定で、悟空に感謝するが、その前に八戒が道を清掃する場面では、村人が酒飯を届けると述べるに過ぎない。故宮博物院本と大阪府立図書館本は、村人が悟空によって蟒蛇退治されたと述べた後、猪師傅が開道してくれるとの白を入れ、酒飯を届ける場面設定に続ける。そして故宮博物院本は岳小琴本では道士が感謝を悟空に言う場面を、八戒が村人にこの肥料は使えると教え、感謝される設定にする。岳小琴本では悟空の役割の比重が大きいが、故宮博物院本・大阪府立図書館本は、本齣全体を猪八戒の功を称える内容に改めたので、再び小説に近づけたと言える。

岳小琴本と故宮博物院本は七絶山の妖怪を「蛇妖」とするが、大阪府立図書館本は「蟒」とし、小説の「大蟒」を承ける。齣名からは、岳小琴本から大阪府立図書館本、そして故宮博物院本へと、それぞれのテキスト段階で徐々に改変されて行く様子も窺える。

この齣の後、故宮博物院本は玉華国三王子の話、大阪府立図書館本は広寒宮玉兎怪の話になる。

岳小琴本曲牌：「香柳娘」①「前腔」②「前腔」③「前腔」

故宮博物院本・大阪府立図書館本は岳小琴本と同じ。

（備考）

岳小琴本と故宮博物院本が同一字を大阪府立図書館本は別字にする点も見られる。例えば、岳小琴本の「力気」（割注に「里以」とある）は故宮博物院本も同じであるが、大阪府立図書館本は発音を配慮して「精神」に改め、実際の聴戯観劇用の安殿本とする。岳小琴本は「真」字使用。岳小琴本は旧本の不明字に「徳沢」（故宮博物院本「渣滓」）を右側に添え字したり、落字「（原）身拱」を補う反面、訂正した誤字を残す（「裏」）場合もある。最初の曲牌「香柳娘」に続く白で「糟邱」とする点は三テキスト同じであるが、岳小琴本の「邱」字は「丘」字を忌避した表われか。

第九齣「修薬物異城行医」　新増

〔梗概〕

朱紫国郡尹は金聖夫人を失ってから病に伏すこと三年、榜文を出して天下の名賢を招くと布告すれば、孫悟空が神医というふれこみで来た。朱紫国郡尹はすぐに招き入れたが、孫悟空の容貌が凶悪で声がひどいのに怖れ、追い出すように言いつけた。悟空は出家人である以上、慈悲心で人を救う必要があると思案し、懸絲胗脉の法を使うことを提案する。朱紫国郡尹も病が癒えないので、さっそく処方させることとした。悟空は「双鳥失群の病」との診断をし、烏金丸一粒こそが身体の気を通すことが出来ると言い、すぐに烏金丸を調合させた。朱紫国郡尹が服薬すれば、たちどころに良くなった。孫悟空は朱紫国郡尹に病の原因をたずね、賽太歳によって引き起こされた事件と知り、その退治と夫人を邸中に戻すことを約束した。

〔対校〕

故宮博物院本庚本第十四齣「孫行者牽絲胗脈」、大阪府立図書館本第九本第三齣「巧行医脈懸彩線」に相当する。

岳小琴本と故宮博物院本・大阪府立図書館本は、前者が朱紫国郡尹とするのに対し、後者は国王（大阪府立図書館本では悟空の白で「国主」ともする）とする設定の相違があるため、登場人物の役柄にも相違が見られる。そのため、設定の相違から、細部の表現にも変更が加わり、曲詞や白に異同が多い。岳小琴本の白で大阪府立図書館本にその一部（「古人云……」）が残り、故宮博物院本にない部分もある。岳小琴本の曲牌名「榴花泣」は、大阪府立図書館本・故宮博物院本では「榴花好」と改められる。曲牌「漁家灯」は、ともに「剔銀灯」とし、岳小琴本は「麒麟山……」、大阪府立図書館本は「若題起……」（「題」字は改字）、故宮博物院本は「若提起……」とし、曲詞もすべて異なる。次の岳小琴本「前腔（漁家灯）」（「又一体（剔銀灯）」）は前半の「古狎（押）……掲諦」までの七言二句は三本同じであるが、次の七言句「扶助……元辰」は大阪府立図書館本と一致し、故宮博物院本は「管教夫婦重歓衆」として異なり、岳小琴本「勢蠢……喜地」句は、大阪府立図書館本・故宮博物院本と異なる。おそらく、曲牌名は「泣」字音を避けた結果であろうし、主人公を国王と郡公とする身分の相違の反映が曲牌名等に及んだのではないか。

故宮博物院本及び大阪府立図書館本には、今回の場面の前提として賽太歳が金聖夫人をさらう話が設けられている（故宮博物院本第十三齣「賽太歳圧境貪花」、大阪府立図書館本九本第一齣「張紫陽下凡保節」・第二齣「賽太歳圧境貪花」）。

岳小琴本曲牌：「菊花新」①「前腔」「榴花泣」②「前腔」「漁家灯」③「前腔」

故宮博物院本・大阪府立図書館本は、「中呂宮引　菊花新」「又一体」「中呂宮集曲　榴花好（石榴花首至四）（好事近五至末）」「又一体」「中呂宮正曲　剔銀灯」「又一体」とする。

（備考）

本齣で目立つのは、音による文字の訂正回避である。雍正帝の「禛」音は、診や胗、真と同音ゆえ、大阪府立図書館本はすべてに貼り紙をして「看」脈に改める。これは、大阪府立図書館本が観劇用のテキストとして、見ても聴いても乾隆帝の咎めを受けない配慮から出たものであろう。岳小琴本は康熙時代のテキストと見做すために問題はない。

これに対し、故宮博物院本は再び字を改めて「胗」字とすることは、上演用の台本として作られたものの、実用に到らなかったたか、「禛」字音を禁字にすると様々な表現に影響が及ぶことから、「禛」字そのものの使用以外は許容範囲に入ると見なされたのであろう。ただ、岳小琴本「針」字は、大阪府立図書館本では「檑」に、故宮博物院本は「鍼」とする。岳小琴本・故宮博物院本「立」「利」を大阪府立図書館本は該当箇所を「站」「通」に改める点も、字音に注意を払う聴戯なればこその処理であろう。岳小琴本は本齣を含め、「真」字の使用を好む傾向がある。大阪府立図書館本はそのすべてを改字している。

第十齣「擲金杯筵前息火」　新増

〔梗概〕

賽太歳は、朱紫国郡尹の金聖夫人をさらって来たが、夫人が漁夫の五彩仙衣を着たことで、この三年間近づくことが叶わなかった。そのため、別の美女を要求したが、朱紫国郡尹は言うことを聞かなかった。そこで、要求を呑ませるために、郡尹が唐僧らの宴席を開いて防備が手薄になった機会に乗じて放火し、妖兵で攻めようとした。一方、朱紫国郡尹は宴席で唐僧一行に酒を進めれば、悟空はふと酒をこぼした。朱紫国郡尹がそれに気づき、何か気に入らないことでもと問えば、悟空は否定した。そのような折、西門で火の手が上がったがすぐに雨で消えたが、街中酒の臭いがすると報告があった。悟空は、西門の火災は賽太歳が仕掛けたわなで、酒をこぼして火を鎮めたが、これから降妖に出かけたいと申し出た。朱紫国郡尹から許可を得たので、悟空は一計を案じ、美女二人と侍者一名を貸してもらい、自らも侍者に変身し、賽太歳に対して内と外ではかりごとを進めようとした。

〔対校〕

故宮博物院本庚本第十五齣「息妖火飛擲金盃」、大阪府立図書館本第九本第四齣「潜放火燄息金盃」に相当する。

大阪府立図書館本九本第四齣、故宮博物院本とそれぞれ齣名を順次継承しつつ改変した様が窺える。

岳小琴本の冒頭に賽太歳配下が登場し、金聖夫人をさらったが仙衣の為に三年近づけないこと、郡公に美女を献納させることを求めたが拒否されたので、賽太歳は怒って城下に火を放つ命を下し、討伐軍が戦に来たこと、今、長老に斎を献じたことなど、悟空の脈診以前に起こった出来事を簡単にセリフに込めて言う形にし、放火が起こる前提を示す。故宮博物院本・大阪府立図書館本では、前齣に賽太歳の悪行場面がある。

岳小琴本と故宮博物院本・大阪府立図書館本とは曲詞・白で差違が大きいが、岳小琴本は郡公と唐僧らの応酬に力点を置き、郡公の夫人への慕情の唱を曲牌「降黄龍」の後に「前腔（降黄龍）」、曲牌「前腔（換頭）」・「太平令」を入れるが、故宮博物院本・大阪府立図書館本は岳小琴本の「前腔（換頭）」を「又一体」に当て、「太平令」の箇所に「太平歌」を置く。岳小琴本の白でも大阪府立図書館本はその一部を有し、故宮博物院本にはない場合（「太平令」後の白「（郡白）這是神僧霊機妙用」）も見られる。また、大阪府立図書館本と故宮博物院本との間で白の位置が異なる場合も見られる。大阪府立図書館本では、酒宴を始める時に内侍が西門で火の手が上がったと伝え、「太平歌」となり、その後、国王が「神僧莫非有些見怪麼」と訊ね、悟空が「不是……」と言う。故宮博物院本は「太平歌」の前に移し、「太平歌」の後で火が消えたと内侍が伝え、「又一体（太平歌）」に続く。この齣には、岳小琴本と大阪府立図書館本が一致し、故宮博物院本が異なる字句、或は、岳小琴本と故宮博物院本が一致して大阪府立図書館本が異なる字句の双方が窺え、テキスト相互の関係を示す字句を見出すことが出来る。

大阪府立図書館本は娘娘とすべきところを岳小琴本の「（郡白）怎生見得我夫人」をそのままにして「夫人」（ここ

は故宮博物院本も同じ）とし、「把我作家人」で内侍とすべきところを「家人」（同「内侍」）のママとして、岳小琴本を承けた箇所がある。故宮博物院本は国王設定にする。岳小琴本には誤写落字やその訂正箇所がある。岳小琴本は曲牌名「玉女歩」とし「瑞雲」を曲牌名の一部とせず、唱の部分に入れる。

岳小琴本曲牌・・「玉女歩」「前腔」「降黄龍」「前腔」「前腔（換頭）」「太平令」「黄龍滾」「前腔」「尾声」

故宮博物院本・大阪府立図書館本は、「黄鐘宮引　玉女歩瑞雲」「又一体」「黄鐘宮正曲　降黄龍」「又一体」「太平歌」「又一体」「黄龍衮」「又一体」「尾声」（「慶余」）とする。

〔備考〕

岳小琴本の「針（刺）」を大阪府立図書館本のみ「棘」と改字し、「診（脈）」は「看（脈）」に改める。岳小琴本は「真」字を用いるが、「（謹）慎」（最後の唐白）字は三本で共用する。

故宮博物院本は第十三齣で、「寿台上場門」「仙楼」「寿台下場門」「簾子門」とし、第十四齣では「寿台上場門」「寿台両場門」とする。第十五齣は、「洞門」「寿台上場門」「寿台下場門」と示す。

第十一齣「思夫主喜得家音」新増

〔梗概〕

悟空ら一行は金聖夫人のもとに行き、夫人に耳打ちをして、今晩、金聖夫人が妖怪の寵愛を表向き受け容れるように、と言った。続けて、慶賀の酒宴を設けて二侍女を陪席させ、酔わせて床へつれて行き、鈴をはずして見せてくれれば、鈴の威力を封じることが出来ると伝えれば、夫人も同意した。

〔対校〕

故宮博物院本庚本第十六齣「達佳音私遺宝串」、大阪府立図書館本第九本第五齣「欲達佳音遺二女」に相当する。

岳小琴本の冒頭の曲牌「鳳凰閣」は大阪府立図書館本のみにあり、故宮博物院本では省かれる。その曲詞は大阪府立図書館本が訂正と多少の改変をする。曲詞・白も国王と郡公の設定に応じた相違が中心で、多少の異同を除けば三テキストは同じ内容。ただし、大阪府立図書館本は岳小琴本と近似し、最後の岳小琴本七言句は大阪府立図書館本のみ同じ詩句を半分添えるが、故宮博物院本にはない。また、故宮博物院本で新たに添えられた白も見られる。それは、「黄鶯児」の後、金釧を見た金聖夫人が「存皮骨了」と言い、悟空が「夫人免愁煩」となぐさめる間に故宮博物院本は「（大太監白）娘娘見了孫大聖、……非浅矣」と入れる箇所、或は、孫悟空の計略を受け容れた夫人が「前腔（琥珀猫児墜）」の後、「……而行便了」と言えば、大太監が「娘娘……去也」と言う白は故宮博物院本のみ見られる。

余談ながら、賽太歳が持つ金鈴の威力の内、黄沙を吸うのが一番ひどいとは、現代公害に連鎖して、当時から黄沙害が北京を悩ませていたとわかり、のちの霾害とともにおもしろいところではある。

岳小琴本曲牌：「鳳凰閣」「集賢賓」①「前腔」「黄鶯児」②「前腔」「琥珀猫児墜」③「前腔」「尾声」

大阪府立図書館本は岳小琴本と同じであるが、故宮博物院本には「鳳凰閣」曲牌・曲詞とその後の白がない。他は、岳小琴本と同じ。

〔備考〕

岳小琴本と故宮博物院本の「一力」は、大阪府立図書館本は「（一）計」とする。故宮博物院本はト書きで「簾子門」（大阪府立図書館本「上場門」）とし、第十三齣同様の記述をする。故宮博物院本は「寿台」のみ使用のためか。大阪府立図書館本「両場門」。

第十二齣「狎双鬟酔遺重宝」　新増　（双環：目録）

〔梗概〕

賽太歳は美女二人を得て側室することにし、夫人も同意したので、喜びの宴席が開かれることになった。賽太歳は二人の側室相手に酒を飲み始めれば、悟空の化身である侍者もあおり立てた。杯を進めた賽太歳は眠気を催し、ついには酔いつぶれた。そこで、一人の侍女が腰から金鈴をはずして悟空の化身に渡し、二人して賽太歳を部屋に運んで行った。悟空の化身は毫毛三本を抜いて金鈴三種そっくりに変化させて取り換えれば、夫人は賽太歳が目醒める前にニセの鈴をもとのところにもどした。

〔対校〕

故宮博物院本庚本第十七齣「換金鈴賺入香閨」、大阪府立図書館本九本第六齣「為乗沈酔換三鈴」に相応するが、曲詞で異なる箇所が多い。

岳小琴本と故宮博物院本・大阪府立図書館本の設定は同じで、賽太歳を酒令で酔いつぶす内容である。岳小琴本は二新姨を曲牌「画眉序」で新婦の美しさで表現するが、故宮博物院本等は女性を季節の風景に改め、間接的な雅詞とする。「尾声」も大阪府立図書館本は見た目も美しく「慶余」と改めるが、詞も具体的に指すのではなく、雅詞で暗に示し、岳小琴本が具体的な字句を列ねたくどい表現、品が欠ける白の部分を改めたように見える。岳小琴本の白で大阪府立図書館本にあって故宮博物院本にない例、曲牌「画眉序」後の白で孫悟空の化身が賽太歳に「小人有話、……（浄白）白）起来講」と宴席を勧める提案の口火を切る白の部分は、故宮博物院本にはない。一方で、岳小琴本と故宮博物院本が同じで、大阪府立図書館本が異なる例もある。「滴溜子」後の白で、悟空の化身が三つの金鈴をすり替える時、岳小琴本「……調換、〔一番真的蔵在我、〕仮的仍旧還他、有何不可」について故宮博物院本では〔　〕内はないが、以下は同じ。これに対し大阪府立図書館本では、「調換、将仮的仍与他繫在身上、有何不可」と改める。

大阪府立図書館本「（若伏侍）夫人」、故宮博物院本「（這）金箍棒」と岳小琴本のままの表記にして、改字を忘れたミスを犯すところがある。正しくは、「娘娘」と「棍」とすべきであろう。

岳小琴本曲牌‥「西地錦」①「前腔」「画眉序」②「前腔」「滴溜子」「双声子」「尾声」

故宮博物院本・大阪府立図書館本は岳小琴本と同じ。

（備考）

岳小琴本（「西地錦」後の白）「（股肱）力」＝故宮博物院本≠大阪府立図書館本「意」

岳小琴本は「真」字を多用する。故宮博物院本とのみ一致する字句もある。岳小琴本「寧」＝故宮博物院本。

岳小琴本では、原本の誤字らしきものと判断した文字は、横に訂正文字を置く。落字もあり、「変做個金鈴」の「做」と「個」の右横に「三」を添える。

故宮博物院本は「簾子門」「洞門」「寿台門」とする。大阪府立図書館本にはト書きに「上場門」「地井」「下場門」「両場門」とある。

第十三齣「麒麟山妖魔被擒」新増

〔梗概〕

悟空は金鈴を携えて、洞門へやって来る。賽太歳は金鈴を振ってみたが、烟や火、沙が全く放てず、悟空が三鈴をふれば烟、火、沙をくり出したので、妖怪は地面にひっくり返って茫然自失する。そこへ観音が現われ、賽太歳を一喝すれば、金毛犼の正体を現わし、地に伏した。菩薩は金毛犼を取りおさえに来たことを伝え、郡公がかつて西方仏母孔雀大明王仏の二子を落鳳坡で傷つけたことから、折鳳三年の罪を得たことなど詳しく教えて、金毛犼に乗り落伽山へ戻って行った。

〔対校〕

故宮博物院本庚本第十八齣「収犼怪仍帰法座」、大阪府立図書館本第九本第七齣「犼怪羈縻帰仏座」に相当する。

賽太歳と悟空は、真偽二つの金鈴で雌雄の区別による滑稽場面を演出する。曲詞と白で差違が見られるとともに、岳小琴本と大阪府立図書館本、故宮博物院本へと改訂が進む様相が窺える点がいくつか見られる。

岳小琴本では金鈴の威力について、火・烟・沙と　つずつ説明する（「北酔花陰」後の白「（浄作揺第一鈴介）呀、為何不見火出、（揺第二鈴介）……呀、為何不見沙出、……」）賽太歳を描くが、故宮博物院本では一つにまとめる（「（作揺鈴科白）呀、烟火沙為何全然不見出来、……」）。大阪府立図書館本は岳小琴本に同じ。

賽太歳を収伏する場面では、岳小琴本は観音が来臨して収伏するが、大阪府立図書館本は善才童子が来て収伏し、故宮博物院本は大阪府立図書館本に倣って話を少しずつ詳しく緻密にしている。善才が来たのを知った賽太歳、金毛犼があわてるところ、善才が収伏する。岳小琴本で観音が収伏した後、悟空は夫人がさらわれて郡公が病になったと

「出隊子」で歌うが、金身の妖怪が下降したことと郡公の災難の関連が明白ではない。そこで、大阪府立図書館本と故宮博物院本では、娘娘がさらわれて三年の病に国王がかかると補い、その姿が枯柴になったと歌う曲詞に改め、国王の病と三年の離間について合理的に話を進める。一方、岳小琴本で孔雀大明王の二子の話を出す場面で、故宮博物院本は岳小琴本に比べて簡略にするが、大阪府立図書館本は岳小琴本の一部を留めつつ、改訂も加える。

最後の岳小琴本「尾声」の部分は、故宮博物院本・大阪府立図書館本とは全く異なり、岳小琴本が第十四齣で郡公夫婦が再び会う話とするため、再団円を示す曲詞を入れて次齣の橋渡しとする。これに対し、大阪府立図書館本と故宮博物院本には長い白があり、張紫陽が仙衣を取り戻しに来てすぐ見えなくなったと言う話を入れ、曲牌「古寨児令」で国王夫妻の再会を歌う。岳小琴本には、それらはない。つまり、大阪府立図書館本と故宮博物院本では、岳小琴本の次齣で演じられる夫妻団円のさまを簡単にして取り込むことによって、一齣分を省略した改編の様が端的に窺える。

金聖夫人を郡公（国王）のもとへ戻す際、岳小琴本は龍に乗せて侍女ともども帰るが、大阪府立図書館本は国王の車に乗って帰る。故宮博物院本では岳小琴本を承けて侍女ともども乗龍するとト書きにはあるが、「古水仙子」では「風馬雲車」という表現をし、大阪府立図書館本の表現も意識されている。本齣では、金聖夫人（娘娘）の「烈婦」を称えるが、三本ともこれは全く同じ。

岳小琴本曲牌：「北酔花陰」「喜遷鶯」「出隊子」「刮地風」「水仙子」「尾声」

故宮博物院本・大阪府立図書館本では、岳小琴本の「水仙子」の後に「黄鐘調套（隻）曲　古寨児令」曲詞・白が入れられる。また、岳小琴本の曲牌に対し、「酔花陰」「古水仙子」と表記される。

〔参考〕

岳小琴本には誤字「真攖内」（「北酔花陰」後の白、正しくは「懼内」）があり、「真」字も多用する。また、先入観によるとも思える誤字「呌」（「喜選鶯」）「誰」（「出隊子」）（訂正右に「着」「孰」各字）がある。岳小琴本と大阪府立図書館本と同じ（「出隊子」後の白「（射傷）雄（孔雀）」（故宮博物院本「二」）、或は、故宮博物院本と同じ「刮地風」の「（半）壁」（大阪府立図書館本「璧」）という文字の相違が見られる点もある。また、岳小琴本・故宮博物院本（「刮地風」後の詩）「霹靂」を大阪府立図書館本は削字して「勇猛」と改める。岳小琴本の白をト書き化する例もある。

第十四齣「朱紫郡夫婦重合」新増

〔梗概〕

郡公に再会した夫人は仙服の効用を述べ、神僧の法力で災難を脱出したと称える。その時、張紫陽は棕衣を取り戻しに来て、夫人の瘡刺も沐浴すれば消えると伝え、急に見えなくなった。唐僧は夫人の帰還を知り拝賀に訪れれば、郡公夫妻は師徒に感謝した。

〔対校〕

第十四齣は、故宮博物院本・大阪府立図書館本にはない。

故宮博物院本第庚本第十八齣、大阪府立図書館本第九本第七齣では、夫婦（国王夫妻の差異あり）の再会場面を取り込むため、前齣に「古寨児令」一曲を挿入し、その前後の白で岳小琴本ではこの第十四齣に当たる内容を要約した形を取る。そのため、岳小琴本と故宮博物院本・大阪府立図書館本は全く違う終わり方をする。故宮博物院本・大阪府立図書館本はこの齣を用いて、賽太歳が娘娘を見そめて掠い、漁翁に化身した張紫陽が五彩仙衣を娘娘に着させ、その節操を保全させる話として事件の発端に入れ、賽太歳と娘娘を主人公とした齣から始めたと考えられる。この処置で、大阪府立図書館本は第九本第一齣で、張紫陽大仙が金聖夫人折鳳三年を知った犼怪にさらわれて名節が沾汚されるのを防ぐため、簑衣を五彩仙衣に変えて与えるために船に乗る場面を描く。第二齣では朱紫国王が酒宴を開く最中、賽太歳が妖兵を率いて攻め寄せ、金聖娘娘を差し出すように言う。国王の軍兵は全滅し、それを知った娘娘は自ら賽太歳のもとへ赴く。その時、仙衣が届けられて着用したために、賽太歳は手を出すことが出来ない。娘娘のこの行動は、『江流記』の殷小姐の姿に似る設定を取る。大阪府立図書館本は岳小琴本の第十四齣を第二齣に取り込み、故宮博物院本はその改編に準じたと言える。

岳小琴本曲牌：「謁金門」「園林好」①「前腔」「江児水」②「前腔」「五供養」③「前腔」「玉交枝」④「前腔」「川撥棹」⑤「前腔」「尾声」

（備考）

岳小琴本「搐」、「炫」、「眩」各文字欠筆なし。「丘」、「法力」、「立」、「真」各文字使用。

故宮博物院本第十三齣：寿台上場門、寿台下場門、洞門、城門（舞台上の門の小道具か）仙楼、（下仙楼下至寿台科）

大阪府立図書館本第一齣：上場門・下場門、地井　第二齣：上場門、両場門、地井、下場門、洞門、西旁門

第十五齣「滅法国伽藍指迷」新増

〔梗概〕

悟空は伽藍神から、滅法国では、国王が仏法を敵視して一万の僧侶を殺す願を懸け、あとは四人を残すだけと教えられた。そこで、一計を案じ、俗家の姿に名前は唐大官、孫二官、朱三官、沙四官と呼ぶこととし、旅館では、全員が馬の仲買人、白馬は見本ということにした。そして、滅法国内の趙寡婦が営む商人宿に一泊する。悟空は暗い部屋を求めれば、趙寡婦は困惑した。その時、悟空は米櫃を見つけ、自分たちはその中で寝ると言えば、趙寡婦も妙案だと賛同したので、悟空は三人を先に櫃に入れ、自分はかぎをかけてからそこにもぐり込むこととした。

〔**対校**〕

第十五齣は、大阪府立図書館本第七本第一齣「欽法国伽藍顕聖」の前段三分の一に相当するが、故宮博物院本にはない。

岳小琴本の「滅法国」という不吉な文字を、大阪府立図書館本は「欽法国」と後日談で改め、齣名にも用いる。これは本来は不適当な改名であるが、岳小琴本では二齣に分かれた話を大阪府立図書館本では矛盾を知りつつも一齣にまとめた処置である。

大阪府立図書館本は岳小琴本の曲牌名・曲詞、白はほぼ同じで内容は全く同一である。岳小琴本の曲詞を移動する箇所が二箇所あり、また、大阪府立図書館本で多少補充された白部分も見られるが、根本的な差違ではない。岳小琴本ではト書きの文字を孫悟空の白に入れたような箇所（「俱」字）もある。岳小琴本は七言四句を齣末に添えて終わるが、ト書きがないので、どのような演者が歌うのかは不明である。大阪府立図書館本では「分白」とし、四人の白であることが明示される。この後、そのまま続くのが大阪府立図書館本で、岳小琴本は改齣となる。

岳小琴本曲牌：「懶画眉」「前腔」「楚江情」「大迓鼓」「前腔」

大阪府立図書館本は岳小琴本と同じ。

〔備考〕

岳小琴本には落字があり、原本の誤記「(衣)服」を「帽」(大阪府立図書館本)と訂正するために右側に添字する。

岳小琴本「一力」、「名利」(「懶画眉」、「前腔(懶画眉)」)を大阪府立図書館本は「一意」、「険厄」とする。

大阪府立図書館本：上場門、下場門、雲杌、地井

第十六齣「招商店師徒被盗」新増

〔梗概〕

旅館専門の強盗は、趙寡婦店に馬商人が投宿したことを聞き、旅館に押し入った。盗賊らは、櫃を見つけ、その中にお宝があると見てかついで持ち出した。そこへ、街内を巡回する官兵が来て盗賊らと出くわした。盗賊らは官兵に驚き、馬も櫃も投げ出して逃走した。官兵らは、取得した馬と櫃を国王のもとへ差し出し、恩賞を得ようとした。

〔対校〕

第十六齣は、大阪府立図書館本は第七本第一齣「欽法国伽藍顕聖」の中間、宿屋の部分に当たる。

滅法国の趙寡婦店という宿屋に泊まった一行が、米櫃に休むところ、強盗団に米櫃に入ったまままさらわれる話で、小説の世徳堂本では第八十四回に当たる。小説にある宿賃三様については、岳小琴本は趙寡婦の口から先に語らせるが、大阪府立図書館本では完全に省略される。曲詞・白ともほぼ岳小琴本と大阪府立図書館本は差違がなく、小説に

依拠した齣であることがわかる。相違は、大阪府立図書館本では米櫃を提案したのが趙寡婦であるのに対し、岳小琴本は趙寡婦の示した米櫃を悟空が見て寝床とするように、白の発言者を交換している。後も同じで、櫃に入った四人を置いて趙寡婦が退出する際、七言二句を述べるが、大阪府立図書館本では悟空の白にする。宿屋から米櫃を盗む盗人を岳小琴本は四人とするが、大阪府立図書館本は五人に増やす。そして、盗人らが官兵と出くわす場面で岳小琴本は改齣するが、大阪府立図書館本は連続する点にある。

岳小琴本曲牌：「縷々金」①「前腔」②「前腔」③「前腔」④「前腔」⑤「前腔」

大阪府立図書館本は岳小琴本と同じ。

〔備考〕

岳小琴本には、「作」の誤字（「(同) 佐」）が見られる。また、「一粒」（第三「前腔」）は、大阪府立図書館本で「一顆」と訂正される。

第十七齣「国君感夢反欽僧」新増

〔梗概〕

滅法国の国王は、まどろむところに伽藍神が夢に現われ、万僧の殺生は天上の怒りを買っている、やがて来る四人の僧は聖人であるので礼遇し、仏法を敬うことを命じて夢枕から去った。国王は、夢におどろいて改心する折、趙寡婦店の宿泊者から強奪された贓品と馬を押収したとの奏上があった。国王は米櫃をかついでこさせ、開けるように命じた。官兵らが櫃の蓋を取れば、中に唐僧師徒四人がいるのが眼に入った。国王は夢警と一致するのに驚き、内侍に斎筵の準備をさせ、今後は決して僧を殺さないことを改めて誓った。唐僧は衣服を改めた経緯を述べ、国名は欽法国がふさわしいと提言した。国王は承諾し、盛世の治を行なうことを決意した。

〔対校〕

大阪府立図書館本第七本第一齣「欽法国伽藍顕聖」の後半三分の一、国王に教化を施す場面に当たる。

岳小琴本は滅法国の国王の登場から開始されるが、曲牌・曲詞は大阪府立図書館本と同じ。

岳小琴本と大阪府立図書館本の大きな差違は、官兵が盗賊と出遭い、米櫃を捕獲して国王に奏上し、王命で中を改めれば唐僧らであったという場面にある。岳小琴本では四人の官兵が押収した櫃を持ち込んで事件を上奏し、国王の命令によって中身がわかるとする。大阪府立図書館本では、兵部の役人が官兵が強盗から押収した物品について、事件を国王に奏上して、櫃のふたを開く裁可を得るまでの応待が細かく記される。一方、伽藍神の夢警で四人聖僧の到来を知る点は同じであるが、唐僧らが衣服を僧衣に改め、通行手形を申請するまでの場面では、岳小琴本は趙寡婦店から僧衣を取って来て換えるなどとする部分は、大阪府立図書館本にはない。最後の曲牌「古輪台」では、岳小琴本が一字「高」で脚韻を踏まない部分がある。大阪府立図書館本は押韻字「厳」に改め、「尾声」まで一貫させる。また、大阪府立図書館本の韻字「冕」を、岳小琴本は落字したことも気づかなかったかもしれない。

岳小琴本最後の七言四句は誰の白（詩）か明示するト書きがないが、大阪府立図書館本では国王と唐僧が交互に言う白とト書きがある。小説では、悟空が国王皇妃らすべての髪を剃ることがあるが、岳小琴本及び大阪府立図書館本は、不敬な行為であると認識し、満洲族の弁髪も考慮してすべて省く。

岳小琴本は国王の僧侶殺しを夢警後すぐに廃止を決意するが、大阪府立図書館本は岳小琴本にある「孤家立誓再不敢殺僧」を後へ移し、唐僧の言葉と伽藍神の夢警とが一致することから発願するに到ったとする。但し、「立」字は「発」字に切り取り補写されている。岳小琴本は悟浄を「悟静」と表記する。

岳小琴本曲牌・「菊花新」「錦纏道」「普天楽」「古輪台」「尾声」

大阪府立図書館本は岳小琴本と同じ（「慶余」以外）。

〔備考〕
岳小琴本の「来歴」（「菊花新」後の白）字は大阪府立図書館本では「来由」と改められる。岳小琴本は「塡」「真」字を使用し、「絃」字は欠筆しないが、大阪府立図書館本は「絃」と欠筆にする。

第十八齣「樵子孝親兼得度」新増

〔梗概〕
毒霧洞に住む南山大王は、唐僧が羅漢の化身で、その肉を食えば延寿できるという話を聞きつけ、待ち構えて捕らえようとする。その時、先鋒の一人が分瓣梅花の計略を用いれば、唐僧を捕らえることが出来ると進言した。そこで、その方策に従い、唐僧らが一路西天へ向かうところ、前三方にニセ南山大王が現われるようにして、一行に襲いかかった。悟空らは応戦のため三方に分かれ、偽大王を追いかけた。一人残された唐僧は、そのすきに捕らえられてしまった。悟空は、妖怪の分辨梅花の計略にはまってしまったのに気づき、山中に分け入れば、洞門があり、文蔚山と書いてあった。すると、洞内より声がして、唐僧の亡骸だ、と一つの人頭を投げつけて来た。しかし、悟空は、それが柳樹の根子でニセ人頭と見破るが、攻略は明日とりかかることにした。南山大王は首尾よく唐僧を捕らえた上に、ニセ首級を悟空らに見せて退散させたと満足する。そこに、悟空・八戒・悟浄が再び洞門へ到り、南山大王らと戦い、二先鋒を打ち殺した。悟空は八戒や悟浄の言葉から、妖怪が南山大王といい、するどい牙と爪をもっていることを知り、妖怪が南山に住む豹精と見当をつけ、虫に化けて侵入し、樹に吊されている唐僧と木こりを見つけ、二人をつれて洞から脱出した。南山大王は深追いをするのをやめたその時、孫悟空が現われ、南山大王と戦ってこれを打ち殺せば、豹精の正体を現わした。

〔対校〕

故宮博物院本己本第十九齣「南山妖設梅花計」・二十齣「東土僧遭艾葉擒」・二十一齣「洞口擲頭驚弟子」・二十二齣「柳林釈縛斃妖王」、大阪府立図書館本第七本第二齣「梅花計師弟遭擒」・三齣「仮人頭封成馬鬣」・四齣「分法相撲滅狼精」・五齣「域外山樵蘇兼度」、旧北平図書館本第六本第十九齣「南山豹設梅花計」・二十齣「東土僧遭艾葉擒」・二十一齣「洞口擲頭驚弟子」・二十二齣「柳林釈縛斃妖王」の各四齣分に相当する。

故宮博物院本及び大阪府立図書館本は、小説第八十五・八十六回の欽法国を含めた二回分を倍にしたことになる。岳小琴本は、反対に小説二回分を一齣にまとめたため、南山大王が殺されることなど話の中心が簡略化されている。

岳小琴本では、南山大王が配下の妖怪と唐僧を捕らえる謀議をする最中、分瓣梅花計を使うということになる。ところが、たまたま山中に入った樵子が妖怪に見つかり、機密保持から捕らえられる。樵子は冒頭で母親と暮らす身上を示し、南山大王にはただ許しを乞うのみである。大阪府立図書館本及び故宮博物院本は筋立てが異なり、樵子が捕らえられた後、その身上を語る。また、岳小琴本では謀議を守るための見張り役を、大阪府立図書館本では大王の威厳を守るために縄張りを巡回する見張り役であったとし、禁を破って侵入した樵子を捕らえた、と孝子の行動にも改変を加える。

岳小琴本の梅花計を立てる部分で、岳小琴本と大阪府立図書館本は一致する語句が見られるが、曲牌曲詞・白は岳小琴本の四分の一、つまり大阪府立図書館本第二齣に当たる箇所はほとんど一致しない。大阪府立図書館本は中間に「慶余」を置くものの、岳小琴本と同じように山中に入った唐僧らが怪しげな雰囲気に気づく話を続ける。或は、大阪府立図書館本が直接依拠したテキストは、ここで齣を分けていた可能性があり、大阪府立図書館本はそれを改訂して連続させたとも思われる。故宮博物院本は大阪府立図書館本第二齣の中間にある「慶余」を「尾声」として第十九齣を収めるが、両本は曲詞がほぼ同じである。また、大阪府立図書館本では、岳小琴本で簡単に触れられる烏巣禅師からの心経問答を詳しく入れる。これは、故宮博物院本にはない。岳小琴本では唐僧や三弟子について南山大王が配下に語り、樵子を捕らえたこと、唐僧らを発見して戦い、唐僧を捕らえ、樵夫とともに樹に縛られる、という流れを取る。大阪府立図書館本は岳小琴本では簡略化された唐僧師徒と大王との戦いを詳しく記し、唐僧を捕らえた後は、第三齣に改める。故宮博物院本も改齣し、第二十一齣になる。

岳小琴本の二段目に入って、唐僧が分瓣梅花計でさらわれた後、悟空らが連環洞に攻め寄せたところ、ニセの師父の首級を本物と思い、仇討ちをしようと決断する。大阪府立図書館本は第三齣に当たり、首級をニセ物と見破る滑稽劇に仕立てて話の充実を図るため、内容は詞・白ともほぼ一致しない。

岳小琴本第三段目は、本話の中心で先鋒と大王を八戒と悟空が退治する場面であるが、岳小琴本に曲牌曲詞はなく、白もほぼ大阪府立図書館本とは一致しない。筋立ても簡単で、全体の一齣分に相応するように書かれている。

岳小琴本第四段目は、師父の仇討ちに向かった三弟子が洞内の小妖を許したところ、師父の生存を知り、苦痛を訴える樵夫ともども救出し、樵夫の見送りを受けつつこの先の道筋を教えてもらう場面で、岳小琴本と大阪府立図書館本は、曲牌曲詞・白いずれも相違する。岳小琴本では、タイトルに樵夫が得度するとあるが、西天への道を教えることだけがあり、孝を母に尽くす点が示されるのみである。大阪府立図書館本は孝順を強調するために小説の内容をほぼ忠実に踏襲する。大阪府立図書館本は第二齣から樵子の「孝心」を南山大王の口から言わせ、心経問答を小説からそっくり取り込んでいる。南山大王のいる山中で吹く風も、小説の表現そのままで取り込む。

大阪府立図書館本は、曲牌「五供養」の後にある「慶余」で第二齣をしめくくる（天井・地井、上場門、下場門と使い分ける）。故宮博物院本も同じ曲詞で、第二十齣を終わる。大阪府立図書館本第三齣は師父の仮首の話が中心で、小説に拠りつつ、骨董の目ききの話を八戒と悟空の会話に込める。そして、柳樹精の変化と見破り、「又一体」と白で話を終える（大阪府立図書館本：地井、洞門、上・下場門）。故宮博物院本は「又一体」の後に曲牌「菊花新」以下を続け、改齣しない。

大阪府立図書館本第四齣は、曲牌「菊花新」から始まり、二先鋒を殺す場面と南山大王の正体を推測し、曲牌「紅繍鞋」を歌うところで終わる（大阪府立図書館本：地井、洞門、上・下場門）。故宮博物院本も同じ。

大阪府立図書館本第五齣では洞中の樵子が「好苦嗄」と嘆き、唐僧が母への孝心を賛える中、悟空が救出に来る。南山大王は唐僧が逃げたことを知り、ただ山中の保全を願うところ、孫悟空が来て戦い、打ち殺される。小説ではねむり虫で寝る最中に殺されるが、それを卑怯な行為と見て大阪府立図書館本は舞台上に花を添えることを兼ねて戦闘場面としたものらしい。最後の場面は、樵子が一行を見送り、世人に孝順を勧める白で終わり、「慶余」で孝悌を世人に勧告する唱をしてしめくくる。故宮博物院本もほぼ同じであるが、樵子の白や「尾声」がない。小説は母子の再会と唐僧らの食事を描き、最後は西天天竺への道を教えることになる（大阪府立図書館本：東旁門、上・下場門、地井、平臺、洞門）。岳小琴本は母親の礼拝などから「得度」というタイトル、大阪府立図書館本も「兼度」との文字を入れたのであろう。

この岳小琴本一齣分は、小説から岳小琴本、岳小琴本から大阪府立図書館本の変更を見る一つの手懸りになるが、大阪府立図書館本の依拠テキストでの改訂が既に行なわれたことを推測させる場面構成でもある。

旧北平図書館本第六本は、やはり大阪府立図書館本と同じ四分齣形式であるが、故宮博物院本と同様大きな相違点がある。第一は、旧北平図書館本第十九齣末の「尾声」で区切れるところ、大阪府立図書館本（第七本第二齣）は続けて「慶余」を入れながら終齣しない。つまり、故宮博物院本や旧北平図書館本の形式が先行し、大阪府立図書館本は二齣あった部分を合体させたことになる。旧北平図書館本第二十一齣では、悟空らがニセ首を知った後、二先鋒と南山大王が戦功を喜ぶ場面へと連続して、曲牌「又一体」に続けて「菊花新」を順次置くが、大阪府立図書館本ではここは結合せず、改齣する。この相違は、故宮博物院本と同じ。

第二は、旧北平図書館本では省略のために文意が通じなかったり、大阪府立図書館本にある「孝順」を称える言葉などが省略されるという相違がある。旧北平図書館本第二十二齣の齣名が故宮博物院本第二十二齣「柳林釈縛斃妖王」と同じであることを含めて考えれば、旧北平図書館本は大阪府立図書館本より後の鈔本であることの一証を追加させることが出来よう。

岳小琴本曲牌：「遶紅楼」「紅芍薬」「粉孩児」「要孩児」「越恁好」「尾声」

大阪府立図書館本は、「正宮集曲　普天帯芙蓉（普天楽首至七）（玉芙蓉合）」「朱奴帯錦纏（朱奴児首至合）（錦纏道七至末）」「錦庭芳（錦纏道首至六）（満庭芳合至末）」「四辺芙蓉（四辺静首至六）（玉芙蓉末一句）」「太平楽（酔太平首至六）（普天楽五至末）」「慶余」「仙呂宮正曲　八声甘州」「又一体」「皂羅袍」「五供養」「慶余」（以上、第二齣）、「双調正曲　羅帳裏坐」「又一体」（第三齣）、「中呂宮引　菊花新」「好事近」「又一体」「千秋歳」「紅繡鞋」（第四齣）、「仙呂入双角合曲

北新水令」「南歩歩嬌」「北折桂令」「南江児水」「北鴈児落帯得勝令」「南僥僥令」「北収江南」「南園林好」「北沽美酒帯太平令」「慶余」(第五齣)とし、故宮博物院本は「太平楽」から南山大王の白「疾忙挑取子孫」まで省く。以下、大阪府立図書館本と同じで、最後は曲詞「……平安之地」で終わり、大阪府立図書館本の樵子の白と「慶余」がない。故宮博物院本は「双角　新水令」以下、曲牌に「北」「南」字を冠さず、また若干曲牌表記に異なる点が見られるが、ほぼ大阪府立図書館本と同じと言える。

〔備考〕

旧北平図書館本齣名と故宮博物院本齣名は一箇所(第十九齣の「豹」字は故宮博物院本では「妖」字)を除いて、すべて同じ。

第十九齣「鳳仙郡冒天止雨」新増

〔梗概〕

鳳仙郡では連年の日照りで凶作を招き、城内は廃墟となり、人々はみなこの土地から逃散する有様であった。そのため、鳳仙郡の太守上官無忌は、天を怨み、龍王を毒龍と呼び、ののしっていた。そこに唐僧の弟子悟空は神通力にすぐれ、降雨の霊力を持つという地方官の請願書が届けられたので、郡守は悟空を招聘して玉帝へ嘆願文を届けることを依頼した。天上では仙官が悟空の代奏すれば、玉旨が降された。功曹はその玉旨を携えて下り、郡守に対し、玉帝を冒瀆したことから日照りとなった、いま、米と麺二つの大山が設けられていて、もしも、鶏と犬がそれぞれ食べ尽くせば、雨降りとなると教え、郡守が悔悟の思いを孫大聖に託せば、すべて解決する旨を伝授した。郡守はその言に従うこととした。

〔**対校**〕

鳳仙郡太守上官無忌のとがによる日照りの話は、大阪府立図書館第十本第三齣「一誠能解瞞天罪」の前半に相当する。故宮博物院本にはない。

上官無忌が供物をこわし、小犬に食べさせたことから天罰を受け、鳳仙郡が日照りになったが、孫悟空の力で玉帝の怒りを解き、雨を得るという物語の前半で、大阪府立図書館本は岳小琴本次齣の第二十齣を合わせて一齣とする。

岳小琴本の「前腔、天上……廉吏」は大阪府立図書館本にはなく、大阪府立図書館本最後の上官無忌の白と「慶余」は岳小琴本にはない。代わりに七言絶句があるが、これは字句に相違があるものの、大阪府立図書館本では無忌と衆父老の白に入れられている。このように、二テキストの間には曲詞・白に異同やその有無が少々あるが、岳小琴本と大阪府立図書館本は同じ内容と言える。

岳小琴本曲牌：「菊花新」「駐馬聴」①「前腔」②「前腔」③「前腔」

大阪府立図書館本は岳小琴本と同じ。

（備考）

岳小琴本では、「真」字の他、「丘（墟）」（「菊花新」後の白、大阪府立図書館本は「坵」字）、「粒米」（「駐馬聴」、同上「珠粟」）、「（朕）立二（件）」（第二「前腔」、同上「設両」）、「（一）粒（一）粒」（同上白、同上「琢」字）「立這二件」（同上白、同上「興（這）両（件）」）、「（一）力」（同上、同上（一）意」）、「丘（時）」（第三「前腔」、同上「霎（時）」切り取り改字）と、

「丘」字の変更、「立」「力」字の変更が大阪府立図書館本で目立ち、乾隆時代の実演テキストであることを示す。岳小琴本は康熙時代の編集であるため、改字の必要はない。

第二十齣「孫悟空勸善施霖」（新増：目録、本文なし）

〔梗概〕

孫悟空は師徒とともに鳳仙郡に入り、郡守に三年の日照りの罪を受けた経緯を詳しく物語った。悟空は、郡守が善政をすれば、長年の懸案はすべて解消すると教えた。上官無忌は斉天大聖の言葉を聞き、官で蓄財した巨万の物資を放出して餓民を救済するなどの善政を行い、一斛の珠米は一郷の人々の涙、一斗金は一村すべての愁憂がなせるもの、天地の神祇は必ず敬うべしとの通達文を出した。そこで、悟空は郡守に代わって降雨を玉帝に乞うために再び天宮へ赴いた。やがて、雷鳴とともに雨が降り始めたので、郡守や父老らは戻った悟空に感謝した。悟空は、玉帝が郡守の悔過を悦ばれ、米麺二山が一時になくなったので、すぐに降雨の命が下された、と一同に伝えた。

〔対校〕

第二十齣は、大阪府立図書館本第十本第三齣「一誠能解瞞天罪」の後半、悟空の白「那得池中……」から始まる箇所以降に相当する。第十九齣目録にある「新増」の文字が本文にないのは、岳小琴本が転写の折に落字したのであろう。原稿であれば、当然示すべきところである。同様なことは、以下の第二十・二十二・二十三齣にも言える。

岳小琴本と大阪府立図書館本は、曲詞と白で相違が多少あるが、目立った相違点は、岳小琴本の冒頭の曲牌「漁家傚引」と曲詞が大阪府立図書館本では省かれる点、そして前齣でも指摘した点であるが、岳小琴本最後の七言四句の一部の相違と白の主体者についての有無、岳小琴本は七言句で終わるところ、大阪府立図書館本には上官無忌の唐僧を招く白があり、一齣のしめくくりとして「慶余」曲詞を置く点である。

岳小琴本冒頭の曲牌「漁家倣引」と曲詞、続く「前腔」で上官無忌が「貪官」から廉吏となる曲詞部分は、大阪府立図書館本には曲牌・曲詞ともにない。後者の省略は、皇帝の前で貪官という表現を避けたあらわれかもしれない。

岳小琴本曲牌：「漁家倣引」「前腔」「漁家傲」「剔銀灯」「攤破地錦花」「麻婆子」

大阪府立図書館本には「漁家倣引」曲詞がなく、続く「前腔」もないが、「漁家傲」以下は岳小琴本と同じ。但し、岳小琴本最後の七言四句は、大阪府立図書館本では上官無忌の白「大聖、請出聖僧来。……」などが加えられ、最後は「慶余」が置かれる。

（備考）

岳小琴本（「漁家倣引」後の白、「剔銀灯」後の白）「一力」は、大阪府立図書館本では切り取って「誠心」「虔誠」と別字を入れ、聴戯のテキストであることを示す。岳小琴本（「前腔」後の白）「力綿」は、大阪府立図書館本では「無能」と改字して補写する。岳小琴本では「弦」「蓄」字は欠かず、大阪府立図書館本は「弦」字では「絃」字を充てて欠筆、「蓄」と欠筆する。康熙当時、「玄」字以外は許容されたが、乾隆安殿本に到って厳密化した反映か。岳小琴本は写し誤りや誤字「形」（大阪府立図書館本「刑」が正しい）、落字「消」（同上、ないと文意が通じない）が見られる。「一力」も大阪府立図書館本は切り取って「虔誠」と補写する。

大阪府立図書館本：上・下場門、霊霄門、昇天門

第二十一齣「蘭亭重建集遊人」新増

〔梗概〕

上虞の人虞世衡は、真観皇帝が王右軍の翰墨を慕って蘭亭を重建し、多くの傾城士女が訪れたことを知り、修心の意味も兼ねて見学に赴く。永興寺の智永と辨才も、天気も良いので蘭亭に侍者を伴い赴く。王羲之七世の子孫である老僧智永は、貞観皇帝が書法に心を留め、その書を古今第一としているのを賛美すれば、弟子の辨才は皇帝がその法書を捜しているので、家伝の法書は秘密にしておいた方が良いと進言した。智永は辨才にその保管を依頼しつつ、蘭亭に向かう。人々は、今上皇帝の蘭亭重建を称え、一帯の景色を賞でた。

〔対校〕

岳小琴本にのみある齣で、大阪府立図書館本・故宮博物院本・旧北平図書館本三テキストにはない。最初にある「真観皇帝」は、後では「貞観皇帝」とすることから「真」字は「貞」の誤字であることは明白である。岳小琴本曲牌・「仙呂引子　小蓬萊」「双調過曲　瑣南枝」「前腔」「前腔（換頭）」「仙呂過曲　羽調排歌」「長拍」「短拍」「尾声」

第二十二齣「伊闕春遊扈仙蹕」（新増：目録、本文ナシ）

〔梗概〕

聖駕が洛陽に巡幸するので、杜如晦、房元齢、虞世南、褚遂良、姚思濂、孔頴達、陸徳明、蓋文達らは随従し、龍門の離宮に赴く。聖上は龍門へ巡行して、百官を召集して君臣豊楽をすることにした。一同は奉先寺に憩い、聖主の祝寿を祈って杯舞を楽しみ、太平の景象に酔う中、西天取経の陳元奘を詠む御製詩が作られた。

〔対校〕

「新増」表記は目録にあるが、本文にはない。この齣は、故宮博物院本、大阪府立図書館本、旧北平図書館本にはない。

岳小琴本曲牌：「海棠春」「仙呂双調　惜奴嬌」「其二（換頭）」「黒蟖序（換頭）」「前腔（換頭）」「錦衣香」「尾声」

第二十三齣「南極星官能寿世」（新増：目録、本文ナシ）

〔梗概〕

南極老人星は、自分の乗る畜生が比丘国清華洞で妖怪になっていたのを孫悟空とともに収伏し、もとの鹿に戻したので帰空しようとする。そこへ、五方掲諦神が唐僧を清虚洞から救い出して戻る途中、白鹿に変わった妖鹿が南極星を乗せて来るのに出会う。星官は孫悟空に降妖の積徳を重ねさせるためにこのような事件をあつらえた、と言い、当今の皇帝の万歳を願い、手もとの甘露仙丹を五方掲諦に与えて、長生丹薬と甘露で世の人々の長生を図るようにと命じて去った。かくて、五方使は松枝で甘露を散布し、当今聖主の億万歳の長生を祈念した。

〔対校〕

大阪府立図書館本第九本第八齣「鹿精炮製進仙方」・九齣「召摂鸑籠縁保赤」・十齣「試徴薬引許開心」、旧北平図書館本第九本第二齣「仮幻化北国仙遊」・三齣「進嬌艶国主荒迷」・四齣「献仙方鹿精炮製」・五齣「大聖施為救赤

子」・六齣「狂妖作耗逼丹心」に相応する。

岳小琴本には目録にある「新増」が齣名の下には記載されない。岳小琴本第二十三齣は、小比丘国で悟空が南極星の鹿怪を退治した後の話をまとめたにすぎず、先行の話を省略して蘭亭の話等に入れ換えたと思われるため、全く皇帝賛美の場面になっている。例えば、「前腔（玉芙蓉）」の後の白で、わざわざ改行して「当今皇帝万歳千秋」、或は、「前腔（朱奴児）」曲詞にやはり改行頭出しで「当今聖主億万載綿長祈」と歌い、「鳳暦軒轅紀、龍飛数十春」の嘉句で齣をしめくくる点に窺える。これに対し、大阪府立図書館本は第九本第八・九・十齣の三齣、旧北平図書館本に到っては第九本第二齣から第六齣までの五齣を占める首尾一貫した物語となっている。或は、岳小琴本が依拠した旧本である「原本」には比丘国の話が完備していたのかもしれない。岳小琴本冒頭わずかな部分（「吾乃南極……也」、「因（坐下的）這個……則個」）が、大阪府立図書館本の第十齣末曲牌「玉芙蓉」に続く白に見え、大阪府立図書館本が岳小琴本のその部分を援用したようにも見えるが、岳小琴本は唐僧を守護する五方掲諦と出会い、大阪府立図書館本では南極星が悟空に出会う設定に改められる。このため、両テキストの相関性は不明である。

旧北平図書館本は、第三齣で国主荒迷と知った鹿精が狐妖を国王に献上する場面を設け、第六齣で鹿精を打ち負かした後、悟空が白狐妖を打殺する場面がある。大阪府立図書館本には、旧北平図書館本の第三齣はなく、その第四齣から始めて第八齣とし、最後の第十齣には白妖狐は登場しない。この点から見ると、旧北平図書館本は小説第七十九回を最も忠実に踏襲していると言える。次いで、大阪府立図書館本という順序になる。岳小琴本は先行のテキストにあったものを簡略化し、かつ蘭亭序などの皇帝賛美の場面を加えた、或は、自ら編纂時に創作した、のいずれかであろう。この前後の齣に「新増」や「原本」等の語句が欠けるのは、改訂途中の様を留めた反映ではないか。

岳小琴本曲牌：「正宮退曲《ママ》　玉芙蓉」①「前腔」「朱奴児」②「前腔」

大阪府立図書館本は、第八齣「正宮正曲　四辺静」「又一体」「福馬郎」「又一体」「錦腰児」「又一体」、第九齣「越調正曲　豹子令」「双調正曲　清江引」「仙呂宮正曲　六麼令」、第十齣「黄鐘宮引　西地錦」「玉女歩瑞雲」「獅子序」「仙呂宮正曲　風入松」「又一体」「正宮正曲　玉芙蓉」「又一体」と配列するが、岳小琴本では大阪府立図書館本第八・九齣の鹿妖の話はなく、第十齣の「玉芙蓉」以下の収妖場面があるがわずかに白の一部分が一致するのみで、曲詞もすべて異なる。曲牌で唯一一致する「玉芙蓉」は、岳小琴本では白鹿に乗った南極星が歌う。これは大阪府立図書館本と同じであるが、曲詞は異なり、次の「前腔」（「又一体」）は岳小琴本では五方掲諦が、大阪府立図書館本では悟空が歌う設定で、やはり曲詞も相違する。

〔備考〕

岳小琴本は「比丘国」とし、「畜」字の欠筆はないように見える。「暦」、「綿」各字あり。

岳小琴本：「比丘国」、大阪府立図書館本「比邱国」、旧北平図書館本「比邱国」

大阪府立図書館本：上場門、下場門、両場門

旧北平図書館本：上・下場門、地井、禄台中門、禄台下場門・上場門

第二十四齣「西京士庶慶豊年」　新増

〔梗概〕

金吾将軍は、貞観十三年の元宵に禁門を閉めず民と祝うことになったことから、禁軍を率いて正陽門へ守備のために赴く。一方、京城内外の百姓は、盛世の豊年の中、街中の灯籠を見物に来た。大小の灯籠をそれぞれ賞でつつ様々

な趣向に驚嘆の声を発し、四牌楼へ向かった。王孫、公子、文武百官も花灯見物に出て来て元宵節を楽しみ、秧歌鮑老の踊りには笑い声にさわがしさも加わり、かくて京師は夜明けを迎えた。金吾将軍は巡察の役目も終了したことから、役所に戻ることにした。

〔対校〕

岳小琴本のみにある齣。地名や風物は、北京のそれを反映したように見える。
岳小琴本曲牌・・「南呂　一枝花」「梁州第七」「罵玉郎」「感皇恩」「年更盛」「採茶歌」「尾声」

〔備考〕

「炫」字は欠筆せず、「立」字あり。

第七巻の性格

第七巻と次の第八巻のみが、「本」を使わず「巻立て」とする。第七巻全体すべてが「新増」で二十四齣を占める。岳小琴本で注目する点は、第二齣冒頭で「前年、万歳爺蕩平沙漠……今年、恭逢皇太后六旬慈寿」とある点、皇帝は文殊、皇太后は仏母とし、万寿節、慈寿宮への言及、曲牌「大勝楽」の後、内侍の白の中「弘」字を欠筆にして「弘」とする記述であろう。また、「真」「丘」字使用の箇所も注目すべきである。岳小琴本成立の年代を考える上で、また、現存テキストの性格を判断する材料となるからである。

第七巻最初の二齣と最後の一齣は朝廷を称えるもので物語性が乏しいが、慈聖、おそらく皇太后（孝恵章皇后）の祝典のために大赦などの恩典を行なうという意図が、『昇平宝筏』に込められたことを窺い知ることが出来る。

ジューンガル平定の清朝・康熙三十五年（一六九六）(1)から見ると、翌年は康熙三十六年（一六九七）で、皇太后（崇徳六年〔一六四一〕～康熙五十六年〔一七一七〕）六十歳の歳には当たらず、該当するのは、康熙三十九年（一七〇〇）満六十歳）である。岳小琴本『昇平宝筏』が成立するのは、奥書「三十九年十二月十八日奉　万歳御筆昇平宝筏……」が示す康熙三十九年十二月で、皇帝下名の清書本が完成したとしても、岳小琴本の体裁を見る限り、ト書きなどが完備し、誤字や落字のない安殿本は別にあったとすべきで、岳小琴本自体は下書きの段階を思わせる。

内容の面から具体的に検証すると、注目すべき点が多い。第一齣では、貞観皇帝が文殊菩薩の化身とし、今年は皇太后の華甲六旬の万寿節に当たるとわざわざ説き起こす。皇帝が文殊菩薩の化身であり、今年は皇太后の万寿令であると普賢菩薩が称え、皇太后の慈寿宮へ君臣がことごとく集まって慶賀するという点が本齣の要点である。第二齣も沙漠の平定と皇太后の六旬を繰り返す。最初の二齣と最後の一齣は朝廷を称え、同時に皇太后が仏教を敬い、仙仏も参集し、松樹は娑婆樹に、緑草は霊芝に化した点を示し、仏母たる皇太后の生誕日を賛美する。つまり、旧来の西遊記劇のテキストに皇太后の万寿節にあわせて場面を「新増」し、上演用に編集されたことが良く見て取れる。ここには、『昇平宝筏』が皇太后の華甲を祝う目的で編集され、観劇の主体は皇太后その人であったことを意味する。(2)

第三齣以下は、木仙庵、小雷音寺黄眉童子、蛇怪退治、猪八戒の峠越え、賽太歳の朱紫国郡尹夫人の誘拐、滅法国の米櫃事件、南山大王から樵夫の救出、鳳仙郡の日照り、蘭亭の復活、龍門の奉先寺へ行幸、比丘国の妖怪鹿を取り戻した南極星が下界の人々に甘露を下させる、と続く。これらは、皇太后の六旬や蘭亭にまつわる話を除けば、すべて小説にある題材である。第七巻に属す多くの齣は、岳小琴本が依拠した「原本」にはもともとなかったか、何かの事情で欠けていたのを、小説をもとに新たに増補、すなわち「新増」したのではないか。これは続く第九本、第十本も同じである。康熙帝が見て俗な内容と評価した当時あった西遊記劇は、完本ではなかったと言われるから、小説後半の面白みのある内容を生かし、その物語を潤色して演劇という形で取り込み、長編戯曲の作成を意図したのかもしれない。

岳小琴本は、冒頭二齣が皇太后祝寿と皇帝賛美の場面で、後に木仙菴の話を「新増」して接続したため、無理な展開にも見えるような体裁となった。大阪府立図書館本・故宮博物院本では、前に荊棘嶺が広がるのを見て、まず先に猪八戒が悟空の助力を得て山道を切り開く場面を置き、その後、大阪府立図書館本は同じ齣で、故宮博物院本は齣を改めて木仙菴の話に続ける。この点、大阪府立図書館本・故宮博物院本は岳小琴本の不連続性を改め、小説の話を更に加味したのであろう。岳小琴本第十八本第十六齣は、大阪府立図書館本は第七本第一齣の中間に当たる。滅法国の趙寡婦店という宿屋に泊まった一行が、米櫃に休むところ、強盗団に米櫃に入ったまままさらわれる部分で、世徳堂本では第八十四回に当たる。曲詞・白とも岳小琴本と大阪府立図書館本とはほぼ差違がなく、小説に依拠した齣であることがわかる。岳小琴本は、小説に拠って「新増」したのであろう。

文字から見ると、岳小琴本は「真」字を用いるが、「慎」字は他の大阪府立図書館本及び故宮博物院本を含めて三本で共用する。岳小琴本「力」字は故宮博物院本も同じであるが、大阪府立図書館本は「計」と改め、同じく「切」字も大阪府立図書館本は「慈」とする音による文字の訂正回避がある。雍正帝の「禛」字は「平水韻」を例に取れば、「平声・十一真」に属し、その音は、診や胗、真と同音、字形に「真」を含むことから、岳小琴本の「胗（脈）」を大阪府立図書館本はすべて「看」脈に改める。これは、大阪府立図書館本が観劇用のテキストとして乾隆帝の咎めを受けない配慮から出たものであろう。これに対し、故宮博物院本は「胗」字とすることは、上演用の台本として作られたものの、実演に到らなかったか、嘉慶以後のテキストなのであろう。岳小琴本・故宮博物院本の「立」、「利」各文字を大阪府立図書館本は「站」、「通」各字に改める点も音に注意を払っていると言える。この他、岳小琴本・大阪府立図書館本・故宮博物院本三本は、ともに「綿」字を使用している。岳小琴本には、依拠テキストの文字訂正を右側に示す箇所が見られ、誤字との推定がある他、岳小琴本自体の落字なども窺えることも一つの特徴として挙げられる。「新増」の中で「弘」字を用いる点も注目される。岳小琴本が旧本である「原本」を再編集する原稿であるとするならば、少なくともこの齣は乾隆時代か、それ以後の増補を示す。その一方、転写本とするならば、岳小琴本の抄写年代は乾隆時代か、それ以降を意味するが、他所で欠筆せず「弘」字を用いる齣は、旧本は忠実に転写し、新たな補足分は当時の状況に応じて欠筆したと見られないわけではないが、いささか無理な見方である。

大阪府立図書館本や故宮博物院本は、対象が皇帝の公式行事用であったので、雅辞に改めたとも思える。対象の相違から全面的に曲詞・白が改められたのであろう。

岳小琴本第七巻からも、岳小琴本を大阪府立図書館本が改訂し、故宮博物院本は大阪府立図書館本及び岳小琴本を併せ用いて改訂した点が判明する。

注

（1）『大清聖祖合天弘運文武睿哲恭倹寛裕孝敬誠信中和功徳大成仁皇帝実録』巻之一百七十四

康熙三十五年丙子。六月。乙酉朔上駐蹕昂幾爾図地方。

○命理藩院檄青海薩楚墨爾根台吉等、諭以噶爾丹敗逃、及達頼喇嘛、已死九年、第巴匿之、仮其言誑誘噶爾丹作乱之故。令探聴噶爾丹声息。倘彼西走、即行擒解至噶爾丹女、嫁於博碩克図済農之子、並噶爾丹之人在青海者、悉令執送。

癸巳。駕発清河。設鹵簿。皇太子、諸皇子、諸王、及在京文武大小官員、出郭外兵裏道旁跪迎。八旗護軍、驍騎、及近京閑散官員、士民工商、耆老男婦、夾道捧香跪迎。上由徳勝門入。詣堂子行礼畢。回宮、詣皇太後宮、問安。

○甲午。以蕩平噶爾丹、王以下、文武各官、行慶賀礼。

（2）『清史稿』巻七・本紀七　聖祖本紀二『清史稿』聖祖三十九年冬十月辛酉、皇太后六旬万寿節、上製万寿無疆賦、親書囲屏進献。癸酉、上巡閲永定河。戊寅、上還京。

『大清聖祖合天弘運文武睿哲恭倹寛裕孝敬誠信中和功徳大成仁皇帝実録』巻之二百一

康熙三十九年。庚辰。九月冬。十月。庚申朔。享太廟。上親詣行礼。

○遣官祭永陵、福陵、昭陵、暫安奉殿、孝陵、仁孝皇後・孝昭皇后・孝懿皇後陵

○頒康熙四十年時憲暦。

○上詣皇太後宮、問安。

○辛酉。先是、上以皇太后六袠聖寿。命皇四子胤禛整備進献礼物。至是、恭進仏三尊・御製万寿無疆賦囲屏一架・御製万寿如意太平花一枝・御製亀鶴遐齢花一対・珊瑚進貢一千四百四十分・自鳴鍾一架・寿山石群仙拱寿一堂・千秋洋鏡一架・百花

洋鏡一架、東珠・珊瑚・金珀・御風石等念珠一九。皮裘一九、雨緞一九、哆羅呢一九、璧机緞一九、沈香一九、白檀一九、絳香一九、雲香一九、通天犀・珍珠・漢玉・瑪瑙・雕漆・官窯等古玩九九。宋元明画冊巻九九。攢香九九。大号手帕九九、小号手帕九九。金九九、銀九九。緞九九。連鞍馬六匹。並令膳房数米一万粒、作万国玉粒飯。及肴饌果品等物、進献。

○免浙江江山県、本年分旱災額賦有差。

○壬戌。皇太后聖寿節。上率王以下、文武大臣、侍衛等、詣皇太后宮行礼。遵懿旨、停止筵宴。

○癸亥。策試天下中式武挙於太和殿前。

○甲子。上御瀛台紫光閣。親閲中。式武挙等、騎歩射、技勇。試畢、命侍衛等開勁弓、倶満彀。上親射二次、発矢皆中的。

八　第八巻《ママ》（第十九冊―第二十冊）の梗概と対校

第一齣「航海梯山修職貢」　新増

〔梗概〕

貞観皇帝は偃武の後、三蔵を西天へ派遣する一方、異域からの朝貢使接待に備えて、鄭為命を四彝館担当に当てていた。やがて、宝象国、西梁女国の使者が進貢の宝物を携えて来朝した。その後、琉球国、暹邏国の使者が、次には、老回回と于闐国使臣が、それぞれ宝物を持参した。老回回は、取経に赴いた御弟三蔵が自域を通過したので、拝礼して送別したところ、国中の人々が仏法に帰依し、無病息災、五穀豊作がつづいたので、国王が大唐天子の徳化を称えるために使者を遣わした、と于闐国の使者に言った。その後、荷蘭国と赤ひげの西哆加利亜国各使臣が夜光珠や鳴鐘を持ち、獅奴と獅子を伴いやって来た。一同は、四彝館に朝貢国使臣が参集すると聞き、合流しようと先を急いだ。

〔対校〕

岳小琴本のみにある齣。

岳小琴本第六本第一齣の出来事は貞観十一年の元旦、第七巻第二十四齣が貞観十三年とし、次の第八巻第一齣が貞観二十余年とする時間の飛躍は、岳小琴本が依拠した「原本」を組み変え、ここに移動した反映かもしれない。老回回登場の場面は呉昌齢「唐三蔵西天取経」劇の導入を生かしたと言える。

岳小琴本曲牌・「正宮引子　梁州令」「南普水楽」「北朝天子」「南普天楽」「北朝天子」「南普水楽」は「南普天楽」

ではないか。

〔備考〕

落字、「闐」字、「真」字の使用あり。

第二齣「耕田鑿井楽雍熙」新増

〔梗概〕

かつて頡利のバトルであった刺古は、唐に帰順し、農業に励み満ち足りた生活をしていた。そこへ、牧童になった禿廝児、投降の兵士で今は猟師の烏期国の人骨打兔（鶻打兔）、頡利配下の小番であった番山虎がやって来る。骨打兔は、自分の家に行って番酒をくみかわそうと言えば、皆も賛同した。

〔対校〕

岳小琴本にのみある齣。故宮博物院本には頡利可汗の反乱は描かれるが、反乱征圧後の番兵の後日談はない。

岳小琴本曲牌：「中呂過曲　駐雲飛」①「前腔」②「前腔」③「前腔」

〔備考〕

『大清聖祖合天弘運文武睿哲恭倹寛裕孝敬誠信中和功徳徳大成仁皇帝実録』巻之一百七十八

康熙三十五年「丙子十一月甲寅朔　免江南泗州等八州県衛本年分水災額賦有差。……（己巳）……命安郡王馬爾渾兵、自帰化城徹回。」

第三齣「栁氏母子客他郷」原本改

〔梗概〕

比丘国の柳逢春は、威遠将軍の父と二品の位を得た母楊氏の子という名門の生まれであった。父親が存命の時、和員外の娘鸞娘と婚約をしていた。ところが、父の急逝後、家門は衰退して婚儀は先延ばしとなり、弓矢で口すぎをしていた。楊氏は、息子が一日中狩猟に励み、食事には不自由しないことに感謝しつつも、仏に帰依した身であるにもかかわらず、息子の殺生三昧の日々を気にかけていた。柳逢春は母の気持ちを知るもののやむを得ないとし、楊氏は否定もできず、母子二人の生活が苦しいことを嘆いた。逢春は母を慰め、いつの日か名を揚げて家門を再興すると誓った。

〔対校〕

故宮博物院本辛本第九齣「嘆飄零誠殷愛日」、大阪府立図書館本第八本第十一齣「嘆飄零誠殷愛日」に相当する。

岳小琴本と故宮博物院本・大阪府立図書館本には、曲詞・白で相違がいくつか存在するが、曲詞は半ば同じで、基本的には同じ内容。相違点は、柳逢春が母から殺生を止めるように言われるところ、岳小琴本は「引」曲詞の後、逢春が白で「七射、演習……二来」と言い、「一来」の語句がないが、故宮博物院本・大阪府立図書館本は「七射一則」と入れて次の「二来」に続け、一、二と理由を挙げ、字句を補って文章を整え後文との相関を示す。また、母が和家に借財を願うことに対し、柳逢春の返答は、岳小琴本は和家からの軽視や辱めを自ら受けるべきではないと厳しい口調（「（但人情澆薄、見我母子窘迫、恐怕受其軽慢、）可不自取其辱、（拋孩児……）」）にするが、故宮博物院本・大阪府立図書館本はそれらを省略する。これは、後日、和鸞娘が柳逢春に銀子を用立てすること、孝子が母親の言を拒絶するような矛盾を回避するための改訂であろう。岳小琴本のみが末の詩句に老旦・生の区別が明記される。

岳小琴本曲牌：「商調　遶地遊」「引」「商調過曲　金井水紅花」「玉抱肚」「前腔」

大阪府立図書館本・故宮博物院本はおおむね岳小琴本と一致するが、大阪府立図書館本は「商調引　遶池遊」と表記し、「引」を「又一体」とする。また、「商調集曲　金井水紅花（梧葉児首至三）（水紅花五至末）（古江児水首至二句）（四朝元十二至十三）（皂羅袍合至末）」と五小曲牌を含み表記する。

（備考）

岳小琴本「比丘国」は、故宮博物院本では「比邱国」とする。

岳小琴本「塡」字＝大阪府立図書館本・故宮博物院本

故宮博物院本：寿台上・下場門

大阪府立図書館本：上場門、下場門

第四齣「和家兄妹弁分産」　原本改

〔梗概〕

和鸞娘は父母を失ってより、嫁ぐことができない上に、兄は不頼人と遊び、家業を顧みず、父母が自分に生前分与してくれた家財まで取り上げようとするため、日々苦痛の生活を過ごしていた。心の内には、柳郎からの婚姻の申し

〔対校〕

故宮博物院本辛本第十二齣「贈黄金柳生献策」、大阪府立図書館本第八本第十五齣「和鸞娘贈金赴闕」に和家兄妹
の話があるが、冒頭で和鸞娘が家中の有様を簡単に述べ、中心は柳逢春母子を迎えることに置かれる。

岳小琴本は、独立した和家内の話としている。和鸞娘が柳家との婚約をなお心に留めていること、兄和有仁の放蕩
三昧で破産に追い込まれつつあること、兄から住家を追い出されそうになり、自殺しようとすることが明示され、有
仁の負債の内容も詳しく示される。

故宮博物院本は曲牌「闘黒麻」の後、「各虚白」で役者が寿台両場門から下がり、その後、黄門官の登場になる。
これは、先行の大阪府立図書館本が曲牌「哭相思」で終了し、第十六齣に移るのを接続させた痕跡と言える。

岳小琴本曲牌：「望遠行」「南呂過曲　楚江情」「一江風」「仙呂入双調　玉姣（交）枝」①「前腔」「川撥棹」②
「前腔」「尾声」

故宮博物院本・大阪府立図書館本は、「双調引（仙呂宮引）謁金門前」「双調引（大阪府立図書館本ナシ）謁金門後」
「双調集曲　江頭金桂（五馬江児水首至五）（金字令五至九）（桂枝香七至末）」「又一体」「越調正曲　憶多嬌」「越調正曲
闘黒麻」であるが、大阪府立図書館本は次の「南呂宮引　哭相思」で終わる。故宮博物院本は「黄鐘宮正曲　出隊

出を願っていたが、あてもない空しさに悲しみを深くしていた。そのような折、兄の和有仁は父が妹に与えた婚姻費
一千両を借りて賭博の元手にしようと、家に戻って来た。鸞娘は兄の不行跡をとがめ、浪費で家財もなくなってし
まったと伝えれば、有仁は妹をなじりののしり、ここから追い出し、家を売り払ってしまうぞ、とおどした。鸞娘は
兄の不仁を批判し、自殺して恨み心を解こうとすれば、有仁は、その場は自分の非を認めて収めた。

子」を続けるが、これは大阪府立図書館本の第十六齣冒頭の曲牌に当たる。以後、「中呂宮正曲　駐雲飛」「好事近」が続くことは大阪府立図書館本も同じ。

〔備考〕
岳小琴本には、「鎮」「利」「真」「嗔」「顚」各字がある。

第五齣「慶長生灰婆巧説」　原本改

〔梗概〕
陥空山無底洞の主人である地湧夫人の誕生日を祝うために、灰鼠精の灰婆婆が黄姐姐を伴ってやって来る。地湧夫人が托塔天王と哪吒太子の牌位に向かって拝礼をし終わると、灰鼠精らが夫人の千秋を祝い、女料理人たちの用意した宴席を囲んだ。灰婆婆は地湧夫人に、入婿には西方仏子の転生である活仏唐僧が夫人にふさわしいと明かした。地湧夫人が坊主を紹介するなどふざけているときり返せば、灰婆婆はかの唐僧の肉を食べれば長命を得るなど、結婚に到らなくても万事よいことずくめであると答えた。地湧夫人は同意して、婿取り話が進むことを求めた。

〔対校〕
故宮博物院本庚本第十九齣「陥空山夫人上寿」、大阪府立図書館本第八本第八齣「開寿域地湧称觴」・九齣「煽風情灰婆絹合」の二齣に相当する。
地湧夫人の生誕祝いに来た灰婆婆が、世の夫婦の情を説き、唐僧を婿に勧める場面で、白骨夫人がなこうど婆々役になる話に似通う。岳小琴本は冒頭、松鼠精が登場し、貂姐姐と自己紹介する（「浄扮丑《ママ》銀松二鼠精同上浄丑、……浄、奴家貂姐々便是、丑、奴家銀姐々便是」）が、故宮博物院本等は貂鼠精に扮するとあるから、岳小琴本が「原本改」時も旧本部分を留めたミスかもしれない。ト書きも誤記か。

大阪府立図書館本は、岳小琴本一齣の中途（「前腔（二犯江児水）」の後、（小旦白）「随我進内室来」）で洞府での祝事の場面第八齣を終了させ、尾曲がないのは、岳小琴本の中途で改作したためかもしれない。故宮博物院本は岳小琴本に近く、分齣せず地湧夫人と灰婆婆との会話を続ける。曲詞・白に若干の相違はあるが、多くは共通していて、岳小琴本と故宮博物院本・大阪府立図書館本はほぼ同じ内容である。

岳小琴本曲牌‥「越調過曲　梨花児」「前腔」「二犯江児水」「前腔」「越調　闘鵪鶉」「紫花児序」「小桃紅」「金蕉葉」「調笑令」「禿廝児」「聖薬王」「麻郎児」「煞」

故宮博物院本・大阪府立図書館本は、「越調正曲　梨花児」「又一体」「双角隻曲双命　江児水」（大阪府立図書館本「双令　江児水」）「又一体」（大阪府立図書館本は第八齣終）「越角套曲　闘鵪鶉」（以下、大阪府立図書館本第九齣）「紫花児序」「小桃紅」「金蕉葉」「調笑令」「禿廝児」「聖薬王」「天浄沙」「収尾」とし、岳小琴本「麻郎児」を「天浄沙」とするが、曲詞で沙和尚以下三名の力量を歌う部分は過半が重なる。「煞」も「収尾」とするが、曲詞はほぼ同じ。

（備考）

岳小琴本（「前腔（二犯江児水）」後の白）及び故宮博物院本の「（修煉）真（性）」字を大阪府立図書館本（第九齣）では、「心」などと改字する。岳小琴本・故宮博物院本にある曲牌「聖薬王」後の白の「利害」二字を大阪府立図書館本は削って、「勇猛」と補写する。

第六齣「謁三魔豹鼠同途」　原本改

〔梗概〕

豹精の豹艾文は地湧夫人を義妹とする交わりをしていたが、獅駝嶺に法力に長けた三大仙が来て、唐僧を捉えようとしていることを聞きつけた。そこで、獅駝嶺の仙長三人にあいさつをしに行こうと地湧夫人を誘うと、夫人は笑みを浮かべてやって来た。その理由を言い当てようとすれば、地湧夫人は豹艾文に対し、唐僧が金蟬子の転生であると聞いたので、その仲介人になって欲しいと頼んだ。豹艾文が悟空が手ごわいとしりごみするところ、夫人は自分の手練手管にかかればなんとでもなると答えた。豹艾文はその言葉を聞いて承諾し、先に獅駝嶺へ行ってあいさつをし、その後に唐僧をだまして捕らえることにした。

〔対校〕

故宮博物院本辛本第八齣「艾文結伴訪獅駝」、大阪府立図書館本第八本第十齣「猜啞謎艾葉投機」、旧北平図書館本第八本第八齣「娣兄結伴定行踪」に相当する。

岳小琴本と故宮博物院本とでは曲詞・白で差違が目立つが、豹艾文が獅駝嶺の三妖にあいさつに行く途中、地湧夫人が喜色で来るのと出会い、二人してあいさつに行く設定は同じ。差違で目立つのは、地湧夫人が豹精に自分の喜色をなぞあてさせる部分で、故宮博物院本では語られる故事を美辞化している。岳小琴本（「皂羅袍」直前の白「（謁見過三位仙長）、倒借他的雄威、你我于中取事有何不可……同兄一行（唱）」）と故宮博物院本「先（謁見……）、再由你賺取唐僧便了、……各自分頭去罷。（唱）」との異同で、岳小琴本と大阪府立図書館本が一致する点も見られる。

豹艾文の言葉に「道兄」とあるが、突然の出現で誰を指すかは不明で、岳小琴本・大阪府立図書館本・故宮博物院本の三本はいずれも同じ。岳小琴本の編集時、「原本」への改訂に起因するか。その一方で、地湧夫人は豹艾文に話す際、「道兄」と呼びかける。

旧北平図書館本は故宮博物院本に近いが、曲牌「皂羅袍」の前の白において、故宮博物院本を少し省略して収める。

岳小琴本曲牌：「南呂過曲　紅納襖」①「前腔」②「前腔」③「前腔」「皂羅袍」④「前腔」

故宮博物院本・大阪府立図書館本は「南呂宮正曲　紅納襖」以下岳小琴本と同じであるが、最後の第四「前腔」がない。但し、大阪府立図書館本には岳小琴本末にある白「妹子従命便了」を残す。

（備考）

岳小琴本「法力」（「紅納襖」後の浄白）は、故宮博物院本・旧北平図書館本も同じで、大阪府立図書館本は「法術」と改める。岳小琴本（第三「前腔」後の浄白）「利害」は故宮博物院本・旧北平図書館本も同じ、大阪府立図書館本では「勇猛」と改字する。

故宮博物院本：寿台上場門・下場門

大阪府立図書館本：上場門・下場門

旧北平図書館本：寿台上場門・下場門

第七齣「獅駝嶺三妖防範」　原本改

〔梗概〕

折岳連環洞の豹艾文は、獅駝嶺の三大王に取り立てられて先鋒豹艾文と名のり、総領の任について唐僧を待ち受けていた。獅精、象精、鵬精は、唐僧が近くに来ているのを知りつつも、三人の徒弟が厄介であるので、各山の鎮守小妖にしっかりと守りにつき、号砲を放って軍旗を掲げ、陣立てを急ぐように、と命令した。三妖王は山々に刀光が白くかがやく様を見て、その勇ましさを称え、孫悟空には用心をし、ゆめゆめ怠ることがあってはならぬ、と更なる号令をかけた。

〔対校〕

故宮博物院本辛本第十齣「探消息令集鑽風」、大阪府立図書館本第八本第十二齣「探消息令集鑽風」、旧北平図書館本第八本第九齣「踞崇山獅妖演法」に相当する。

岳小琴本では、冒頭に和姓の山君と号する白額大仙が登場する（「咱名和姓、別号山君、是阿儂、我乃獅駝嶺白額大仙是也」）が、その正体は明かさず、三大王の配下となり捴領に任ぜられたとする。一方、大阪府立図書館本は和姓（「偺名和姓、折岳連環豹艾翁、我乃先鋒豹艾文是也」）、故宮博物院本は何姓（「有人問咱名何姓、折岳連環豹艾翁、……」）としつつ、白額大仙を改めて豹艾文に代える。岳小琴本には三大王の説明もあるが、故宮博物院本にはない。また、各山の頭領が大王のもとに集まったとの白も岳小琴本のみである。曲牌名は同じでも、岳小琴本と故宮博物院本とは曲詞に相違が見られる他、曲牌「黄龍衮」で豹艾文と無底洞半截観音らが慶賀に訪れたことを歌う部分は、岳小琴本のみにある。次の「前腔」も岳小琴本のみであり、「尾声」の曲詞は故宮博物院本と全く異なる。岳小琴本と故宮博物院本とは、曲詞・白いずれも差違が大きい。

岳小琴本曲牌：「黄鐘　点絳唇」①「前腔」②「前腔」「黄鐘過曲　降黄龍」③「前腔」「黄龍衮」④「前腔」「尾声」

故宮博物院本・大阪府立図書館本は、「仙呂調隻曲　点絳唇」もしくは「仙呂宮集曲　点絳唇」「黄鐘宮正曲　降黄龍」「又一体」「尾声」もしくは「慶余」で、岳小琴本の曲牌数の半分に止まる。

〔備考〕

岳小琴本では故宮博物院本にはない白で「歴」字を使う。曲牌「点絳唇」の次の「前腔」では、「（神通）弘」字を「弘」字として欠筆するから、明らかに乾隆以降の写し部分である。この個所は、故宮博物院本では省かれる。続く獅白で「歴幾」は故宮博物院本・旧北平図書館本では同じであるが、大阪府立図書館本は「度幾」と切り取り補字で改める。同じ白「利害」を大阪府立図書館本のみが「勇猛」と改字する。岳小琴本では「説」（第二「前腔」後の獅白）を「所」と誤字、「三個徒弟」の「三」（降黄龍」後の象白）字を落したように見える部分がある。また、この齣でも「歴」「真」各文字を好んで用いる傾向が見られる。

故宮博物院本：簾子門、洞門、（台）

大阪府立図書館本：上場門、両場門、下場門、（平台）

旧北平図書館本：左辺簾子門、左辺洞門、（台）

第八齣「隠霧山彬生射狼」　原本改

〔梗概〕

豹艾文配下で仙童に化けた狼精の二妖が、山前に武器の手合わせをしていると、柳逢春がやって来る。逢春は、二人の童子が剣舞するのが眼に入り、仙童と見て近づいて称えれば、妖童二人は逃げ去った。柳逢春は怪しみ、矢で一人を射かけて殺した。いま一人の妖童は逃げたので、射殺した童子を見れば、一匹の狼精であった。逢春は捨てられた双剣を天賜と喜び、狼を市場で売って、母親に美味しいものをささげることとした。街中では、妖怪退治の出来る者を募っていたが、応ずる者はいなかった。その場に来た柳逢春は、応募について母親と相談することにした。

〔対校〕

故宮博物院本辛本第十一齣「収宝剣狼怪復仭」、大阪府立図書館本第八本第十三齣「狼子双除収宝剣」、旧北平図書館本第八本第十齣「試宝剣狼怪亡身」に相当する。

岳小琴本と故宮博物院本は曲牌名は同じものの、曲詞は白とともにかなり異なる。岳小琴本の冒頭の曲牌「水底魚児」から始まる唱白は、大ガマを引きあいに出すむだ話で始まり、故宮博物院本とは全く異なる。岳小琴本では柳逢春が二仙童を見かけ感嘆の声を発したため、逃げ出したところ、柳逢春に追いかけられて射殺される。故宮博物院本はト書きに二妖童が柳逢春に追いかけられ、ついには一妖童が射殺され、そこで正体を知られるという展開で、柳逢春が童形の妖精を殺す理由が明白には示されない。おそらく、岳小琴本の不備を後のテキストが改訂しきれなかった結果のようにも見えるし、舞台上での演出を見れば理解できるものであったための踏襲かもしれない。

岳小琴本では、柳逢春が母親のもとへ戻り、武人募集を告げるところで齣は終了する。この場面での改齣は、大阪府立図書館本と旧北平図書館本も同じ改齣をするが、ひとり故宮博物院本のみは続け、観音が登場し、柳逢春母子への妖害が予見されるとして、救難に赴く話になる（「又一体　修鱗養甲、……」の後、「浪淘沙」以下の曲白が続く）。

岳小琴本曲牌：「水底魚児」「正宮過曲　玉芙蓉」①「前腔」「朱奴芙蓉」「六麼令」②「前腔」③「前腔」

故宮博物院本・大阪府立図書館本は、「越調正曲　水底魚児」「正宮正曲　玉芙蓉」以下岳小琴本と同じであるが、

「正宮集曲　朱奴挿芙蓉（朱奴児首至六）（玉芙蓉末一句）」とする（故宮博物院本「末」字を誤記）。また、故宮博物院本は

「仙呂宮正曲　六麼令」とする。故宮博物院本は続けて「越調正曲　浪淘沙」以下があるが、大阪府立図書館本では第十四齣に入る。

〔備考〕

岳小琴本にはない曲詞で、故宮博物院本と旧北平図書館本が「真無賽」とするところを、大阪府立図書館本は「誠無賽」とする。

故宮博物院本：洞門、寿台下場門・上場門

大阪府立図書館本：洞門、下場門、上場門

旧北平図書館本：左洞門、寿台下場門・上場門

第九齣「憤怒報仇興豹怪」　原本改

〔梗概〕

鼠怪はいつ唐僧と出会えるのかと豹怪に問えば、豹怪が婚姻の縁を説くところに、狼怪が帰って来て豹怪に兄弟子が殺された、と言った。豹怪は手下の弟子が射殺され、雌雄二剣を奪われるに到った顚末を聞き、猟師が孝子であったのでこれまでは見のがしたが、今回は母子にけりをつけると怒り、鼠怪と別れて妖兵を集め、母子を食い殺して恨みを晴らそうと考えた。

〔対校〕

故宮博物院本・大阪府立図書館本は、前齣に同じ。

岳小琴本は柳逢春を豹艾文は孝子と明言しつつ、その不義理を批判する。岳小琴本のこの齣はきわめて短く、故宮博物院本や大阪府立図書館本には、妖童が豹艾文に一連の出来事を語る場面「那有甚麼病、師父去後、我両人……」はない。それゆえ「原本改」とあるように、依拠した「原本」は故宮博物院本と同じように続いていて、岳小琴本のこの場面はなく、逢春の帰宅の後に観音がすぐに救済に訪れるという展開になっていたかも知れない。大阪府立図書館本は岳小琴本が区切りとした第九齣を省いて、その内容を次齣に組み入れた、とも見なすことが出来る。岳小琴本は、一齣の長さを調節するために、第九齣を「原本」の白などを利用して補足したのであろう。

岳小琴本曲牌：「中呂過曲　剔銀灯」「前腔」

第十齣「慈悲救苦仗鸚鵡」原本改

〔梗概〕

観音菩薩は、今晩、隠霧山の妖怪が孝子節婦の柳逢春母子を傷付けようとしているのを見抜き、尼僧に身をやつして楊氏を訪ね、今夜三更に大難が起こり、命が危いと教えた。そこに柳逢春が剣を携えて戻り、榜文の件を母に語る。傍の観音菩薩の化身は、逢春が忠告を全く信用しなかったので、狼精の一匹を射殺し、双剣を得たことを言い当てた。そして、観音菩薩の化身は、山中で二童子に化けた狼精こそ今夜来る妖魔の弟子で、敵討ちに来ると教えた。母子は聞いて驚き、救助を哀願すれば、観音菩薩の化身は一本の柳杖を与えて姿を消した。柳逢春は母親を伴い逃がれたところ、豹艾文が小妖らをつれて、敵討ちに押し寄せて来た。豹艾文は柳林に二人がいると見当をつけ、小妖たちに中に分け入って捕らえることを命じた。その時、獅駝嶺の頭目がやって来て、唐僧師徒が近づいて来たので、豹艾文はそちらに当たれとの三大王の命令を伝えた。豹艾文は、やむを得ず楊氏・柳逢春母子の追尾をあきらめることにした。

〔**対校**〕

故宮博物院本では辛本第十一齣「収宝剣狼怪復讐」の後半にあたり、大阪府立図書館本は第八本第十四齣「鸚哥特撥護祥門」に相当する。旧北平図書館本にはない。

岳小琴本の冒頭は、曲牌「新水冷」であるが、大阪府立図書館本と故宮博物院本は曲牌「浪淘沙」で、曲詞も全く異なる。岳小琴本はその曲詞中に「弘願」と欠筆をするため、岳小琴本自体、或は、少なくとも欠筆する齣は乾隆以降の転写本であることは他例とともにそれを物語る。

観音が鸚鵡に命令する白部分は、岳小琴本と大阪府立図書館本、故宮博物院本との間では異同があり、改訂の道筋を窺うことが出来る。曲牌「一江風」以下、曲詞を中心に岳小琴本と故宮博物院本は相違が多い。白は共通点も多く、曲詞よりも岳小琴本と故宮博物院本は類似するが、岳小琴本にはト書きによる動作の補足がないので、場面の状況は白で説明するケースが往々見られる。故宮博物院本は、白とともに演員のしぐさについての記述がある。岳小琴本は物語の筋を示す目的で編集されたテキストであることが、ト書きの乏しさに示される。従って、舞台に関する記述を伴わないのであろう。岳小琴本と故宮博物院本と一致する字句が岳小琴本と大阪府立図書館本の場合よりも相対的に多いが、岳小琴本と大阪府立図書館本とが一致し、故宮博物院本との異同がある点もいくつか見られる。柳母子が観音の化身に救いを求める「唱」の中で、「顚弘」と欠筆をする。故宮博物院本は文字を改め「顚連」字にする。大阪府立図書館本も同じ。その次の「前腔」の中で「邪剣」とする「剣」字右側に訂正で「箭」とするが、大阪府立図書館本は「剣」、故宮博物院本は「箭」とする。この点、大阪府立図書館本の拠った岳小琴本の祖本と、故宮博物院本の用いた岳小琴本の祖本とが微妙な相違を持つ別々のテキストであった可能性を示す。岳小琴本では三大王から豹艾文に命を伝える「白額仙」なる白虎精を想わせる妖怪が出てくるが、故宮博物院本・大阪府立図書館本では「獅駝嶺頭目」として明示しない。

岳小琴本曲牌：「新水令」「一江風」①「前腔」「仙呂過曲　桂枝香」②「前腔」「香柳娘」③「前腔」④「前腔」⑤「前腔」

大阪府立図書館本は「越調正曲　浪淘沙」、故宮博物院本も中途で「浪淘沙」、以下は大阪府立図書館本「南呂宮正曲　一江風」、故宮博物院本は「仙呂宮正曲　一江風」とし、「又一体」、「仙呂宮正曲　桂枝香」「又一体」「南呂宮正曲　香柳娘」「又一体」「又一体」「又一体」と宮調表記が後者二本で異なる箇所もあるが、曲牌名は岳小琴本と同じ。

〔備考〕

岳小琴本には誤字がある。

故宮博物院本：仙楼門、天井、寿台上場門・下場門

大阪府立図書館本：上場門・下場門、天井

第十一齣「柳生脱難投親」　原本改

〔梗概〕

柳生母子は観音の法力で危難を脱したが、母親の預け先はまだ決まらず、献策に赴くことも決まらなかった。追手

から逃れる中、柳逢春は母親の避難先に岳父宅和家を選び、自分は国門へ献策して官職を得ようと考え、母を背負って林中を急いだ。

〔対校〕

故宮博物院本は辛本第十二齣「贈黄金柳生献策」に移るが、柳氏母子が逃げる中、岳小琴本の孝を示す場面はない。大阪府立図書館本は第八本第十四齣「鸜哥特撥護祥門」・十五齣「和鸞娘贈金赴闕」に分散する。

岳小琴本の齣名は六文字、次齣も六文字で、改編時の不統一性を留める。故宮博物院本では、前齣中で豹艾文らが追いかけることを加え、場面に緊迫感を与える設定に改めている。

岳小琴本では冒頭の曲牌名を「前腔漁家傲」とするから、「原本」はこの齣が前齣に続く場面で独立しなかった。それを、岳小琴本に「原本改」とあるように一齣の独立した場面にしたのではないか。前齣でも、「前腔」を続ける。それを物語るように、この齣の内容は短く、柳氏母子のみの唱白で、舞台上の場面設定を容易にしようとしたことが推測される。

岳小琴本の冒頭にある老旦（柳氏）の白には「観音力救脱難」とあり、依拠「原本」には観音の化身から身の危険を教えられ、柳氏母子が逃げるに到る間に、化身の本身を知る場面があったゆえの白であろう。一方、故宮博物院本・大阪府立図書館本は観音が化身のまま退場する設定なので、楊柳と鸜哥から推測するようにしたのかも知れず、本身が観音であるとは明示していない。

岳小琴本のこの齣は、改変で作り出したものであるが、大阪府立図書館本・故宮博物院本では、「原本」の形に戻して豹艾文らが追手として登場する場面の中に化身の本体を知る経緯を取り込み、単独齣を岳小琴本以前の形に改めたのではないか。なお、旧北平図書館本は第十齣で比邱国の榜文を逢春が見るまでを設け、次の第十一齣は和氏が逢春からの音信が絶えたと心配する折に、柳母子が妖怪に追われることなく、和家を訪れる設定で、大阪府立図書館本などと共通する三曲牌目の「江頭金桂」で妖氛を世尊から教えられて救われたとわずかに歌うにすぎない。これから見て、旧北平図書館本は、大阪府立図書館本・故宮博物院本を省略したものであろう。

岳小琴本曲牌：「中呂過曲前腔　漁家傲」「攤破地錦花」「麻波子《（ママ）》」（故宮博物院本・大阪府立図書館本には該当曲牌名はない）

（備考）

岳小琴本は、冒頭の白「力」字を使用する一方、「攤破地錦花」直前の老旦白で「弘恩」と欠筆する。同直後の老旦白「眩」字使用、欠筆なし。

第十二齣「和舅薄情拒壻」原本改

〔梗概〕

和家の鸞娘は、兄や柳郎が原因で心が休まらない日々であった。そのような折、柳逢春が訪ねて来た。鸞娘は面会をためらうもすぐに思い直し、婚約が実行に移されなかった理由を問い正すため、柳逢春を招き入れた。柳逢春は、父亡き後、困窮のため婚儀の時機を逸してしまったことから妖怪から逃れ来たったことまでを伝え、母親を和家に置き、自分は都で献策をしたいと申し出た。鸞娘は風塵を蒙った楊氏の身を案じて嫁の立場から礼を尽くし、長寿を願って後堂で接待した。そこに、兄和友仁が家に帰る。柳姑爺母子が来ていることを知ると、会うなり罵声を浴びせた。柳逢春も反駁し、衣錦還郷のあかつきにはこの応対を後悔しても手遅れだと言った。和友仁は逢春を追い払うべく、仲間を集めに去った。その後、逢春のもとに梅香が来て、小姐が路銀二十両を逢春に与え、楊氏には丁重に仕えるので、安心して功名を立てて欲しいという和氏の言葉を伝えた。柳逢春は厚情に感謝し、献策すべく都を目指した。

〔対校〕

故宮博物院本辛本十二齣「贈黄金柳生献策」前半、大阪府立図書館本第八本第十五齣「和鸞娘贈金赴闕」、旧北平図書館本第八本第十一齣「贈金資龍楼献策」に相当する。

柳逢春が和家を訪れ、柳家の音信がなく不安な気持ちを懐いていた和小姐と会い、母の老夫人を預けて献策に赴こうとする。そこへ、和友仁が戻り、柳逢春をののしり、ごろつき仲間を集めて追い出そうとする場面である。岳小琴本と故宮博物院本とは、曲詞・白がかなり相違している。また、岳小琴本の曲詞・曲牌を故宮博物院本では省くところや白で代用する点が目立つ。岳小琴本は第十二齣を曲牌「鷓鴣天」以下の詞白で柳母子の別離の情を示して終わるが、故宮博物院本はそれらの曲白がなく、曲牌「闘黒麻」の後は場面を比邱国の宮殿に移して黄門官を登場させる。一方、大阪府立図書館本は曲牌「闘黒麻」詞句の次に曲牌「哭相思」詞句を入れて岳小琴本と同じように改齣し、第十五齣を終わらせる。

岳小琴本と故宮博物院本で異なる曲牌「謁金門」（冒頭「珠淚搵」詞は共通）の白は、大阪府立図書館本と一部が一致する。故宮博物院本や旧北平図書館本は全くないか、一致しない。

故宮博物院本は、岳小琴本にある和家の院公が逢春を招き入れる白がなかったり、ト書きで代用する。岳小琴本には院公が逢春の外貌を見て喜び、小姐に伝え、和小姐はその言葉をたしなめつつも喜ぶというト書きを添える。故宮博物院本はその品定めのような品のなさを省き、良家の子女らしく逢春らを招き入れてあいさつをし、その上で双方が顔合わせをする、という婦道を重んじた形に書き改める。また、岳小琴本は、柳家と和家それぞれの家庭の事情があったこと、婦道を守ったことなどを曲白で示すが、故宮博物院本は省き、老夫人の白も改める。柳逢春と和友仁とのやりとりでは、故宮博物院本は岳小琴本のような曲詞ではなく白で応酬することが多く、岳小琴本では小姐が旅費二十両を直接逢春に差し出す場面も故宮博物院本では乳母が和氏に代わって逢春に渡すように、曲詞・白ともに一致しない。この場面は、大阪府立図書館本の段階で改変されたらしく、梅香がその役を務める。故宮博物院本に比べ、大阪府立図書館本にはわずかに岳小琴本の字句を見出すことが出来るが、総体的に見ると、故宮博物院本・大阪府立図書館本と岳小琴本とでは、曲詞が多く異なる。

岳小琴本曲牌‥「謁金門」①「前腔」「仙呂入双調　江頭金桂」②「前腔」③「前腔」④「前腔」「憶多嬌」⑤「前腔」「鬪黒麻」⑥「前腔」「鷓鴣天」

故宮博物院本・大阪府立図書館本では、「謁金門」に当たる曲牌は「謁金門前」「謁金門後」の二牌に分け、岳小琴本第一の「前腔」はない。曲詞も二曲はほぼ異なる。次の「双調集曲　江頭金桂（五馬江児水首至五）（金字令五至九）（桂枝香七至末）」と小曲牌を入れるが、曲詞は岳小琴本とおおよそ同じと言える。続く第二の「前腔」はなく、第三の「前腔」が第一の「又一体」とされるものの、岳小琴本冒頭六字が重なるのみで曲詞はほぼ異なる。第四の「前腔」は曲詞を含めてなく、白で代用される。「憶多嬌」は曲牌名のみが一致し、曲詞は異なる。第五の「前腔」を省きつつ、その曲詞の一部である「枯木逢春」を「枯柳逢春」と齣の主人公に沿うように改めて、前曲牌「憶多嬌」に取り込む。「鬪黒麻」は曲牌名のみ同じで、曲詞は相違する。次の第六の「前腔」と「鷓鴣天」はなく、代わりに大阪府立図書館本では「南呂宮引　哭相思」を入れる。故宮博物院本は大阪府立図書館本とは異なり、同じ曲詞句を

「（分白）哭相思、日暮……主恩。各虚白、……」と「闘黒麻」の後に入れ、更に続けて「出隊子」に至る。

〔備考〕

岳小琴本「嗔」字あり、岳小琴本（「江頭金桂」）「逝」を「遊」と誤記。

第十三齣「柳逢春献謀受職」原本改

〔梗概〕

比丘国では、黄門官が獅駝嶺に出没する妖邪退治の榜文に応ずる者を待ち受け、多くの勇賢が策論をささげ持って来たが、その中に柳逢春もいた。比丘国国王臨席のもと、参集した英雄が妖怪退治の策を直言し、その中で柳逢春の献策が実用的であることから採用され、武略にも通じていることから大将軍に任ぜられた。黄門官は国王の綸旨を伝え、妖巣を掃討し邪祟を殲滅するために出陣させた。かくて、柳逢春らは、将旗を携えた兵卒・将官を集合させ、軍楽を鳴らして、獅駝嶺に赴いた。

〔対校〕

故宮博物院本辛本第十二齣「贈黄金柳生献策」後半に当たり、大阪府立図書館本第八本第十六齣「柳逢春献策封侯」、旧北平図書館本は故宮博物院本と同じく第八本第十一齣の後半に当たる。

岳小琴本と故宮博物院本・大阪府立図書館本は、曲詞・白で過半の相違が見られ、岳小琴本最初の曲牌「憶秦蛾《ママ》」は、故宮博物院本・大阪府立図書館本では白とする。大阪府立図書館本はそれでも故宮博物院本と比べると、岳小琴本との共通の白を持つところがある。特に、岳小琴本と大阪府立図書館本では、柳逢春の献策に対し、黄門官が伝える国王の宣旨の中で、逢春のすぐれた点を留め、大将軍に抜擢される理由を示す。故宮博物院本はその宣旨を簡略にしつつ、逢春からの献策も勇士一同が決意を歌って示す記述のために、逢春の抜擢は唐突に映る。

任官した柳逢春は大小三軍に号令をかけ、曲牌「泣顔回」の中で勇壮な軍勢の様を歌う。大阪府立図書館本、故宮博物院本は曲牌を「好事近」とし、詞句も異なる。

岳小琴本の第十三齣は比較的短い内容であり、「原本改」とあることから、依拠した旧来の「原本」は故宮博物院本のように前齣と一体になっていたのかもしれない。故宮博物院本・大阪府立図書館本・旧北平図書館本は、この齣の後、「五花営長蛇熟演」（旧北平図書館本第十二齣「披繍鎧虎帳開操」）を置き、柳逢春が軍事演習を行なう場面を設定するが、岳小琴本にはない。

岳小琴本曲牌‥「憶秦蛾《（ママ）》」「黄鐘過曲　出隊子」「中呂過曲　駐雲飛」①「前腔」②「前腔」「泣顔回」

故宮博物院本・大阪府立図書館本には岳小琴本の「憶秦蛾」はなく、「黄鐘宮正曲　出隊子」から始まる。次は、「中呂宮正曲　駐雲飛」であるが、岳小琴本では第一の「前腔（駐雲飛）」にある「（臣対愚）言、大小為邦仁政先、……」などの曲詞一部分を取り込んだ曲詞で、岳小琴本とは相違が見られる。続く第二の「前腔」は省かれ、最後は「泣顔回」の一部の曲詞を収める「好事近」を置く。

（備考）

岳小琴本‥比丘国、「顚」字、国王・国主（詞白混用）

故宮博物院本‥比邱国、国王、「立建」

大阪府立図書館本：比邱国、国主（白）、「懋建」（改字跡あり）

第十四齣「孫悟空救難除妖」　原本改

〔梗概〕

都元帥柳逢春は将官と小軍を率い、獅駝嶺へ妖怪退治にやって来る。豹艾文が小妖らを伴い攻め込めば、柳逢春ら軍将は敗走したので、豹艾文は小妖たちに追尾を命じた。柳逢春ら軍兵は、敗走の途中、道を偵察に来た孫悟空と出会った。悟空は柳逢春の兵勢を見て笑い、代わって妖怪を捕らえてやろうと言った。そこに、豹艾文らが来たので、悟空はたちまち豹艾文を打ち殺した。その死骸を見れば、艾葉豹子精であった。悟空は自分たちが西天取経僧であることを柳逢春に告げた。柳逢春は後から来た唐僧に拝礼し、獅駝嶺の三妖退治が出来ず、忠と孝に負くことは心苦しいと心境を吐露した。唐僧は柳逢春を気遣い、悟空に手助けをしてもらうようにと慰めた。悟空は逢春に艾葉豹の死骸を持って凱旋させる一方、自分が嶺上の三妖を退治し、逢春が功を重ねる形を取ることとした。

〔対校〕

故宮博物院本辛本第十四齣「一字陣文豹先擒」、大阪府立図書館本第八本第十八齣「一字陣文豹先擒」に相当し、故宮博物院本と大阪府立図書館本は齣名、「皆来韻」いずれも同じ。

故宮博物院本と岳小琴本とは、曲詞・白が一致する箇所も多いが、岳小琴本冒頭において、「傾盃序」曲詞は半ば異なる。また、三弟子の唐僧への白は故宮博物院本及び大阪府立図書館本にはない。曲牌名・曲詞でも異なる点は多く、「普天帯芙蓉」は「楽（近）秦娥」として曲詞もほぼ異なり、「朱奴芙蓉」は「朱奴挿芙蓉」とするものの曲詞は同じに近い面もあるが、次の岳小琴本の曲牌「風入松」四曲のうち、故宮博物院本等には第一と第三の二曲がない。岳小琴本第一の「前腔（風入松）」は、故宮博物院本・大阪府立図書館本では第一の「風入松」に該当する。最後の「前腔」は岳小琴本・故宮博物院本ともに曲牌は「風入松」と同じであるが、曲詞は全く異なる。「急三鎗」曲詞は、ほぼ同じであるが、後者の後の白は多く省略される。一方、曲牌「朱奴芙蓉」は敗走する柳逢春軍が歌い、それを悟空が聞きつけると三本ともに設定するが、その曲詞の前で、岳小琴本は柳逢春が山に火を放ち、かえって妖怪に敗北して逃げる時、観音の化身からもらった柳鸚を使うという設定を入れる。一方、故宮博物院本等は、曲詞の前に豹艾文らの反撃と柳軍敗走の様を示し、白は妖怪側のものを入れる。

岳小琴本の後半には、曲牌曲詞以外、白で猪八戒のふざけや逢春と唐僧らのあいさつなどがあるが、これは故宮博物院本では冗慢として省かれる。曲詞もこれまでの経緯を示すくり返し感のあるものなどは省かれる。岳小琴本は故宮博物院本の「悟浄」を「悟静」とする。

岳小琴本曲牌・「正宮過曲　傾盃序」「普天帯芙蓉」「朱奴芙蓉」「風入松」①「前腔」「急三鎗」「風入松」②「前腔」

大阪府立図書館本は「正宮集曲　傾盃賞芙蓉（傾盃序首至五）（玉芙蓉四至末）」「正宮集曲　楽近秦娥（普天楽首至三）（醜奴児近四至合）（泣秦娥合至末）」「朱奴挿芙蓉（朱奴児首至六）（玉芙蓉末一句）」「仙呂宮正曲　風入松」「仙呂宮正曲　急三鎗」「風入松」、故宮博物院本は「正宮集曲　傾盃賞芙蓉（傾盃序首至五）（玉芙蓉四至末）」「正宮集曲　楽秦娥（普天楽首至四）（泣秦娥七至末）」「正宮集曲　朱奴挿芙蓉（朱奴児首至六）（玉芙蓉末一句）」「仙呂宮正曲　風入松」「仙呂宮正曲　急三鎗」「風入松」とし、大阪府立図書館本とは「楽秦娥」中の小曲牌に差異があり、時に大阪府立図書館本

冒頭の七七曲詞中に「醜奴児近四至合」を入れるが、これは故宮博物院本にはない。

〔備考〕

岳小琴本「真」字多用する。

岳小琴本（傾盃序）「歷（遍了）」字＝故宮博物院本、大阪府立図書館本は「経」と改字。

岳小琴本（同右後の唐白）「真个」＝故宮博物院本、大阪府立図書館本は「果然」とする。

第十五齣「心猿鑽透陰陽竅」原本改

〔梗概〕

獅駝嶺に到着した悟空・八戒は、魔王の様子を探るため、山上であたり一帯をながめる折、鈴の音に気づく。そこに胡厮頼が鈴を携えて現われ、山上の鎮守頭らに雷公づらの和尚に用心するように伝えていた。悟空は兄貴と呼んで胡厮頼をひき止め、その素性を尋ねた。胡厮頼は悟空の返答から同郷の休寧県人同士であると喜び、互いの腰牌を確かめた。悟空は胡厮頼をだまし、配下の小妖たちを集めさせ、一大王、二大王、三大王の姿形の特徴や出自を語らせた。悟空は三大王の正体が獅・象・鵬であると知り、小妖らをおどして三大王と縁を切る必要を説いた。小妖たちは恐れて一斉に逃亡し、悟空はひとり残った胡厮頼を足でまといだと打ち殺し、自身が胡厮頼に変化して、獅駝嶺に向かった。小妖に化けた悟空は三大王の象・獅・鵬に唐僧を捕らえるのをあきらめさせようとするが、正体を見破られ、獅子精に呑み込まれる。しかし、腹の中であばれ、やむなく妖怪は悟空の言に従う。しかし、象精は自分が手下をつれて唐僧を送り届ける様を見せ、油断した唐僧を捕らえてみせようと二大王に言い、威勢を上げて出かけた。

〔対校〕

故宮博物院本辛本第十五齣「猿摂宝瓶奘《ママ》便破」、大阪府立図書館本第八本第十九齣「猿摂宝瓶装便破」、旧北平図書館本第八本第十四齣「設就機関摂宝瓶」に相当し、「家麻韻」も同じ。但し、故宮博物院本の齣名文字「奘」は誤記。

岳小琴本と故宮博物院本・大阪府立図書館本は曲牌「南江児水」「北雁児落帯得勝令」「南僥々令」「南園林好」各曲詞の半ばほどの相違が見られるものの、白は曲詞より異同が多くあるが、全体を比べれば物語の展開は一致する。

その一方、岳小琴本と大阪府立図書館本と同じ字句（「雷祖」）に対して、故宮博物院本で異なる（「雷公」）ケースも見られる。岳小琴本で孫悟空を捕らえて宝瓶に入れる折、さるのしりは赤いという下品な表現（「北収江南」後の象白）「扯掉他褲子一看猴児是火屁股……咦、火焼屁股、……」は故宮博物院本では省かれるが、これは宮廷劇の品位を考慮したものと思われる。

岳小琴本曲牌：「仙呂双調　北新水令」「南歩々嬌」「北折桂令」「南江児水」「北雁児落帯得勝令」「南僥々令」「北収江南」「南園林好」「北沽美酒」「尾声」

故宮博物院本には「北」「南」字を曲牌に冠しない点、大阪府立図書館本は「尾声」を「南慶余」とし、「北沽美酒」は「仙呂入双角合曲　（北）沽美酒太平令」とする点を除けば、岳小琴本と同じである。

〔備考〕

岳小琴本の「真」・「利害」字は故宮博物院本も半分ほどは同じであるが、大阪府立図書館本は「正」・「実」、「凶猛」「威風」「凶凶」と改める。岳小琴本「北沽美酒」と「尾声」の間にある「真言」は、故宮博物院本では「実言」とし、大阪府立図書館本（悟空白・象精鵬精白）を承ける。

故宮博物院本：寿台上場門・下場門、寿台両場門、地井、洞門、簾子門
大阪府立図書館本：上場門、下場門、両場門、地井、洞門、天井、西旁門

第十六齣「木母同降怪体真」 原本改

〔梗概〕

唐僧は妖怪の顚末を気にかけていると、八戒が戻り、大きな口で悟空を内臓神の供え物にしてしまったと告げ、泣きはじめた。唐僧は悟空を悼み、嘆くばかりであった。沙和尚がなぐさめる折、悟空が現われ、妖怪の腹の中であばれて降伏させ、花轎で一同が安穏に峠越えできるように準備させたと告げた。八戒は妖怪の深意に注意するようにと忠告するも、悟空は油断して取り合わなかった。そこへ、象精が手下を率いて攻め寄せた。悟空はすぐさま八戒を伴い、妖魔との応戦に出て象精を捕らえた。悟空は、象精が許しを乞い、師匠を送り届けると再び約したので、轎を準備させるために許した。八戒は打ち殺すべきところ、放免したことに不安を懐く。一方、柳逢春はその法力を称え、仏法に帰依することを誓った。

〔対校〕

故宮博物院本辛本第十六齣「象供藤轎送成虚」、大阪府立図書館本第八本第二十齣「象供藤轎送成虚」に相当し、「歌戈韻」も両本ともに同じ。旧北平図書館本は第八本第十五齣「弄虚花安排藤轎」に相当する。

岳小琴本と故宮博物院本とは曲牌名・曲詞が中心に異同があり、白にも差異が目立つ。冒頭、岳小琴本は曲牌名「不是路」で、故宮博物院本は「柳梢青」とし、曲詞も異なる。次は、岳小琴本は「前腔（不是路）」で故宮博物院

本・大阪府立図書館本も同じ曲牌名で曲詞もほぼ同じであるが、後者二本では「為何這等慌張」は唐僧の白としている。故宮博物院本は、「唐僧白、打聴事如何」（「不是路」）とするが、大阪府立図書館本は「唐僧唱」とする。その後、「泣顔回　聴説……」と続く部分は、故宮博物院本は曲牌名を「好事近　聴説……」とするも、曲詞の半分は一致する。重腔部分は曲詞が全く異なり、岳小琴本の第二の「前腔」は曲詞が「三人市虎……」で始まり、次の第三の「前腔　補天妙手……」は故宮博物院本にはなく、岳小琴本で唐僧と猪八戒が悟空を悼む長い部分を故宮博物院本・大阪府立図書館本では簡略化する。その後、悟空が戻り、唐僧が驚きつつも事の経緯を聞く白は同じ。次の第四の「前腔　一声……」そして「千秋歳」は一部の曲詞・白は岳小琴本と故宮博物院本等は同じであるが、全体から見ると、ほぼ異なる。岳小琴本は、その後、象精の哀願の次に第五の「前腔　念弥陀……」があり、唐僧が象精を教化する曲詞が唱われ、唐僧の慈悲心を示す白がある。これは、故宮博物院本等では省かれる。続く孫悟空が柳逢春に山妖を退治して手柄とするように言う白「柳将軍、我対你説……這場大功労罷」は、故宮博物院本では「尾声」の後に置く。猪八戒の簡単な言葉は同じであるが、岳小琴本の「尾声」の曲詞は、故宮博物院本・大阪府立図書館本・旧北平図書館本と全く異なる。故宮博物院本等三本は、岳小琴本の「尾声」前にある前掲の孫悟空の白を、大阪府立図書館本は「慶余」、故宮博物院本と旧北平図書館本では「尾声」の中間に移す。この点から考えると、故宮博物院本と旧北平図書館本は嘉慶以後の鈔本を窺わせる。故宮博物院本と旧北平図書館本が近似する齣の一つ、と言える。

岳小琴本曲牌：「仙呂過曲　不是路」「前腔」「中呂過曲　泣顔回」「前腔」「前腔」「前腔」「千秋歳」「尾声」

故宮博物院本・大阪府立図書館本は、「中呂宮引　柳稍（梢）青」「仙呂宮正曲　不是路」「中呂宮正曲　好事近」「又一体」「又一体」「中呂宮正曲　千秋歳」「尾声」（「慶余」）

〔備考〕

「千秋歳」の最後、岳小琴本の「即見」は、大阪府立図書館本は「去見」（「去」は切り取り補字）、故宮博物院本は「立見」で旧北平図書館本も「立見」とし、三種の表記をする。柳逢春が感嘆する故宮博物院本白（「千秋歳」末）「法力」は、故宮博物院本・旧北平図書館本も「法力」とするが、大阪府立図書館本は「道法」と補写する。当初、岳小琴本の改訂時には「法力」とあったのではないか。岳小琴本には該当の白がない。岳小琴本は「真」字を使用。

故宮博物院本：寿台上場門・下場門

大阪府立図書館本：上場門、下場門

旧北平図書館本：寿台上場門・下場門

第十七齣「釈迦仏力伏三怪」　原本改

〔梗概〕

獅駝嶺の鵬精は、獅精と象精に、ひとまず唐僧を担ぎ送り、猴頭が油断している時、それぞれ捕らえる計略を提示した。翌日、唐僧は、悟空・八戒・悟浄と一緒に春景色に染まる嶺を越えて行く。後には、獅精・象精・鵬精も従った。まるで魔王が象教に帰依したような様子であったが、如来仏や掲諦神、文殊菩薩、普賢菩薩、阿難・迦葉が見守っていた。如来仏は、唐僧の禅心が淡いために百難を経てもまたわなに陥る、と見ていた。すると、突然、小妖たちは唐僧の轎をかついで走り去った。鵬精が追おうとする悟空と闘えば、悟空は敗れて逃げ去った。獅精と象精は八戒・沙和尚を生けどりにし、小妖たちは唐僧を捕らえた。鵬精は悟空の行方を捜し、翅をひろげて追いかけて行った。悟空が逃げる途中、如来仏と出会い、その背後に隠れた。獅精と象精は、文殊菩薩と普賢菩薩と出くわし、一喝を浴びて服従した。文殊菩薩は獅子に乗り、普賢菩薩は象に乗って如来仏のもとへやって来る。鵬精は大鵬に変化し、如来仏の背後に廻れば、金しばりに遭って動きがとれなくなってしまい、仏に帰依した。如来仏は西天竺へ戻って行き、悟空は唐僧や八戒沙和尚を助け出した。そこに、後塵を拝した柳逢春が将兵を率いて追い着き、山中の洞穴を平定したことを告げたので、一同は凱旋することとした。

〔対校〕

故宮博物院本辛本第十七齣「収伏獅駝皈正法」、大阪府立図書館本第八本第二十一齣「収伏獅駝皈正法」、旧北平図書館本第八本第十六齣「皈正法収伏獅駝」に相当する。

岳小琴本と故宮博物院本は、白の相違は比較的少なく、曲詞の過半数前後が相違する。白での相違は物語への影響が乏しく、曲詞も「耍孩児」では半分、「会河陽」は七割以上異なるが、内容上の相違ではない。最後の「紅繍鞋」「尾声」は全く異なる。岳小琴本はその異詞に「昇平」の文字を入れるが、故宮博物院本等は改変して、曲詞には存在しない。曲牌名「粉蝶児」を故宮博物院本等は「粉孩児」とする。

西天へ戻る如来の白は、岳小琴本のみ異なり、大阪府立図書館本以下は同じで、岳小琴本の白を改編したと思われる。その後にある曲牌「縷々金」の曲詞は、岳小琴本は故宮博物院本、大阪府立図書館本などとほぼ異なる。故宮博物院本の「法力」は旧北平図書館本と同じ、大阪府立図書館本では「道法」と改められる以外は同じ詞である。曲牌「紅繍鞋」直前にある孫悟空と柳逢春の白「（孫白）我師父、連日受了……」は大阪府立図書館本が岳小琴本に近いが、故宮博物院本は全く異なる。旧北平図書館本もかなり異なり四本とも相違するが、故宮博物院本で省かれた柳逢春の白を留め、岳小琴本等のテキストを参照した形跡がある。故宮博物院本はその部分が一行分、文字の字間がつまったようにも見えて違和感があるので、抄写ののち、更に改めた可能性がある。

岳小琴本曲牌：「中呂過曲　粉蝶児」「紅芍薬」「要孩児」「会河陽」「縷々金」「越恁好」「紅繡鞋」「尾声」

故宮博物院本・大阪府立図書館本も「中呂宮正曲　粉孩児」以下、岳小琴本と同じ。但し、「粉蝶児」を「粉孩児」とする。

（備考）

故宮博物院本の曲牌「要孩児」の曲詞で「経歴過」は岳小琴本と同じ、大阪府立図書館本は「歴」字を切り取り「経遍過」と改める。旧北平図書館本は、岳小琴本・故宮博物院本に同じ。曲牌「会河陽」後の如来の白で「立（在我後面）」とある部分は岳小琴本以下同じであるが、大阪府立図書館本のみ「站」と切り取り補字する。また、「利益」「法力」は岳小琴本、故宮博物院本、旧北平図書館本は一致するが、大阪府立図書館本はすべて切り取り、補字して「法力」は「仏法」、「利益」は「好処」と改められる。

故宮博物院本：洞門、寿台下場門・上場門（如来は寿台上場門から登場し、寿台下場門から退場する。禄台、福台は使うことがなかったのではないか）

大阪府立図書館本：上場門、下場門、両場門

旧北平図書館本：左洞門、寿台上場門・下場門、地井

第十八齣「比丘国真伝四僧」　原本改

〔梗概〕

宮殿へ復命に戻った柳逢春は、悟空の計らいで手柄をすべて一身に担うことになり、獅駝嶺妖魔の平定を上奏すれば、聖旨を受けて輔国大将軍となり総理軍国政務の官を兼ねた。母は一品節義夫人、妻の和氏は一品夫人の位を得た。柳逢春は唐聖僧らによって比丘国の陰霾も払われたので、国王に代わって送別の宴を開く。

〔対校〕

故宮博物院本辛本第十八齣「闡揚象教仰高僧」、大阪府立図書館本第八本第二十二齣「図容香火荅高僧」、旧北平図書館本第八本第十七齣「酬仏力金門祖餞」に相当する。

岳小琴本と故宮博物院本は、白と曲詞に差違が多く、曲牌「出隊子」の詞句の後、国王からの聖旨の内容が岳小琴本の後、順次省略が加えられ、旧北平図書館本に到っては、唐僧らの肖像画や柳逢春の母への封号などが省かれる。また、曲牌「八声甘州」の四曲の内、三番目「前腔」及び続く白が故宮博物院本では省かれている。これは大阪府立図書館本も同じ。岳小琴本は唐僧ら四人を画工に描かせるために登場させるが、故宮博物院本・旧北平図書館本は省略してその登場がなく、皇華亭での餞別のみとする。この点、大阪府立図書館本は詳しく記し、故宮博物院本とは異なり、岳小琴本に近い。「尾声」は、岳小琴本と大阪府立図書館本・故宮博物院本・旧北平図書館本とは異なる。後者三テキストは同じ。

岳小琴本曲牌：「黄鐘過曲　出隊子」「仙呂過曲　八声甘州」①「前腔」②「前腔」③「前腔」「尾声」

故宮博物院本・大阪府立図書館本は「黄鐘宮正曲　出隊子」「仙呂宮正曲　八声甘州」以下岳小琴本と同じであるが、第二の「前腔（八声甘州）」がない。

〔備考〕

岳小琴本は齣名から「丘」「真」「力」各文字を使う。また、故宮博物院本は岳小琴本と同じ「蔭子」（「出隊子」）を大阪府立図書館本は切り取り「贈母」と墨書する。おそらく、「胤」（去声震韻）の字音を避けたのであろう。岳小琴本冒頭の「印」字も「応」字に改められている。大阪府立図書館本のみ「国王」を白では「国主」とし、「歴年」を「累年」と改める。故宮博物院本・旧北平図書館本は岳小琴本と同じ。なお、旧北平図書館本は齣名に「酬仏力」と「力」字を用いるから、乾隆以後の抄写であろう。

故宮博物院本：寿台上場門・両場門

大阪府立図書館本：上場門、両場門

旧北平図書館本：寿台上場門・両場門

第十九齣「柳逢春衣錦完花燭」　原本改

〔梗概〕

和氏鸞娘は柳逢春と別れてより、病気がちの姑婆に仕え、婦道を全うしつつ夫の吉報を待っていた。そこに、和友仁が多くの官吏を伴いながら、笑み満面で戻り、妹婿が大官になったと伝えた。楊氏と鸞娘は国王と中宮の恩徳に拝謝する最中に、柳逢春が衣錦環郷した。和友仁は柳逢春の度量に感服し、すぐにも壮大な花燭の宴を開こうとしたが、柳逢春は家宴を望み、婚儀を実施した。

〔対校〕

故宮博物院本辛本第十九齣「荷恩綸栄帰花燭」、大阪府立図書館本第八本第二十三齣「荷恩綸栄帰花燭」、旧北平図書館本八本第十八齣「荷君恩華屋栄帰」に相当する。

岳小琴本と故宮博物院本とは、曲詞で差違が多く、岳小琴本の「尾声」は故宮博物院本にはない。大阪府立図書館本等も同じ。その反面、白が長いが異同が少ない。岳小琴本の冒頭にある曲牌「卜算子」に続く白では、故宮博物院本・旧北平図書館本では和氏が身上をすぐ述べるが、岳小琴本と大阪府立図書館本はともに日々の憂いを述べる文句がその前にある。その一方、白の「伉儷」は岳小琴本・故宮博物院本・旧北平図書館本は同じで、大阪府立図書館本のみ切り取り「鼓瑟」と補字する。しかし、岳小琴本「喜痊」は大阪府立図書館本とは同じで、故宮博物院本では「全（可）」と異なる。逆に曲牌「梧桐樹（犯）」の曲詞「入髩」は、大阪府立図書館本のみ「両鬢」とし、他本は同じ。次の曲牌名「浣渓沙」も同じで、大阪府立図書館本のみ「浣沙渓」として異なる。しかし、曲詞は岳小琴本と他三テキストは異なる。また、曲詞の次の白「随我……」は故宮博物院本等にはなく、ト書きとしている。故宮博物院本では「東甌令」の曲白は長いが、大阪府立図書館本をほぼ踏襲し、その大阪府立図書館本は岳小琴本に則っていて、全体的に見てこの部分には異同はあまりない。続く「五馬江児水」以降は曲白に相違が目立つ。また、母柳夫人を岳小琴本は「親家太太」と「親母太太」と和友仁に言わせるが、大阪府立図書館本は「親家」、故宮博物院本は「親母」とする。旧北平図書館本は故宮博物院本と同じ。岳小琴本が依拠したテキストに不統一な表記があったと考えられるが、大阪府立図書館本、或は、故宮博物院本の依拠した岳小琴本系統に、別系統のテキストがあったのかもしれない。

岳小琴本曲牌：「卜算子」「梧桐樹犯」「南呂過曲　浣渓沙」「東甌令」「仙呂入双調　五馬江児水」「黄鐘過曲　画眉序」「滴溜子」「尾声」

故宮博物院本・大阪府立図書館本は「仙呂宮引　卜算子」「商調正曲　梧桐樹」「南呂宮正曲　浣渓沙」（大阪府立図

書館本「浣沙渓」）「南呂宮正曲　東甌令」「双調正曲　五馬江児水」「黄鐘宮正曲　画眉序」「黄鐘宮正曲　滴溜子」で、岳小琴本の「尾声」はない。

（備考）
岳小琴本（「東甌令」）「真（華絢）」字、故宮博物院本は同じ、大阪府立図書館本「誠」とし、岳小琴本「真正（是）混帳」字、故宮博物院本も同じ、大阪府立図書館本「却不（是混）賬」と改字する。
故宮博物院本：寿台上場門・下場門・両場門
大阪府立図書館本：上場門、下場門、両場門
旧北平図書館本：寿台上場門・下場門・両場門

第二十齣「老鼠精詭計玷清修」（原本改：目録、本文ナシ）

〔梗概〕
地湧夫人は孫悟空の神威を恐れ、争わなかったことに安堵した。そこで、黒松林に先まわりをして待ち伏せし、災難に遭った人に化けて唐僧を誘惑しようと考え、その身を木の根元に縛られたような小細工をして待ち受けた。唐僧師徒がさしかかると、助けを求める女の声が聞えた。唐僧は、当初、悟空の無視するという判断に従ったが、ついには慈悲心から助け、自分は馬を下り、代わりに地湧夫人を乗せて行くことになった。

〔対校〕

故宮博物院本辛本第二十齣「装難女途中悞救」、大阪府立図書館本第九本第十一齣「装難女途中悞救」で同齣名、旧北平図書館本は第八本第十九齣「装色相畧施一計」に各々相当する。

岳小琴本と故宮博物院本・大阪府立図書館本は、「浣沙劉帽浣渓沙」と最後の「懶画眉」に曲詞の一部と曲牌名に若干相違が見られるものの、ほぼ同一。岳小琴本は曲牌「画眉扶帰懶画眉」・「酔扶帰」・「浣沙劉帽浣渓沙」・「劉潑帽」を頭出しするが、大阪府立図書館本は「懶扶帰・懶画眉首至三……酔扶帰四至末」とし、故宮博物院本、旧北平図書館本ではいずれも曲詞内の見出しに置く。「酔扶帰」も後者三本同じで、岳小琴本とは異なる。その後、岳小琴本の唐「（白）這黒林好生過去」と小旦「（白）来了、不免縛樹底便了」の箇所は大阪府立図書館本では補充して「（地湧夫人白）你看、他師徒来了、不免縛於樹底便了」とする一方、唐僧の白は「浣渓帽」の後に移され、「悟空、纔過了崎嶇山径、怎生又遇這黒松林、是必在意」と改められる。故宮博物院本では、ト書きとする。岳小琴本では、「秋夜月」につづく白に「八戒」の白というト書きがあるが、これは故宮博物院本などでは唐僧が八戒に呼びかける白に当たる。大阪府立図書館本曲牌「寒窓秋月」の後には岳小琴本曲牌「瑣窓秋瑣窓郎」の後に同じ孫悟空の白「他是個女子（倘人）」があるが、故宮博物院本は省略する。その一方で、その曲牌の前に置かれる孫の白が岳小琴本と大阪府立図書館本と故宮博物院本・旧北平図書館本で異なる部分（岳小琴本「（人肉吃的法）你那裡認得」）もある。岳小琴本の末尾七言四句は、大阪府立図書館本・故宮博物院本・旧北平図書館本とは、後半二句が異なるが、岳小琴本は誰の白かを示さず、大阪府立図書館本では白の主体を示し、故宮博物院本・旧北平図書館本は分白とする。

岳小琴本曲牌：「画眉扶帰懶画眉」「酔扶帰」「浣沙劉帽浣渓沙」「劉潑帽」「瑣窓秋瑣窓郎」「秋月夜」「懶朝天」「懶画眉」

大阪府立図書館本は「南呂宮集曲　懶扶帰（懶画眉首至三）（酔扶帰四至末）」「浣渓帽（浣渓沙首至五）（劉潑帽三至末）」

「寒窓秋月（瑣窓寒首至四）（秋月夜四至末）」「朝天懶（朝天子首至末）（懶画眉三至末）」とし、故宮博物院本は「南呂宮正曲　画扶帰（懶画眉首至三）（酔扶帰四至末）「浣沙帽（浣渓沙首至合）（劉潑帽三至末）」「寒窓秋月（瑣窓寒首至四）（秋月夜四至末）」「朝天懶（二犯朝天子首至六）（懶画眉三至末）」と曲牌名・小曲牌名に微妙な差異が見られるものの、曲詞は同じである。

〔備考〕

曲牌「懶画眉」の前の白で、「真」「利害」は岳小琴本・故宮博物院本・旧北平図書館本は一致、大阪府立図書館本は切り取り補字して「正」「刻毒」とする。

故宮博物院本：寿台上場門・下場門

大阪府立図書館本：洞門、上場門、下場門

旧北平図書館本：寿台上場門・下場門

第二十一齣「鎮海寺心猿識怪」（原本改：目録、本文ナシ）

〔梗概〕

夕暮れになったので、唐僧らは地湧夫人をつれて鎮海寺に宿泊した。その夜、唐僧が病を発する一方、寺僧は女色に目がくらみ、かえって地湧夫人に呑みこまれて食われてしまう。それを見破った悟空が妖怪を追う時、八戒と悟浄の油断で唐僧を掠われてしまい、怒った悟空は二人を打とうとする。

〔対校〕

故宮博物院本辛本第二十一齣「鎮海寺三僧被啖」、大阪府立図書館本第九本第十二齣「病維摩寺内遭擒」、旧北平図書館本第八本第二十齣「現原形大啖三僧」に相当する。

岳小琴本と故宮博物院本・大阪府立図書館本は、曲詞や白で多少の相違はあるものの、「酔扶帰」や「尾声」のように曲詞及び白はおおよそ同じと見ても良い。相違点は、岳小琴本は夕暮れのために鎮海寺へ泊る（「徒弟、天色已晩、在這寺内投宿一宵」）と簡単に示すが、故宮博物院本・大阪府立図書館本では、唐僧が身体の不調のために宿泊すると言う（「徒弟、我身子有些不〔爽〕快、且在這寺……」）のに対し、八戒が唐僧は珍しく歩いて馬には婦人を乗せたためではないか、と添える（「想是師傅走得乏了、那個叫你譲馬与別人騎」）。岳小琴本はその後、宿を求めに来た悟空を見て応対の小和尚が驚くものの、一行の素性を知って老僧に一行の来寺を伝えた（「（小僧）如此待我通報」）ので、老僧が「如此待我迎接」と出迎えに出る。この点は大阪府立図書館本も同じであるが、故宮博物院本は老僧が徒弟とともに見に行き驚く、と簡略化する（「（老僧白）外面有人、徒弟、我們出去看来」）。一方、唐僧がラマ僧の老僧に悟空ら三徒弟を紹介した後、伴った「女菩薩」について、岳小琴本はその来歴を教え、後で帰宅させる、と伝えた。老僧が大小和尚に四人の禅床を用意させる一方、地湧夫人は天王殿で休息させよと命じて、いささか簡潔に進める。これは、大阪府立図書館本も同じで、故宮博物院本と最も異なる場面である。故宮博物院本では、師徒が寺に宿泊を申し出る場面から異なる。唐僧が地湧夫人に帰るように言うと、地湧夫人は道が不慣れだからと言って一宿を求めれば、老僧が方丈で食事を与えることを大小和尚に命じ、小和尚が自分の部屋にオンドルがあると言って地湧夫人を案内することに改める。旧北平図書館本は故宮博物院本と同じ。岳小琴本は小和尚が地湧夫人を天女かと色に迷うところにト書きに、大老鼠に呑み込まれる（「大老鼠……吃介」）、と入れる。このト書きは本文と同じ大文字であり、写本のミスらしい。

故宮博物院本等にも、長いト書きがあり、老僧も大和尚も地湧夫人に呑み込まれた、とする。一方、曲牌「好姐々」後の白で唐僧に茶飯を進めた後、悟空が妖怪退治に行くと言う場面で、岳小琴本にはその妖怪がいるという根拠を老僧が知る形で示す「（唐）又捉甚麼妖精、（孫）師父、這妖精在内傷人、弟子不及細説、只問這和尚便知端的。（唐）你這寺裡有甚麼妖精、（老僧）聖僧一言難尽……妖精、……（皂羅袍）」。ところが、故宮博物院本・大阪府立図書館本ではその部分を省いて、唐僧が八戒らに「徒弟、你師兄又捉甚妖精」と訊ねるままにし、曲牌「皂羅袍」に接続して地湧夫人の登場に短縮したため、唐僧が単に妖怪を捕らえに悟空が行くのを不思議に思うという設定になっている。

岳小琴本には、大阪府立図書館本に類似する部分、或は、故宮博物院本と一致する部分それぞれが見られる。

岳小琴本曲牌…「仙呂入双調　歩々嬌」「酔扶帰」「好姐々」「皂羅袍」「滴溜子」「三段子」「尾声」

故宮博物院本・大阪府立図書館本は「仙呂宮正曲　歩歩嬌」、「黄鐘宮正曲　滴溜子」他すべて岳小琴本と同じ。

（備考）

岳小琴本の「哎呀」「哎喲」は、故宮博物院本等では品がないためか、削除する。「（経）歴（多少）」は、大阪府立図書館本のみ「（経）過了」と改める。

故宮博物院本…寿台上場門・下場門、地井

大阪府立図書館本…上場門、下場門、地井、洞門

旧北平図書館本・寿台上場門・下場門、地井

第二十二齣「黒松林徒弟尋師」（原本改：目録、本文ナシ）

〔梗概〕

孫悟空らは唐僧を捜して陥空山に到り、土地神・山神から情報を得る。そして、八戒が乞食僧に化けて、黄姐姐から地湧夫人が唐僧と婚姻しようとすることを知る。

〔対校〕

故宮博物院本辛本第二十二齣「陥空山二女漏風」、大阪府立図書館本第九本第十三齣「洩佳期巧逢汲水」、旧北平図書館本第八本第二十一齣「説鴛侶双鬟巧笑」に相当する。

岳小琴本最初の曲牌「秋夜月」の曲詞は「時運……存済」まで一致し、次の「清江引」にある「（不）利」は、故宮博物院本も同じであるが、大阪府立図書館本では「（不）遂」と改めるものの、曲詞は同じに近い。第二の「清江引」の曲詞は故宮博物院本・大阪府立図書館本と全く異なり、他の曲牌の曲詞も相違する部分が多く、わずかに後の「可知潘巧雲……情字起」が一致する。反対に白は両者かなりの部分で一致する。

岳小琴本の曲牌「東甌令」の曲詞は頭三字が同じで、他は故宮博物院本・大阪府立図書館本とはかなり異なり、続く悟空の白で岳小琴本は「探望」を重ねるのを忘れたため傍に補充する。これは原稿での推敲と言うよりも、転写の際に同じ文字の重ねを頭の中に留めた結果による落字であろう。

曲牌「金銭花」の曲詞冒頭、岳小琴本は「即此（駕起雲霓）」とし故宮博物院本も同じであるが、大阪府立図書館本は「疾忙」と改める。また、その直前にある孫悟空と八戒・悟浄の白で、岳小琴本と故宮博物院本、旧北平図書館本は白（「如此駕雲前去、猪沙、有理（駕雲）」）がほぼ一致するが、大阪府立図書館本は比較的詳しい白（「你我就此一同駕雲前去、悟能悟浄白、但是……送去、悟能悟浄白、有理」）が加えられている。ここは故宮博物院本の編集時、岳小琴本を参照していたことを示す例である。同様な例は曲牌「金銭花」の後の白でも指摘できる。八戒が僧衣を着用する部分で岳小琴本（「実説、沙兄弟打開行李来、孫沙、做甚麼」）と故宮博物院本は一致し、大阪府立図書館本では異なる箇所「（実説）大師兄你抜……木魚来、悟空白（做甚麼）」がある。

岳小琴本と大阪府立図書館本、岳小琴本と故宮博物院本それぞれ一致する部分が見られる場合もあり、また、三本それぞれは、異なる白を入れる場合もみられる。

岳小琴本曲牌：「南呂過曲　秋夜月」「清江引」「東甌令」「金銭花」「清江引」「尾声」

故宮博物院本・大阪府立図書館本は「南呂宮正曲　秋夜月」「仙呂宮正曲（双調正曲）清江引」以下、岳小琴本と同じ。但し、故宮博物院本と大阪府立図書館本（　）内の宮調表記が異なる。

〔備考〕

岳小琴本には誤字「倡」（正しくは「但」）がある。「尾声」の「真」字は、大阪府立図書館本では切り取り改字して「師」とする。岳小琴本の「真話」は故宮博物院本も同じで、大阪府立図書館本は「実話」と改める。

第二十三齣「姹女育陽求配偶」改本（原本改：目録、改本：本文）

〔梗概〕

地湧夫人の結婚式の準備をする中、貂鼠精は唐僧に夫人の美しさを説いて誘ったが、唐僧が心を動かさないので、灰鼠精と貂鼠精は唐僧に早く衣服を換えるように無理強いした。二妖精は婚儀が整ったので、洞主に式を始めることを促しに行った。その夜、托塔天王と哪吒太子の神牌を祭る正庁に、地湧夫人や鼠精らが集まり、婚儀を開始したが、新婚の二人を早く洞房へ案内するために式を改めた。地湧夫人が席を立つも、唐僧が動く気配もないので、無理にでもつれて行こうとしたその時、悟空が現われ、一喝した。その瞬間、妖怪たちや唐僧の姿は消えた。悟空があたりを窺えば、祠堂には「尊父托塔天王李靖」「尊兄哪吒三太子」の神牌が祭られていた。悟空は妖怪が李天王の娘だと知り、八戒と沙和尚を呼んで神牌を見せ、これを証拠に師匠を返してもらうと言って、天上に上った。

〔対校〕

故宮博物院本辛本第二十三齣「孫行者鬪破鸞交」、大阪府立図書館本第九本第十四齣「鸞好合赶散張筵」、旧北平図書館本第八本第二十二齣「破鸞交行者威風」に相当する。

岳小琴本前半にある婚姻の拝礼あたりまでは、故宮博物院本とほぼ一致する。しかし、唐僧が拒み、孫悟空が救出に来る場面から異同が目立ち、孫悟空が八戒と悟浄に牌位を見せて、玉帝に李天王を訴える訴状を書く段は岳小琴本のみ詳しく、故宮博物院本・大阪府立図書館本では簡略化される。

曲牌名「玉交枝」は、岳小琴本・故宮博物院本・旧北平図書館本が同じで、大阪府立図書館本のみ「玉嬌枝」とする。一方で、曲詞は大阪府立図書館本と故宮博物院本、旧北平図書館本は同じで、岳小琴本の過半数は異文となっている。曲牌「川撥草」の後にある岳小琴本の白「孫爺々来也」は、大阪府立図書館本・故宮博物院本・旧北平図書館本では白ではなくト書きとする。「尾声」の前にある証拠の牌位と香炉は、故宮博物院本と旧北平図書館本では「香炉」の記述がなく、大阪府立図書館本にはある。「尾声」の後にある孫悟空と八戒・沙和尚が告訴状を作り、読み上げるくだりは、大阪府立図書館本・故宮博物院本・旧北平図書館本三本とは同じではない。岳小琴本は「（到玉帝殿前、告李天王不怕他不還我師父）（猪沙）有理、……不要間話、我去也（猪）沙兄弟、我想……」と長い告訴状が記される。これに対し、故宮博物院本等は訴状文を省いて「（不還）我師傅、二位兄弟看守行李……便了。（悟能白）（沙兄弟……）」と簡略化する。岳小琴本と大阪府立図書館本にある最後の猪八戒の白「這麼（怎麼）捨不得、烏亀是好做的」に込められる「烏亀」の句は、品格がないためか、故宮博物院本では省かれてト書きに「虚白」とあるのみである。旧北平図書館本も最後の「烏亀」のある白はなく、故宮博物院本と同じで終わる。

岳小琴本曲牌・・「呉小四」「仙呂双調　忒々命」「沈酔東風」「園林好」①「前腔」「江児水」②「前腔」「玉交枝」③「前腔」「川撥草」④「前腔」「尾声」

故宮博物院本・大阪府立図書館本は「商調正曲　呉小四」「仙呂宮正曲　忒忒命」「仙呂宮正曲　沈酔東風」以下、岳小琴本と同じ。岳小琴本曲牌「忒々命」は「忒忒令」の誤記かもしれない。

（備考）

岳小琴本・故宮博物院本の曲牌「呉小四」にある「架」は、大阪府立図書館本は「駕」と切り取り補写し、「立真」も大阪府立図書館本のみ「聳実」、次の「真（如）」も「正」と改める。続く白の文字を岳小琴本は墨で塗りつぶし、「憎与」の脇に「（憎）慾」とするが、大阪府立図書館本・故宮博物院本は岳小琴本で塗りつぶされた「与」と同じ文字である。岳小琴本での訂正は後に継承されていないため、依拠した岳小琴本の祖本が「慾」字であったのか、抄写後に私見で改めたものか、いささか不明。故宮博物院本は岳小琴本の表記を受けて「立真」（「呉小四」後の唐白）「真如」（同上）「真僧」（同上の仄白）「真情」（「忒々命」）とし、旧北平図書館本も同じ。大阪府立図書館本のみが改字「聳実」「正（如）」「神（僧）」「好心」とされている。

故宮博物院本：簾子門、寿台上場門・下場門、仙楼禄台、洞門
大阪府立図書館本：上場門、下場門、洞門
旧北平図書館本：簾子門、寿台上場門・下場門、洞門、仙楼、禄台

第二十四齣「元神悟道識丹頭」（原本改：目録、本文ナシ）

〔梗概〕

張道陵は上奏を待つところ、悟空が神牌を持って現われ、天王李靖と哪吒を告訴すると伝える。張道陵は天王父子が妖女を放って唐三蔵を誘惑したと知り上奏すれば、太白金星を托塔天王のもとへ遣わす玉旨を得た。張道陵は金星に玉旨を伝えたので、悟空は金星とともに李天王のもとへ赴いた。李天王はデッチ上げだと悟空を罵ったが、哪吒三太子から神牌のいわれが、父王によって助命された金鼻白毛老鼠精にあり、地湧夫人と名を改めて活命の恩から神牌を祀ったのであろうと教えられた。托塔天王もその件を思い出し、孫悟空が強弁したらどうしようかと思いあぐねる中、哪吒太子が悟空に理由を話せば、悟空は納得して、神牌は天王父子と係わりがないと投げ捨てた。托塔天王は安堵し、悟空とともに無底洞の妖怪のもとへ攻め寄せて唐僧を助け、哪吒は地湧夫人を捕らえて護送して来た。天王は妖怪を伴い天庭へ凱旋し、陥空山は平定された。

〔対校〕

故宮博物院本辛本第二十四齣「李天王掃清鼠孽」、大阪府立図書館本第九第十五齣「鬧鼠獄長庚解結」、旧北平図書館本第八本第二十三齣「天王托塔靖妖氛」に相当する。

岳小琴本の後半、曲牌「駐馬庁」（他本は「聴」）の次の「前腔（駐馬庁）」から故宮博物院本・大阪府立図書館本・旧北平図書館本とは相異が大きく、岳小琴本では金星の歌う「前腔（駐馬庁）」前後の白・曲詞から「（合前唱）……懐抱」までがない。その後、二番目の「前腔」を故宮博物院本・大阪府立図書館本は「又一体」（「軍政権操、……」）と残し、第三番目の「前腔」以下の曲詞・白をほぼすべて省き、天王の白「衆天将、就此下界擒妖去者」から「亭前送別」曲に接続する。岳小琴本では、その前にある悟空が天王を告訴し、天王と悟空が争論で対立する場面は岳小琴本が詳しい。これに対し、故宮博物院本は省略する点が多い。大阪府立図書館本は、若干岳小琴本の字句（「還有牌位香炉……与你」）を残し、悟空に訴状の他に証拠があると言わせる。その一方で、大阪府立図書館本が曲牌「駐馬聴」の直前でわずか一字「証」とする部分を故宮博物院本ではやや長い異なる文で金星の白（「（牌位在）孫大聖処、天王你自去看来」）を入れるが、岳小琴本は別の長文の白（「（牌位在）御前、……原告来了」）があり、天王が神将に悟空を縛らせる場面がある。これは、小説に近い。岳小琴本は「駐馬庁」の次、「前腔（駐馬庁）」で金星が誣告を恐れるのを示すことに対し、悟空が自信に満ち満ちて玉帝の面前へという場面では、「前唱」と先に歌った曲詞を用いてくり返しを歌う文句がある点は前述の通りである。これらは故宮博物院本等すべて省かれる。この後、哪吒が登場して天王は過去の出来事を思い出すところに悟空がごねる場面となるが、岳小琴本の長い文で留められるこの箇所（「（朋情）表（了）……要緊」）は小説と相応し、故宮博物院本・大阪府立図書館本とは大きく異なる。また、一部分、大阪府立図書館本の「孫虚白」を、故宮博物院本は白（「罷了……了罷」）として挿入した箇所があり、大阪府立図書館本と故宮博物院本との間にも若干の相違がある。

岳小琴本では、孫悟空の訴状と証拠によって天王がやり込められ、悟空が商売はうまく行ったとさわぐ点に力点が置かれている。これに対し、故宮博物院本・大阪府立図書館本は、訴状ですぐに天兵が動き、陥空山の女妖を捕らえる、という物語の流れを重視し、場面のバランスを考えた展開に改められている。

岳小琴本と故宮博物院本・大阪府立図書館本の相違が大きい齣の一つ。また、大阪府立図書館本と故宮博物院本との相違も目立つ齣である。

岳小琴本曲牌…「黄鐘過曲　出隊子」①「前腔」「中呂過曲　駐馬庁」②「前腔」③「前腔」④「前腔」「亭前送別亭前柳」「江頭送別」「憶黒麻憶多姣」「闘黒麻」「尾声」

故宮博物院本・大阪府立図書館本は「黄鐘宮正曲　出隊子」「前腔」「中呂宮正曲　駐馬聴」「又一体」「越調集曲亭前送別（亭前柳首至四）（江頭送別末二句）」（大阪府立図書館本「亭前柳首至合」「江頭送別三至末」）「憶黒麻（憶多嬌首至四）（闘黒麻五至末）」「尾声」（「慶余」）とし、岳小琴本第二の「前腔」がなく、岳小琴本二曲牌を小曲牌にする。

（備考）

岳小琴本と大阪府立図書館本冒頭の白にある「天師」は、故宮博物院本・旧北平図書館本では単に張道陵とする。岳小琴本「前腔（出隊子）」にある「立巣窩」は、故宮博物院本・旧北平図書館本では「立（窩巣）」、大阪府立図書館本のみ「是（窩巣）」と削字して改められる。大阪府立図書館本と旧北平図書館本は「蕭豪韻」とし、故宮博物院本は「斉微韻」とする。岳小琴本曲牌「駐馬庁」は「駐馬聴」の誤記と思われる。

故宮博物院本…禄台門、禄台下場門・上場門、洞門、下場門、寿台下場門、仙楼至禄台

大阪府立図書館本…上場門、霊霄門、下場門、昇天門、洞門

旧北平図書館本…禄台中門、禄台、禄台下場門・上場門、従禄台下仙楼至寿台、洞門、従仙楼上至禄台

第八巻の性格

第八巻は、獅駝嶺の三妖と柳母子をめぐる物語に豹艾文と地湧夫人の物語を組み入れた話が中心を占める。その二十二齣分は「原本」にあったものを改訂したとする。小説にはもともと柳母子の話はなく、黒松林の豹艾文と地湧夫人の関係は薄かった。その小説にない柳逢春母子と和家の関係、「原本」にあった獅駝嶺と黒松林の話を利用して手を入れ、関連付けた行為が「原本改」ではなかったか。それに最初の二齣第一、二齣の朝廷の治世に対する称賛の場面を宮廷劇らしく新たに加えたのがこの第八巻（本）であった。岳小琴本では、前の第七巻はほぼ小説から作られていて、開始に頡利可汗征圧と皇太后慈寿六旬を祝う場面を設け、最後に再び天下泰平を寿ぐ吉祥場面を置く。その第二十四齣で場面を貞観十三年とし、次の齣第八巻第一齣が貞観二十余年とする点の飛躍は、第九本の第一齣の冒頭に符号させるもので、本来は、巻七末の貞観十三年を改めるべきものを、別の場所から移したままにした結果のように見える。岳小琴本が依拠本を不注意に組み変えた改訂の結果であろう。これより推測すると、「原本」とは、小説『西遊記』を忠実に改訂し、物語順序を多少組み替えた戯曲であった可能性がある。

注意すべきは、第七齣「獅駝嶺三妖防範　原本改」では、曲牌「点絳唇」の次の「前腔」で「弘」字を欠筆とするから、明らかに乾隆以降の写し部分である。岳小琴本第十齣の冒頭は、曲牌「新水令」でその曲詞中、柳母子が観音の化身に救いを求める「唱」の中でも、「弘願」と欠筆をするため、現存の岳小琴本自体は乾隆以降の転写本であることは他例を含めて言えることである。

一方、細部の表記から、岳小琴本、或は、その「原本」についての手懸りも窺える。岳小琴本は柳夫人楊氏を「親家（太太）」と「親母（太太）」と和友仁に言わせるが、大阪府立図書館本は「親家」、故宮博物院本は「親母」とする。旧北平図書館本は故宮博物院本と同じ。これは、岳小琴本が依拠した「原本」テキストに不統一な表記があったと考えられるとも、大阪府立図書館本、或は、故宮博物院本の依拠した岳小琴本にはそれぞれ別の系統のテキストがあったとも受け取れる。つまり、大阪府立図書館本の拠った岳小琴本、故宮博物院本の用いた岳小琴本とは微妙な相違を持つ別個のテキストであった可能性も想定すべきで、単純に現存本のみで系統づけをすることは危険である、ということにつながる。

九　第九本（第二十一冊―第二十二冊）の梗概と対校

第一齣「霊山凝盻取経僧」新増

〔梗概〕

菩薩らは仏旨を奉じて元奘の到来を待つが、十三年も経ってもなお姿が見えない。菩薩は道中に妖怪の阻害があるがゆえに、唐僧の因果が完結するのはまだ先のことだと考え、機縁が来た時に改めて迎えに来ることにした。

〔対校〕

故宮博物院本辛本第七齣「金頂乗雲迎仏子」、大阪府立図書館本第六本第二十四齣「飛錫盻四僧消耗」、旧北平図書館本第十本第一齣「金頂乗雲迎仏子」（本文は「第九本」と記される）に相応する齣。

岳小琴本第九本の目録末には「三十九年十二月十八日奉　万歳御筆昇平宝筏……」の字句がある。康熙三十九年は、皇太后六十歳に当たる。三藩平定時に作られた『勧善金科』と比較した場合、ジューンガル平定後の康熙三十九年の皇太后六十歳の歳時がこの奥書の年にふさわしい。ただし、『昇平宝筏』完成時の奥書の場所としては不自然な位置で、「原稿本」にはふさわしくない。おそらく、転写の際に、末尾などにあった記述をメモ書きで残したと考えられる。仮に、岳小琴本の拠った「原本」にあった記載とすれば、岳小琴本の成立が康熙四十年以降になるとも見なし得る。

岳小琴本と故宮博物院本・大阪府立図書館本・旧北平図書館本は、内容の設定は類似するが、相違が七割以上あり、ほぼ別の内容とも言える。岳小琴本では、取経が既に十三年かかっていると明示する。これに対し、故宮博物院本は第八本、もしくは大阪府立図書館本は第六本に入れるため、いずれ到着するという表現に改め、金頂大師が、多年の取経の旅について仏旨を奉じて復命する設定とする。

岳小琴本の冒頭にある曲牌「天下楽」曲詞は故宮博物院本等になく、白として語られる詩句、せりふに改められる。続く曲牌「引小蓬萊」の曲詞と白も、ほぼ異なる。岳小琴本の曲牌名にある「引」は、本来は「仙呂宮引」とすべきところであるが、その写し取りの際に生じた誤認であろう。次の曲牌「甘州歌」の曲詞もほぼ異なり、白も相違する。岳小琴本第一の「前腔」「茫々……」曲詞は故宮博物院本・大阪府立図書館本にはなく、次の第二の「前腔」曲詞も大幅に異なる上に、最後の曲牌曲詞となっていて、岳小琴本の「尾声」はない。岳小琴本最後の第三の「前腔」「帰雲……」以下、「尾声」は、故宮博物院本等には全くない。

一方、岳小琴本は、伽藍神と天神・菩薩が仏旨を奉じて調査に来る。故宮博物院本は護法神と金頂大師、大阪府立図書館本は天将と金頂大師、登場人物がそれぞれ異なる。大阪府立図書館本の金頂大師の白にある「玉仙観」を故宮博物院本・旧北平図書館本は「玉真庵」とし、次の曲牌「甘州歌」の曲詞にも若干の相違などが見られる。

岳小琴本曲牌：「仙呂引子　天下楽」「引　小蓬萊」「仙呂過曲　甘州歌」①「前腔」②「前腔」③「前腔」「尾声」

故宮博物院本・大阪府立図書館本は、「仙呂宮引　小蓬萊」「仙呂宮集曲　甘州歌（八声甘州首至合）（排歌合至末句）」（大阪府立図書館本は「八声甘州首至六句」）「又一体」

（備考）

岳小琴本（第二「前腔」）「歴」字は、大阪府立図書館本・故宮博物院本・旧北平図書館本は「渉」と改める。

故宮博物院本：従仙楼門上至寿台、寿台上場門、仙楼、寿台下場門
大阪府立図書館本：上場門、両場門、下場門
旧北平図書館本：従仙楼寿台両場門上、仙楼門、寿台上場門・下場門

第二齣「三蔵坐禅観世界」（新増：目録、本文ナシ）

〔梗概〕

唐僧師徒は、天竺国玉華府にやって来る。唐僧は案内された駅館でしばし坐禅をして俗塵を払うこととし、弟子に陪席させた。予定の三年の旅は、既に十四年経ち、ようやく天竺国にたどり着く有様であった。元奘は、玉華府が中華の様を思わせることもあり、主君のことを思う気持ちに沈み、心をおちつけるため坐禅を組む。唐僧は禅床にあって、当今の聖明天子を想っていると、円光に包みこまれた。そこへ土地神が現われ、帰国の送別に来たと言う。唐僧は玉華府の東側で別れ、一路、東土へ戻ろうとする。すると、前方に京都らしき景色が広がるところ、太平豊楽をことほぐ農夫らが来たので、ここは大唐領内かと訊ねれば、農夫が言うに、天下はすべて大唐のもので、先方の宮殿は京城だ、と答えて去った。唐僧は往路に十四年もかかって天竺国にたどり着いたのに、帰路はこのように早いとは、と感嘆しつつ見なれた京城の景色を前に進んで行った。唐僧が城内に入ると、魏徴がやって来て、早く入廷するように勧め、自分は頡利平定による大赦の詔を伝えに行く、と言って別れた。元奘は故国の消息を知り喜び進むと、午門に到ったので、内監に玉華府で禅定に入り主君が気にかかったので戻ったと伝え、皇太后と万歳爺、皇太子の康吉を訊ねた。内監らは、皇太后の延安を伝え、万歳爺の出御に参列すべく別れ去って行った。唐僧は館駅に戻り、取経の任を完了しようとするところ、金甲神が現われて、取経を果たす仏旨が下ったため唐僧を西へ送ると言い、円光内へ

つれて行った。すると、元奘は入定前の有様に戻り、心にあった迷いが民安国泰とわかって消えたので、しばし部屋に行って休むこととした。そして、明日、通行手形を求めて、再び西行することにした。

〔対校〕

岳小琴本のみにある齣。皇太后と万歳爺、皇太子の康吉を訊ねたという点が、暗に康熙時代の作品を物語る。天竺国玉華界に入った唐僧が入定して「還郷見風景、依然民安国泰、把十四載、……」と唐国を夢見て十四載経つと言い、最後の七言四句でも「思想離郷十四年」と記し、出立して十四年経過したことを明示する。

岳小琴本曲牌：「正宮引子　燕帰梁」「正宮過曲　玉芙蓉」①「前腔」②「前腔」③「前腔」

第三齣「玉華府萩授門人」新増

〔梗概〕

天竺国玉華府の府尹は、大唐禅師が来たので素斎をふるまうことにする。唐僧は府尹にあいさつをし、通行手形の改めを願い出た。ところが、府尹は三弟子を見て妖鬼に遭ったと心おだやかならず、唐僧らを暴紗亭に移動させて斎を出させた。そこへ、府尹の三公子が来て、父の表情がすぐれないのを見て、その理由をたずね、ついに武芸で退散させようとして暴紗亭に赴いた。三公子が三弟子に戦いを挑もうとすると、孫悟空は、自分達の武器と腕前を見せれば、三公子は心服して三人を尊師とし、武器を貸してもらい、模作させることにした。ところが、その後、公子に貸した武器が紛失したと知らせが入った。悟空は八戒と悟浄に師匠を守ることを頼み、明日、武器をさがしに行くことにする。

〔対校〕

故宮博物院本壬本第十七齣「暴沙亭公子投師」、大阪府立図書館本第九本第十七齣「公子虚懐借兵器」、旧北平図書館本第九本第十七齣「暴沙亭公子投師」に相応する。

岳小琴本は玉華国の府尹、故宮博物院本・大阪府立図書館本では国王という設定で、立場が異なる。そのため、曲詞の相違、白の相違もかなり多い。

岳小琴本の前半、冒頭の曲牌名「点絳唇」は、故宮博物院本および大阪府立図書館本は「点絳唇前」とし、曲詞も異なる。次の曲牌は、岳小琴本は曲牌名「換頭」とするのに対し、大阪府立図書館本は「点絳唇後」とし若干曲詞に相違はあるが、岳小琴本を承ける。故宮博物院本、旧北平図書館本は全く唐僧の白にして曲牌曲詞をすべて省略する。岳小琴本の次の曲牌「画眉姐姐」、「好姐姐」の曲詞や白に故宮博物院本等とは異同、詞句等に有無が見られるものの継承され、「啄木鸝」、「黄鶯児」と続く。

岳小琴本の後半、曲牌「三段催」「鮑老催」の曲詞・白は、故宮博物院本・大阪府立図書館本では省かれ、すべて白に改められている。この後、曲牌「滴溜神仗」から同「下小楼」までは継承されるが、岳小琴本は公子らが武器を官衙に持って行った後にある曲牌「双声滴」・曲詞はなく、次の曲牌「滴溜子」曲詞も故宮博物院本・大阪府立図書館本では曲牌・曲詞がなく、その前後の白も異なる。「尾声」は一部を除いて三本一致する。

大阪府立図書館本は故宮博物院本と比較すると、岳小琴本にあるものがあり、字句は多少異なるものの、故宮博物院本で省かれた部分を留める。このように、岳小琴本から大阪府立図書館本、大阪府立図書館本から故宮博物院本へは、順次改編され様相が第三齣からも判明する。

岳小琴本曲牌・「黄鐘引子　点絳唇」「換頭」「黄鐘過曲　画眉姐々」「好姐々」「啄木鸝」（「官唱啄木児」）「黄鶯児」

声」

「三段催」「鮑老催」「滴溜神杖」「神仗児」「滴金楼（公子唱滴々金）」「下小楼」「双声滴（孫唱双声子）」「滴溜子」「尾

故宮博物院本・大阪府立図書館本は、冒頭の曲牌は「黄鐘宮引　点絳唇」で曲詞はすべて岳小琴本と異なる。岳小琴本の「換頭」は大阪府立図書館本では「点絳唇後」として曲詞の一部が異なる。曲牌名に宮調の表記がなく単に「点絳唇後」とすることから、大阪府立図書館本で岳小琴本の「点絳唇」を「前」「後」二区分したことがわかる。しかし、その「後」は故宮博物院本にはなく、「点絳唇前」があることから、その「後」を省いたことがおのずと判明する。次は「黄鐘宮集曲　画眉姐姐（画眉序首至合）（好姐姐合至末）」と大阪府立図書館本で岳小琴本の「画眉姐々」を「画眉序」として「好姐姐」を加えて「集曲」して小曲牌とし曲牌名を「画眉姐姐」とまとめ、故宮博物院本も同じく大阪府立図書館本を承けたことがわかる。次の故宮博物院本・大阪府立図書館本の「啄木鸝（啄木児首至合）（黄鶯児合至末）」も岳小琴本二曲牌を一つにした結果であろう。岳小琴本「三段催（公子唱三段子）」「鮑老催」は故宮博物院本・大阪府立図書館本では曲牌曲詞ともになく、すべて白に改める。「滴溜神杖」は曲牌名が同じであるが、故宮博物院本・大阪府立図書館本は曲牌名の下に「滴溜子首至四」「神杖児五至末」（大阪府立図書館本は「首至五」「六至末」とする）と、岳小琴本二曲牌を「集曲」する。「滴金楼（滴滴金首至末）（下小楼合至末）」も同じ。岳小琴本の「双声滴」曲詞はなく、その前の白「你看、他們搧（大阪府立図書館本「掐」）了……」と後の白「呀、為甚的狂風……」を接続する。「滴溜子」も前曲と併せて省かれ、ト書き化されて「尾声」（「慶余」）に到る。

（備考）

国王が三弟子を見る場面で岳小琴本は「目眩」と欠筆しない。故宮博物院本では、「目眩」と欠筆し、旧北平図書館本も同じ、大阪府立図書館本も「目眩」と欠筆する。岳小琴本「琢木鸝」の「真妖（怪）」は、故宮博物院本・旧北平図書館本は同じ「真好（怪）」、大阪府立図書館本は切り取り補字して「誠好（怪）」と改める。岳小琴本「神仗児」とは異なる三公子の白で故宮博物院本・旧北平図書館本が「真個神師」とするところ、大阪府立図書館本「果是（神師）」とする。岳小琴本には写し落し字と思われる補写「不」「場」「便」各字を行間に添えること、「畜」字の欠筆、「利害」「真」字の多用が見られる。

故宮博物院本：寿台上場門・下場門・両場門

大阪府立図書館本：上場門、下場門、両場門

旧北平図書館本：寿台上場門・下場門・両場門

第四齣「黄獅精会設釘鈀」新増

〔梗概〕

孫悟空らは豹頭山の虎口洞へ行くと、小妖がやってくる。悟空は小妖に何をするのかとたずね、小妖から山主が美人を得た上に、無価宝たる三種の武器を入手し、近隣の山主を招いて釘鈀会を開くので、自分が猪羊の買いつけに行くことを聞き出した。事情を知った悟空は、小妖と別れ、三人で小妖らに化けて洞内から武器を取り戻すことにした。

〔対校〕

故宮博物院本壬本第十八齣「虎口洞悟空奪宝」、大阪府立図書館本第九本第十八齣「釘鈀大会漏風声」、旧北平図書館本第九本第十八齣「虎口洞悟空奪宝」に相当する。

岳小琴本は悟空の白「昨夜……我孫悟空……」から始まり、曲牌「風入松」を経て、武器を取り戻すべく山中に入り、小妖に出遭う設定を取る。一方、故宮博物院本・大阪府立図書館本・旧北平図書館本では、まず豹頭山の配下四精が曲牌「窣地錦襠」で自らの本性について歌い、三件の武器を愛でる大宴会があると示し、その後、悟空が武器を捜す場面「風入松」に続ける。それ以下の「前腔」三曲は曲牌名は同じであるが、曲詞には岳小琴本との異同が多い。岳小琴本は悟空が出会った長逌という小妖から釘鈀会を知り、二人は別れる。大阪府立図書館本では小妖と別れ、三人で武器を取り戻す算段を立てるくだりは同じであるが、小妖とは別に刁鑽古怪・古怪刁鑽二人が各山主のもとへ招待に行くところ、悟空が現われて二妖を殺し、その名をかたり洞中へ入り、武器を取り戻そうとする。ここで齣を改めるのは、岳小琴本と同じ。

一方、故宮博物院本・旧北平図書館本は、三種の兵器を得たので慶釘鈀会を開くとし、設定は大阪府立図書館本と同じであるが、岳小琴本にある「美人獲得」はない。故宮博物院本と旧北平図書館本は最初から悟空と出会う二妖が獅王の配下の刁鑽古怪などと名のり、悟空に猪羊の買いつけに行くことを話をし、悟空と別れた直後、背後から打ち殺され、腰牌から悟空はその名を知るという設定になっている。悟空が二妖の名をかたって武器を取り戻そうとする箇所で、岳小琴本と大阪府立図書館本は齣を改める。故宮博物院本は悟空が二妖を殺し、二妖と商人に化けて三人で虎口洞に行く方策を決めた後、場面は金毛獅子精が各山の頭目を待つところに移り、齣を改めず続ける。旧北平図書館本は故宮博物院本と同じ。

岳小琴本と故宮博物院本等の曲白は半分ほど相違する。岳小琴本と大阪府立図書館本で悟空は小妖を「客官」故宮博物院本・旧北平図書館本は「朋友」と呼ぶ。

岳小琴本曲牌：「双調過曲　風入松」①「前腔」②「前腔」③「前腔」

故宮博物院本・大阪府立図書館本は岳小琴本にはない「高大石調正曲　窣地錦襠」から始まり、「仙呂宮正曲　風入松」「又一体」「又一体」「又一体」とし、故宮博物院本は齣を改めず更に続く。

〔備考〕
岳小琴本（第三「前腔」）・故宮博物院本・旧北平図書館本の「（微）利」を、大阪府立図書館本は「（微）息」と切り取り補字をする。

故宮博物院本：簾子門、寿台上場門、洞門、地井、寿台下場門、寿台両場門
大阪府立図書館本：上場門、下場門
旧北平図書館本：左辺簾子門、寿台上場門、左辺洞門、地井、寿台下場門・上場門、寿台両場門

第五齣「金木土計鬧豹頭山」　新増

〔梗概〕
悟空は狼頭精の二妖から牌児を得て、刁鑽古怪と古怪刁鑽とその名を知り、行者と八戒が二妖に化け、沙和尚は猪羊を扱う客商として洞内に入って、武器を取り戻す、という計略を立てた。そして、今こそ妖怪退治の時と洞に入った。

〔対校〕
故宮博物院本壬本第十八齣「虎口洞悟空奪宝」後半、大阪府立図書館本第九本第十九齣「白沢駆除虎口洞」、旧北

平図書館本第九本第十八齣の後半に当たる。

岳小琴本は第五齣に改齣して始まり、沙僧の曲牌「女冠子」曲詞と白が冒頭に置かれ、三人が小妖と猪羊の売人に化けて豹頭山に赴くことが説かれる。次に第一の曲牌「東甌令」と悟空、猪沙の白が続くが、故宮博物院本には全くなく、岳小琴本と同じく改齣する大阪府立図書館本冒頭にもない。

岳小琴本・大阪府立図書館本・故宮博物院本三本が共通する部分は、「東甌令」の後に置かれる黄獅精の白「凛凛威風天地驚、……」以後になる。

岳小琴本では、二妖に買いつけた猪羊の数と値段を問うこと、客商が代金の支払いを外で待っているとの白があるが、故宮博物院本にはない（「買到了」とし、すぐに「黄獅精白、喚他進来」と問答を省く）。しかし、大阪府立図書館本では一部分はないが、岳小琴本と同じ白（「有多少……牲口」など）を持つ。三人が獅怪の許しを得て武器を見るところまでは、若干の相違があるものの三本は同じ。ところが、沙僧が自分の武器を見て、その正体を明かすあたりから、岳小琴本と故宮博物院本・大阪府立図書館本は全く相違する。

岳小琴本で衆妖が武器を奪われたと言う白（「不好了三件……」）は、故宮博物院本・大阪府立図書館本はト書き化（「虚白作取棒鈀鏟」）されて省略される。そして、悟空らが本身を現わして獅怪と対陣したあたり、「前腔」（「東甌令」「前腔」（「又一体」）の曲詞に相違が目立ち始め、曲牌「劉潑帽」「前腔」二曲の曲詞が半数異なる。岳小琴本にはその後に「前腔」「千年古洞……」一曲があるが、故宮博物院本・大阪府立図書館本にはない。次の孫白の一部で、岳小琴本と故宮博物院本が同じである部分で、公子の問いに悟空が妖怪の屍であると「豺狼虎豹鹿馬猪羊」をすべて妖怪の本精として示す中、大阪府立図書館本は「鹿馬猪羊」を省くが、これは大阪府立図書館本が誤認（「劉潑帽」に「你看虎狼彪豹」と記される。ト書きに「豺狼虎豹四精」とある）を訂正すべく省いたもので、故宮博物院本・旧北平図書館本は岳小琴本の誤認をそのままにしたテキストを承けたものであろう。岳小琴本の「尾声」も故宮博物院本・大阪府立図書館本と半数違うが、その後の白（「公子曰」）前半は、故宮博物院本・旧北平図書館本・大阪府立図書館本は尾声の前に移し、唱で終える。岳小琴本は、唱、白そして七言四句を公子らが述べて齣をしめくくる。故宮博物院本・大阪府立図書館本・旧北平図書館本には、末尾の七言句はない。

岳小琴本曲牌‥「南呂引子　女冠子」「南呂過曲　東甌令」①「前腔」②「前腔」「劉潑帽」③「前腔」④「前腔」「尾声」

故宮博物院本・大阪府立図書館本は「南呂宮正曲　東甌令」「又一体」「南呂宮正曲　劉潑帽」「又一体」「尾声」（「慶余」）で、岳小琴本第一の「東甌令」がなく、第一「前腔（東甌令）」が最初の「東甌令」に当たる。また岳小琴本第四の「前腔（劉潑帽）」がない。

（備考）

故宮博物院本「真（詭）」（「又一体（東甌令）」）を大阪府立図書館本は「誠」とする。岳小琴本は異詞。

大阪府立図書館本‥上場門、地井、下場門、洞門、両場門

故宮博物院本‥（前齣参照）

旧北平図書館本‥（前齣参照）

第六齣「黄白猱報仇天竺国」新増

〔梗概〕

黄獅精が敗北したので、祖翁九霊元聖は獅子類を召集して玉華府を襲撃する。九頭獅精らは玉華府を攻め、唐僧と府公、三公子、八戒を捕らえて去る。玉華夫人は救出を嘆願し、孫悟空と沙和尚はそれを了承した。夫人は獅怪が衙内にいないことを知り、戻って府公らの帰還を待つことにする。孫悟空と沙和尚は明日の早朝に救出に赴くこととし、しばし宿で休むことにする。

〔対校〕

故宮博物院本壬本第十九齣「白沢横行玉華国」第二十齣「蒼旻求救妙巌宮」、大阪府立図書館本第九本第二十齣「蒼旻求救妙巌宮」、旧北平図書館本第九本第十九齣「白沢横行玉華国」第二十齣「蒼旻求救妙巌宮」に相当する。

岳小琴本、大阪府立図書館本、故宮博物院本は冒頭にある黄獅精の白「敗北……向前来也」以外はそれぞれ異なり、三本は別々の設定をする齣と言える。岳小琴本では、唐僧や府公が攫われた後、夫人が府公らの救出を悟空に願い、曲牌「五韻美」でその想いを語り、悟空が曲牌「羅帳裡坐」でなぐさめ、沙僧・悟空が曲牌「山□《?》楷（換頭）」「尾声」で夢に手懸りを求める、として次齣に繋げる。

大阪府立図書館本は、ト書きで玉華国王らがさらわれることを示し、黄獅精を敗退させた後、すぐに悟空が太乙天尊に救いを求めに行く設定とし、改齣せず続けて天尊が登場する。故宮博物院本は、九頭獅精が衆獅精や小妖らとともに黄獅精の仇討ちをすべく玉華国へ殺到し、国王や唐僧らを捕らえる。一方、悟空は黄獅精と戦うが、唐僧らをつれ去られたので、太乙天尊に救いを求めることにする、という場面で終わり、齣を改める。この改齣は、岳小琴本と故宮博物院本とは共通する。ただ、大阪府立図書館本と故宮博物院本では、岳小琴本第七齣にある九頭獅精の正体を知る場面を省いたため、太乙天尊に救助を求める事柄が唐突な印象を招いている。故宮博物院本にある曲牌「六么令」「江児水」曲詞とつづく白は九頭獅子らが唐僧や国王らを捕らえようと意気込むもので、大阪府立図書館本にはなく、ト書きで代用されている。故宮博物院本が創作したのでなければ、依拠したテキストは大阪府立図書館本とは同じ系統であるものの、大阪府立図書館本が拠ったテキストよりはこの部分が詳しいテキストであったかもしれない。旧北平図書館本は故宮博物院本と同類。ただし、旧北平図書館本には、曲牌「六么令」「江児水」曲詞の後、玉華国守城官が登場し、百姓がさわぐことから妖兵の来攻を知り、九頭獅精と戦うが、城将官軍は殺され、百姓九流らは逃げかくれをする。そこへ、悟空・八戒・沙和尚がかけつけ、暴沙亭で公子を待って妖獅を迎え撃つことにする。そこに九頭獅精らが来襲し、悟空、八戒、悟浄が三分身で戦うものの敗れる。その後、乱戦のさわがしい中に郷老と村婆が村内の混乱する様を曲牌「撲灯娥」に托し、侉車人（田舎の車引き）も加わり一同あわてて避難する。悟空の化身が敗走する中、軽薄婦人がその身のあでやかさを曲牌「又一体」で示しつつあわてる様子、更には和尚や道士などもおどけつつ出たり入ったりする。やがて、占い師が登場し、「又一体」で占命するところに醜婦人も登場しておどける様を見せる。ここに到って、唐僧や国王、公子らがあわてる中、衆獅精に捕らえられてしまう。悟空は八戒と沙僧に師匠の行方を探らせ、自分は太乙天尊に救助を求めることにする。旧北平図書館本は故宮博物院本よりも詳しく、多くの市井の民を登場させて見せ場を作っている。この場面の増幅と削減から『昇平宝筏』テキストの変遷を考えれば、岳小琴本から削除を主とした大阪府立図書館本への改編、大阪府立図書館本を改めて岳小琴本に戻しつつ改編した故宮博物院本、そして旧北平図書館本という順序が考えられる。岳小琴本には、市井の混乱の様を描いた場面がなく、以後のテキストも同様であったが、その場面は旧北平図書館本に到って増補されたと思われる。

岳小琴本曲牌：「越調過曲　五韻美」「羅帳裡坐」「山□(?)楷（換頭）」「尾声」

故宮博物院本は「仙呂宮正曲　六麼令」「仙呂宮正曲　江児水」（以上第十九齣）「双角套曲　夜行船」以下第二十齣。

大阪府立図書館本は冒頭の黄獅白「敗北図南気未降、……」から長いト書きで玉華国王と唐僧悟能、三公子が衆獅子に攫われ、悟浄が「呸、師兄、自家人為何廝殺」と言い、悟空が「沙兄弟、……我如今求太乙天尊去便了」と言うまでの極めて短い白とト書きに集約され、曲牌は一つもない。「双角隻曲　夜行船」以下は、岳小琴本第七齣、故宮博物院本第二十齣に相当する。一方、故宮博物院本は「仙呂宮正曲　六麼令」「仙呂宮正曲　江児水」が対応するが、岳小琴本とはすべて相違する。

第七齣「盗道纏禅静九霊」　新増

〔梗概〕

沙和尚は師匠を案じて眠れず、外に出ると鬼祟が往来するのが見えたので、悟空を起こした。悟空は、沙和尚がいう神怪は城隍神で、その城隍神が夢に現われ、九霊元聖の主人は妙岩宮に居る太乙救苦天尊であるのでそのもとを訪ねればよいと教えられた、と語った。そして、沙和尚に九曲盤桓洞に攻め寄せることを求め、自分は天尊のもとへ赴く。天尊は、心のあり様がこの獅子精の災難を招いたのであると喩し、悟空の至誠と唐僧の取経への心構えを嘉して救出に行くこととし、獅奴を召した。かくて、天尊は、明日、下界に行くと伝えた。

〔対校〕

故宮博物院本壬本第二十齣「蒼旻求救妙巌宮」、大阪府立図書館本第九本第二十齣「蒼旻求救妙巌宮」の前半の大部分と後半、旧北平図書館本九本第二十齣「蒼旻求救妙巌宮」に当たるが、岳小琴本とわずかに一致するのは、冒頭、太乙天尊の登場での白「九色蓮花……天尊是也」（第一の「酔太平」後の白）のみである。故宮博物院本等三本は、その前に曲牌「夜行船」曲詞が置かれるが、岳小琴本にはない。

大阪府立図書館本では、故宮博物院本等で省略された悟空の白「俺孫悟空……九頭獅、十分凶猛、我召山神詢問、知……天尊座下的坐騎、……（不免進去）」と山神からその正体を知り、天尊を訪れた、と一応の合理性を保つ。故宮博物院本・旧北平図書館本は天尊への救出願いは簡略化され、九頭獅精が太乙天尊の所属とわかる経緯は省かれているため、唐突な悟空の訪問になるわけである。岳小琴本にあった獅奴の酒による獅子の逃亡という失態とはなっておらず、前世の定めという設定にし、天尊への監督責任が及ばないようにする。

岳小琴本曲牌…「正宮過曲　白練序」「酔太平（孫唱換頭）」「白練序（換頭）」「酔太平（換頭）」

大阪府立図書館本は「双角隻曲　夜行船」「又一体」「双角隻曲　風入松」「双角隻曲　阿納忽」「煞尾」で、故宮博物院本は大阪府立図書館本と同じであるが、「双角套曲」と宮調表記する。

（備考）

岳小琴本（「白練序（換頭）」後の孫白）「利害（的獅子）」、故宮博物院本（「夜行船」後の天尊白）「玄奘」、（同上）「歴尽」、

大阪府立図書館本…「元奘」、「遍経」（切り取り改字）、旧北平図書館本…「元奘」、「歴尽」

なお道光帝即位後の諱は「旻寧」であるから、「旻」字使用テキストは道光以前の写本であろう。

故宮博物院本…仙楼門、寿台上場門・両場門、下仙楼至寿台、寿台下場門

大阪府立図書館本…上場門、下場門、両場門

旧北平図書館本…仙楼、寿台上場門・下場門

第八齣「師獅授受同帰一」　新増

〔梗概〕

捕らわれの身となった府公が、唐僧に悟空ら二人の弟子の行方を訊ねる折、沙和尚が護送されて来る。唐僧が悟静にここに来た理由を訊ねれば、一人で救出に来たがかえってつかまったと答えた。沙和尚は夢の一件を唐僧らにこっそり教え伝えたので、天命と悟った唐僧は、悟空に救出の望みを托した。そこに、天尊と悟空が獅奴を伴い、九節山にやって来る。悟空が洞内に打ち入り、唐僧らを助け出して九頭獅精と戦えば、天尊が現われて真言を唱えたので、獅精は地に伏した。獅奴はたづなを獅精に結び付け、天尊を乗せて帰宮した。

〔対校〕

故宮博物院本壬本第二十一齣「九節山魔収太乙」、大阪府立図書館本第九本第二十一齣「九節山魔収太乙」、旧北平図書館本第九本第二十一齣「九節山魔収太乙」に相当する。

故宮博物院本・大阪府立図書館本の曲牌「後庭花」、岳小琴本では曲牌「黄鶯児」後の白で、両者は曲詞は全く異なるが、到着場面での白「稟（啓上）天尊、已到九節山了」はわずかに重なる。しかし、その曲前後を含め、すべて曲白は相違し、物語の展開の枠組みは同じであるが、物語としては全く別物と位置づけられる。

故宮博物院本・大阪府立図書館本は、九頭獅精のもとに衆獅精が集まり、祝筵を開く折、沙和尚が来て捕らえられてしまう場面を詳しく記す。そこへ太乙天尊らが到着し、獅怪を捕らえる（岳小琴本は、ここでも「悟浄」を「悟静」と記す）。その一方で、悟空と九頭獅精が戦う中、天尊が一喝して収拾する点は、岳小琴本と比べると見せ場が少ない。

他方、大阪府立図書館本、故宮博物院本、旧北平図書館本相互にも相違が見受けられる。例えば、「後庭花」では、大阪府立図書館本の曲詞「你速去……鋪排」の一部を故宮博物院本は省略する。旧北平図書館本も故宮博物院本と同じ。曲牌「浪来裏」を大阪府立図書館本は「浪裏来」とし、曲詞では「救聖僧」と表記し、故宮博物院本は「救真僧」とする。旧北平図書館本は、衆獅精が悟空・八戒・沙僧はまだ捕らえていないと言い、九頭獅を迎えて宴を張る。そこに八戒と沙僧が攻め寄せ、かえって敗走するのを黄獅精が追う。すると天尊が到着し、悟空は八戒と悟浄と一緒に九頭獅精と戦い、天尊の喝退で伏従させる。獅奴らは衆獅精を捕らえ、唐僧・国王らを救出する。故宮博物院本や大阪府立図書館本では、捕らえた八戒を焼豚にする話や八戒の哀願があるが、旧北平図書館本では八戒は捕らえられていないので八戒を食べる話はなく、哀願するのは唐僧となっている。

岳小琴本曲牌：「商調過曲　山坡羊」「金絡索（金捂相沙唱）」「東甌令」「解三醒（懶画眉）」「寄生草」「御袍黄（簇御林）」「皂羅袍」「黄鶯児」「猫児墜」「尾声」

故宮博物院本・大阪府立図書館本は、「双角套曲　集賢賓」「商角套曲　逍遙楽」「商角套曲　上京馬」「商角套曲　梧葉児」「商角套曲　醋葫蘆」「商角套曲　後庭花」「商角套曲　柳葉児」「商角套曲　浪来裏」（浪裏来）「又一体」「随調煞」であるが、大阪府立図書館本は曲牌の宮調をすべて「商角套曲」とし、「浪来裏」を「浪裏来」とする。

（備考）

岳小琴本「真」「法力」「立刻」「畜」（欠筆不明瞭）、「弘」（欠筆せず）各字使用。故宮博物院本・旧北平図書館本は「真（僧）」字、「材力」字（大阪府立図書館本「健材」と改字）使用。

故宮博物院本：簾子門、上場門、洞門、寿台上場門、地井、寿台下場門

大阪府立図書館本：上場門、下場門、洞門、地井

旧北平図書館本：簾子門、右簾子門、寿台上場門・下場門、右洞門、寿台下場門

第九齣「金平府元夜興《ママ》灯」　新増

〔梗概〕

玉華府の府公・三公子と別れを告げ、再び取経の旅に出た唐僧らは、慈雲寺にやって来る。寺主は東土の僧と知り、東土をほめて大礼で迎え、その前世の善行を称えた。そして、天竺までの距離を教えるとともに、正月の観灯について、盛大な様相、そこでは大量の油が奉納されると告げた。そこで、一同は元宵の夕方、観灯に行く。

〔対校〕

故宮博物院本壬本第二十二齣「金平府夜賞花灯」、大阪府立図書館本第九本第二十二齣「金平府夜賞花灯」、旧北平図書館本第九本第二十二齣「金平府夜賞花灯」に相当する。岳小琴本は、齣名を目録では「観（灯）」とし、本文では「興（灯）」とする。

岳小琴本と故宮博物院本とは、曲詞に多少の相違があるものの、白は似ていて、前齣などとは異なり、岳小琴本の内容が大阪府立図書館本、そして故宮博物院本へと継承される、と言える。

岳小琴本で府公が別離を歌う部分「前腔（駐雲飛）」「府公唱、長老本望……」は、故宮博物院本、大阪府立図書館本では国王の「白」に改められ、三公子の白も故宮博物院本はト書き化する。慈雲寺到着時、寺主が唐僧に対し、岳小琴本は「師父」、故宮博物院本、大阪府立図書館本は「老師」と呼びかけ、前者二本は寺主に対して唐僧は「老僧」と自称するが、大阪府立図書館本は「貧僧」とする。これは、大阪府立図書館本が正しい。岳小琴本にも拠った故宮

博物院本は、大阪府立図書館本系統も見ていたものの、その誤りをそのまま踏襲した可能性がある。唐僧が寺主に当地と天竺までの距離を問う岳小琴本の一段「請問寺主貴地……我們走過的」は、故宮博物院本にはないが、大阪府立図書館本は若干省略しつつも保存（「請問……走過的」）され、天竺まで三千里とする。旧北平図書館本は故宮博物院本と同じく、当地が熱鬧である理由を訊ねるのみである。岳小琴本で寺主が唐僧に斎を勧める場面で、唐僧を「大師」と呼びかけ、故宮博物院本と大阪府立図書館本、旧北平図書館本も「大師」とする。これに対し、唐僧は自ら大阪府立図書館本では「貧僧」、故宮博物院本・旧北平図書館本では「老僧」と答えるので、故宮博物院本などは依拠したテキストを訂正のないまま使用したと思える。

岳小琴本曲牌…「中呂過曲　駐雲飛」①「前腔」②「前腔」③「前腔」

故宮博物院本・大阪府立図書館本も「中呂宮正曲　駐雲飛」以下すべて岳小琴本と同じ。故宮博物院本は第三の「又一体」の「又」字を失念し「一体」とする。

〔備考〕

故宮博物院本…寿台上場門・下場門・両場門

大阪府立図書館本…上場門、下場門

旧北平図書館本…寿台上場門・下場門・両場門

第十齣「元英洞唐僧供状」　新増

〔梗概〕

元宵の行事のもと、住持僧は街が少し静かになった頃、唐僧師徒四人を伴い、金絲供仏灯の見物に出かけた。唐僧は春灯をながめ、一緒に見物できたことを喜んだ。すると風の音がしたので、住持僧は仏爺の来臨であるから帰宅しようと言った。唐僧はその理由を知り、佳景に仏の礼拝をしたいと留まれば、風はますます響き渡り、光の中から三犀牛精が武器を携えて丈六の金身仏の姿で現われた。唐僧は活仏が下降したと思い、跪いて天を仰いで拝礼をした。その時、ラマ僧のいでたちの小妖らが唐僧を攫い、仏衣を脱ぎ捨てた三犀牛精が三弟子の前に立ちはだかった。妖怪が去った後、悟空は唐僧の行方を捜すため、自分一人で様子を探りに行くことにした。

〔**対校**〕

故宮博物院本壬本第二十三齣「元夕遊街仮充仏」、大阪府立図書館本第九本第二十三齣「元夕遊街冲仮仏」、旧北平図書館本第九本第二十三齣「元夕遊街充老仏」及び三本各第二十四齣の一部に相当する。故宮博物院本の齣名は「充仮仏」の誤りとも思える。

岳小琴本前半の元宵での灯見物は、白の相違や有無がありつつも、その祝いと灯花の有様について、各テキストの曲牌名は一致し、内容も類似する。しかし、冒頭の曲牌「搗練子」は、岳小琴本では天戸が歌う（「唱」）のに対し、大阪府立図書館本は衆社長が「分白」する中に曲牌が置かれる。故宮博物院本等は曲牌を頭出しするが、大阪府立図書館本を踏襲して「分白」と誤る。岳小琴本は、唐僧が掠われ、三弟子がその消息を探そうとする後、後半となり、続けて三大王が登場し、捕らえた唐僧を訊問し、三弟子が斉天大聖らと知る場面に移る。故宮博物院本、大阪府立図書館本等は三妖王の登場する前で改齣し、第二十四齣になる。また、岳小琴本の唐僧が自分の素性を語ることが齣名の「供状」であるが、故宮博物院本等では唐僧と知った上での誘拐であるため、三妖による訊問は故宮博物院本・大阪府立図書館本にはなく、両者が全く相違する。岳小琴本の齣タイトルの元英洞も、故宮博物院本では改齣した冒頭の三牛精の白で示され、「円英洞」と改められる。岳小琴本で三犀牛精との戦いの場面は、次の第十一、十二齣に分けられるが、故宮博物院本・大阪府立図書館本等では第二十四齣「四星鏖戦捉羣犀」の長齣となるその前半に当たり、後者の曲牌「九転貨郎児第一転」までに相応する。岳小琴本の曲牌は故宮博物院本等の第二十四齣に入ると、曲牌名そのもの、曲詞もほぼ異なって行く。岳小琴本の曲牌「川撥棹」から「尾声」まで、故宮博物院本・大阪府立図書館本には曲詞を含めてすべてない。なお、岳小琴本にある社人等の言葉で、一部が故宮博物院本ではト書きとされる。曲牌「玉抱肚」の「（打）後府役去」を故宮博物院本等は「従府後去」とする。唐僧が掠われる直前、一帯が暗くなる様を「陰雲四合霎時月色無光」は岳小琴本と大阪府立図書館本は全く同じ、故宮博物院本は相違し、「陰雨四起月色無光」とする。

岳小琴本曲牌…「双調引子　搗総（ママ）子」「仙呂入双調過曲　玉抱肚」「玉交枝」「玉抱肚」「玉交枝」「川撥棹」「前腔（換頭）」「尾声」

大阪府立図書館本は、冒頭の「搗練子」は衆社長のト書き及び白の次にあり、小曲牌の形で含まれる。故宮博物院本は曲牌の位置に頭出しされるが、文字は割注のように半分となっている。以後、「仙呂宮正曲　玉胞肚」「仙呂宮正曲　玉嬌枝」（故宮博物院本は「仙呂宮曲」）「玉胞肚」「玉嬌枝」まで岳小琴本と同じであるが、岳小琴本の「川撥棹」「前腔（換頭）」「尾声」はなく、「（……討個消息、）青龍山裡……」以下の白は、次の齣の冒頭に置かれる。

（備考）

岳小琴本「前腔（換頭）（川撥棹）」後の唐白で「三徒弟姓沙名悟静、号沙僧……」と言う。

岳小琴本（第一「玉抱肚」）・故宮博物院本（同「玉抱肚」）の「真个」は、大阪府立図書館本では「果是」と切り取り補写される。岳小琴本「（管）紘」欠筆（誤字）。故宮博物院本、大阪府立図書館本等は「紘」字として欠筆する。

第十一齣「三僧大鬧青龍山」新増

〔梗概〕

青龍山円英洞の辟寒大王・辟暑大王・辟塵大王の三犀牛精は、毎年、蘇合香油を城市から横取りしていた。たまたま、唐僧を捕らえることが出来たので、小妖たちに徒弟らの襲撃に用心するように言いつけた。そこへ、悟空が洞に来て師匠を見つけたが、小妖にさわがれて犀怪に追われたので、明日三人で改めて救出に行こうとする。しかし、沙和尚は一刻の猶予もならないと言い、猪八戒も同意したので、三人そろって青龍山へ行く。悟空は三怪と戦うが、猪八戒と沙和尚はかえって捕らえられ、悟空は敗走して寺へ戻り、再起を期することとした。寺主は術を失った悟空に対し、天宮へ行って救兵を乞うことを教え、悟空もその助言に従うこととした。

〔対校〕

故宮博物院本壬本第二十四齣「四星鏖戦捉羣犀」、大阪府立図書館本第九本第二十四齣「四星鏖戦捉羣犀」、旧北平図書館本第八本（版心・第九本）第二十四齣「四星入海捉羣犀」の曲牌「（高宮隻曲　九転貨郎児）第二転」及び「第三転」（但し、故宮博物院本・旧北平図書館本にはなく、ト書きで代用する）の曲詞・白に当たり、悟空が敗走して八戒・沙和尚は捕らえられる場面までに相応する。

岳小琴本は、猪八戒と沙和尚が孫悟空の探索結果を待つところから始まる。岳小琴本の第十一齣は、大阪府立図書館本では曲牌「第二転」「第三転」の曲詞・白に当たり、岳小琴本の曲牌第一の「前腔（鏵鍬児）」が「第二転」に対応し、第二、三「前腔」二曲分を省いた代わりに「第三転」を挿入する。故宮博物院本、旧北平図書館本は、大阪府立図書館本の「第三転」を省いている。

岳小琴本と大阪府立図書館本、故宮博物院本は、三人が青龍山へ救出に行き、八戒・沙僧はつかまり、悟空は逃走するという枠組みは同じものの、白の一部以外、曲牌名・曲詞、白は、すべて異なる。

岳小琴本曲牌‥「越調引子　桃李争春」「越調過曲　鏵鍬児」「前腔」「前腔」「前腔」

大阪府立図書館本では「高宮隻曲　九転貨郎児第一転」「第二転」「第三転」に当たり、故宮博物院本は「高宮套曲九転貨郎児（第一転）」以下大阪府立図書館本と同じながら「第三転」がない。

第十二齣「四星挟捉犀牛怪」新増

〔梗概〕

悟空は三犀牛精と戦うものの、八戒と悟浄は捕らえられたことから逃走した。悟空は敗北後、上帝に救援を願い出た。そのため、角木蛟・斗木獬・奎木狼・井木犴の四木禽星は玉旨を奉じ、悟空とともに青龍山の円英洞へ攻め寄せた。悟空が洞門で挑発すれば、三犀牛精も応戦に出てきた。角木蛟四星らが加勢すれば、三犀牛精は敗退し、東北艮の方角へ逃亡したので、すぐに小妖らを打ち倒し、洞内から唐僧らを救援した。悟空は斗木獬・奎木狼、朱雀・神武らを引導して追尾した。追いつめられた三犀牛精は、西海龍王の王子摩昂によって前途をさえぎられ、ことごとく捕らえられた。悟空・八戒・悟浄が三犀牛を金平府へ三犀牛をそれぞれ一匹ずつ牽いて行き、都民に元宵に供仏金灯を盗んでいた妖怪の正体を見せた。

〔対校〕

故宮博物院本、大阪府立図書館本、旧北平図書館本第二十四齣の曲牌「第四転」あたりから、「第九転」の結末までに相当する。

岳小琴本冒頭の曲牌名は「点絳唇」で大阪府立図書館本等の「第四転」とは曲牌・曲詞は一致しないが、天上の角木蛟ら四星が悟空の救援を求め来るのを待ち、到着したところで一同が下降することは同じである。白（「〈犀牛怪〉我想……這也不須提起、〈専等大聖到来〉」など）は、後のテキストでは多く省略される、或は、異なっている箇所も多い。岳小琴本の次の曲牌「清江引」曲詞は故宮博物院本等にはなく、つづく四星と悟空が洞口に三妖を誘い出し、唐僧らを救出した後、悟空が三妖を追跡する場面はト書きが中心であることは、岳小琴本も故宮博物院本も同じ。大阪府立図書館本には奎木星が三妖精は東北艮の方角に逃亡したと言う（「向東北艮方逃命去了」）後に、「第五転」曲詞・白を入れる。唐僧が四星に救出の御礼を述べた後、岳小琴本は八戒と沙僧が唐僧を守って寺中で休息することを提案し、四星も同意して三妖を追跡し、悟空と合流してその行方を西洋大海の海中に求める。

一方、大阪府立図書館本では、岳小琴本の悟能による休息の提案を改め、悟能、沙和尚がこれまでの唐僧が受けた災難を「第五転」「火孆児」以下で示すが、四星に余談は止めて唐僧を守るようにとたしなめられ、四星は追跡すると改められる。故宮博物院本等では、大阪府立図書館本にある唐僧の災難列挙をすべて省略し、単に多くの苦難を味わったと八戒、沙悟浄が言うのを、四星がむだ話は無用と言うため、いささかかみ合わない「むだ話」になってしまった。

この後、岳小琴本は三犀怪が西洋大海へ逃亡し、その退治に西海龍王の世子摩昂が登場するが、大阪府立図書館本・故宮博物院本では「第六転」以下で犀怪と悟空・天将らが戦いの場面を繰り広げ、敗れた三犀牛は逃亡先をともに北洋大海と設定に変えたため、いささかそぐわない設定になった。大阪府立図書館本の「第七転」は故宮博物院本にはなく、岳小琴本では摩昴の登場時の白となっている。

金平府に犀怪を伴い凱旋する場面では、八戒と沙僧が悟空を探しに出るが、摩昴がそれ以前に本拠に戻るとするのが岳小琴本と大阪府立図書館本であるのに対し、故宮博物院本等は、八戒らに合流して犀怪を引き渡した後とする。岳小琴本ではその後、悟空が金平府の人々に除妖を教え、先に斬殺した一犀牛は摩昴に与え、残りの二犀牛は猪八戒らが二犀を殺して人々の食肉にするというくだりは、大阪府立図書館本には全くなく、四星が天将に三犀牛を索いて天庭に戻るとする。故宮博物院本では百姓が三犀を殺して人々が牛皮を持つというト書きにする。

大阪府立図書館本「第五転」後にある白が最も詳しく、故宮博物院本・旧北平図書館本では簡略化され、岳小琴本は全く異なる。故宮博物院本・大阪府立図書館本「第六転」は、岳小琴本には対応するところがない。岳小琴本最後にある孫悟空の七言一句「今日相逢有四星」は、大阪府立図書館本「第八転」中の一句「今（夜凄凉）有四星」に近い。故宮博物院本・旧北平図書館本では、「第八転」は省略されている。

岳小琴本と大阪府立図書館本・故宮博物院本との相違ははなはだしく、また同時に、大阪府立図書館本と故宮博物院本等との相違も多く見られる齣である。

岳小琴本曲牌：「点絳唇」「清江引」「前腔」

大阪府立図書館本は「第四転」「第五転」「第六転」「第七転」「第八転」「第九転」、故宮博物院本は「高宮套曲　第四転」「第六転」「第九転」で大阪府立図書館本の三曲牌がない。

（備考）

故宮博物院本「邱」字は、大阪府立図書館本も同じ。岳小琴本（「前腔」後の衆白）「立（廟）」＝故宮博物院本≠大阪府立図書館本「造」（切り取り改字）

故宮博物院本：寿台上場門・下場門、禄台門、仙楼寿台、仙楼門、洞門、寿上場門、寿台両場門

大阪府立図書館本：洞門、上場門、下場門、昇天門、両場門、平台、両場門

旧北平図書館本：左洞門、洞門、左辺洞門、禄台門、寿台下場門、仙楼、寿台、仙楼門、寿台上場門、地井、仙楼、両場門、禄台、寿台両場門

第十三齣「給孤園問古談因」　新増

〔梗概〕

西天に近い祇園にある布金寺に唐僧師徒がやって来て、山門から夕景を眺める寺僧と出会った。唐僧が一宵の宿を願い出れば、寺僧は快諾して寺内へ案内をした。寺僧は唐僧に夕斎を勧め、寺僧に案内された唐僧は斎堂へ赴いた。その折、妖兎に攫われた天竺国公主の声を耳にした。唐僧はそのいわれを寺僧に尋ね聞いて知り、寺僧からこの事件の真偽や原因などを明らかにして欲しいと頼まれた。

〔対校〕

故宮博物院本壬本第八齣「布金寺衲子談因」（目録は「（談）音」とする）、大阪府立図書館本第十本第八齣「布金寺衲子談因」、旧北平図書館本十本第三齣「布金寺衲子談因」に相当する。

岳小琴本の齣名は、明刊本『西遊記』第九十三回「給孤園問古談因・天竺国朝王遇偶」に由来する。

岳小琴本の曲牌は故宮博物院本等の冒頭「臨江梅」がないのを除けば、おおよそ一致する。岳小琴本は「南呂過曲嬾画眉」から始まり、「前腔」（「又一体」）、「楚江清」（故宮博物院本・旧北平図書館本は「楚江秋」）、「一江風」（故宮博物院本・大阪府立図書館本で小曲牌「一江風」など、本文中に入れるものがある）、「前腔」（故宮博物院本等はない）、「酔宜春・酔太平」、「宜春令」、「前腔」、「針線箱」、「前腔」の順である。故宮博物院本等の曲詞は、岳小琴本とかなり異なる。

他方、故宮博物院本曲牌「楚江秋（「一江風」）」内の「……汚宝禅」下に添えられる「怨別離〔末句〕細糁上経台面」の一句は大阪府立図書館本では「一江風」に含み、単に「韻」として略されて表記はない。該当部分は、岳小琴本では「前腔」の詞白「聞言……請長老斎……」の部分が対応するが、全く別の詞句となっている。岳小琴本、故宮博物院本、大阪府立図書館本は、最後に曲牌「針線箱」二曲（故宮博物院本は一曲）があるが、岳小琴本には前一曲の結びの曲詞「針線箱前」句はなく、故宮博物院本・旧北平図書館本はその前半一曲にある。大阪府立図書館本は「針線箱」二曲があるもののその文字は「繍（線箱前）」と「針」字を改めて「繍」字にする。おそらく「禛」字音をさけたためで、曲牌名はそのままにして歌うのは不都合と見た上演用のテキストゆえの改音であったのであろう。

全体的に比較すると、岳小琴本と故宮博物院本等は、曲詞を主として白も含めて相違が大きい。その一方で、白では、大阪府立図書館本には故宮博物院本にない岳小琴本の白を留め、一部分を省く箇所などが見られ、故宮博物院本が、岳小琴本、もしくは大阪府立図書館本系両テキストを用いて大幅に手を加えた例証となる齣である。

岳小琴本では写本時に「（大唐）天子之（命）」を書き落としたり、白をト書きと誤り、小字でト書き前後に収めたりする部分が見られるため、原稿ではなく、先行本の転写を思わせる。

岳小琴本曲牌：「南呂過曲　嬾画眉」①「前腔」「楚江清《ママ》（香羅帯）」「一江風」②「前腔」「酔宜春（酔太平）」「宜春令」③「前腔」「針線箱」④「前腔」

故宮博物院本・大阪府立図書館本は、「南呂宮引　臨紅梅」「南呂宮正曲　懶画眉」「引」（大阪府立図書館本は「又一体」）「南呂宮集曲　楚江秋（香羅帯首至合）（一江風五至九）」（大阪府立図書館本は「楚江情」「一江風五至末」）「正宮集曲　酔宜春（酔太平首至七）（宜春令六至末）」「又一体」「仙呂宮曲　針線箱」（大阪府立図書館本「仙呂宮正曲」）「又一体」（大阪府立図書館本のみ）

〔備考〕
岳小琴本（「針線箱」曲詞・白の中）「歴」「真」「嗔」字あり。
故宮博物院本‥寿台上場門・下場門
大阪府立図書館本‥上場門、下場門
旧北平図書館本‥寿台上場門・下場門、上場門、下場門

第十四齣「結綵楼経過遇偶」新増

〔梗概〕
月宮の玉兎は宵やみに乗じて天竺公主を攫《さら》い、自ら公主に変化し、唐僧の真陽を取り込んで太乙上仙になろうとしていた。そのため、唐僧の到来を知るべく宮女たちに様子見をさせていた。やがて、唐僧師徒が天竺国にやって来て、綵楼に気づく。悟空は布金寺の公主の件に鑑みて、唐僧に注意を喚起した。ところが、八戒は用心をせず唐僧を馬から下ろし、綵毬投げ見物にまぎれ込み、道に迷って綵楼の下に出てしまった。すると、待ち構えていた玉兎の化身は、綵毬を唐僧の頭めがけて投げ当てた。老太監らは、塵縁はまだ絶たれてはいない、と唐僧を取り囲み、音楽を奏でつ

つ宮中に連れて行こうとした。唐僧が茫然とする中、八戒は紅錦烏紗帽の身分を軽んじてはいけないと還俗を勧めた。

〔対校〕

故宮博物院本壬本第九齣「拋綵毬情関釈子」、大阪府立図書館本第十本第九齣「拋綵毬良縁湊巧」、旧北平図書館本第十本第四齣「結綵楼月妖招壻」に相当する。

岳小琴本の齣名は、小説章回名を一部（「遇偶」）を利用し、或は、白に「綵楼招他……仙宮」とある小説の文章を利用したように見える。また、旧北平図書館本では、岳小琴本の齣名を一部（「結綵楼」）が利用されたように見える。曲詞と白は、故宮博物院本、大阪府立図書館本では過半数以上異なるように見えるものの、重なる詞句を利用しているので、内容的には同じ趣向と言える。三テキストにおける大きな相違は、岳小琴本は大阪府立図書館本と同じ「尾声」詞白で改齣するが、故宮博物院本はそのまま曲牌「浪淘沙」を続けて齣を改めない点である。構成上から見ると、岳小琴本を大阪府立図書館本が踏襲し、故宮博物院本の段階で連続する形に改められたことになる。

次に、白に注目すると、岳小琴本の白が故宮博物院本等ではト書きに改められた箇所が二つ、第二番目の「黄鶯児」に続く「豬白、師父……是了」、第三番目の「黄鶯児」後の「白、宮女們……去」の箇所である。また、岳小琴本で唐僧に毬あてした後、岳小琴本の白（第四番目「黄鶯児」の後「豬白、不知……殺人也」）で、故宮博物院本・旧北平図書館本に白として残る部分（悟能白）があり、大阪府立図書館本では太監が唐僧を放さないとト書き化される。その一方、大阪府立図書館本のみ残る部分（岳小琴本「唐、貧衲乃……死罪」）もあり、これは故宮博物院本には全くない点も注目される。

故宮博物院本等三本は岳小琴本と異なり、小曲牌（「黄鶯児」等）を本文中のト書きに入れるところが三点ある。故宮博物院本「尾声」は、次の岳小琴本第十五齣に続くが、「尾声」は齣末に置くのが通常ゆえに、故宮博物院本の依拠本は、ここで岳小琴本・大阪府立図書館本のように齣が切れていたと思われる。旧北平図書館本は、故宮博物院本とほぼ同じであるが、最後の「尾声」で改齣する点は岳小琴本・大阪府立図書館本と同じで、故宮博物院本とは異なる。

宮廷劇では、同じ演出をくり返しすことによって、観客の退屈感が生じるのを防ぐために、テキストは上演ごとに曲調や唱詞などを少しずつ改めた可能性がある。用いる依拠本も、稿本、或は、上演用の清書本や安殿本もあり、乾隆時代は皇帝自らテキストに手を下したり指示したこともあって、乾隆以前の写本は南府にはほとんど残っていなかったとも考えられる。そのような中でも、嘉慶帝は乾隆帝の使用した安殿本を先帝を尊重して保持させ、その結果として、大阪府立図書館本や上海図書館本が伝来したとも思われる。

岳小琴本曲牌：「商調引子　三台令」「商調過曲　黄鶯児」「集鶯児（集賢賓）」「黄鶯児」「玉鶯児（玉交枝）」「黄鶯児」「御袍鶯（簇御林）」「皂羅袍」「黄鶯児」「猫児赶黄鶯（猫児墜）」「黄鶯児」「尾声」

故宮博物院本・大阪府立図書館本は、「商調引　三台令」「商調正曲　黄鶯児」「商調集曲　集鶯児（集賢賓首至合）（黄鶯児合至末）」「仙呂宮集曲　玉嬌鶯（玉交枝首至六）（黄鶯児合至末）」（大阪府立図書館本は「玉嬌枝首至合」）「商調集曲　御袍黄（大阪府立図書館本のみ「簇御林首至合）（皂羅袍五至八）（黄鶯児六至末）」「商調集曲　猫児逐黄鶯（琥珀猫児墜首至四）（黄鶯児合至末）」「尾声」（「慶余」）で、故宮博物院本は「越調正曲　浪淘沙」一曲を続ける。

（備考）

岳小琴本での「真」字の多用は故宮博物院本も踏襲されるが、大阪府立図書館本は「真（仮）」（「三台令」後の月妖白）を「虚」、「真（陽）」（同上曲詞）を「元」と改める。「（且暫）立」（「御袍鶯」）は大阪府立図書館本で「竚」と改められる。

故宮博物院本「（玉）真」（「玉嬌鶯」）＃大阪府立図書館本「（玉）女」

故宮博物院本：寿台上場門・両場門・下場門

大阪府立図書館本：上場門、下場門

旧北平図書館本：寿台上場門・両場門、下場門、仙楼下場門、寿台下場門、両場門

第十五齣「四僧宴楽御花園」　新増

〔梗概〕

天竺国の陰陽官は、国王から公主成婚の吉日を選ぶように命じられた。やがてそのもとへ、教坊司官、典膳官が集まり、僧侶の女婿について話合うところ、更に、伝宣官がやって来て、陰陽官に吉日は十三日子時に決定したと伝えた。また、典膳官には豊富な逸品を用意し、大唐の人に笑われないようにと伝え、復命するために伝宣官は宮中へ戻った。

〔対校〕

故宮博物院本壬本第九齣「抛綵毬情関釈子」後半、十齣「流春亭酔鬧僧徒」、大阪府立図書館本第十本第十齣「招駙馬吉礼安排」第十一齣「御園留衆徒設宴」、旧北平図書館本第九本第五齣「流春亭高僧赴宴」に相当する。岳小琴本齣名は小説第九十四回と同じ。

岳小琴本と故宮博物院本は、曲詞・白に相違があるが、基本的には同じ内容である。大きな差違は、岳小琴本は冒頭に「浪淘沙」を置き、次に曲牌「錦纏道」とするが、故宮博物院本・大阪府立図書館本は「錦纏道」で改齣する点にある。旧北平図書館本は岳小琴本と同じで続ける。大阪府立図書館本は、岳小琴本第十四齣、同時に、故宮博物院本第十齣に従って改齣するため、岳小琴本、故宮博物院本、旧北平図書館本と比較すれば、齣数が一つ多いことになる。逆に、岳小琴本、故宮博物院本、旧北平図書館本は齣の改める場所は異なるものの、齣数はこの段階では同じということになる。岳小琴本と故宮博物院本等は、曲詞と白に相違は多く見られるが、一方で詞白の踏襲もされることから内容は同じと言える。また、岳小琴本と大阪府立図書館本で詞白句の一致（「少年場、出家人心頭早忘、……」）が見られ、故宮博物院本では異なる部分（「錦纏道」「風月場、出家人早忘、……」等）も散見される。

岳小琴本曲牌：「浪淘沙」「正宮過曲　錦纏道」「雁過声（換韻）」「小桃紅」

大阪府立図書館本は「越調正曲　浪淘沙」（第十齣）、第十一齣「正宮正曲　錦纏道」「正宮正曲　鴈過声」「正宮正曲　小桃紅」で宮調の区分を齣に反映し、故宮博物院本は「正宮正曲　錦纏道」「雁過声」「小桃紅」と大阪府立図書館本と同じ。故宮博物院本は「越調正曲　浪淘沙」を大阪府立図書館本のように別の一齣とはせず、「商調集曲」の前齣に付加したのであろう。

（備考）

大阪府立図書館本「畜（生）」字欠筆、故宮博物院本・旧北平図書館本「畜」字欠筆せず。

大阪府立図書館本は大正二年に府立図書館へ寄贈されたことから、清朝倒壊後、すぐに流出したと思われる。

第十六齣「一怪空懐情慾喜」　新増

〔梗概〕

唐僧は内花園に向かえば、伝宣官は留春亭で喜酒を献ずるために、悟空ら三人を伴い赴いた。唐僧が太監らに伴われて内園の門前にやって来ると、花燭の儀式が始まり、二宮女が唐僧を推し進め、玉兎の化身とともに天地への礼拝を促した。その後、二人の新貴人を洞房に案内せよ、との王命が伝えられた。かくて、宮女らは、唐僧と玉兎の化身を洞房に案内して下った。唐僧は、悟空の救助を思い懐くところ、玉兎の化身は唐僧に近づき、時だけが経っていった。月妖が更に誘いをかけた時、帳内より突如として悟空が現われて金箍棒をふり下せば、玉兎の化身は服を脱ぎ捨てて逃げ去った。悟空は雲上で戦い、その後を追った。太監や宮女らは洞房から争う声が響いたことから、原因を確かめようとやって来れば、唐僧は一連の出来事を語り、ニセ公主が服を脱いで雲上へ逃走したと告げた。その後、唐僧は、官服を返上して僧服に改め、布金寺に戻って待つことにした。

〔対校〕

故宮博物院本壬本第十一齣「倚香閣狡兎言情」・十二齣「流蘇帳蜜蜂拆侶」、大阪府立図書館本第十本第十二齣「月妖代三蔵摹情」・十三齣「変蜂媒拆開鴛偶」、旧北平図書館本第十本第六齣「倚香閣狡兎言情」・七齣「鴛儔拆散起風波」各本二齣分に相当する。

岳小琴本の一齣分を、大阪府立図書館本、故宮博物院本、旧北平図書館本それぞれは、岳小琴本の「国王爺有命……交拝」と「孫上、世間鬼魅……」との間で二齣に分けるため、大阪府立図書館本などの前半に当たる齣は極端に短い。岳小琴本と故宮博物院本等は詞白に相違が多少見られるが、前半はほぼ同じで、後半も岳小琴本にある曲牌

「瑣窓寒」・曲詞がないものの、同じ内容と言える。

岳小琴本には、曲牌「臨江梅」の後の白で、右脇に「把彩球……便了」、「尾声」直前の白右脇に「早知春夢短何似暁来醒」と、二箇所行間に小字で加筆されている点がある。あたかも、正文の改訂のように見えるものの、本文を抹消せず並記の形を取るために改訂ではなく、同系統の異本にあった文字を書き留めたようにも見える。前者の一文は、この齣にはふさわしい文句ではなく、第十四齣冒頭の月妖の白に含むべき記述である。また、岳小琴本後者は品がない五言句「飯熟已多時」という白（「飯がたける」）なので、写本した人物が自分の意見を添えたようにも見える。岳小琴本以下、三本同じ白で改められてはいない。或は、小説の一文を引用するなどしたのかもしれない。岳小琴本系テキストを相互に比較すれば、この点は解決できよう。

故宮博物院本、大阪府立図書館本、旧北平図書館本各テキストには、陰陽官の白に「小桃紅」が麗辞として入れられるが、岳小琴本は〔　〕入の小曲牌のように示される。後に出る「嬾画眉」も、故宮博物院本・大阪府立図書館本と同じように「小桃紅」の対句として白に入る。岳小琴本の改訂時、曲牌「瑣窓寒」・曲詞を省いた結果、七言対句の一部として曲牌名を取り入れたのかもしれない。

岳小琴本末の「西来意」は、明末清初の教派系宝巻にもよく見える語句で、故宮博物院本、大阪府立図書館本、旧北平図書館本も「西来意」を「尾声」に含む。

岳小琴本曲牌・「南呂引子　臨紅梅」「南呂過曲　紅納袄（襖）」「前腔」「瑣窓寒」「大勝楽」「節々高」「尾声」

大阪府立図書館本は「南呂宮引　臨紅梅」「南呂宮正曲　紅衲襖」「又一体」（以上第十二齣）、「南呂宮正曲　大勝楽」「南呂宮正曲　節節高」「慶余」（以上第十三齣）で、故宮博物院本も大阪府立図書館本と同じで齣の切り方も同じであるが、岳小琴本と同じ「紅納襖」並びに「大聖楽」として、曲牌名に相違がみられる。

〔備考〕
岳小琴本（「前腔（紅納襖）」）「煎」は「剪」（故宮博物院本・大阪府立図書館本）の誤字と思われ、「真仮」（同上、孫白）は大阪府立図書館本で「虚実」と改める。
故宮博物院本：寿台上場門・下場門・両場門
大阪府立図書館本：上場門、下場門
旧北平図書館本：寿台上場門・下場門、上場門、下場門、寿台下場門

第十七齣「仮合真形擒玉兎」　新増

〔梗概〕
玉兎は孫行者にからくりを見破られ、杵を持って西天門の方に隠れようとした。孫行者は神将に逃さぬように声をかけ、はさみ討ちにしようとすれば、身を金光に変えて正南の方へ飛び去った。悟空は山神と土地神から妖怪の隠れ場所を知り、如意棒でつっついた。すると、玉兎がとび出し、兎の姿になって杵で襲いかかった。悟空が応戦して兎を追うところ、太陰星君姮娥仙が下降して、広寒宮の玉兎であることを教え、月兎を許すように言い、天竺公主との因縁を教えて収伏し、玉兎をつれて月へ戻った。

〔対校〕
故宮博物院本壬本第十三齣「兎窟蕩平返月殿」、大阪府立図書館本第十本第十四齣「尋兎窟驚動蟾宮」前半、旧北平図書館本第十本第八齣「兎窟蕩平返月殿」に相当する。

岳小琴本の冒頭にある玉兔原形（貼旦）が歌う曲牌「玉井蓮徒」・曲詞は、故宮博物院本・大阪府立図書館本にはないが、玉兔の白「我被孫行者識破機関、……」からそれぞれのテキストは共通する。岳小琴本の曲詞の一部分、白のいくつかは相違するものの、岳小琴本と故宮博物院本、大阪府立図書館本は大同小異である。ただし、岳小琴本末の七言四句は故宮博物院本・大阪府立図書館本の「尾声」に当たるが、字句は全く異なる。また、故宮博物院本・旧北平図書館本は「尾声」で岳小琴本と同じように改齣するが、大阪府立図書館本は「慶余」に続けて天竺国公主が父母との再会を望む場面となる。大阪府立図書館本が岳小琴本を改訂して第十七・十八齣の二齣をまとめたが、故宮博物院本は大阪府立図書館本の形式をとらず、岳小琴本の形式を採用したのであろう。岳小琴本には、太陰星君の白で小説に近い部分がある。

岳小琴本曲牌：「双調引子　玉井蓮徒」「双調過曲　江児水」「前腔」

故宮博物院本・大阪府立図書館本は、「仙呂宮正曲　江児水」「又一体」「尾声」（「慶余」）で、岳小琴本の「玉井蓮徒」がなく、代わりに岳小琴本にはない「尾声」を伴う。大阪府立図書館本のみは「慶余」後改齣せず、「双調集曲淘金令」以下を続ける。

（備考）

岳小琴本は、齣名に「真」字を用いる（「江児水」から「前腔」前後）。故宮博物院本も「真」字を用い、大阪府立図書館本は「真」字を「人」形（「江児水」の孫白）、「元」陽（「前腔（江児水）」の太陰白）、「元」形（同上）などと改字する。岳小琴本の「畜」字（「前腔」太陰白）は、故宮博物院本等も欠筆するが、大阪府立図書館本は「畜」字は欠筆せず。

故宮博物院本：仙楼門、寿台上場門、地井、寿台下場門、雲兜、寿台
大阪府立図書館本：上場門、地井、下場門、昇天門
旧北平図書館本：仙楼上場門、下寿台従地井内、寿台上場門・下場門、地井、雲兜、寿台、寿台下場門

第十八齣「真陰帰正会霊元」　新増

〔梗概〕
天竺国公主は狂風に吹き飛ばされて以来、どうにもならぬ身上を泣いて過す日々であった。そこへ、孫悟空が来て、妖怪が広寒宮の玉兎であること、公主が素娥であった時の出来事から今回の事件となったが、全て国王の福気によって解決したと伝えた。公主は悟空に感謝するとともに、寺主にも供養の恩を感謝した。給孤布金寺の長老は、孫悟空から素娥と玉兎との公案を知らされ、公主も有縁であったと知った。やがて、公主の帰宮のために太監や宮女らが儀仗を整えて寺に来たので、唐僧らは擁護すべく帰宮する一行の後に続いた。

〔対校〕
故宮博物院本壬本第十四齣「花宮寧迓復金閨」、大阪府立図書館本第十本第十四齣「尋兎窟驚動蟾宮」後半、旧北平図書館本第十本第九齣「公主別老僧返国」に相当する。
岳小琴本と故宮博物院本等は、物語の大要は同じであるが、前者は曲牌「逍遙楽」、「集賢賓」など、後者は「淘金令・金字令」、（「朝元令」は大阪府立図書館本のみ）「五馬江児水」などを連ね、曲詞・白もほぼ異なるため、子細に見ればそれぞれは別内容と言える。岳小琴本は、公主の悲嘆から始まり、悟空が吉報を公主に伝えるために一足先に赴

き、公主がその報の真偽に惑う様を描く。そして、悟空の言葉から唐僧が来れば今回の事件の顚末は明白になること、また到着した唐僧からは入婿の一件を聞き、更に悟空からは月妖との闘いと太陰星君から今回の縁由を教えられたことを、くり返す形で述べられる。登場する役者が前に起こった事をくり返し述べるのは岳小琴本の特徴でもあるが、その重複による冗慢さを、故宮博物院本では簡略するパターンがここにも示される。それゆえ、詞白が異なる結果を生む。故宮博物院本では、頡利可汗の話を入れるために、無駄に長い詞句白文、或は齣をまとめ省く必要もあった。太陰星君の言葉を悟空の言葉としてまとめることなど、その好例である。

故宮博物院本、大阪府立図書館本、旧北平図書館本では、天竺公主が寺中に留宿し「保全節操」と示すが、これは岳小琴本にない部分で、次の「何日得見……」一文が同じであることは、大阪府立図書館本の改訂時に加えられたものであろう。

岳小琴本曲牌：「商調引子　逍遙楽」「商調過曲　集賢賓」「琥珀猫児墜」「窣地錦襠」「玉交枝」「憶多嬌」「月上海棠」「尾声」

大阪府立図書館本は、「双調集曲　淘金令（金字令首至六）（朝元令五至六）（五馬江児水十至末）」「双調正曲　朝元令」「又一体」、故宮博物院本は「双調集曲　淘金令（金字令首至六）（五馬江児水八至末）」「双調正曲　朝元令」「又一体」とし、曲詞「夢想撥雲見日、苦海回頭」を「朝元令」とする大阪府立図書館本に対し、「五馬江児水」にその曲詞を含む故宮博物院本の差異を除けば両者は同じ。

（備考）

岳小琴本では「真」、「力」字を用いる。故宮博物院本（旧北平図書館本）の「法力」は大阪府立図書館本「道法」とし、「邱」字は、大阪府立図書館本も故宮博物院本も同じ。

故宮博物院本：寿台上場門・下場門

大阪府立図書館本：下場門、上場門

旧北平図書館本：寿台上場門・下場門

第十九齣「寇員外善待高僧」新増

〔梗概〕

唐三蔵ら一行は、銅台府地霊県に入れば、師徒四人は寇員外が願とした一万僧の供養の満願の数に当たり、盛大な接待を受ける。しかし、既に取経の旅に出て十四年も経つので、唐僧は長逗留せず、寇員外らの惜別の情のもとで出立する。

〔対校〕

大阪府立図書館本第十本第十五齣「大聖救師施妙法」前半、旧北平図書館本第九本第十五齣「寇員外善心難泯」に相当する。故宮博物院本ナシ。

大阪府立図書館本第十本第十五齣前半では、寇員外がこれまで款待した僧侶の数が九九九六人となっていたので、唐僧ら四人満願となることから歓迎をうける。

岳小琴本は齣名が小説と同じであるから、小説が底本となった齣で、唐僧一行と寇家との歓待と別離が主な内容のため、次齣で起こる事件に連続することがわからないと、さほどおもしろい場面ではない。大阪府立図書館本では、岳小琴本第十九、二十齣の二齣分を一齣とし、起承転結の山あり谷ありの構成に改めて、観劇側の関心を引き付ける。

岳小琴本と大阪府立図書館本は、大阪府立図書館本に「前腔（桂枝香）」一曲がないという曲牌数や白で多少の異同は見られるものの、内容はほぼ同じで、「尾声」（「慶余」）までの曲詞もほぼ同じ。但し、岳小琴本の曲牌「桂枝香」に続く「前腔」一曲詞は、大阪府立図書館本では省略され、寇樑寇棟（二子）の白「…急（意）束行装」を「前腔」後の唐僧の白「三位（安人）居士、貧僧離了……」に接続する。旧北平図書館本も、その曲詞を省略する。それは、寇員外が更なる逗留を申し出る場面で、物語前後のつながり上では厚意を重複的な形で示すことから、省いて一齣にまとめ、短くしようとしたものであろう。別離の時に寇洪と唐僧、老安人、二子とで交わされるの白（「已修……師徒一拝」、「師父……前去」）も同じ。ここでは安人の存在が強調されてもいたが、大阪府立図書館本では省かれた。岳小琴本では唐僧の白の中、或は安人自身の白で寇家の安人の存在を強調するが、大阪府立図書館本は安人の白を寇洪の白とするように、寇洪と二人の息子を中心とする白や表記に改め、なるべく安人を記さぬようにする。これは、家庭内での女性のあるべき姿を示すもので、閨範に則ることを強調するのではないか。また、岳小琴本にある唐僧の白で品を欠く部分「飯已飽了」は、切り取り補字の形で大阪府立図書館本は麗句に改める（「仰慕高誼」）。旧北平図書館本はおおよそ大阪府立図書館本を踏襲するが、岳小琴本と大阪府立図書館本にある曲牌「短拍」曲詞・白はなく、白も別のものに代える。但し、「慶余」は旧北平図書館本では大阪府立図書館本を踏襲したと見え、「尾声」としない。曲詞も同じ。或は、齣全体が大阪府立図書館本に拠り、岳小琴本の齣の区切りを参照したのかもしれない。別離で改齣する点は、岳小琴本と同じ。

岳小琴本曲牌：「仙呂引子　番卜算」「仙呂過曲　桂枝香」「前腔」「長拍」「短拍」「尾声」

大阪府立図書館本も「仙呂宮引　卜算子」「仙呂宮正曲　桂枝香」以下、「前腔」を欠く他は岳小琴本と同じ。

〔備考〕

岳小琴本（「桂枝香」後の老旦安人白）「針（線）」字は、大阪府立図書館本は切り取り補字で「衣」と改める。岳小琴本（「番卜算」後の外寇洪白）「（遂）立」字は大阪府立図書館本「建」字（切り取り補字）、旧北平図書館本は「徒建」とする。旧北平図書館本には前齣にはある「寿台」の記載がない。

大阪府立図書館本：上場門、下場門、両場門

旧北平図書館本：上場門、両場門

第二十齣「唐長老外遭魔蟄」　新増

〔梗概〕

強盗らが寇家に押し入り、逃亡する際に員外をけり殺して去る。員外の妻は腹立ち紛れに、強盗は唐僧らで、父親を殺したのは孫悟空だと息子に教え、役所に訴えに行かせる。銅台府刺史は訴状を聞き容れ、唐僧らを捕らえることを命じた。一方、唐僧らは強盗から寇家の財物を取り戻し、再び城内に戻って返還しようとするところ、捕役と出遭い、捕らえられて役所に連行される。ところが、伯父の神像が刺史に聖僧に冤罪を被せてはならぬと口を開き、城隍神らも閻王に告げて刺史を冥府に送ると言うので、再審する旨を告げた。その夜、空から浪蕩神の大足が下りて来て、玉帝の命で唐僧を救いに来た、すぐ釈放しないと城内すべてを踏みつぶすとおどした。刺史が許しを乞うところに、寇梁が訴えの取り下げに来て、父親がよみ返ったことから唐僧が強盗から贓物をとり戻したことまでを申上した。かくて、唐僧は、ひとまず寇家で夜を明かすことにした。

〔対校〕

大阪府立図書館本第十本第十五齣「大聖救師施妙法」後半、旧北平図書館本第九本第十六齣「唐三蔵好事多魔」に相当する。故宮博物院本ナシ。

岳小琴本では唐僧が去った後、寇家に強盗が侵入する。小説では第九十七回の開始に当たり、岳小琴本、旧北平図書館本はその区切りを齣改としたように見える。小説では第九十六回に「寇員外喜待高僧・唐長老不貪富貴」、第九十七回に「金酬外護遭魔蟄・聖顕幽魂救本原」と題目するが、岳小琴本はその題目を利用し、合成して齣名としたのであろう。

岳小琴本と大阪府立図書館本第九第十五齣後半は大同小異で、ほぼ同じ内容となっている。

本齣冒頭、強盗の登場時、岳小琴本と大阪府立図書館本は白「賊賊賊乗月……」から始まるが、旧北平図書館本は曲牌「北酔花陰」から始まる。この曲牌・曲詞は、岳小琴本・大阪府立図書館本では後にあり、強盗が寇家に押し入った時に置かれる。旧北平図書館本は、岳小琴本等に倣いつつも、改齣の体裁を整えるために冒頭へ移動したのであろう。この曲詞の中で、岳小琴本は「（執）載」とするが、大阪府立図書館本・旧北平図書館本にある「戟」字の誤記ではないか。おそらく転写の誤りであり、草案での誤字ではないだろう。同じく誤字らしきものは、曲牌「北刮地風」の唱「収縛神妖」の「縛」字にも見える。岳小琴本の曲牌は、以下、「南画眉序」、「北喜遷鶯」の順で連ねられ大阪府立図書館本等は一致するが、寇家から場面が銅台刺史の登場に変わる時、旧北平図書館本のみが岳小琴本等の七言対句を曲牌「引」で歌うと改め、次に「（白）下官……」と続ける。「南滴々金」の曲詞で、岳小琴本「真賊」＃大阪府立図書館本「実贓」とするが、旧北平図書館本は曲詞の一部が異なり「思結草」の後を「突来凶暴、相逢野蔓真強盗」と改め、岳小琴本とも大阪府立図書館本とも異なる。岳小琴本の曲牌「北四門子」の後は、「比（北の誤字）尾」まで曲牌名がないが、大阪府立図書館本、旧北平図書館本は寇梁の唱として「南双声子」という曲牌を入れる。この他、岳小琴本の白を、大阪府立図書館本ではト書き化しているところがある。大阪府立図書館本・旧北平図書館本にある曲牌名「南双声子」は、岳小琴本にはなく「北四門子」の曲詞とする。全体に曲詞・白は岳小琴本と大阪府立図書館本はおおよそ同じと言える。

旧北平図書館本は一部分を除き、大阪府立図書館本に近い。ト書きの「門」名も、大阪府立図書館本と同じで「寿台」などの記載はない。これは他齣と不統一であり、実演用のテキストではない可能性がある。版心の葉数にも乱れがあり、次の第十七齣が「六十八」で始まることと、本齣末が「四十一」で終わっていることと勘案すると、写本後、再編集して順序を変えた、もしくは旧本の寄せ集めの可能性もある。

岳小琴本曲牌：「北酔花陰」「南画眉序」「北喜遷鶯」「南滴溜子」「北刮地風」「南滴々金」「北出隊子」「南鮑老催」「北四門子」「比尾」（「北尾」の誤りか）

大阪府立図書館本は、「黄鐘調合曲　北酔花陰」以下、ほぼ岳小琴本と同じであるが、岳小琴本は「北四門子」で中頃に官が「官児要全、命児要饒」と歌う後、寇樑が急ぎ登場して「忙奔跳……」と歌う。大阪府立図書館本は寇樑の歌う前に曲牌「黄鐘調合曲　南双声子」を置き、「北四門子」と区別する。次の「北慶余」は曲詞も岳小琴本「比尾」とほぼ同じ。

（備考）

岳小琴本（冒頭雑白）「（你這个人）真是」＃大阪府立図書館本「太不」＝旧北平図書館本

岳小琴本（「北出隊子」後の府官白）「（不審来）歴」＃大阪府立図書館本・旧北平図書館本「由」

岳小琴本（「南鮑老催」）「真（心念仏）」＃大阪府立図書館本・旧北平図書館本「一」

岳小琴本（「北四門子」後の寇白）「（是）真吽（小）的」＃大阪府立図書館本・旧北平図書館本「（是）実教（小）人呵」

岳小琴本の「真」字多用は、小説の終わりに「真个是」など対句を入れる時の用例を参照した反映か。

大阪府立図書館本：上場門、下場門、両場門、天井
旧北平図書館本：上場門、下場門、両場門、天井（寿台等の記載ナシ）

第二十一齣「宝幢光王垂接引」新増

〔梗概〕

金頂大仙が再び唐僧らの到着を待つところ、十四年にして到着した一行を見つけ、霊鷲山への道案内を申し出る。そして、外殿から後門まで案内した後、凌雲渡で別れた。凌雲渡では、浪立つ中の一本の独木橋を前にして、唐僧が渡橋に迷う折、一隻の船が来るが見れば船底がない。唐僧は船頭に勧められてやむなくその船に飛び乗れば、水に沈んでしまった。しかし、船頭に助けられると、自分の四股が軽く感じられた。折しも、上流から死人が流れ下るのが見え、それが三蔵の凡身であると教えられた。一行が岸に上れば、船頭は船もろとも消えた。唐僧が怪しむところ、悟空は宝幢光王仏の来接であると教えた。

〔対校〕

故宮博物院本癸本第十二齣「東土僧化脱凡胎」、大阪府立図書館本第十本第十六齣「宝幢引路脱凡胎」、旧北平図書館本第十本第十二齣「脱凡胎慈航接引」に相当する。

岳小琴本は金頂大仙の出迎えから、凌雲渡の通行に到る過程が単純につづられて長い。故宮博物院本は、独木橋の困難と船底のない話に焦点を当てて簡潔にする。岳小琴本と故宮博物院本は、大筋でほぼ同じではあるが、岳小琴本の曲牌「香柳娘」に続く第一の「前腔」「正思伊……悲戯」後、金頂大仙が途中で別れることを示す白「今送……甚麼字」は、故宮博物院本・大阪府立図書館本では省略され、金頂大仙が独木橋まで同行して、ここで別れると改める。一方、旧北平図書館本はその「前腔」から白まですべてを省く。独木橋では悟空が沙和尚に橋の渡り方を教えようとするところで、「悟静」と呼びかける。故宮博物院本、大阪府立図書館本等は、ト書きで「悟浄」とする。岳小琴本冒頭に道童が「香柳娘」を歌うが、白では「金頂大仙」のものとする。故宮博物院本・大阪府立図書館本は、いずれも「金頂大師」で統一される。

本齣はすべて曲牌「香柳娘」で統一されているのは四本同じであるが、最後の一曲「前腔」後の白で、唐僧が凡胎を脱した折、上流から「一个死人」が流れ来るのを見て恐れることに対し、船頭が「尸骸」を示して唐僧の凡体であると教え、成仏したことを歌に込めつつ彼岸へ送り届ける場面にテキストの改編の様が窺われる。大阪府立図書館本も「浮着一個僧屍」と言い、一同が「屍骸」と歌い上げる。故宮博物院本及び旧北平図書館本ではさすがに死という不吉な語句を嫌い、婉曲に凡胎を「皮囊」とし、仙体を「身軀」が「変幻」したと改める。故宮博物院本と大阪府立図書館本には、末尾に白馬が唐僧のもとへ「悟徹」と名のりやって来て拝礼し、一同が霊山へ上ることが付け加えられている。故宮博物院本と大阪府立図書館本には多少の相違を持つ部分ではあるが、この場面は岳小琴本にはない。岳小琴本で沙和尚を「悟静」としていたことと関係するのかもしれない。

全体的に、岳小琴本と故宮博物院本等は、細部で差違が見られ、とりわけ白の部分で故宮博物院本、大阪府立図書館本は省略を施すと言える。

旧北平図書館本は、更に省略を加えているが、テキスト内部で齣の移動も行なっている。それは、版心の葉数が順序になっていない点から窺える。清書後、更に話（齣）の移動をし、連続性のないところは補写（葉数なし）したためか。第十本の冒頭第一葉は「第九本　第一齣　金頂乗雲迎仏子」（版心無記）とし、次葉は版心「第十本　百二十二」とある。その次は第十本第二齣に入り、版心には「第十本　二十九」とあり、その後、第九齣に到って、版心は五十六、六十七、五十八、五十九の葉数で終わる。次の第十齣は「第十本　五」から始まり、次の第十一齣は「第十本七」（版心）から始まり、その第「十二」葉で終わる。ここで、冊子が改められ、第十本第十二齣は版心「第十本四十一」から始まる。旧北平図書館本がもともと一セット十本内で、その順序改めたとも見えるし、一方で依拠したテキストは一本ではなく、相互に部分的な相違を持つ幾つかのテキストがあり、それらを抜粋し集めて再編集したテキストが旧北平図書館本という可能性もある。旧北平図書館本からは、宮廷本の改編の様を垣間見ることも出来る。

岳小琴本曲牌：「南呂過曲　香柳娘」①「前腔」②「前腔」③「前腔」

故宮博物院本・大阪府立図書館本は、「南呂宮（正）曲　香柳娘」「又一体」「又一体」「又一体」で岳小琴本と同じ。

（備考）

岳小琴本（「香柳娘」後の金頂白）「玉真観」は大阪府立図書館本で「玉仙観」とする。故宮博物院本は岳小琴本と同じ。大阪府立図書館本と異なる字句があり、その逆の場合もある。岳小琴本の誤記「（看）晩」（「睆」）や落字と思われる文字がいくつか見られる。

故宮博物院本：寿台上場門・下場門、地井、寿台両場門

大阪府立図書館本：上場門、下場門、地井

旧北平図書館本：寿台上場門・下場門、地井、寿台両場門

第二十二齣「雷音寺裡見如来」　新増

〔梗概〕

唐僧は三歩一拝をしつつ雷音寺の山門をくぐり、尊者らにあいさつをした。四天王は十四年の修行を経て到着したことを祝し、仏は元奘を仏座に登らせ、東土の状況への訓戒をした。そして、真経三蔵三十五部の内、その一部を調べて元奘に与えることを阿難と伽葉に命じた。

〔対校〕

故宮博物院本癸本第十三齣「印度皈依瞻聖境」・第十四齣「檀林見仏悟禅心」の二齣、大阪府立図書館本第十本第十七齣「五応度檀林見仏」、旧北平図書館本第十本第十三齣「印度皈依瞻聖境」第十四齣「檀林見仏悟禅心」の二齣に相当する。

岳小琴本は、白・曲詞とも故宮博物院本等と大幅に異なる。その相違点の一つは、如来仏が唐僧に会うために昇座する直前で故宮博物院本と旧北平図書館本が改齣するのに対し、岳小琴本と大阪府立図書館本は続けて曲牌「点絳唇」に入る点である。その後、岳小琴本は白で、如来仏が元奘に南瞻部洲では王法や孔孟の立言も愚衆は理解していない、と示すところが異なり、故宮博物院本・大阪府立図書館本等では省略され、曲牌「混江龍」に続く。この曲詞でも故宮博物院本等三本では「（人身）止聴……良因（並不把）」、「（頭付）一旦……侵究（看不了）」などが省略される。仏のもとの金経も、岳小琴本は一万五千一百四十四巻とするのに対し、故宮博物院本等では一万五千四百四十八巻と

する。岳小琴本の曲牌「么篇」は故宮博物院本等にある「寄生草」の後の「又一体」で、曲詞や続く白は異同が半々である。最後の「賺煞」の曲詞一部が故宮博物院本等では「煞尾」に収められるものの、白はすべて省略されている。

岳小琴本の曲牌「一半児」の「栴（檀）」に「梅」字が右に添えられているが、誤字は明白なので、横書きされる理由は意味不明。その後に故宮博物院本では韋駄天が「聖僧到了麼」という白を置くが、岳小琴本と大阪府立図書館本にはない。旧北平図書館本も故宮博物院本と同様の白があるが、他所に比べて文字の間隔が広い。その反面、唐僧の白（「且喜已到山門」）を省く。改作を清書したテキスト上でも更なる改訂を施した可能性がある。故宮博物院本・旧北平図書館本は「一半児」の次の「又一体」を終えて第十四齣に入る。その部分に相当する岳小琴本の白は長く、故宮博物院本では簡略化が目立つ。これは、先行する大阪府立図書館本で既に簡略化したことを受けた結果による。岳小琴本の「点絳唇」、「混江龍」曲詞は字句も相違する上に、半数の詞句が故宮博物院本等では省かれる。また、仏が三蔵を説明する部分で、故宮博物院本等は一部を改め、元奘の問いに仏が説明を加え、白の一本調子を改める点もある。大阪府立図書館本後半、故宮博物院本・旧北平図書館本第十四齣も、岳小琴本の曲詞・白がかなり異なる。

岳小琴本の「寄生草」にある「真蹟王家本」というたとえは、故宮博物院本等では単に「蘭亭本」とするが、岳小琴本は後齣に設定する蘭亭序をめぐる話の伏線による記載であろう。

岳小琴本曲牌：「北仙呂過曲　一半児」「前腔」「点絳唇」「混江龍」「油葫蘆」「寄生草」「么篇」「賺煞」

故宮博物院本・大阪府立図書館本は、「仙呂調双曲　一半児」（大阪府立図書館本は「隻曲」）「又一体」「仙呂調套曲　点絳唇」（大阪府立図書館本は「隻曲」）「混江龍」「油葫蘆」「仙呂調曲　寄生草」（大阪府立図書館本は「仙呂調隻曲」）「又一体」「煞尾」で、岳小琴本「么篇」は「又一体（寄生草）」に対応するが、曲詞はかなり異なる。

〔備考〕

岳小琴本曲牌「么篇」の「歴遍（妖魔）」は、故宮博物院本も大阪府立図書館本等も「歴過」とし、「歴」字は同じ。大阪府立図書館本は「歴」字の回避を失念したのではないか。

岳小琴本「（求取）真経」は、故宮博物院本も大阪府立図書館本等も「金経」とする。岳小琴本・故宮博物院本・旧北平図書館本「真々（仮々）」は大阪府立図書館本「実実」、岳小琴本・大阪府立図書館本「道心更賽過人心」は故宮博物院本・旧北平図書館本は「無（心更賽過）有（心）」とする。

岳小琴本には誤字「（南）阿（郡）」（正しくは「柯」）がある。

故宮博物院本：仙楼門、下仙楼至寿台、寿台上場門、禄台門、従禄台仙楼分下

大阪府立図書館本：上場門、仏門

旧北平図書館本：仙楼上場門、仙楼門、左右両梯作下仙楼至寿台、寿台上場門、従仙楼上至禄台、禄台中門、禄台上場門、仙楼両場門、禄台、禄台下場門、禄台仙楼

第二十三齣「三三行満経初得」新増

〔梗概〕

阿難と伽葉は唐僧らを伴い、経蔵に行く。唐僧は経典の多さに驚嘆するところ、阿難は経典が西域の文字で書かれているので、東土で翻訳する必要性を説く一方、東土の儒書との量を比較する問いを発すれば、唐僧は、かつての儒書の量に相応すると答えた。経典を受け取る唐僧に対し、阿難・伽葉はここに心願が達成されたと言えば、唐僧は感謝して三弟子に経を持たせた。阿難らは、選び出した五千四十八巻は一蔵の数であり、南瞻部洲に戻り宝経を披く時、

敬い沐浴して開くようにと言いふくめた。二人は経典で人々の眼を醒ますようにと重ねて伝えれば、唐僧は返礼として唐帝からいただいた金鉢盂を差し出した。阿難・伽葉は唐僧への経典の授受が終わったので、宝楼を後にし、再び如来のもとへ報告に行った。

〔対校〕

故宮博物院本癸本第十五齣「経取珍楼開宝笈」、大阪府立図書館本第十本第十八齣「千花蔵珍閣授経」、旧北平図書館本第十本第十五齣「仏地珍楼開宝笈」に相当する。

岳小琴本と故宮博物院本等とは、曲牌名「玉女歩瑞雲」以下は同じ名称ではあるが、若干の文（「乃一蔵之数……寔為」三教源流、你到」など）を除いて、曲詞・白はほぼすべて改変されて一致しない。岳小琴本のストレートな表現（「啄木児」「怕長途……嫌酸」など）は、故宮博物院本・大阪府立図書館本等で麗辞化（「縦馬……艱難」など）される。

岳小琴本曲牌：「黄鐘引子　玉女歩瑞雲」「黄鐘過曲　啄木児」①「前腔」「三段子」②「前腔」「帰朝歓」

故宮博物院本・大阪府立図書館本は、「黄鐘宮引　玉女歩瑞雲」「黄鐘宮正曲　啄木児」以下、岳小琴本と同じ。

（備考）

故宮博物院本・旧北平図書館本（「又一体（三段子）」）「真経」≠大阪府立図書館本「金経」、岳小琴本は「帰朝歓」の後に「真経」と記す。

故宮博物院本：寿台両場門、上場門、仙楼門、両場門、寿台下場門

大阪府立図書館本：両場門、上場門、下場門
旧北平図書館本：仙楼、寿台上場門、仙楼門、両場門寿台下場門、寿台両場門

第二十四齣「九九帰真道行全」　新増

〔梗概〕

唐僧が取経して帰途につくところ、五百羅漢の二人、降龍・伏虎尊者は、仏家の九九帰真の数である八十一に対し、唐僧の歴難が一つ欠けることから、必ず設定されるであろう一難から唐僧を守護するために四伽藍とともに派遣される。（岳小琴本では、以下の続きの話が飛躍する。一方、故宮博物院本は老黿の話が入る。岳小琴本の抄写の際の乱帖らしい。）

伽藍らは唐僧に「出来事」の説明をし、九九こそ真に帰する定数であり、一難はやむ得ないことであるから、河中に堕ちたのだと説明した。そして、むしろ河に堕ちた原因を教えてほしいと言った。唐僧は答えて、帰路の出来事を語った。道中、「（通）天河」に到り、水際に立ち止まるところ、急に声がしたので見やれば、かつて河を渡る時の老黿が頭を出して、我々は聖僧を何年も待っていたが、やっと戻ってこられた、と言った。そこで悟空が前のように渡河してもらえるかと聞けば、かの老黿は応諾して唐僧師徒・白馬を載せ、悟空が頭部に立ち河を渡ろうとした。それは、おだやかな水行であった。神亀は水面に進み、経典は水にぬれず、風もなかったが、変幻はたちまち生じ、老黿が河の中途に到って足を止め、仏に見えた時、自分のためにどれほどの陽寿が残っているか一声訊ねてほしいと依頼したが、いかがな答えであったか、と聞いた。ところが、自分は経典の授与ばかりに心が奪われ、それを忘れてしまったので、しばし無言でいた。かの老黿はすべてを悟り、身を傾けたため一同は水中に堕ち、経典もろともぬれてしまったが、仏の慈悲を得て掲諦によって救われた、と事の顛末を語れば、羅漢らは九九数の完了により煩悩を除去

したことを称えた。一同が歓喜する中、唐僧は見送りをした諸神に、死より生に転じたことを心に留めつつ、感謝を述べて別れを申し出れば、羅漢らは、聖僧が取経に要した十四年は五千四十日、一蔵の数字に直すとあと八日を残すのみなので、雲に乗って東土へ送り届けようと申し出た。かくて神（京）を目指し、八日間で経典を届けることになった。

〔対校〕

故宮博物院本癸本第十七齣「老黿怒失西来信」、旧北平図書館本第十本第十六齣「〔天河鼉背陥金経〕」に相当し、大阪府立図書館本には該当齣なし。

岳小琴本の内容は、ほぼ小説を踏襲して作られたと思われ、唐僧が老亀に乗る場面の字句は小説と一致する。ただし、岳小琴本では曲牌「六么令」の後、掲諦が唐僧を担ぎ、その後に悟空らがあわてて登場し、羅漢が白で空から取経人を救助しようと言う場面から、羅漢が救助された唐僧に声をかける間に脱落があるらしく、故宮博物院本には、老黿が唐僧らを背に乗せて、河中で年寿を問う場面がある。岳小琴本では、救助された後、唐僧がその事故に遭った経過を羅漢らに語る長い白「貧僧行到天……」があり、場面がどのように展開したかを知ることが出来る。しかし、その前の段階にあるト書きと曲詞・白では何があったかわからず、原案とは考えられない筋立てになっている。それゆえ、小字で「九本移在十本第一出全用」という添え書きがあるのであろう。おそらく、岳小琴本の依拠本が、齣の移動などの改訂を施した折、一葉分を落したとも思えるし、「原本」第九本の後、一行が通天河を再び渡河する場面を小説と同じように第十本の第一出に仕組む予定のメモをそのまま残した転写とも思える。岳小琴本にある奉勅文やこのような設定メモは、一見原稿のような印象も受けるが、また一方で、落丁のような部分に対して訂正もないので、康熙時代の（岳小琴本が依った）テキストをそのまま転写したようにも見える。岳小琴本は曲牌「賀聖朝」から「六么令」までは故宮博物院本と若干の異同（岳小琴本「（乗風来了）今日方知……正果還（羅漢稽首）」）を除き相応している。しかし、その後、故宮博物院本の白「（三徒弟白）丹成……」から「（老黿白）……去也」までの一葉分を欠き、「八十難」を語る羅漢の白は一致するが、故宮博物院本はその後唐僧が渡河に際して再び老黿と出会ったことを語る白、次の曲牌「錦堂月」から「前腔（酔翁子）」曲詞までの五曲詞・白のすべてが「六么令」以下で触れられた事なので省かれている。故宮博物院本の展開が自然と思われるが、岳小琴本は同じ内容をくり返すことも多いので、故宮博物院本から推測すると、岳小琴本の「六么令」の後の部分で、岳小琴本が依拠したテキストの段階で一葉分が落丁していたのを、岳小琴本は続けて転写したために不連続となった可能性がある。そのテキストでは、第十本第一出用とした部分を切り取ったものの、それぞれ該当箇所に対し、適切な手当をしなかったとも想像される。岳小琴本系統の亨寿本を見れば、この点もわかるかもしれない。再考すべき箇所である。

岳小琴本の取経十四年は小説と同じで、大蔵経数にあわせたもの。

岳小琴本曲牌・「双調引子　賀聖朝」「六么令」「錦堂月」「月上海棠」「錦堂（換頭）」「酔翁子」①「前腔」「僥々令」②「前腔」「尾声」

故宮博物院本は、「双調引　賀聖朝」「仙呂宮正曲　六么令」「仙呂宮正曲　僥僥令」「又一体」「尾声」で、岳小琴本の「錦堂月」から「前腔（酔翁子）」までがない。

（備考）

曲牌「錦堂（換頭）」眉上に、小字で「此乃是／九九功／完前途／路坦然／担道」の記述があり、一見、原稿作成時のメモ書きのような印象を受ける。その一方で、本書の読み手による感想とも受け取ることができる。

岳小琴本には、誤字、落字、衍文がある。岳小琴本「真」「歴」各字＝故宮博物院本

故宮博物院本‥天井、従仙楼左右場門、地井、寿台上場門、両場門

第九本の性格

第九本全体は、「新増」が二十四齣を占める点がその性格を物語る。冒頭第一齣では、取経が既に十三年かかっていると明示し、物語が既に終盤に来ていることが菩薩によって示される。長時間に亙る『昇平宝筏』の上演に備えて、その前の第八巻で終了した場合、改めてここから開始できるような配慮をした入話の役割を果たす齣で、物語の展開上ではさほど重要ではない。第二齣は、唐僧師徒が天竺国玉華府にやって来るが、しばし西天取経の物語から離れ、禅床の唐僧が当今の聖明天子を想い、皇太后と万歳爺、皇太子の康吉を訊ねたという設定をし、宮廷劇の意図することを織り込む。その後、「原本」にはなかった物語を組み込み、見せ場を補充する。第三齣以下、玉華府での獅子怪、金平府の観灯と犀牛精、給孤園の禅問答、月妖玉兎精のからくりと寇員外の布施、宝幢如来の接引、とそれぞれの場面を小説に基づきつつ、宮廷劇としての改編を施して加えた。

一方で、『昇平宝筏』の成立時期を窺う手懸りを留める。第九本目録末にある「三十九年十二月十八日奉　万歳御筆昇平宝筏……」の奥書である。この記述から見て、ジューンガル平定後の康熙三十九年、皇太后六十歳にあわせて編纂したのが岳小琴本『昇平宝筏』であったことがわかる。ただし、『昇平宝筏』完成時の奥書の場所としては不自然な位置で、転写の際に末尾などにあった記述を移した、或は初稿本に近い依拠本がそのようにあったかもしれない。第二齣にある皇太后と万歳爺、皇太子の康吉を訊ねたという点も、奥書とともに暗に康熙時代の成立を物語る。

岳小琴本は他箇所も同様に、曲牌をすべて頭出しする。後のテキストは見出しの曲牌のもとに、それに属す小曲牌を曲詞や白の前後に割り込ませることも多い。後のテキストでは、整理されて改められ、唱詞なども少しずつ岳小琴本の俗な曲詞や白を美辞麗句に置き換えることがわかる。また、「死」や「尸骸」など不吉な文字は意図的に除かれる。とりわけ、第二十四齣に見える落丁のような箇所は、故宮博物院本や大阪府立図書館本等は岳小琴本と異なり、前後に矛盾がないように処置されている。

十　第十本（第二十三冊―第二十四冊）の梗概と対校

第一齣「天辺貝葉自西来」　新増

〔梗概〕

如来の面前で服仕する伽藍神と掲諦は、仏旨を奉じて唐僧の帰国を守護することになった。そのため、帰路を探る最中、前方には商売の利益を一心にする塵煙がたちこめている。唐僧の帰路の妨げにはならないが適切な方向ではないので、乗雲を引き返し改めて捜すことにした。すると、東南には黒気がたちこめ、冷風が吹いている。調べれば仏法を敬わぬ人々がいるためであったが、聖僧が経典を携えそちらを通れば、自然と善心に改心することがわかった。そこでこの方角を帰路と決め、聖僧の出立を待つところ、遠方の樹上に紅光がさしたので、伽藍神が望めば、天辺の貝葉が西方からやってくるのに気づいた。伽藍神は、合流する唐僧が経典を届けて皇恩に報い、歴史に名を留めることを願った。

〔対校〕

岳小琴本のみの齣。故宮博物院本、大阪府立図書館本、旧北平図書館本にはない。

冒頭の曲牌「四園春」後にある伽藍の白は最後の「山花子」末の伽藍の白と重複し、その曲詞に続く白が「合」でくり返される。また、曲詞でも、「双鶯搭着双燕児」の字句を入れた美辞をくり返しのメロデーのように歌う。これは、四掲諦と四伽藍が半数に分かれて、交互に登場する趣向によるものであろう。

岳小琴本曲牌：「中呂引子　四園春」「中呂過曲　山花子」「前腔」「前腔」「大和仏」「舞霓裳」「紅綉鞋」「意不尽」

第二齣「庭外栢樹咸東指」　新増

〔梗概〕

洪福寺の住持は、唐三蔵法師が西天へ赴いてから十四年も経つのに音信もないため、その身を心配し、今日はうさ晴らしに庭に出る。すると、栢樹の枝が一斉に東向きになっているのに驚く。その時、師父が残した四句偈を思い出し、栢樹の枝が東向きになったことは帰国を示すことだと確信する。そこで、徒弟らに部屋の掃除と寝床の用意を命じれば、どこからともなく大師は十四年もの間生死もわからないのに帰国だなどと言うのは、春の夢を見ているのか（故宮博物院本では不謹慎な表現ゆえ削除）、との声がした。そこで、声をかけて呼び出せば、老道人がいぶかしげに出て来た。住持は三蔵法師の言葉を示し、樹枝が東向きになっていることを教えた。道人は驚きつつも納得し、法師の帰郷を待ち望んだ。

〔対校〕

故宮博物院本癸本第十八齣「古栢欣懐東向枝」、大阪府立図書館本第十本第十九齣「帰信験柏枝東指」、旧北平図書館本第十本第十七齣「栢枝先示東帰信」に相当する。

岳小琴本と故宮博物院本等は、冒頭の曲牌「三畳引」、最後の「黄鶯帯一封（書）」名は同じで、他の「九廻腸」「三学士」は異なるが、それぞれ「六時理鍼線（解三醒）」「鍼線箱」に対応し、「急三鎗」は曲牌と小曲牌の相違となっている。白や曲詞も半分ほど異なるが、大要は同じ。岳小琴本と故宮博物院本では字句が一致するところで、大阪府立図書館本には異字の場合が見られる。岳小琴本の曲牌名「急三鎗」は、故宮博物院本等では曲牌「六時理鍼線」の一曲牌に組み込まれ本文中の住持僧の白「我師傅法力（道法）……音信」の後に置かれる。

岳小琴本曲牌‥「引子　三畳引」「過曲　九廻腸（解三醒）」「三学士」「急三鎗」「黄鶯帯一封書（黄鶯児）」

故宮博物院本・大阪府立図書館本は、「正宮引子　三畳引」（大阪府立図書館本は「正宮引」）「仙呂宮集曲　六時理鍼線（解三醒首至七）（鍼線箱三至六）（急三鎗五至末）」「商調曲子　黄鶯鶯帯一封書（黄鶯児首至合）（一封書合至末）」（大阪府立図書館本は「商調集曲　黄鶯帯一封（黄鶯児首至六）、他は同じ）とする。

（備考）

岳小琴本「法力」（冒頭の金甲白及び「三学士」後の白）「立下」（同上）「真経」（「黄鶯帯一封書」）＝故宮博物院本・旧北平図書館本＃大阪府立図書館本「道法」「発下」「金経」

岳小琴本には「歴」、「立」、「利」各字あり。故宮博物院本と比較すると、岳小琴本には誤字（「樹樹（枝の誤り）東指」）と思われる文字が幾つかある。

故宮博物院本‥禄台門、寿台上場門・下場門

大阪府立図書館本‥上場門、下場門

旧北平図書館本‥禄台中門、禄台下場門・上場門

第三齣「恭迎大蔵福臣民」新増

〔梗概〕

中官は儀仗を揃えて三蔵法師と大蔵経典を迎える準備をした後、洪福寺にて三蔵法師を寺僧とともに迎え、経典を高台に安置した。唐僧は功成り、真経一蔵を東土にもたらしたことで、朝廷の安寧と天下の安定、気候家業の順正を願う中に「南無宝蔵光王仏」の名号をくり返した。中官は拝礼しつつ、真経を点検して遺漏なく納め、天神の護持のもとで人々の救済がなるようにと願った。大官らも真僧の白馬駄経を知り、かつての灞橋送別の縁を再び結ぼうと参集した。そこで、中官は皇帝に拝閲する段取りを唐僧に伝えた。

〔対校〕

故宮博物院本癸本第十九齣「迓金経儀杖全排」、大阪府立図書館本第十本第二十齣「設儀迎梵巻西来」、旧北平図書館本第十本第十八齣「儀仗恭迎西蔵経」に相当する。

岳小琴本と故宮博物院本等は、全体的に見て白や曲詞が大幅に異なり、冒頭の曲牌「朝元令」の曲詞と白は半ば一致するものの差異も多い。岳小琴本は「前腔第二換頭五馬江児水」以下、「朝元歌」「朝元令」を続けるが、故宮博物院本等では省略される。その代わりとして、故宮博物院本等で対応する「又一体」は、長安城の百姓が三蔵を迎えて歌うという設定に改められる。岳小琴本では、唐僧が四方の美景のもとで香が焚かれる中に迎えられる様を見て、良主の聖恩を得て仏旨の復命ができる喜びを歌い、先導の公々が寺門に到着する、という設定にする。寺中に入って経典を高台に置くことは同じであるが、唐僧が三尊仏に拝謝して念仏する場面は故宮博物院本になく、岳小琴本は詳しい。故宮博物院本ではト書きに大太監（内侍）が礼拝する旨が記される。岳小琴本では衆宰官が唐僧の帰国を知って寺にやってくる。曲牌「右（古の誤り）江児水」の後、中官が唐僧に衆宰官を引き会わせ、焼香した宰官が「前腔」で番字の大蔵経を称えるところ、中官が唐僧に聖上との面会について伝える詳しい場面を設ける。一方、故宮博物院本等ではそれらはすべて省かれ、唐僧が大太監に聖上との面会を求め、それに応じて大太監・唐僧らが住持らの見送りのもとに出て行く、とする。

岳小琴本で「合」字の挿入される曲詞は、くり返し歌われる。曲詞から見て、岳小琴本の「前腔第二換頭　五馬江児水」「朝元歌」「朝元令」各曲詞の連続は、唐僧の一人唱であっても不自然な設定に見えるので、後のテキストでは省略されたのであろう。岳小琴本の衆白は、一部、故宮博物院本ではト書きにされる。

故宮博物院本がト書きで百姓が随意の扮装する点は旧北平図書館本も故宮博物院本と同じであるが、旧北平図書館本では、「書生」「農夫」「買売人」「小孩童」などと扮装を詳しく示す。

岳小琴本曲牌：「仙呂入双調過曲　朝元令」「前腔第二換頭　五馬江児水」「朝元歌」「朝元令」「右《ママ》江児水」「前腔」

故宮博物院本・大阪府立図書館本は「双調正曲　朝元令」「又一体」「仙呂宮曲　古江児水」（大阪府立図書館本は「仙呂宮正曲」）で、岳小琴本冒頭「朝元令」「右（古）江児水」の曲詞一部分が一致する。

（備考）

岳小琴本に誤字と思われる字「（神）経」「紅（福）」がいくつかあり、右側に「京」「洪」と添える場合がある。依拠本に対する転写人の訂正見解を示すものではないか。

岳小琴本「歴」字・「真経」＝故宮博物院本・旧北平図書館本≠大阪府立図書館本「金経」

故宮博物院本：寿台上場門・下場門・両場門

大阪府立図書館本：上場門、下場門、両場門

旧北平図書館本：上場門、下場門、両場門

第四齣「奏対山川邀帝佑」新増

〔梗概〕

蕭瑀と魏徴は参内し、三蔵法師の帰国を奏上した。すると聖旨が下り、唐僧師徒が道中で見聞したことを皇帝に奏上することが伝えられたので、唐僧とともに、孫悟空らも入朝した。皇帝の求めに応じて、唐僧・悟空・悟能・悟静の順で八十一難を経たことなどを上奏すれば、皇帝は一同にねぎらいの斎を与え、別に賞賜することも示された。元奘は奏上して、帰山したいと願えば、勅旨が下り三弟子を先に山へ戻し、元奘は洪福寺で講経し、円満を待って帰山する許可を与えられた。魏徴と蕭瑀は、唐僧が国のために大功を建てたことを称えた。

〔対校〕

旧北平図書館本第十本第十九齣「覲龍顔重登殿陛」（韻名ナシ）に相応する。故宮博物院本・大阪府立図書館本には対応する齣はない。

曲牌「清江引」と最後にある曲牌「七弟兄」は、岳小琴本と旧北平図書館本は一致するが、それ以外、岳小琴本では曲牌名の頭に「北」字を冠す。岳小琴本は魏徴と蕭瑀が登場し、旧北平図書館本は魏徴と李勣とする。曲詞・白の相違も多く、岳小琴本の三弟子に対し、後者は「悟浄悟徹」と一人加え、白馬から変身した悟徹が人型で登場する。岳小琴本への省略もあり、例えば、曲牌「北掛玉鈎」の後にある「元奘等一斉……朕恩」、「北尾」の後の「七言絶句」は旧北平図書館本にはない。

皇帝が昇殿した元奘ら一人一人に下問し、称讃の言葉を贈る。これは、皇帝を軽視するようにも見えるので、大阪府立図書館本等はこの齣をすべて採用しなかったのであろう。

岳小琴本は沙和尚の悟静一字を落字（「……率領徒弟悟空悟能（悟）静朝見」）したので補記するが、転写のミスとすべきであろう。旧北平図書館本の「悟浄」ではなく、「悟静」という名前が使われる。

岳小琴本曲牌…「北双調過曲　清江引」「北双調　新水令」「北沈酔東風」「北駐馬聴」「北雁児落」「北得勝令」「北掛玉鈎」「七弟兄」「北収江南」「北尾」

〔備考〕

岳小琴本は「歴」、「真」字を使用するが、旧北平図書館本は「歴」字を避けて改字する。「七弟兄」後、魏蕭の白にある「回光返照」は、教派系宝巻で多用される用語ではなかったか。康熙当時の教派系宗教と宮廷との関係を垣間見るような用語である。旧北平図書館本では「二臣白……紅塵、自覚……」として省略される。なお、旧北平図書館本は、版心葉数を「六十四～六十八」とするが、第十八齣の版心でも「六十五～六十八」とし、四葉分の版心葉数の重複がある。第十九齣冒頭には「昇平宝筏　第十本」という記載や齣目名もないので、同一人の筆写による別のテキストから挿入した齣の可能性が高い。

第五齣「魏徴擬撰醴泉名」　新増

〔梗概〕

朝方、入朝して公務を果たした魏徴が、午後に魏府に戻って来た。魏徴は特命を受けて九成宮の銘文を書くことになったので、服を換えて、座にくつろぎ、その構想を練る。九成宮落成に随行して離宮の優れた景色を眼にしたこと、湧き出た泉水があたかも醴水のようであったことを想い起こし、それは必ずや三蔵法師の取経にもとづく講説が甘露の湧水をもたらしたと考えた。魏徴は、古書に、聖人の徳が万霊に及べば、醴泉が湧き出すとあることから、このたびの醴泉の湧出は治政の瑞徴であり、人々の寿命を延ばすことになろうと思い、光武帝の時に人々が醴泉で病を治した故事も連想し、あらためて聖主の徳を称えた。魏徴は当今主の聖徳や禍乱平定を文章にいかに書き込むか、醴泉の霊瑞をいかなる文句とするか推敲を重ね、ようやく銘文を完成させ、清書した後で奉呈することとした。

〔**対校**〕

故宮博物院本・大阪府立図書館本・旧北平図書館本なし。

「当今聖主」の「当」字を落字し、右側に添え書きするのは、転写の勢いではないか。原稿の段階で落とす不敬はないと思われる。

岳小琴本曲牌・・「仙呂過曲　桂枝香」①「前腔」②「前腔」③「前腔」

〔備考〕

「絃」「炫」各字欠筆なし。最後の七言句にある「九成功」の「功」字は「宮」の誤字であろう。

第六齣「蕭翼計賺蘭亭字」新増

〔**梗概**〕

梁元帝の子孫である監察御史の蕭翼は、皇上が政務の間に王右軍の書を愛でることを知り、その文字を集めて倣い、唐三蔵のために作られた御製聖教序に当てようとし、蘭亭序の真跡を捜し求めるところ、老僧辨才のもとにあることを知る。

以前、皇上は勅命を下して辨才を入朝させ、厚遇したにもかかわらず、蘭亭序の所在を下問したところ、師父智永のもとで見たことはあるが、師父没後、しばしばの兵変でもう行方はわからないと上奏して越中へ帰った。ところが、実際は辨才が秘蔵していたことが判明し、幾度も上覧するように求めたものの、拒否されてしまった。皇上は無理強いして水火の災に遭わせてはいけないので、密かに策士を用いてそれを求めようということになり、房元齢に命を下した。その結果、蕭翼がその任に当たることになった。蕭翼は策謀を実行すべく、客商に身をやつして辨才のもとを訪れるために出立した。一方、辨才は山陰県永欣寺にいて、坐禅説法の合間に臨摹書法をたしなむことを好んでいた。商人に身をやつした蕭翼が寺に到り、廊下に画壁があって手跡があるのを見ていると、辨才が来てどこの商人かと訊ねた。蕭翼は偽って北方の蚕種をあきなう者で、たまたま寺前を通ったと答えた。辨才は寺内へ案内し、互いにあいさつを交わせば、蕭翼は寺内が清雅とたたえ、弾琴の心得があるかと問うた。互いに心得があると知ると、詩の応酬を持ちかけ、辨才はにごり酒を勧め、二人は詩を唱和して書し、互に交換して詠み合った。それぞれが詩の妙を称える中、辨才はすっかり心を許した。蕭翼は日も暮れたので明日、再び酒を持ち話がしたいが、書法も立派なのでそれも話題にしようと駅館へ戻った。翌日早朝、蕭翼は寺へ赴き、約束の名筆を披露し、梁元帝の職貢図を見せた。辨才がこれは良い絵画と称えれば、蕭翼は次に二王の楷書を取り出し、家伝の最愛の品で、いつも臨摹する手本だと言った。辨才は見て、真筆ではあるが、上作ではない、数々の兵変を経た真跡の方が良いのではと答えた。そこで蕭翼はこの二帖が賞玩に劣ると言うが、世上では一番のものと評価されている、と誘いをかけると、辨才は真跡に言及し、それも蘭亭序があると誘い話に乗ってきた。蕭翼はわざと、そのようなものがあるわけがないと言うと、辨才は師匠から託され、寝房内にしまっているが、それをお見せしようと言った。蕭翼は事が成就したのを喜ぶところに、辨才は持って見せれば、蕭翼は偽作ではないかと言い、辨才はしろうとの見方と返した。蕭翼は、所用でもどるので自分の作品を預かってもらい、午後に再び真贋について論じようと伝えて辞去した。辨才は蕭翼の眼力は自分に及ばぬと思いつつ、童子に部屋の戸締りを命じて厳家に赴いた。そして、再び戻り、蕭客が先に来たら部屋に案内して待つように、と徒弟らに伝えて行った。やがて、今がチャンスとばかり蕭翼が再び現われ、門を敲いて、忘れ物をしたから早く来たと言い、童子に鍵を解かせて部屋に入り、書画を包むと、すぐに戻って来ると言って寺を後にした。蕭翼は、名宝蘭亭序の入手に道を開くことができたのも聖天子の洪福ゆえであり、この一件について隠し立ては無用であるから、本州の都督に伝えておこうと考え、一計を案じて、役人の行く手をはばむ騒ぎを起こした。蕭翼は捕らえられ、役人の前にひったてられて訊問を受けることになった。役人の訊問に、自分は監察御史の身分で、勅命を奉じた蕭翼と素性を明かし、都督に来るように求めれば、突然の来訪に、越州都督斉善行は急いで面会にやって来た。蕭翼は斉善行に、永欣寺老僧辨才に伝えたいことがあるので、都督にその役割を担ってほしいと伝え、辨才の来衙を待って事を明かすと言った。辨才が来ると、蕭翼は勅旨によって王右軍蘭亭真本を得たので、ここで別れのあいさつをすると言い、商人に身をやつしたのは、本当のことを言えば恐れて真本を隠されると思い、やむなく策を労したが、天覧に供することが可能となり、聖上は心から奇宝を扱うので、安心して欲しいと伝えた。辨才は驚き、隠ぺいの罪の赦免を願えば、蕭翼は朝廷より恩旨が下される旨を伝えた。かくて、蕭翼は餞別の宴を辞退して船に乗った。

〔対校〕

故宮博物院本・大阪府立図書館本なし。

第六齣は岳小琴本のみある齣で唐の何延之「蘭亭始末記」（『全唐文』巻三百一）、『隋唐嘉話』などに留められる伝承をもとに作られている。蘭亭序をめぐるおもしろい故事ではあるが、皇帝の勅命で王右軍の真跡をぬすみ取る設定のため、皇帝の品格を汚すものとして後の本ではすべて省かれた、或は、省かざるを得なかった、と思われる。その一方で、伝閻立本作「蕭翼賺蘭亭図」もあり、南唐の巨然による蘭亭図は乾隆帝鑑蔵印があるため、乾隆帝もよく知る伝説であった。また、神龍本「蘭亭集序」も所蔵していたから、王羲之やその子孫の心情、唐の太宗の品位の保全を考えた臣下が帝意を付度した結果、省かれることになったのかもしれない。

岳小琴本曲牌：「北新水令」「南歩々嬌」「北折桂令」「南江児水」「北雁児落帯得勝令（雁児落）（得勝令）」「南僥々令」「北収江南」「南園林好」「北沽美酒帯太平令（沽美酒）（太平令）」「北清江引」

〔備考〕

衍字と思われる「偶到」の重複（「北折桂令」後の蕭白）、「真」字の多用（「北雁児落帯得勝令」末の辨白など）が見られる。「官」字の右添（同上官白）はト書きか落字かは不明。曲牌「南園林好」前の大字「執事人役随上」は、ト書きを大書きして唱詞と混同したか。「山水争輝」の脇に「増」とする（「北収江南」後の蕭白）のは、別のテキストにあったのか、転写人の見解かは不明。「歴」字（同上後の官白）あり。

第七齣「卿愚争赴華巖会」新増

〔梗概〕

洪福寺で華巖道場が開かれ、三蔵大師が説法するというので、寺の用人が斎の料材を買いに赴くところ、参稽に来る村人に出遭った。用人は村人に、聴経の人々がたとえようもなく多いと教え、別れて街坊に入った。村人らは、今は収穫後であることから聴経に出かけた。道は人であふれる中、老若婦人の一行が、色とりどりのあかぬけた服装で笑いながら、急ぎ足、遅い足で寺へ赴いた。その後では、子供らが置いてけぼりにされたと泣いている。すると、杖をさした老人らが孫を捜しに来て見つけると、一同は聴経が得がたい機会ということもあって一緒につれて行くことにした。漁樵や商人も華厳会を聞きつけ、共に赴いた。そこに、先に寺へ出向いた村人が戻って来たので、漁樵はその有様を訊ねれば、聴経の人々で満ちあふれていたと語った。村人は出費の多い道場が盛んな様を見て、朝廷の功徳があってこその道場だと称えて帰村した。

〔対校〕

故宮博物院本・大阪府立図書館本等なし。

農工商が唐僧の聴経へ行き、婦人らも競って行くとし、舞台上に色どりを添える他、登場する醜女から笑いを取ったり老人と孫を出して盛世に生きる老幼を示す工夫をする場面であるが、内容は薄い。

岳小琴本曲牌：「仙呂入双調過曲　六么令」①「前腔」②「前腔」③「前腔」

〈備考〉

「真」字（第一「前腔」）あり。訂正脇字（第一「前腔」後の外白）、落字（第三「前腔」後の村民白）「回」字などの他、卜書きを大書き（「漁」字）して訂正の意味で（　）を添える点（第三「前腔」）が見られる。

第八齣「庠序閒談心性宗」新増

〔梗概〕

儒学を学ぶ様々な生員らは、朝廷が経学を敬い、科挙による人材登用を進める中、三蔵長老による西天取経に熱狂する世の中の有様を見て、いかに盛世に奉仕するのかという思いで集まった。そして、仏教の明心見性と儒学の心性に対するそれぞれの考えを討論する。学識ある文人と迂儒とは全く異なることから始まり、心性とは何かという議論を闘わせ、議論は孔孟にまで及び、心性の学は孔孟を宗とすべしという発言などが出て盛り上がるところ、使用人が来て学院からの伝言をした。生員らは試験が近いことから、それぞれ努力しようと互いに励ましつつ、現実の身分に戻り、学業を積むこととした。

〔対校〕

新増、故宮博物院本・大阪府立図書館本等なし。

盛世と儒学のあり方に対し、増広生員や廩膳生員といった将来が見通せない学生による儒仏論議が展開させられるが、最後に学校から仕事の命が来て、一同、現実の身上に戻るというオチが付けられる。内容は舞台での演出に向かず、儒生らによって取経と仏家が引き合いに出されるが、おもしろ味に欠けて取経物語には必要性のない場面であるため、後のテキストでは省かれることになったのであろう。

岳小琴本曲牌：「南呂引子　女臨江」「南呂過曲　紅納襖」①「前腔」②「前腔」③「前腔」

〔備考〕

「因此」（「紅納襖」）の「此」字を落字、「真」字（「女臨江」後の丑白）等にあり。

第九齣「洪福寺文臣検蔵」新増

〔梗概〕

朝廷は命を下し、新たに設けた洪福寺蔵経閣に真経を収めさせることとした。唐僧は念仏を唱えながら、文臣とともに将来した経典を一点ごとに並べ、蔵経閣に納入すべく、皇図の永久を願いつつ点検作業を始めた。唐僧と文臣による真経の点検が済み、すべてが蔵経閣に収められると、一同は拝礼した。夕暮れの鐘の音が響く内に、文臣らは復命すべく馬に乗り宮廷に向かおうとすれば、唐僧は一行を見送るべく門前へと赴いた。

〔対校〕

故宮博物院本・大阪府立図書館本なし。

内容的には、第三齣の後に続く場面である。冒頭の舞台配置と、そこで行なわれる唐僧、文臣、僧人の経典の点検と安置をめぐるしぐさについてのト書きは、岳小琴本のこれまでの齣には全くない詳細な記述で、特別な書き方になっている。

貝葉経と言いつつも、あたかも漢訳経典を真経として納経し、史伝にある梵文の翻訳道場のことがないのは、『西遊記』から既に始まるのであろう。

岳小琴本曲牌：「双調引子　搗練子」「仙呂入双調過曲　惜奴嬌」「前腔」「黒麻序」「錦衣香」「漿水令」「尾声」

〔備考〕

「真」字（「搗練子」他）、ト書きに「立」字（「錦衣香」前後のト書き）、「利」字（「漿水令」）が頻出する。

第十齣「蓮花座瑜珈給孤」新増

〔梗概〕

洪福寺では、講経百日道場が円満日を迎えたので、唐僧は、地獄で苦しみ幽冥に沈む一切の鬼魂を済度すべく法座に昇った。説法が始まると鬼王・城隍・土地神らが参集し、次に朝臣、武将、佳人、刑死自死や不慮の死を遂げた者などの亡魂が合掌して現われた。唐僧は観相する中で観世音が鬼魂を引導して金橋から極楽へ行くのがわかったので、大衆とともに偈を唱えたのであった。

〔対校〕

故宮博物院本癸本第二十齣「開法会瑜伽広演」、大阪府立図書館本第十本第二十一齣「開法会瑜伽広演」、旧北平図書館本第十本第二十齣「開法会広演瑜伽」に道場による亡魂超度のことはあるが、岳小琴本とは相違が大きい。

岳小琴本曲牌：「粉蝶児」「酔春風」「前腔」「前腔」「前腔」「罵玉郎犯上小楼」「収江南」「沽美酒帯太平令」

故宮博物院本・大阪府立図書館本は「高宮套曲　端正好」「倘秀才」「叨叨令」「脱布衫」「小梁州」「快活三」「朝天子」「高宮　煞尾」

〔備考〕

「利」（「酔春風」）「真」（冒頭の雑白）「立」（「酔春風」末のト書き）「梨」（「罵玉郎犯上小楼」）各字あり。

第十一齣「四孤魂夢裡謝天恩」　新増

〔梗概〕

蕭府の老召使いは、門の側で用意した布団にねむり始めた。そこへ救済された鬼魂がやって来た。逢蒙、白起、李斯、摩登伽女の四鬼魂は、十四年前、静業寺にて蕭少保の夢托に現われてより、当今皇帝が三蔵法師を西天取経に派遣した結果、真経を得て道場にて施餓鬼法要をし、観音が慈悲にて四鬼魂などの亡魂を地獄から金橋で脱出させてくれたので、その恩に感謝すべく、夜に乗じてやってきたのであった。しかし、門神にはばまれたので、蕭少保の恩と天恩に感謝する転奏を願うために来たと来府の理由を述べ、方便を求めた。門神はしばしの入門を許せば、鬼魂は第二門へ行き、老召使いをだまして門を開けさせて中に入り、少保の夢枕に立った。逢蒙ら四魂は、既に天恩を得て地獄を脱した恩義を感謝するので、天庭にその旨を上奏して欲しいと伝えた。四鬼魂は、門から出る際、門番の老人に自分らが来邸した理由と訪れた四人の名を覚えていて欲しいと言い残して去った。目を醒ました老人は、亡魂の出現に驚きさわいだ。蕭瑀も目を醒まし、夢かと惑うところ、門番の老人のさわぎ声が耳に入った。そこで、召使いを呼び出してその理由を訊ねれば、自分の夢見と一致することがわかり、皇上の恩愛の広きことと三蔵の功徳をたたえる奏上をすることとした。

〔対校〕

故宮博物院本・大阪府立図書館本等なし。

四孤魂は玄奘以前の人であるが、その仏徳が過去にも及ぶことを示したものか。最後に老門番が四名の名前をうろ覚えから、「白起」を「白話」とか「李斯」を「李痴」などと言いまちがえるが、これは笑いを取るための設定であり、この場面の見せ場とも言える。同時に、唐朝廷を借りて清朝の恩徳を示すところでもあった。

岳小琴本曲牌：「越調引子　金蕉葉」「越調過曲　亭前柳」「江頭送別」「尾声」

〔備考〕

「尾声」の「弘（施）」字は欠筆せず。

第十二齣「十冥府頃時空地獄」新増

〔梗概〕

冥府第十殿転輪大王案下の判官は、大唐帝が三蔵に講経させたことが天庭を動かし、地獄にいる鬼魂すべてを釈放させることになったので、命を受けてその花名冊を作り、逐一点呼して鬼門関から放つ準備をする。そして、鬼卒に命じて牌ごとに鬼魂を順につれて来させ、点検を経て陽界に転生させることとした。第一牌の罪なき男女は、善事を行なう善人として転生させた。第二牌の小罪を犯した鬼魂らは、人身を保つようにと命じた。第三牌の鬼魂らは日月星の三光に忌触し神明を汚す褻瀆をした者、第四牌は仏法を毀い、父母に孝を尽さず、王化に服さぬ鬼魂、第五牌は短慮で自死した鬼魂で、順に点検しそれぞれを諭して放免した。第六牌は大罪で無間地獄に墜ちた鬼魂で、永遠に超抜されず苦沈に身を置くはずであったが、乞食や身体不自由な身とすることにして、欲を出した鬼魂をしかりつけ人身として転生するありがたさを心に刻むように命じて放逐した。かくて、地獄は空となり、判官は三蔵禅師を活仏とたたえ、その像を作って日々礼拝することとした。

〔対校〕

故宮博物院本癸本第二十一齣「冥府降祥空地獄」、旧北平図書館本十本第二十一齣「冥府降祥空地獄」に相当する。大阪府立図書館本にはない。

岳小琴本では転輪王の命を承けた判官が、第一牌から第六牌までの罪人を転生させる。これに対し、故宮博物院本・旧北平図書館本では、転輪王が判官に指示して転生させるが、岳小琴本の第二牌と第四牌の罪人の転生は省略され、岳小琴本の第三牌が故宮博物院本では第二牌に、第五牌は第三牌と改められていて、当然のことながら、岳小琴本の第二・第四牌の曲詞・白はすべて省略されるとともに、第五牌の罪人の転生が終わる後、「一班罪鬼」が連れて引き出される場面での「前腔」曲詞と白は省かれる。その一方で、故宮博物院本の「尾声」に当たる最後の「前腔」の前で、故宮博物院本等は曲牌「蠟梅花」を置くが、岳小琴本では故宮博物院本等で省略された「前腔」の「熬苦……」が歌われて、鬼卒が第六牌の鬼魂を説明し、鬼魂の訴えである白を入れ、その後に判官が復命した後、三蔵像を描いて礼拝しようという白で結ぶ。故宮博物院本等は地獄の判官の言としては不都合と考え省略しているが、判官の「一壇啖口……活仏也」は留められて、継承の足跡を残す。岳小琴本に比して故宮博物院本等は曲詞や白の省略が大きいが、明らかに岳小琴本に拠って改変した齣と言える。

張浄秋氏は、岳小琴本のこの齣は故宮博物院本には該当する齣がない(注)とするのは誤りであり、見落したと言えよう。

岳小琴本曲牌：「仙呂過曲　光光亡」①「前腔」②「前腔」③「前腔」④「前腔」⑤「前腔」⑥「前腔」⑦「前腔」

故宮博物院本は、「仙呂調双曲　点絳唇」「仙呂宮正曲　上馬踢」「蛮江令」「涼草蟲」「蠟梅花」「尾声」

（注）張浄秋氏『清代西游戯曲考論』

第十三齣「開覓路海波不揚」新増

〔梗概〕

天下太平の下、東海龍王は他の三龍王と所管の四海を巡行して視察しようとする。そこに、西海・南海・北海各龍王が参集し、波浪を抑える理由を質した。東海龍王は、当今聖天子の仁政が拡まり、三蔵法師の説法で地獄が空となる盛事が起ったと説明し、兄弟で所管の巡視することを提案した。三龍王は同意し、巡察を始めれば、大鯨が波浪を興したのを見た。そこで、配下の蝦兵蟹将らに今より東海で風浪を起こすことがないようにと命じ、南海、西海でも同じ命を下して北海に到った。北海龍王は、水晶宮で三龍王と酒宴を開くこととした。

〔対校〕

故宮博物院本庚本第一齣「四海安瀾徴聖治」、大阪府立図書館本第八本第一齣「四海安瀾徴聖治」に相当する。

岳小琴本の海波不揚の話は、故宮博物院本は庚本、大阪府立図書館本では第八本と、それぞれ第一齣の宮廷劇開始における入話の吉祥劇となっている。そのため、岳小琴本での取経の功を称える部分はなく、大阪府立図書館本は生彩（精彩）が乏しい太平賛歌に止まる。岳小琴本と故宮博物院本及び大阪府立図書館本は、字句はほぼすべて異なるものの、内容的には一致し、大阪府立図書館本等が岳小琴本系テキストを参照したと推測される齣である。しかし、四海龍王の巡行以下は全く別の形を採り、岳小琴本は東西南北の四海をそれぞれ描くのに対し、大阪府立図書館本等は四海をまとめて表演して簡約する。その中で、朝貢船については、岳小琴本「這是外国来進貢与中国来的」を承けて大阪府立図書館本も「天朝進貢」の海船の存在を龍王に言わせるし、外国の朝貢船が来たことを朝廷に伝える場面もあり、聖人御世を称える。康熙時代、朝貢船について「万寿盛典」の演目にあったかも知れないが、乾隆朝では不可欠な要素であり、東海、南海の他、ヨーロッパ船も来ていることの反映かも知れない。ただし、故宮博物院本では「海不揚波、不得有違」と改められていて、朝貢船には言及がなくなっている。

岳小琴本曲牌：「双調引子　真珠馬真珠罜」「風馬児」①「前腔」「月上海棠」②「前腔」

故宮博物院本・大阪府立図書館本は、「仙呂調双曲　点絳唇」「又一体」「双令　江児水」「又一体」

〔備考〕

岳小琴本に曲牌「真珠馬」の「与」字、最初の「前腔」の「影」字二落字あり。岳小琴本（「風馬児」後の東白）、故宮博物院本（「又一体（点絳唇）」後の東海白）の「巡歴一遍」は、大阪府立図書館本でも使われているが、「歴」を「査」と切り取り、貼り紙補字をする。

第十四齣「飛法雨天花昼下」新増

〔梗概〕

世尊は天女を遣わし、三蔵禅師の説法に散花することを命じた。天女は、花神を集合させ唐僧の法座に赴いた。寺僧は大衆に、大師の説法は今日までで、明日は山へ還ると伝えた。堂上の唐僧は説法する中で、今上皇帝の聖寿と仁政を願い、焼香し、更に、皇太后の永寿と貞照が国内外に拡がるのを願い、皇后貴妃や東宮皇太子の安寧を祈願してそれぞれに香を焚いた。三蔵は大衆の教化を終えて静観心に努める中、洪福寺に天女が現われ、天楽が奏られるもとで様々な仙花を散華した。寺僧らは講経に万花が降りそそぐのを賛嘆すれば、法会を終えた三蔵は、明日、朝廷を辞して霊山へ長行することに決めた。

〔**対校**〕

岳小琴本のみの齣と見なせる。故宮博物院本癸本第二十齣、大阪府立図書館本第十本第二十一齣、旧北平図書館本第十本第二十齣に、唐僧の説法や霊山へ出立する箇所があるが、ほんの一部に過ぎず、岳小琴本のこの齣は後のテキストでは分解されて一部分が留められた、と言えよう。

元奘が、今上皇帝、皇太后、東宮皇太子や妃嬪らのために祈念することは、皇太子制度があった康熙朝を反映する可能性が大きい。当今皇帝の善政をたたえる語句は、いかにも宮廷劇であり、本齣は『昇平宝筏』が観劇者たる帝室用、とりわけ皇太后のために作られたことを如実に語る。岳小琴本が「真」「鎮」字などを使用することが多いことは、岳小琴本原作者らは、皇太子の即位があっても、雍親王胤禛の即位を全く念頭に入れなかったのではないか。

岳小琴本曲牌：「感皇恩」「泣顔回」「上小楼」「撲灯蛾犯」「畳字犯」「上小楼犯」「尾声」

（参考）

「真」「鎮」（「尾声」他）各字あり。

「洪福」寺の「寺」を落字（「感皇恩」後の雑白）するのは、原稿段階では考えにくい。

第十五齣「序聖教千古宣揚」新増

〔梗概〕

唐僧は道場も円満の時を迎えたので、皇恩に感謝して辞去すべく入朝して講経の完了を報告し、観音の救済や龍王が海波を抑える盛世を称えた。皇帝はその功労に対して、聖教序（十四年の旅、訳経六五七部、貞観十九年）を褚遂良に宣読させた。元奘が礼拝して去ろうとすれば、東宮が聖教序に続く後記の撰述を皇帝に奏伝したので、皇旨により今度は岑文本に宣読させた。元奘は下賜された王羲之の書体を集めて記された序記の文を称え、それを刊刻して世人に流通することを望み、謝意を示して朝廷を退去した。

〔対校〕

岳小琴本のみの齣。

岳小琴本にある太宗の聖教序は、『西遊記』収録の文よりはかなり省略されるとともに、文字に改字が見られる。十四年の旅は同じであるが、経典が六百五十七部とする岳小琴本に対し、『西遊記』では「三十五部計五千四十八巻」となっている。岳小琴本の聖教序は『西遊記』を採らず、大蔵経にある太宗撰述本に拠って史伝に近づけているが、若干の誤字もしくは改序らしき点が見える。また、岳小琴本では、『西遊記』にはない東宮の述聖記も織り込まれ、聖教序と同様に、往復十七載、聖教六百五十七部（『大慈恩寺三蔵法師伝』巻七）と史伝に合致させた記を収める。聖教序よりは省略が少ないように見える。皇太子の存在をアピールしているように見え、単に序と記を併載したのではないであろう。唐太宗皇帝には皇太子たる東宮がいて、後に高宗皇帝になるため、清朝の制度にあわせる必要もないと見ることも可能である。この点からは、岳小琴本がかならずしも康熙時代の成立ではなく後の時代としてもよいとも見なせる。

元奘が序記を王羲之の書法で留めて広布できるようにと上奏するのは、史伝とは異なり、弘福寺の寺主円定らの上奏によるのが史伝である。この設定は、前齣にあった蘭亭序を盗み取る一段と相応させ、その行為を仏教側からも正当化したものか。

岳小琴本曲牌：「点絳唇」「越調慢詞入破」「破第二」「袞第三」「歇拍」「中袞第五」「煞尾」「出破」「黄鐘過曲　滴溜子」

〔備考〕

小説・岳小琴本の「洪福寺」は、史実に基づく聖教序・記は「弘福寺」とする。「呪（乎仏道）」（「破第二」後の序）は「況」の誤字、「（方）異（茲経）」（同上）は「冀」が正しい。「煞尾」後の白で、「弘」（「（聖教之）弘（敷）」）字を濃墨で上書きし、更に右に「弘」字を欠筆せずに添える。

第十六齣「賦驪歌挙朝送別」新増

〔梗概〕

元奘の帰山に当って、朝廷では、虞世南や褚遂良に見送りを命じれば、張説と岑文本もやって来た。一同は観音に帰依し、その法力で世が浄土になることを願う中、元奘が来たのでしばしの歓談をした。衆官は伝統に則って、送別詩を作って見送ることとし、虞世南らは、唐僧が禅林に帰るという題材のもとで連詩を作り唱和した。唐僧も応酬し、暇乞いをした。

〔対校〕

岳小琴本のみの齣。故宮博物院本癸本第二十齣等に唐僧を宰官、寺僧、百姓らが見送る場面はあるが、ほんの一部にすぎない。

元奘が出立する場面の齣で、内容は深山の禅林に戻り、修行を重ねる心構えを示す、という極めて文人的世界が醸し出されている。しかし、唐僧は先に西天に戻った三弟子の後を追い、極楽に戻る仏身の立場の設定であるから、煩悩を持つ世俗の修行者のままではおかしい。小説とも異なることもあり、乾隆朝で改訂が進められた折、聖俗をめぐる矛盾もあってか、本齣は省略されたものであろう。末尾の四言四句「(唐) 春草碧色、春水緑波、……」は駄作の域にあり、ト書き「請了 (分下)」も劇本として不十分な記述である。

岳小琴本曲牌：「商調引子　風馬児」「商調過曲　集賢賓」①「前腔」「黄鶯児」②「前腔」「簇御林」③「前腔」

(備考)

「真」字を多用 (「集賢賓」等) する。

第十七齣「蔵経閣妖魔帰化」新増

〔梗概〕

提婆達多は永く釈迦と敵対し、苦悶に沈んでいた。しかし、大唐皇帝の仁政のもと、蔵経閣に天堂に行く道があること、更に、冥府では罪人もいなくなって空となったこと、海波も穏やかに平かになったことを知って感化され、彼岸に行こうと考える。そこで、夜中に洪福寺の蔵経閣へ礼拝するためにやって来て、仏前に帰依を誓った。そこへ、阿脩羅と天龍が、同じく仏法に帰依するために現われた。彼らが殿上に礼拝しに行った後、鉄扇公主と地湧夫人がやって来る。鉄扇公主は聖僧への妨げと掲鉢の罪を贖罪するために、地湧夫人は李天王と哪吒哥々の勧めで三宝へ帰依するために、それぞれの願いを叶えるべく蔵経閣の下で礼拝した。続いて金皚洞老牛妖魔と通天河の老黿が聖僧への罪をつぐなうためにやって来て、公主と姹女に出会い、経閣で前非を謝罪して真経に回心を誓い、仏に帰依する。名月に輝く良宵に、提婆達多らは宝閣前に参集し、当今の万年天子の恩愛で我々外道が心から仏宝に帰依することが出来たと帝徳を称える。やがて夜明けを告げる鐘が鳴ったので、一同は人が来る前に去ることとした。

〔対校〕

岳小琴本のみの齣で、故宮博物院本・大阪府立図書館本等なし。

『西遊記』には登場しない提婆達多や阿脩羅、天龍が鉄扇公主や地湧夫人とともに仏法に帰依する場面で、やはり聖僧の徳、朝廷の恩、真経を称えるために設定される。物語としては内容が薄く、唐僧の取経とは直接係わらないためか、後のテキストでは省略される。

岳小琴本曲牌‥「仙呂入双調過曲　玉交枝」①「前腔」②「前腔」③「前腔」「朝元令」

〔備考〕

「嗔」「真」（冒頭の浄白他）「立」（第二「前腔」後のト書き）字多用

第十八齣「金山寺師弟重逢」新増

〔梗概〕

金山寺長老法明は弟子の元奘が西天取経から戻って来たことを知り、会うことを期待して、しばし山門外に休んでいた。すると元奘がやって来て、師父の姿を見つけ、侍奉を欠いた罪をあやまった。法明は、にわかのことでその姿からは想い出せなかったところ、元奘の名のりで初めて再会と分かり喜んだ。元奘は法明に、君王の恩典のもと西天へ行き、道中、観音の恩力を得て、三人の弟子と白龍馬を得て数多くの妖怪を克服したことから雷音寺で真経を得たことまでを伝え、西域紀行の記録を師父に見せると約束した。法明和尚は、三人の弟子が既に証果の位置にあること、徒弟らと共にした稀少な出来事はすべて福縁によるものだと言い、三十年前、金蟬子が降凡したおかげで法門も栄えることになったと賛嘆し、帰国後の様相を訊ねた。元奘は洪福寺での講経した後に帰山すること、師父に少しでも恩を返すために今朝ここに来たことを語り、寺には朝廷から恩賜の田畑と重修の費用、そして聖教序が与えられたと伝え、別れを惜しむ法明に時が来れば師父を接引すると伝えた。

〔対校〕

岳小琴本のみの齣。

法明と元奘の再会場面であるが、岳小琴本には元奘の父母の仇討ちもなく、血書もない設定であるから当然のごとく全く言及がない。むしろ、朝廷の恩賜が強調される。ここでは元奘は、霊山に重ねて戻ると言う。沙悟静は捲簾大将であったとするから、岳小琴本では「悟浄」としなかったことがわかり、誤記ではない。最後に、唐僧と法明が七言四句を言って下る設定は第十六齣と同じである。

岳小琴本曲牌…「南呂過曲　活鼓令」①「前腔」②「前腔」③「前腔」

〔備考〕

「真」字（「活鼓令」後の唐唱他」）多用。

第十九齣「世遇雍熙賜大酺」新増

〔梗概〕

世の安寧のもと、朝廷は京城内に酒肴と百戯を設けて承平の祝いを実施したので、城内外の百姓は見物に集まった。音楽が奏でられる中、庶民は押し合い圧し合いしつつ、手に杯を持って酒を飲み、口々に喝采を叫ぶところ、竿芸人の妙技、乗馬姿の女人が歌いながらあでやかな馬の曲芸をすれば、見物客はますます多くなった。参集した見物人らは、氷上の銅鑼にあわせて踊る人に感心し、つな渡りでの歌唱を聴き、ブランコ曲芸などを見つつ、朝廷への万歳を唱え、酒席に酔いしれた。

〔対校〕

岳小琴本のみの齣。

康熙帝の「万寿盛典」の様を、言わば舞台で再現したような場面で、百姓が多くの曲芸を楽しむことで朝廷の恩典を称える設定であるが、宮廷戯曲としては実際の曲芸を上演させ、皇太后ら観客を楽しませる余興のような意図で組み込んだのであろう。そのにぎやかさは、既に上演された斉生と卓氏の灯籠見物、唐僧らの観灯の場面とは比べものにならない派手さを持つ。宮廷の観劇者のために、とりわけ派手な演出場面を取り入れたのであろう。しかし、西天取経の物語から逸脱しているため、後のテキストでは単独齣とはせず、内容は分散させられたのではないか。

岳小琴本曲牌：「正宮引子　梁州令」「正宮過曲　南普天楽」「北朝天子」「南普天楽」「北朝天子」「南普天楽」「北朝天子」

〔備考〕

「真」（第二「南普天楽」他）字の多用が目立つ。

第二十齣「運際明良頒内宴」新増

〔梗概〕

三蔵法師が取経して中土に戻ってより、人々は教化を受けて仁に帰し、聖心もうるわしく、共に太平を謳歌する中、既に大酺を賜わり、更に盛世をことほぐ宴席が設けられたので、官吏たちは正装して筵に赴いた。楽官が皇帝を称える美辞で宴を進行させる中、福禄寿三星の舞踏が楽曲に加わり、続けて、三星慶舞、漁樵耕読の各四民がなりわいを楽しむ様を演じる踏舞が行なわれた。九品蓮台の仏光が瑞兆をもたらすことを伝える天女九人も、舞踏しながらやって来る。参列した臣僚らは、繊細であでやかな光明のような花灯をかかげ持つ天女の舞を称えつつ、天地の恵みが朝廷全体に及ぶことを願い、天恩に感謝し、階前で聖明に山呼して叩拝するのであった。

〔対校〕

岳小琴本のみの齣。

皇帝が臣僚のために主催した宴を表演する。その中心は、宴前でくりひろげられる各種舞踏の様、美辞賀詞の上奏、臣僚の朝廷の聖治による鼓腹撃壌への賛美を記した内容で、昇平の世に到ったことを表現した。この場面は、康煕帝が殿中で実際行った功臣のための宴を写したものと思われる。（注）

〔備考〕

岳小琴本曲牌…「大石調引子　念奴嬌」「大石調過曲　念奴嬌序」「前腔」

（注）『大清聖祖合天弘運文武睿哲恭倹寛裕孝敬誠信中和功徳大成仁皇帝実録』巻之一百七十八　康煕三十五年条「壬子。賜朝正外藩科爾沁・阿覇垓土黙特翁牛特・郭爾羅斯・敖漢・喀爾喀・巴林・喀喇沁等王、貝勒・貝子・公及内大臣・大学士・上三旗都統・副都統・尚書・侍郎・学士・侍衛等宴」。

第二十一齣「釈愆尤復還故職」　新増

〔梗概〕

上帝は、三蔵取経の功績が、孫悟空、八戒と悟浄、白馬が協力したことによるので、弟子らをもとの天職に復帰させる玉旨を金星に伝えさせる。一方、孫悟空らは西天に戻る途中にあって、かつての苦難を想い遣るなか、金星と出会う。金星は三人が旧職官に復することになったと伝え、朝見すべき命を伝えた。悟空らは天門に到り、朝見すれば、玉旨が下され、悟空へは斉天大聖の官職を復したのをはじめとし、玉龍が龍姿旧職に戻るまでの恩典を与えた。悟空らは天恩に謝意を示しつつも、西天取経を終えて証果を得たことから、仏に帰依して修行したいと奏上した。すると、玉旨が重ねて下り、復職を果たした後、入山修行が許されたので、一同は天庭を後にした。金星は続けて南極星を招き、玉命で下界の丞相蕭禹《ママ》は清官かつ取経の口火を切った功があるゆえ、その齢を増して子孫らには福禄が長く続くことになったと伝え、違命することがないように求め、孫悟空と蕭丞相を称えた。

〔対校〕

故宮博物院本癸本第二十二齣「霊霄奉勅歩天宮」、大阪府立図書館本第十本二十二齣「謁霊霄帝勅巡遊」、旧北平図書館本第十本第二十二齣「霊霄奉勅歩天宮」に相応する。

岳小琴本では、西天に戻る孫悟空らが金星によって呼び止められた後、玉帝に面会して帰山を願う設定となっている。故宮博物院本等では、取経後の元奘らが玉帝に復命する形で天上に行き、随行した三弟子に天爵が下されるも、仏門の弟子であることを願う。そして、散朝後、天宮を唐僧が遊覧するという設定に改められる。岳小琴本の曲牌名、詞白は一致しないが、内容方面では多少共通する要素を持つ。

一方、後行の大阪府立図書館本と故宮博物院本等との間では、一部で異同が見られる。例えば、天庭の昇殿をめぐっては、前者は師徒四人、後者は元奘一人が宣名されて三弟子は付随する形を採る点、或は、天宮の遊覧場面で、後者にある「聖僧可曽見……遊玩」の長文が前者にはない、などである。

岳小琴本曲牌：「黄鐘引子　玉女歩瑞雲」「前腔」「黄鐘過曲　啄木児」「三段子」「帰朝歓」

故宮博物院本・大阪府立図書館本は、「仙呂宮集曲　甘州歌（八声甘州首至六〔句〕）（排歌合至末〔句〕）」「桂歌襲袍香（桂枝香首至四）（四季花四至合）（皂羅袍五至八）（桂枝香十至末）」「六時理鍼線（解三星《ママ》首至七）（鍼線箱三至六）（急三鎗五至末）」「江水遶園林（江児水首至合）（園林好合至末）」で、岳小琴本とは異なる。

〔備考〕
曲牌「玉女歩瑞雲」前後で、曲詞中の「弘」字は欠筆しない。ト書きに「扮太白金星」とあるが、白で「太金星」とし、「白」字はない。岳小琴本「歴」字使用。

第二十二齣「崇道行抜済先霊」　新増

〔梗概〕
陳光蕋《（ママ）》は強盗に遭って江に投げ込まれ、妻殷氏も水厄で死んで龍宮に留まり、超登していなかった。しかし、子の唐三蔵の取経の功果により、父母として仙班に入ることになったので、海《（ママ）》龍王はその因縁を説明するために、水卒に陳夫妻を呼んで来させる。非業の死で龍宮にいた陳光蕋と妻殷氏はそろって龍王に会えば、龍王は三蔵大師が取経によって正果を成し、陳夫妻が仙籍に入るために昇天することになったので、その別れのあいさつをするために召見したと伝えた。龍王は陳光蕋・殷氏夫妻に、仙籍に入ることになったが、子供との面会は幽冥に隔てられているので叶わないと言い添え、二人に離別の情を述べれば、陳光蕋夫妻は水府を後にした。

〔対校〕
岳小琴本のみの齣。
岳小琴本は陳光蕊夫妻の結末をつけるに際し、第一本第十七齣で水府の中に二人が陰魂となって止まることと相応させる設定にするが、龍王が「向年、陳光蕋《（ママ）》被盗投江、妻殷氏亦遇水厄而死」と言い、明代以来の陳光蕊物語が下敷であったことが知られる。大阪府立図書館本では陳光蕊一家は仇討ちによって団欒となり、陰魂の話は解消済みである。また、故宮博物院本は、陳光蕊夫妻の水死を描くが、元奘の法会で昇天したとし、テキストそれぞれは異なる。
岳小琴本曲牌：「大石調引子　少年遊」「大石調引子　催拍」「前腔」「正宮過曲　一撮棹」「仙呂過曲　望吾郷」

〔備考〕
岳小琴本には「真」字あり。

第二十三齣「千万億帝道遐昌」　新増

〔梗概〕
蕭瑀は瑞祥があふれる様をながめつつ、宮殿に参内すると、魏徴、房元齢、杜如晦も出仕していたので、一同は皇帝の前に進み出た。そこへ、司礼監が宮庭に蓂莢が生えたこと、江南道の便臣が豊作であることをそれぞれ報告し、山東道の使臣は麦秀七岐を、雲南道使臣が五色の霊芝を献上にやって来た。堯年舜日を称えるところ、京兆尹が洪福寺の婆羅樹に花が咲き、優曇鉢羅に実がなったと奏上し、二枝を献上した。様々な瑞兆が現われる中、仏が皇唐を保佑し、天女の散花、楽歌のもとで、天空には吉祥の景星と慶雲が出現して照り映える、という歌に合わせて、衆臣は天下太平と国運興隆のさまに、喜びを表わした。皇帝は吉祥のもとで詔を下し、臣僚が政務に励み、大衆が和合した文治の世を迎えた結果、上天の心と合致して泰平の世になった、この事象を史館に記録させせよ、と命じた。衆臣は万歳を唱え、太平の時を称えた。

〔対校〕

岳小琴本のみの齣。

岳小琴本目録では、第十本第二十三齣「去来今仏輪永煥　新増」とし、第二十四齣「千万億帝道遐昌　新増」とする。本文は、第二十三齣「千万億帝道遐昌　新増」とし、第二十四齣「去来今仏輪永煥　新増」と齣名が入れ代わっている。第二十三齣では、聖旨の中で清朝祖宗の徳を称え、皇帝の仁徳を称える。また、第二十四齣では、三教一家による昇平宝筏を祈念するから、本文の齣名が正しいと思われる。これは、転写の際の誤記というよりも、現行の岳小琴本が拠ったテキストの錯誤、もしくは岳小琴本編集時の誤認による結果であろう。皇帝への上覧には程遠い段階にあったテキストと思われる。

蕭瑀らの臣僚が参内し、宮殿をめぐる瑞兆を歌頌するこの齣の場面は、単折の承応戯の観がある。内廷や省道の臣下が、天下泰平である昇平の時を迎えて、田地には豊穣がもたらされた結果、奇花異草が手に入ったので、朝廷に献上すべくそれぞれやって来る。一同が歌う歌詞は、「賀新郎」以下、同じ詞文がくり返されて合唱される。天女散花、百神献祥の様に示される詞白の中に、朝廷と帝国の一統、安寧がにぎやかに頌されるこの流れに宮廷劇のクライマックスが窺える。「前腔（節々高）」の後、最後の「余文」で、「聊借西遊効頌颺」（西遊に借りて頌の颺《あが》るを効《いた》す）と記す点に『昇平宝筏』の編纂意図がよく表わされている。

岳小琴本曲牌：「南呂引子　歩蟾宮」①「前腔」「南呂過曲　梁州新郎（仝唱梁州序）」「賀新郎」②「前腔」③「前腔」④「前腔」「節々高」⑤「前腔」「余文」

（備考）

「真」字を多用する。

第二十四齣「去来今仏輪永煥」（新増：目録　本文なし）

〔梗概〕

大蔵経が東土にもたらされて、皇恩のもとでその妙義が拡まる中、観音大士は四揭帝四伽藍を伴い、仏前に参上し、元奘が八十一難を経て東土へ仏典を伝えたことを復命し、歴難簿を上呈した。仏は大士の功徳を称え、元奘師徒に昇殿を命じ、元奘はこの功業で旃檀功徳仏に、孫悟空を闘戦勝仏に、猪八戒を浄壇使者にした。八戒は、「浄壇使者」では人に使われる身だと不満を申し出れば、仏は、八戒が口はいやしくなまけ者ゆえに使者にしたが、仏事の折、祭壇上を浄める際にはいろいろなものをいただくことが叶うと教えた。仏は沙和尚を金身羅漢に、白馬を八部龍神とした。唐僧は菩提正果を得て、恐れや不安を懐くこともなくなったと感謝する中、仏は当今の皇上が仏門を興し、儒釈道三教を一家となさしめ、人民に幸福をもたらしたと聖人を称えた。そして、大衆は、昇平宝筏を斉しく誦《とな》え、永く太平を享け祝国裕民を得て、皆々皇恩に感謝すべしと説いた。かくて、一同は燃灯古仏から十方三世一切の仏までの名を唱えてその加護を求め、三代によって成し遂げられた昇平は、当今の皇帝の功によって拡まっていると治世を称え歌った。

〔対校〕

故宮博物院本癸本第二十四齣「慶昇平天花集福」、大阪府立図書館本第十本第二十四齣「慶昇平宝筏同登」、旧北平図書館本第十本第二十四齣「慶昇平天花集福」に相応する。

岳小琴本本文では、第二十四齣「去来今仏輪永煥」（なし）とし、目録では、第二十四齣「千万億帝道遐昌」（新増）」となっている。

本齣は岳小琴本で初作なのか、改作なのかを示してはいない。しかし、曲牌「千秋歳」と「尾」で「昇平宝筏」の名が二回歌われ、作品名と合致するように設定されている。最後の曲牌「紅綉鞋」で「今当天子」と出し、次に「三皇世」と「儂五帝境」という対比は、上古の三皇五帝の故事をもとにするものの、実は清朝の「太祖」から「康熙帝」の五代を暗示するようにも見える。「尾」の「三代」も、康熙当時の作品であれば、「太祖」「太宗」「順治帝」と当今「康熙帝」を示すとも考え得るが、仮に乾隆時代の成立ならば「順治・康熙・雍正」の三代で、「我皇」とは乾隆帝を指す可能性もある。ただ、乾隆時代の写本である大阪府立図書館本の「慶余」では「三代」「五帝」の文字が改められているから、後者の見方は成立しないかもしれない。

岳小琴本に比べ、大阪府立図書館本は「八十一難」すべてが列挙され、如来と師徒の白に「阿弥陀仏」などの句が込められる。曲牌は「千秋歳」「紅繍鞋」の牌名、如来が師徒を大職証果に昇任する白が一致し相互の関係を示すものの、曲牌名や曲詞・白に相違が目立つ。後行の故宮博物院本は、曲牌・曲詞を改め、齣名にある「天花落」を用いて四季を歌い上げる中、陳光蕊夫妻などの参拝を織り込み、大清国の悠久を願うことで締めくくる。旧北平図書館本は、更に改めて「慶太平」と「天花落」を用いて、中華国土の「聖朝」「大清国」を称えて終わる。

岳小琴本曲牌：「泣顔回」「前腔」「千秋歳」「紅綉鞋」「尾」

大阪府立図書館本は、「中呂宮正宮　好事近」「又一体」「千秋歳」「紅繍鞋」「慶余」で、故宮博物院本は「三転雁児落」「雁落梅花」「天花落」「仏偈」「酔太平」「天花落」「酔太平」「天花落」「酔太平」「天花落」「酔太平」「天花落」とし、三本異なるが岳小琴本と大阪府立図書館本はわずかに「千秋歳」「紅繍鞋」「尾」（=慶余）の曲詞一部が重なり、その継承関係を留める。

（備考）

「歴」「力」「真」字あり、「皈依教我」は転写時に「我教」を転倒させたものではないか。八戒を「浄炫使者」とするのは、次行の「浄壇使者」の誤記であろうが、「玄」字部分を欠筆していない点は、欠筆の範囲を考える必要がある。

第十本の性格

最終巻である第十本は、第九本同様に「新増」が全体の二十四齣を占める。

第一齣の唐僧取経後の帰国、栢樹の枝が東向きになったこと、唐僧の白馬駄経という一連の出来事は小説以来の内容であるが、以後の唐僧や孫悟空らの入朝と八十一難の上奏、魏徴による九成宮の醴泉銘作成に始まる設定は、まったくの創作である。王羲之蘭亭序真跡本の捜索と上覧は醴泉銘作成とともに、文房四宝の世界に関心を懐いていた康熙帝を意識した齣であろう。洪福寺での華厳会と真経の点検の場面は、市井の多様な民庶を登場させて舞台を盛り上げることに力を注ぐ。四孤魂の成仏と冥府の空、四海龍王の巡行の後、唐僧による今上皇帝の聖寿・皇太后の寿永及び皇后貴妃や東宮皇太子の安寧の祈願は、岳小琴本で特別に設定された内廷の観劇者を意識した箇所と言える。続く元奘への王羲之の書体による序記の下賜の部分は、やはり皇帝の意向を付度したもので、編者は東宮の存在も気に留めていたと推測される。唐僧の帰山への許可、洪福寺蔵経閣での妖魔外道の贖罪と天堂行き、金山寺での師弟の再会、京城内での酒肴と百戯による承平の祝典は本劇での創作であり、小説『西遊記』を大きく逸脱する。撃壌巷歌、昇平の世のありさまを演じる内容は、第十九・二十・二十三齣でもっぱら繰り広げられる。昇平の宴席で、楽官が堯舜の世にも匹敵する聖天子治下の天下太平を称えて賀詞を奉り、天子万年を願って神曲を演奏すれば、福禄寺三星の舞踏が楽曲に加わり、漁樵耕読の百姓がなりわいを楽しむ様は、康熙帝の「万寿盛典」を、言わば『昇平宝筏』舞台で再現した場面で、朝廷の恩典を称えつつ、宮廷戯曲として実際の曲芸を上演させ、宮廷外の様相を知る機会の乏しい観客を楽しませる余興のような役割を持つ。第二十二齣は冒頭の陳光蕊江流和尚物語の岳小琴本なりの解決と決着をつけ、第二十四齣は、全体の総括もかねて、『西遊記』に基づきつつも、当今の皇帝の功を強調して、まさに今の世は昇平宝筏が向かう世界である、とその治世を称えまとめている。『西遊記』にはない東宮の述聖記を通して、皇太子の存在をアピールしている点は、雍正朝以後のテキストでは省かれることを招いたであろう。

元奘が、今上皇帝、皇太后、東宮皇太子や妃嬪らのために祈念することは、皇太子制度があった康熙朝を反映する可能性が大きい。最終章において、当今皇帝の善政をたたえる語句は、いかにも宮廷劇であり、また、必要不可欠な設定であった。第十本からも、『昇平宝筏』が観劇者たる帝室、それも皇太后や皇太子を意識して作られたことを如実に知ることが出来る、と言えるのではないか。

十一　岳小琴本と諸本との対校による総括

岳小琴本の特色は、一に当今皇帝が唐皇と重ねられるとともに、単独の清朝今上皇帝に対して俳優が時代設定を越えて向かい合う形をとる点が挙げられる。第二には、聖人や皇恩を称える場面が多く入れられ、第十本のように、『西遊記』との関連性が乏しい内容が多く占めるにもかかわらず、そのための場面が設定されている。第三は、陳光蕊江流和尚物語と元奘取経後における両親の成仏を包括した簡単な内容にしている点がある。従来の陳光蕊江流和尚物語を改め、殷氏が出産して赤子を匣に収める段階から不自然な形をとり、意図的に劉洪の犯罪を省いた改変は、物語の上では失敗と言える。結末に、陳氏夫婦が成仏することになっているが、大阪府立図書館本『昇平宝筏』テキストのような山場はない。前半に「光蕊」、後半は「光蕋」と表記する点からは、「陳光蕋」と表記する清刊本小説を参照している可能性も考えられる。

現存の岳小琴本は転写本であるが、その依拠したテキストは雍正・乾隆両帝諱の忌避はしていないため、岳小琴本を通して、『昇平宝筏』テキストの成立時代が乾隆時代ではなく、実は康熙時代であったことがわかる。その証拠は二つある。

第一に唐僧が皇太子、皇太后の安否を尋ねる箇所があるが、清朝では皇太子を置いたのは、康熙帝の時である。また、奥書には、「三十九年に皇帝が『昇平宝筏』の名称を与えた」との記述がある。三十九年を数える元号は、乾隆朝にもあるが、康熙三十九年は皇太后六旬にあたる年であることから、翌年の華甲のために大戯が作られたと考えることが自然である。

第二は、康熙帝の諱字の「玄」字が、欠筆、もしくは改字される点である。「玄奘」も「元奘」と名前から改められる。一方で、雍正帝の諱に通じる「真」字などの多用、乾隆帝の諱の「弘」字が欠筆なく使用されることが多い点も、『昇平宝筏』の成立が康熙時代であったことを裏付ける。但し、現存する岳小琴本自体は、全てではないにしろ、乾隆帝の諱「弘暦」の欠筆する箇所があり、その齣は乾隆以降の増補、或は、転写であるとの推測もされる。

しかし、総体的に考えると、岳小琴本自体は乾隆以後の転写本で、皇帝以下に見せるテキストではなく、いわば、個人用のテキストである、と見ることが妥当ではないか。その一方で、テキストの書誌的性格を離れて見た時、岳小琴本からは、康熙時代のその祖本である西遊記劇本（「原本」）との関係や概況も推測できる点は特筆される。岳小琴本には、齣名の下に「原本」や「新増」などとあり、依拠した「原本」があったことを示す。その記載から、原本を改めず使う齣、或は、原本に大幅な改訂増補を施した齣、そして新たに増補した齣などを混在して作り上げた過程が窺える。その一例を挙げれば、第二本第十齣「集巨卿灞橋餞別」、第十一齣「過番界老回指路」は目録等に「原本」と注意書きがあり、すでに「原本」の段階で元の呉昌齢「唐三蔵西天取経」劇（『新鐫出像点板北調万壑清音』巻四所収）を取り入れ、岳小琴本編集時にその部分をそのまま収録している。岳小琴本に拠る大阪府立図書館本もその状況を継承していて、第二本第十七齣が元・呉昌齢「唐三蔵西天取経」劇の「諸侯餞別」折、第十九齣が同上の「回回迎僧」と相応している。つまり、康熙帝の編纂命令を受けて作られた岳小琴本（底本）以前から、その部分が「原本」に取り入れられていたことが判明する。また、岳小琴本は、物語の内容保持を重視したテキストで、ト書きは簡略に記される。この点は、岳小琴本が上演用のテキストではなく、おそらく、稿本段階のテキスト（現存本はそれを転写した写本）であったことを示唆する。

岳小琴本を後代のテキストと比較した場合、十分には推敲されていないテキストにも見える。その一つとして、宮廷戯曲から見ると品位にかける文句、場面が目立つ点である。例えば、蘭亭序を子孫の智永から騙し取り太宗のもとに届けるといったような礼教を損なうような部分は、拠るべき伝説があったものの、帝室の威信を貶める傾向があった。そのため、後のテキストでは省略されたと考えられる。岳小琴本の曲詞に見える直接的、単調な字句も、全て雅調に改められ、卑俗な掛け声は省かれている。

以上のように、岳小琴本の各齣の検討から、乾隆時代以降の『昇平宝筏』テキストでは窺えない多くの特徴を取り出すことが出来た。同時に、大阪府立図書館本や故宮博物院本、旧北平図書館本の特徴も新たな視点から窺うことも出来た。おそらく、現存する『昇平宝筏』の各テキスト全てを比較し、相互の関係を検証すれば、また様々な局面も見られる可能性もある。しかし、他方で散佚、もしくは廃棄されたテキストも多いはずで、刊本と異なり、現存本からすべての状況を窺い知ることはできないであろう。過去の状況を現在残る史料からすべて窺い知るというのは無理もあろうが、岳小琴本を通して康熙時代の宮廷演劇の一端を知りえた点は有意義であり、乾隆時代の宮廷演劇上演時における聴戯をめぐる緊張感も現存する大阪府立図書館本の再認識から伝わってきた。この度、幸いにも張浄秋氏の研究と御教示のおかげで、筆者は旧稿を修正することができ、大変ありがたい機会を得ることとなった。

あとがき

康熙帝の時代は、清グルンが形成される過渡期に当たり、中国大陸の戦火が収束に向かう時期であった。雍正時代から乾隆帝の時代になると、その完成を迎え、東アジア世界は安定期を迎えた。文化方面でも、後世に伝えるべきすぐれた文学作品、工芸品などが生み出される時代を迎えていた。その康熙朝、そして乾隆朝では、本書で扱った『昇平宝筏』などの宮廷演劇作品も多数生まれ、今日に至るまで演劇文化上に大きな足跡を残した。清朝史から見ても、宮廷演劇は平和な安定した時期に上演された帝国の威信を示す華やかな文化遺産であった。やがて咸豊帝から西太后時代になると、侵略と国内の反乱などで清朝の治世は揺らぎ、宮廷演劇の場は為政者のための逃避世界を提供する仮想空間となり、初期の現実の上に構築された仮想空間とは異質な文化状況を迎える。

今日、故宮を訪れると、目の前に広がる世界は明王朝でもなく、清王朝でもない、現代の日常にある巨大な博物館、もしくははやりのテーマパークという印象を受ける。それは、建築空間にかつての住民が存在せず、建物の役割も大きく変わったことによるのであろう。栄枯盛衰は世の習いであるが、漢族など諸民族の作り上げてきた文化を研究する者にとっては、いささか寂寥感を覚える。故宮の暢音閣が演劇の会場としてなお使われる機会があれば、そのようすがを窺えるかもしれない、などと思ったりした。

そのような感想を懐いて故宮を後にした冬、新型コロナウイルスの流行で中国を訪れる機会がなくなり、その閉鎖した時間の中で清朝宮廷演劇をめぐる研究をまとめ、出版を進める時間とした。ところが、その最中、国際情勢が緊迫し、二〇二二年春に到って、古典や文化を研究することを揺るがす事態が起きた。ロシアによる侵略戦争がそれである。その世界情勢の下で二つの意見書をまとめ、本書の奥書に留めた。ロシアが国際法秩序を乱すことに反対し、シリア、ミャンマーなどの国々の戦乱を国連主導で解決に向かわせるという内容であった。

その後、戦火はさらに中東に広がり、アジア情勢もきな臭い局面を迎えている。このような情勢の中、熟慮を欠く短絡的な言動は、様々な問題を引き起こし、他に災いが及びかねない危険性をはらみ、中国文化をめぐる研究書のあとがきにふさわしいものではないという考えに到った。そこで、研究の一部を自己に生かし、再び奥書の内容を改めた。つまり、かなり大げさな物言いではあるが、明清に生きた人々の思考心情、日常生活に思いをはせた結果の改稿である。むしろ、今こそ日本の旧社会の特色の一端を書籍文化に焦点を当てて紹介し、中国研究を他山の石とし、これから完了に向うべき日本の和漢書蒐集をめぐる研究に生かしたいと思っている。

最初の奥書から二年も経過し、その原稿を再度改め、出版社には大変なご迷惑をおかけしてしまったので、締めくくりの記述としては簡単なものとし、本書の奥書とした。

今回も、出版に当たっては、汲古書院小林詔子氏に表現や誤字脱字などをめぐるご訂正、ご指摘をいただき、基本的な面で恥の上塗りを免れることができた。ご助力をいただいたことを心より感謝申し上げたい。印刷方面でも追加事項を初校の折に加えて関係者の方々には大変なご苦労をおかけしてしまった。本書をまともな形にできたのも、汲古書院や印刷に当たった方々のおかげとしか言いようがない。末尾ながら、是非とも感謝を申し上げたい。

二〇二二年八月四日　雷鳴轟く富山の呉羽山の麓（二〇二三年九月訂正、二〇二四年九月再訂正）

磯部　彰

人名事項索引

【凡例】

本書の索引は、主に小説『西遊記』との対比という観点から人名及び主要な事項を採録した。読みは通常の漢字音に従う。

人名・事項であるが、全ては拾わず、それぞれの齣の内容を反映する項目を拾った。『西遊記』全体に登場する主人公などは、全て例外を除いて採録しない。例えば、如来・観音、唐僧や孫悟空、皇帝名など。但し、沙和尚の名前は注目点であるので部分的に拾った。

同じ人物で様々な表記がある時は、一つを代表として一箇所にまとめている。妖怪名などは特定の名称、その住処の山名のみを拾い小説と対応できるようにした。官職でも個人名の代用の時は、有用なものは拾った。なお、原本の表現を尊重したことから、同じ項目でも異なる表記の場合がある。

一方で、本書の性格から、書名は採録していない。また、注記、引用文、各本（各巻）のまとめの部分などの中に見える人名、事項は採録の対象から外した。各地の土地神など、固有名詞と見られない名称も外した。

岳小琴本の前半では、曲調を記すことは少なく、後半になるとその記述が多くなる。この点において、北京故宮博物院本や大阪府立図書館本では、全体に曲調が記されるのとは対照的である。そのため一つの特徴として捉え、各本各齣の曲牌を対校の最後に記録する一方、索引からは外した。

なお、以上の基本的方針に対し、例外も多々あることを最後に留めたい。

ア行

サ行

マ行

ヤ行

ラ行

ワ行

Fundamental Study
of
Yue Xiaoqin's Former Collection
"*Shengping Baofa*"

by

ISOBE Akira

2025

KYUKO-SHOIN

TOKYO

著者紹介

磯部　彰（いそべ　あきら）

1950年生。1981年東北大学大学院文学研究科博士後期課程単位取得退学。文学博士（東北大学　1991年）
1981年より富山大学人文学部専任講師、1984年富山大学人文学部助教授、1993年富山大学人文学部教授、1996年～2016年東北大学東北アジア研究センター教授。東北大学名誉教授。

〈専門分野〉近世中国の演劇と小説、日本伝存漢籍及び漢学研究、東アジアの出版文化

〈主要著作〉『《西遊記》形成史の研究』（創文社　1993年２月）、『《西遊記》受容史の研究』（多賀出版　1995年５月）、『大倉文化財団蔵宋版大唐三蔵取経詩話』共著（磯部　彰・太田辰夫、汲古書院　1997年12月）、『《西遊記》資料の研究』（東北大学出版会　2007年２月）、『東アジアの出版と地域文化』編著（汲古書院　2008年３月）、『旅行く孫悟空――東アジアの西遊記――』（塙書房　2011年９月）、『東アジア典籍文化研究』（塙書房　2013年２月）、『大阪府立中之島図書館蔵《昇平宝筏》』（全10冊）（東北大学出版会　2013年３月）『薬の都富山の漢籍と漢学――藩校広徳館とその蔵書――』（汲古書院　2021年６月）『清朝宮廷演劇西遊記の研究』（汲古書院　2025年１月）など。

岳小琴本『昇平宝筏』の基礎的研究

令和七年三月二十日　発行

著　者　磯　部　　彰
発行者　三　井　久　人
整版印刷　日本フィニッシュ
　　　　　富士リプロ㈱

発行所　汲　古　書　院
〒101-0065　東京都千代田区西神田二-四-三
電　話　〇三（三二六五）九七六四
ＦＡＸ　〇三（三二二二）一八四五

牧製本印刷株式会社

ISBN978－4－7629－6749－8　C3097

KYUKO-SHOIN, CO., LTD.　TOKYO.